BASTEI
LÜBBE

Marion Zimmer-Bradley
Holly Lisle

Roman

Aus dem Englischen von
Rainer Schumacher

EDITION LIBRA
Band 50503

Published in agreement with the author,
c/o Baror International, Inc. USA.
Deutsche Lizenzausgabe 1996
Bastei-Verlag Gustav H. Lübbe GmbH & Co.,
Bergisch Gladbach
Originaltitel: Glenraven
Lektorat: Axel Merz / Stefan Bauer
Printed in Germany
Einbandgestaltung: CCG, Köln
Titelbild: Michael Whelan
Satz: Kremerdruck GmbH, Lindlar
Druck und Bindung: Graphischer Großbetrieb Pößneck
ISBN 3-404-50503-4

Der Preis dieses Bandes versteht sich einschließlich
der gesetzlichen Mehrwertsteuer

Für Jim Kerr und Jim Rose.
Ich habe eure Worte mein ganzes Leben lang beherzigt.
Weder dieses Buch, noch alle anderen,
die ich je geschrieben habe oder schreiben werde,
wäre ohne euch möglich gewesen.
Ich wünschte, jeder hätte Lehrer wie euch.

Kapitel Eins

Jayjay Bennington wollte nicht mehr über die Katastrophe nachdenken, die aus ihrem Leben geworden war. Sie zog die breite Krempe ihres Regenhutes tiefer ins Gesicht, aber es half nichts. Das Wasser tropfte ihr immer noch in den Mantel und lief den Rücken hinunter. Zu allem Überfluß war das Wasser auch noch eiskalt. Der Sommersturm, der die gesamte Ostküste überzog, mochte ja vielleicht tropischen Ursprungs gewesen sein, aber der Regen, den er über Jayjay ausgoß, war alles andere als warm.

Ich muß hier weg. Irgendwohin, wo mich niemand kennt, wo mich niemand findet. Irgendwohin, wo ich erhobenen Hauptes leben kann – und das sehr schnell, bevor die Neuigkeiten sich verbreitet haben. Eine Million Meilen wären nicht zu weit. Schade nur, daß es auf dem ganzen Planeten keinen Ort gibt, der eine Million Meilen von diesem Rattenloch entfernt ist.

Jayjay platschte über die McDuffie Street wie eine Besessene. Sie lief schon seit Stunden so umher ... oder genauer: seit acht Uhr. Zu diesem Zeitpunkt hatte sich ihre Diskussion mit Steven zu einem einzigen Gekreische entwickelt. Stühle flogen, Beleidigungen wurden ausgetauscht und Türen knallten. Es war ein Fiasko. Sie hatte

immer damit gerechnet, daß ihr Leben mit 35 wenigstens
den Anschein von Ordnung erwecken würde, aber es war
wieder einmal anders gekommen als erwartet. Das Leben
hatte ihr erneut mitten ins Gesicht geschlagen.

Sieh immer nach vorne, sagte sie sich. Wenn das Leben
dich in den Dreck wirft, dann steh auf und sieh nach
vorne.

Sie hatte den ganzen Bürgersteig für sich allein. Das
ekelhafte Wetter veranlaßte vernünftigere, glücklichere
Menschen dazu, in den Geschäften oder ihren Autos zu
bleiben; aber Jayjay war nicht nach Vernunft zumute.

Niemand hat von mir verlangt, daß ich auf ewig in
Peters bleiben soll. Ich muß hier weg. Ich muß raus aus
dieser Stadt ... weg von Steven und seinen Freunden. Sie
werden sowieso glauben, daß alles meine Schuld ist.

Eine Straße weiter zischten Räder über den feuchten
Asphalt. Kurz darauf hörte Jayjay, wie das Auto durch
eine tiefe Pfütze fuhr. Sie war dankbar, daß der Wagen in
diesem Augenblick nicht an ihr vorbeigekommen war.
Die Glocken von St. Dora schlugen Mittag. Irgend jemand
rief seinem Nachbarn Grüße zu. Der dämpfende Effekt
der tiefhängenden Wolken machte es zwar unmöglich,
die genauen Worte zu verstehen, aber der freundliche Ton
war deutlich zu erkennen. Verdammt noch mal! Selbst im
Regen, wenn man einsam und allein war, machte diese
Stadt einen freundlichen Eindruck. Sie war einladend, irgendwie heimelig ... aber nicht mehr lange. Das war
schließlich seine Stadt und nicht ihre.

Entlang der McDuffie Street befanden sich das Gerichtsgebäude und die Zeitung (*The Peters Tribune – Nachrichten seit 1824*). Die Straße führte an Cato's und Jenny Shee's Änderungsschneiderei vorbei. Ein Stück weiter lagen der Sag-Niemals-Lebwohl Secondhandladen, HairFantastic und Sandra's Imbiß. Die Lichter, die in den Geschäften der Innenstadt leuchteten, warfen Flecken künstlichen Sonnenscheins auf die rauhen Bürgersteige. Das Innere der Läden lockte mit seiner Wärme auf eine Art und Weise, wie es an sonnigen Tagen wohl kaum möglich gewesen wäre. Sie versprachen einen trockenen und gemütlichen Hafen vor dem trostlosen, nicht enden wollenden Regen.

Jayjay hatte eigentlich nicht die Absicht, einen Laden zu betreten, aber als sie an *Amos W. Baldwell's Buchhandlung* vorbeiging, blieb sie zuerst stehen und öffnete schließlich die gläserne Eingangstür. Einen Moment lang zögerte sie, und plötzlich fiel ihr das Atmen schwer.

Ich möchte nicht hier hineingehen. Ich möchte nicht, daß mich irgend jemand sieht, der mich kennt.

Sie nahm an, daß ihre Augen immer noch vom Weinen gerötet waren. Vielleicht würde man sie fragen, was los sei ... und sie wäre zu keiner Antwort fähig, und wenn sie schwieg, würden sie das Schlimmste annehmen. Natürlich würden sie das – aber das Schlimmste, was sie sich vorstellen konnten, wäre nicht schlimmer als die Wahrheit.

Sie wurde von irgend etwas angezogen. Vielleicht war es so etwas wie Hoffnung. Nein, wahrscheinlich hatte sie ihren Anteil schon längst verbraucht. Aber irgendwas hatte nach ihr gerufen; allerdings nicht mit etwas so Aufdringlichem wie Worten. Sie fühlte, wie ihr Puls sich beschleunigte, und ihr Bauch begann zu kribbeln. Es verschlug ihr den Atem. Irgend etwas … irgend etwas hier drinnen hatte ihren Namen gerufen, und sie lauschte.

Baldwell's war neu. Eingezwängt zwischen Sandra's Imbiß und Alles-für-Sechs-Dollar wirkte der Laden hell, sauber und modern. Mit seinem grellgelben Interieur und seiner Fassade aus Chrom und Stahl wirkte er irgendwie fehl am Platz, zwischen all den renovierten Ziegelhäusern, die den Rest der Innenstadt ausmachten.

Ein paar Kunden schauten herüber, als Jayjay das Geschäft betrat. Sie sah niemanden, den sie kannte. Besser noch – sie sah niemanden, der *sie* kannte. Sie ging an *Belletristik* vorbei, die in einem Regal rechts von ihr untergebracht war. Vielleicht hatte sie ja das hergeführt – irgend etwas zu finden, das ihre Gedanken von der katastrophalen Situation ablenken würde. Aber sie ging weiter. Vorbei an *Musik*, vorbei an *Wissenschaften* … genau zu *Reisen*.

Aaah, Reisen. Vielleicht hatten ihre Füße etwas erahnt, das ihrem Verstand entgangen war. Sie betrachtete die Bücher, die vor ihr ausgebreitet lagen. Die ganze Welt war zu sehen – alles, was nicht Peters, North Carolina, war. Jayjays Puls beschleunigte sich. Keiner davon ist eine Million Meilen weit entfernt, dachte sie, aber es ist mit Sicherheit ein Ort darunter, der weit genug weg ist.

Es zog sie zu der Reihe mit den gold-schwarzen Fodor's Reiseführern. Ihre Hände glitten über die Titel, ohne einen einzigen zu berühren. Sie wartete ... wartete auf ein Zeichen.

Schottland.

Nein.

Australien.

Nein.

Was ist mit Irland? Japan?

Nein, das war es auch nicht.

Saudi-Arabien. Norwegen.

Nein. All diese Länder waren zwar sehr interessant, doch sie riefen nicht nach ihr. Sie waren nicht der Grund, aus dem sie Baldwell's betreten hatte, aber irgendwo hier *mußte* er einfach sein.

Die Schweiz?

Nein.

Argentinien.

Nein.

Glenraven.

Ja, meldete sich eine Stimme in ihrem Kopf, und sie griff nach dem Buch.

Glenraven?

Jayjay runzelte die Stirn. Der Einband summte in ihren Fingern. Es war ein leichter, elektrischer Schlag, aber irgendwie wundervoll. Sie öffnete das Buch und streichelte über die Hochglanzseiten. Die Berührung des schweren Papiers war irgendwie sinnlich ... betörend. Als sie eine der Illustrationen betrachtete, glaubte sie für einen Augenblick, Wildblumen und frisch gemähtes Heu zu riechen. Jayjay klappte das Buch wieder zu, und ein Kribbeln lief ihr über den Rücken.

»Ein vollständiger Führer mit den besten Bergwanderrouten, Schloßtouren und Volksfesten«, versprach der Klappentext. Das Photo zeigte eine zarte, luftige Burg am Ufer eines schimmernden blauen Sees, hinter dem zerklüftete Berge in den Himmel ragten. Im Vordergrund führte eine lächelnde, schwarzhaarige Frau mit blauen Augen, die in Landestracht gekleidet war, einen beladenen Esel über das Kopfsteinpflaster. Dahinter erstreckte sich eine mit goldenen, violetten und blauen Wildblumen übersäte Wiese bis an das Ufer des Sees.

Jayjay starrte auf den Umschlag. Sie war schon weit herumgekommen, und sie hatte bereits eine ganze Reihe Burgen und Schlössern gesehen – aber eine Burg wie diese? Und ... *Glenraven?* Sie wußte, daß in Europa seit dem Zusammenbruch der Sowjetunion und des Warschauer Paktes eine Menge neuer Staaten entstanden waren, aber sie konnte sich nicht daran erinnern, je irgend etwas über ein Land namens Glenraven gehört zu haben.

Jayjay schlug den Reiseführer auf, blätterte an der Einleitung, den Höhepunkten und Fodor's Auswahl vorbei und stoppte bei der Landkarte. Glenraven lag mitten in den Alpen. Es war ein zwergenhafter Staat, der sich zwischen die italienisch-französische Grenze quetschte, ungefähr auf gleicher Höhe mit Mailand. Wenn man dem Maßstab der Karte vertrauen konnte, war es nicht viel größer als Liechtenstein.

Ihr war egal, daß sie noch nie etwas von diesem Land gehört hatte. Es lag weit genug weg und abseits der üblichen Reisewege. Glenraven schien ein guter Platz zu sein, um der Welt für eine Weile zu entfliehen, und … verdammt noch mal, es ließ ihr Herz höher schlagen. Das war schließlich auch etwas.

Jayjay blätterte einige Seiten zurück bis zur Einleitung.

»Zum ersten Mal seit mehr als 400 Jahren«, begann der Text, »öffnet Glenraven – Europas bestgehütetes Geheimnis – seine Grenzen für einige wenige ausgewählte Reisende aus dem Ausland. Der letzte Fremde, der Glenraven besucht hat, kam, als Christoph Kolumbus auszog, eine kürzere Route nach Indien zu entdecken, und der vorletzte sogar noch 100 Jahre früher. In den Jahrhunderten, die der Schließung der Grenzen folgten, sind Kriege, Politik, die industrielle Revolution und das Zeitalter der Elektronik an Glenraven vorübergezogen, ohne auch nur eine Delle in der Grenze hinterlassen zu haben. Glenraven ist ein Land, das sich vor der Zeit versteckt hat. Ländlich, feudal, ein kleines Land, wo die Menschen noch in echter Gemeinschaft leben, wo Integrität, Ehrlichkeit und harte Arbeit keine altmodischen Werte sind …«

Ja. Ja! Das war genau das, was sie brauchte. Sie markierte die Seite mit dem Daumen und blickte ins Leere. »400 Jahre.«

Sie öffnete das Buch erneut und überflog die Einleitung. Sätze wie »mehr bewohnte Burgen als irgendwo sonst auf der Welt«, »großartige volkstümliche Feste« und »der letzte jungfräuliche Wald Europas« interessierten Jayjay. Wenn sie sich schon verstecken mußte, dann konnte sie genausogut Spaß dabei haben. Sie versuchte, sich die Orte vorzustellen, die sich hinter Namen wie Tenadds, Cuthp Maest, Dirry, Botthloch oder Ruddy Smeachwykke verbargen. Das Betrachten der Skizzen von gepflegten Mauern, spröden Reetdächern und gewundenen Wegen durch die archaischen Wälder verursachte ihr eine Gänsehaut. »Eine Reise durch Glenraven wird ein einmaliges Abenteuer in ihrem Leben sein«, versprach der Reiseführer. »Dieses kleine Land ist einzigartig. Solange die Zeitreise noch unmöglich ist, bildet das unberührte, unverdorbene Glenraven das letzte Tor zu Europas mystischer, vergessener Vergangenheit.«

»Mystische, vergessene Vergangenheit«, murmelte Jayjay. Irgendwo zwischen Ruddy Smeachwykke und *mystischer, vergessener Vergangenheit* entschied sie sich, es zu wagen. Sie würde ihre Koffer packen, ein Ticket kaufen und in dieses Reich jenseits von allem Bekannten fliehen.

»Aber«, las sie, »Ihre Chancen, dieses wundersame, kleine Land zu bereisen, sind sehr begrenzt. Glenraven ist sich durchaus der Wunder bewußt, die nur noch dort allein in dieser sonst so modernen Welt bewahrt werden. Auch weiß man um die Gefahren, die durch den Fortschritt drohen, der zwar vieles schafft, aber ebensoviel wieder zerstört. Deshalb werden die Grenzen des Landes im Anschluß an die Sonnenwendfeier zum Jahresende wieder geschlossen. Wenn dies geschieht, wird niemand – außer den Einwohnern Glenravens – sagen können, ob vier oder 400 Jahre vergehen, bis die Grenze wieder geöffnet wird.«

Kein Problem. Ich wette, daß ich innerhalb einer Woche im Flugzeug sitzen kann. Jayjay klappte das Buch zu. Sie hielt es in der Hand, und das Herz schlug ihr bis zum Hals. Ihre Finger kribbelten. Sie konnte sich *beinahe* vorstellen, wie ein Kribbeln von dem Buch ausging, und sie war sich *beinahe* sicher, daß etwas Größeres als einfach purer Zufall sie bei diesem Regen in die Buchhandlung geführt hatte.

Beinahe ...

Aber ihre praktische Seite setzte sich durch. Der Fodor's Reiseführer war wunderschön. Der Gedanke, für eine Weile von hier wegzukommen, erschien ihr hervorragend.

Allerdings würde es eine Menge Geld kosten. Sie konnte ihr Sparguthaben plündern, um die Reise zu bezahlen, oder Bryan von Candlewick Press einen Reisebericht verkaufen und alles als Spesen absetzen. Ihr Verleger wartete noch darauf, daß sie die Druckfahnen von *Das Jahr nach dem Schmerz* – einem Sachbuch über Menschen, die den Krebs besiegt hatten – durcharbeitete. Jayjay ging davon aus, daß sie das innerhalb einer Woche erledigen könnte. Danach hatte sie etwas Zeit eingeplant,

um an einem Roman zu arbeiten. Sie freute sich richtig
darauf, einmal eine Geschichte zu schreiben. Der Titel
lag immer noch in der Schwebe. Allerdings hatte sie in
diesem Bereich weder Erfahrung noch einen Verleger, der
sich dafür interessierte. Gleichzeitig wurde sie von ihrem
Agenten unter Druck gesetzt, doch einmal eine Fortsetzung zu *Die Seele einer kleinen Stadt* zu schreiben, das
sich wesentlich besser als ihre anderen Bücher verkauft
hatte.

Die Seele eines kleinen Landes, dachte sie. Jayjay
fragte sich, ob es ihr gelingen würde, genug Verbindungen
zum ersten Band herzustellen, damit die alten Leser auch
die Fortsetzung kaufen würden.

Natürlich würde ich Bryan dann immer noch ein Buch
schulden. Außerdem müßte ich ihm sagen, wohin ich
gehe und warum. Ich glaube nicht, daß ich das will.

Ihr Sparguthaben war groß genug, um sie ein Jahr
lang – während der Arbeit an einem Roman – über Wasser
zu halten, wenn sie nicht zu extravagant lebte oder krank
würde. Einen Teil davon könnte sie für die Reise verwen-
den. Sie sollte etwas Brauchbares für das Buch aus Glenraven mitbringen.

Jayjay nahm den Reiseführer mit zur Kasse.

Der Besitzer des Ladens, Amos Baldwell, lehnte über
der Verkaufstheke und lächelte sie an. Er war groß und
hatte dunkle Augen. Jayjay schätzte ihn auf Anfang 30 ...
vielleicht auch Ende 20, sie konnte es wirklich nicht sagen. Sein Gesicht war zwar jung, aber durch sein gestärk-

tes Hemd, das er bis zum Hals zugeknöpft hatte, und sein
pomadiges Haar, das dicht am Kopf lag, machte er sich älter. Sie glaubte, daß er wirklich gut aussehen konnte,
wenn er sich nur die Zeit dafür nähme. Amos deutete zur
Belletristik, wo *Das Jahr nach dem Schmerz* ausgestellt
war. »Ihr letztes Buch verkauft sich sehr gut hier. Einige
meiner Kunden sagten, es sei sehr hilfreich. Das soll
schon was heißen.«

Jayjay lächelte in der Hoffnung, daß er ihren Augen den
Wunsch, in Ruhe gelassen zu werden, nicht anmerken
würde. »Ich freue mich, daß es was bewirkt.« Sie schob
den Reiseführer über die Theke und wechselte das
Thema. »Ich habe gefunden, wonach ich gesucht habe.«

Amos starrte auf das Buch, und für den Bruchteil einer
Sekunde hätte Jayjay schwören können, daß der Händler
erblaßte. Dann runzelte er die Stirn. Er schien nach dem
Buch greifen zu wollen, aber seine Hand zuckte wieder
zurück, ohne es zu berühren. Sein Blick war eindringlich
und überrascht.

»Dieses Exemplar ist beschädigt. Soll ich Ihnen nicht
lieber ein anderes holen?«

»Es gibt kein anderes.«

»Wir haben verschiedene Reiseführer für Spanien ...«

Sie fiel ihm ins Wort. »Das hier ist aber kein Reiseführer für Spanien. Hier steht *Glenraven* ... genau hier ... auf
dem Umschlag.«

In diesem Augenblick wurde er wirklich blaß. Amos
blickte von dem Buch zu ihr, zum Buch und wieder zu ihr.

Jayjay hätte darauf wetten können, daß er vollkommen verwirrt war ... aber warum? Er begann langsam den Kopf zu schütteln, entweder um den Handel oder sein eigenes Verhalten zu verneinen.

»Verkaufen Sie es mir einfach.«

»Warum wollen Sie unbedingt *das* haben?«

Jayjay nahm eine entschlossene Haltung an. Sie wollte ihn nicht beleidigen. Baldwell behandelte sie höflich und stellte ihre Bücher an exponierter Stelle aus – was sie eigentlich gar nicht verdienten – aber was fiel ihm ein, sie zu fragen, warum sie ein bestimmtes Buch kaufen wollte? Sie hatte nicht die Absicht zu erzählen, daß sie die Stadt für eine Weile verlassen wollte. »Entschuldigen Sie, Amos, aber das ist meine Sache.«

Und meine. Jayjay glaubte es gehört zu haben, obwohl sich sein Mund überhaupt nicht bewegt hatte. Er schien größer zu werden, und einen Augenblick lang rötete sich sein Gesicht und bekam einen finsteren Ausdruck. Sie starrte ihn an. Der Buchhändler sah mit einem Mal wie ein vollkommen anderer Mensch aus. »Haben Sie überhaupt ein wenig in diesem Reiseführer geblättert? Glenraven ist ... *gefährlich*«, erklärte er, während sein Zeigefinger auf dem Umschlag herumstocherte. »Es ist primitiv. Das ist kein Ort für Sie.«

Jayjay kämpfte dagegen an, sich von seinem merkwürdigen Verhalten einschüchtern zu lassen. »Verkaufen Sie es mir.« Einen Moment zögerte sie, um dann in befehlendem Ton hinzuzufügen: »*BITTE!*«.

Amos' Blick war so intensiv, daß sie ihn beinahe körperlich spüren konnte. Er hob eine Augenbraue, schürzte die Lippen und tippte den Preis in die Registrierkasse. »Entschuldigen Sie bitte vielmals«, brummte er steif, während er die Hand nach Jayjays Geld ausstreckte. »Vielleicht war ich ... allzu besorgt um Ihr Wohlbefinden. Ich bin sicher, daß Sie selbst am besten wissen, was gut für Sie ist.«

»Natürlich weiß ich das«, antwortete Jayjay. Amos steckte das Buch und den Kassenzettel in eine bedruckte Plastiktüte und gab sie ihr. Sie wandte sich zum Gehen, drehte sich dann aber doch noch einmal um. Sie versuchte, ihre Stimme so ruhig wie möglich zu halten und ihren Ärger nicht offen zur Schau zu stellen, als sie sagte: »Sie sind noch ziemlich neu hier, Amos. Ich weiß nicht, was für Kunden Sie früher bedient haben, aber eines kann ich Ihnen sagen: In dieser Gegend hier werden Sie keine bekommen, wenn Sie den Leuten vorschreiben wollen, welche Bücher sie kaufen sollen und welche nicht.«

Immer noch wütend stapfte sie aus dem Laden.

Es regnete noch immer, doch inzwischen war ein böiger Wind aufgekommen, und die Tropfen fielen nun noch dichter. Sie wünschte sich von Herzen, das Auto genommen zu haben. Sie hätte schon längst bei einer schönen Tasse heißen Tees zu Hause sein, ein paar Holzstücke in den Kamin werfen und es sich mit den Druckfahnen und einem Bleistift in der Hand im Sessel gemütlich machen können ...

Aber vielleicht war Steven auch dort. Lee könnte bei ihm sein. Jayjay hatte keine Lust, den Kampf wieder aufzunehmen.

Sie lehnte sich gegen die feuchte Ziegelmauer von HairFantastic und wünschte den Regen weg. Es war zwecklos. Jayjay schloß die Augen und versuchte sich vorzustellen, was sie als nächstes machen würde.

Kapitel Zwei

Sophie Cortiss betrachtete den Regen vor ihrem Fenster. Zu ihren Füßen erstreckten sich mit Pinien bewachsene Hügel. Hier und da wurde das Dunkelgrün von einigen Sträuchern, Eichen und weit ausladenden Pfirsichbäumen aufgehellt, deren Äste sich unter der Last der ersten Früchte zu beugen begannen. Die auffallend farbigen Blüten der Nelken in ihrem Vorgarten ließen bei diesem Wetter verdrießlich die Köpfe hängen. Die beiden neuen Pferde hatten in ihrem Unterstand auf der etwas weiter entfernten Weide Unterschlupf gesucht. Für Sophie waren sie ein Symbol für alles, was sie verloren hatte und niemals zurückbekommen konnte.

Die Katzen hatten sich auf der Fensterbank zusammengerollt und miauten jämmerlich. Ein eindeutiges Zeichen dafür, daß sie lieber im Haus sein wollten. Der Sturm war nicht der einzige Grund für Sophies düstere

Stimmung. Das Ende des Tages war nicht mehr weit ...
und eine noch größere Leere würde folgen.

Der Regen hatte mittlerweile den Rinnstein derart
überflutet, daß das Wasser sich in Bächen über die Wur-
zeln der Pflanzen ergoß. Eigentlich hätte Sophie sich
schon letzten Herbst um die Lilien kümmern müssen.
Sie hatten sich schnell vermehrt und standen nun zu eng
beieinander. Es war ihr egal. In den letzten beiden Jahren
war ihr so vieles egal geworden.

Ich muß irgendwas tun.

Irgendwas. Irgendwas ... *anderes.*

Sie hörte das Telefon im Flur klingeln. Mitch ist zu
Hause, dachte sie trübsinnig. Er kann rangehen.

Sophie hörte, wie er nach dem dritten Klingeln abnahm.

»Hallo? O ... Hi. Ja, sie ist da.« Sophie wünschte, er
hätte gelogen, hätte, wem auch immer, erklärt, sie sei bei
den Pferden oder einkaufen. Vielleicht konnte sie sich
noch hinausstehlen, bevor er sie fand.

Aber als Mitch durchs Haus rief, »Sophie, es ist für
dich«, verließ sie ihr Zimmer und ging ans Telefon.

Er lächelte und nahm sie kurz in den Arm, während er
die andere Hand über den Hörer hielt. »Es ist Jayjay.«

Sophie rümpfte die Nase. Der Gedanke an die muntere
und lebhafte Jayjay ließ in ihr den Wunsch aufkommen,
ins Bett zu gehen und sich eine Woche darin zu verkrie-
chen. Seit der siebten Klasse waren sie die besten Freundinnen, aber nach Karens Tod hatten sie sich auseinan-

dergelebt. Wie um ihre Blumen, so hatte Sophie sich auch nicht mehr um ihre Freundinnen gekümmert.

Mit einem Seufzen nahm sie den Hörer und lehnte sich gegen die Wand. »Jayjay, was gibt's?«

»Soph.« Jayjay hörte sich gar nicht wie sie selbst an. Ihre Stimme klang nicht im Entferntesten lebhaft … ganz im Gegenteil. Sie klang derart düster, daß Sophie kaum glauben konnte, wirklich mit ihrer Freundin zu sprechen. »Könntest du mir einen Gefallen tun?«

Sophie blickte zu Mitch. Er stand in der Küchentür und wartete mit hochgezogenen Augenbrauen. »Sicher. Welchen?«

»Kannst du mich abholen? Ich stehe vor Hair-Fantastic … auf der McDuffie Street, kurz hinter dem Gericht …«

»Ich weiß, wo das ist«, sagte Sophie stirnrunzelnd. Warum zum Teufel brauchte Jayjay jemanden, der sie chauffierte? »Ist alles in Ordnung?« Sie war darauf bedacht, nicht zu viel zu sagen, um Mitch nichts zu verraten, was Jayjay vielleicht lieber für sich behalten hätte.

»Ich weiß nicht … hmmm … ich möchte eigentlich auch nicht darüber sprechen … jedenfalls nicht jetzt. Okay?« Sophie war sich sicher, ein Beben in Jayjays Stimme gehört zu haben. War es möglich, daß sie weinte?

»Ich bin sofort da.« Sophie legte den Hörer auf. Verwirrt blickte sie zu Mitch. »Irgend etwas stimmt nicht bei Jayjay«, sagte sie.

»Ihr habt nicht sehr lange gesprochen.«

»Nein. Ich glaube, ihr Wagen hat eine Panne. Sie bat mich, sie aufzugabeln.«

Er lächelte. »Ich bezweifele zwar, daß ich viel für ihren Wagen tun kann, aber ich komme mit dir ...« Er konnte den Satz nicht zu Ende führen. Sophie war bereits auf dem Weg zur Tür.

»Ich bin gleich wieder da.« Sie beeilte sich wegzukommen, damit Mitch sich nicht doch noch selbst einlud. Sie hörte, wie er ihr etwas hinterherrief – wahrscheinlich, daß er sie liebte. Sophie antwortete nicht. Statt dessen zog sie eine kleine Show ab, indem sie laut mit den Schlüsseln klapperte und auffällig am Schlüsselloch herumfummelte. Sie wollte ihn nicht anlügen. Sie wollte nicht. Wenn sie ihm in diesem Augenblick gesagt hätte, daß sie ihn liebte, dann wäre das vielleicht die schamloseste Lüge ihres Lebens gewesen.

Jayjay stand unter einer Markise und lehnte sich an eine Mauer, als Sophie auftauchte. Sie rannte sofort zum Wagen und schlüpfte dankbar hinein. Ihre Augen und die Nase waren rot und geschwollen. Sie schniefte. Also hatte Jayjay doch geheult. Sophie sagte kein Wort, als sie den Wagen zurück auf die Straße lenkte.

»Danke, daß du gekommen bist«, sagte Jayjay. Sie sah aus dem Seitenfenster, und ihre Stimme klang ruhig und sachlich. Sophie konnte sich nicht vorstellen, was Jay so durcheinandergebracht haben konnte. Als sie das letzte Mal miteinander gesprochen hatten, ging es ihr noch gut.

Das war erst ein oder zwei Wochen her ... oder drei. Sie glaubte nicht, daß es mehr als drei Wochen waren.

»Kein Problem.« Sophie mußte wegen einer älteren Frau mit einer durchsichtigen Regenhaube und steifem Regenmantel abbremsen. Bei dem Versuch, in ihren Cadillac einzusteigen, hatte die Dame die Tür so weit geöffnet, daß die halbe Fahrspur blockiert war. Sophie machte einen Bogen und fuhr in die Straße, die zu Jayjays Haus führte.

»Nicht nach Hause«, sagte Jayjay. Ihre normalerweise klare Stimme rasselte, und Sophie hörte ... was? Tiefe Gefühle, Frustration und ... Wut? Ja. Wut.

»Okay. Dann eben nicht nach Hause. Möchtest du mit zu mir?«

Jay blickte Sophie zum ersten Mal in die Augen. »Ist Mitch da?«

»Ja.«

»Dann möchte ich auch nicht zu dir. Hast du ein wenig Zeit? Wir könnten bei Norris einen Kakao trinken gehen.«

Sophie nickte schweigend. Jayjay mochte Norris' Bistro eigentlich gar nicht. Sie grübelte darüber nach, während sie in die Tadweiller Street einbog, um zu dem Restaurant zu fahren, das Jay erwähnt hatte. Sie hatte viel Zeit zum Nachdenken. Jay hatte offensichtlich nicht die Absicht, ein Gespräch zu beginnen.

Das änderte sich auch nicht, nachdem sie an einem Tisch am Fenster Platz genommen hatten, von wo aus sie die Straße beobachten konnten und die Kellnerin ihnen die Speisekarte gebracht hatte. Bis sie endlich bestellen konnten, starrte Jayjay nur auf die Sturzbäche, die der Regen am Glas hinterließ. Sie war wie in Trance. Dann schreckte sie plötzlich aus ihrer düsteren Stimmung hoch und zauberte ein strahlendes, entschlossenes, aber künstliches Lächeln aufs Gesicht. »Ich werde eine Weile nicht in der Stadt sein. Ein paar Wochen … vielleicht auch einen Monat. Ich frage mich, ob mein Verleger die Post nicht an deine Adresse schicken könnte, während ich weg bin.«

Sophie dachte nach. Was ist mit Steven? Was hat *er* vor? Aber sie fragte nicht weiter nach. Sie konnte warten. Jay würde ihr schon irgendwann erzählen, was passiert war. »Ich glaube nicht, daß das Probleme bereiten wird. Was ist mit dem Softball-Team?« Während der letzten drei Jahre war Jay die beste Werferin bei den *Peters Library Lions* gewesen. Jayjay liebte Softball.

»Candy McIlheny wird meinen Platz einnehmen. Sie intrigiert sowieso schon seit ewigen Zeiten deswegen.«

»Sie ist widerlich.«

»Das sind viele Dinge.« Jay lächelte nicht, als sie das sagte.

Sophie hatte den Wink verstanden und wechselte das Thema. »Wann fährst du?«

»Ich bin hier weg, so schnell es geht. Mein Reisepaß ist noch gültig. Um das Visum muß ich mich erst kümmern …«

»Ein Reisepaß und ein Visum.« Sophies Neugier wuchs. »Wo fährst du hin?« Sie nippte an ihrem Kakao und blickte nachdenklich auf ihre alte Freundin.

»Nun … eigentlich wollte ich es niemandem verraten. Es soll sich nicht herumsprechen.« Sophie hob eine Augenbraue. Jayjay seufzte. »Hier.« Sie griff in die große Tasche ihres Regenmantels, holte eine Tüte von Baldwell heraus und reichte sie Sophie.

Sophie schaute hinein. Einer von diesen Reiseführern lag darin … Auf dem Umschlag schien »Spanien« zu stehen, aber das gedämpfte Licht im Restaurant machte sie unsicher. Spanien. Sophie griff in die Tüte, um das Buch herauszuholen. Als sie es berührte, lief ein Schauer über ihren Rücken. Sie war fast davon überzeugt, daß das Buch schuld daran war und daß sie nicht nur fröstelte, weil sie durchnäßt war und in einem alten, zugigen Haus saß, das man in ein Restaurant verwandelt hatte.

Sie zog den Reiseführer heraus und betrachtete ihn.

Glenraven.

Glenraven? Sie sah sich den Titel an. *Fodor's Reiseführer für Glenraven*. Die Überschrift war absolut klar – Buchstaben in Schwarz und Gold, in einer großen, fetten Schrift. Wie war sie nur darauf gekommen, daß dort Spanien stehen könnte?

Glenraven. Sie hatte noch nie von einem Ort dieses Namens gehört. Sie blätterte durch den Reiseführer, betrachtete die Karte, die Glenraven zeigte – ein kleines Land zwischen Italien und Frankreich –, und blickte zu Jay.

»Dort gibt es kein Land«, wollte sie eigentlich sagen. Aber aus ihrem Mund erklang: »Laß mich mitkommen. Ich könnte ein wenig Urlaub vertragen. Mitch muß sowieso auf irgend so einen Anwaltskongreß nach Washington.«

Geschockt saß sie da und starrte auf Jay. Sie hatte das nicht gesagt ... na ja, jedenfalls hatte sie das nicht gedacht. Die Worte waren einfach aus ihrem Mund gekommen ... ganz ohne ihr Zutun. Einen Moment mal, dachte sie. Ich will nirgendwo hinfahren – und besonders nicht auf irgendeinen Auslandstrip mit Jay Bennington ... aber sie nahm ihre Frage nicht zurück.

»Mitkommen?« Jay war überrascht.

Natürlich will ich nicht fahren. Mach dich nicht lächerlich, dachte Sophie ... aber: »Ich muß mal etwas anderes unternehmen.« Sie erschauerte, als sie sich daran erinnerte, daß sie genau das gedacht hatte, bevor Jay anrief. »Ich brauche eine Veränderung.« In dem Augenblick, als die Wörter ihren Mund verließen, dachte sie: Wie kann ich mich nur auf so etwas einlassen? Wie kann ich glauben, ich könnte so etwas tun? Wie?

Jayjay legte den Kopf zur Seite und stützte das Gesicht auf die Hand. »Du willst mitkommen? Wirklich?« Sie begann zu lächeln, und obwohl Sophie die ganze Zeit dachte, nein, um Himmels willen, ich will nicht, sagte ihr Jays Lächeln, daß ihr gar nichts anderes übrigblieb. »O Gott, Sophie, das ist das erste Positive, das du gesagt hast, seit ...« Sie stockte, wurde rot und blickte hinunter auf ihren Kakao.

... seit Karen gestorben war. Jay brauchte den Satz nicht zu beenden. Sophie wußte, wie er weiterging. Sie starrte aus dem Fenster, betrachtete den Regen und dachte an jenen Tag vor zwei Jahren, als sie durch die Hintertür gegangen war. Wie sie Karens stämmiges, kleines Morgan Horse auf der Weide gefunden hatte, zitternd und schnaufend. Es war verschwitzt gewesen, hatte noch das Zaumzeug angehabt und mit den Augen gerollt. Sie war rufend über das Feld gerannt, da sie wußte, daß Karen auf den Wegen jenseits der Weide ausgeritten war. Sophie fühlte immer noch die Erde unter ihren Füßen, roch immer noch die Zedernspäne auf dem Reitweg und den süßen Duft der Weinreben, die wild im ganzen Wald wuchsen.

Als Sophie Karen endlich gefunden hatte, bewegte sie sich nicht und atmete schon eine ganze Weile nicht mehr. Nach Meinung des Arztes war sie sofort gestorben, als das Genick durch den Sturz direkt unterhalb des Schädels gebrochen war. Sophie und Mitch waren an jenem Abend noch einmal durch den Wald gegangen. Sie hatten verstehen wollen, was geschehen war. Karen war nicht gesprungen. Vielleicht war sie ein wenig galoppiert. Das war hier im Wald zwar nicht ganz ungefährlich, aber Sophie hatte die Reitwege immer gut in Schuß gehalten. Außerdem war Karen eine ausgesprochen vorsichtige Reiterin gewesen. Sie hatte das goldene Reiterabzeichen besessen. Zwölf Jahre alt. Ihr einziges Kind.

Vorbei.

Sophie nippte an ihrem lauwarmen Kakao und starrte wieder nach draußen. Der Regen war nicht schwächer geworden. Kein Regenbogen erschien, der ihr verkündete, daß der Zauber um den Tod ihrer Tochter gebrochen war und sie sich wieder um ihr eigenes Leben kümmern konnte.

Das Leben geht weiter, sagte ihr jeder. Eines Tages wird wieder etwas anderes zählen. Das war eine allgemeine Weisheit. Aber in den letzten beiden Jahren hatte Sophie erkannt, daß diese allgemeinen Weisheiten keinen Wert besaßen. Das Leben ging überhaupt nicht weiter; es hielt an, war wie eingefroren, und das Herz in der Brust starb. Allerdings besaß es nicht genug Anstand, auch noch die Blutzufuhr einzustellen.

Trotz alledem hatte Sophie sich freiwillig dazu bereit erklärt, mit Jay auf diese Reise zu gehen. Vielleicht war das wirklich das richtige für sie.

Sie bemerkte, wie Jayjay in dem Buch herumblätterte, redete und auf Sehenswürdigkeiten hinwies, die sie unbedingt besuchen wollte. Sophie hatte zwar nicht zugehört, aber offensichtlich geantwortet. Sie ging durchs Leben, ohne irgend etwas zu sehen, zu hören oder zu wollen – nein, das war auch nicht die ganze Wahrheit. Seit geraumer Zeit schon wollte sie einfach nur sterben. Sie hatte es wirklich gewollt. Aber seit kurzem war ihr selbst das egal. Nichts war noch von Bedeutung. Sie atmete einfach weiter, obwohl sie sich die ganze Zeit über wie eine Fremde in ihrem eigenen Körper vorkam. Eines Tages würde der rechtmäßige Eigentümer zurückkehren und sich wieder um alles kümmern.

»Im gesamten Land gibt es kein einziges Auto?« murmelte Jayjay plötzlich. Die Bemerkung erregte Sophies Aufmerksamkeit. Sie betrachtete den Absatz, auf den Jay deutete und las, daß man in Glenraven Pferde mieten konnte. Innerhalb der Städte und Dörfer gab es auch vereinzelt Kutschen, aber die normale Art zu reisen war zu Fuß.

Jayjay lehnte sich über den Tisch und grinste. »Laß uns Fahrräder nehmen.«

»Fahrräder …« Sophie war wieder bei der Sache und fähig, ihre Zweifel und Vorbehalte zu äußern. Sie spielte mit ihrer Papierserviette, die sich langsam in kleine Schnipsel aufzulösen begann. »Das war ein Witz, oder? Dieser Ort liegt in den italienischen Alpen. Es gibt dort zwar Straßen … jedenfalls so etwas Ähnliches …« Sie stoppte, ohne zu überzeugen.

Eine Stimme in ihrem Kopf flüsterte, diskutiere nicht, sei nicht ablehnend, stell keine Fragen. Wenn du das tust, dann wirst du deine Meinung ändern, und das darf nicht sein. *Komm* … das ist alles. Dann fügte die Stimme noch hinzu, daß sie es weder ignorieren noch sich davor drücken konnte. Sie sagte, wenn du das jetzt nicht durchziehst, dann wirst du es niemals wissen.

Was wissen? dachte sie – aber das war alles. Wenn sie nicht ging, dann würde sie es niemals *wissen*.

Nachdem Sophie Jay zu Hause abgesetzt hatte, bemerkte sie, daß sie gar nicht darüber gesprochen hatten, warum Jayjay so plötzlich auf diese Reise gehen wollte. Sie nahm an, daß es irgendwelche Schwierigkeiten mit Steven gab ... oder vielleicht auch nicht. Es ärgerte sie, nicht danach gefragt zu haben.

»Hey, meine Süße.« Mitch kam ihr an der Tür mit einem aufmunternden Lächeln entgegen. »Ist alles okay mit Jayjay? Du warst eine ganze Weile weg. Ich habe mir schon Sorgen gemacht.«

»Jay ist in Ordnung.« Sophie studierte das Gesicht ihres Mannes, als gehörte es einem Fremden. Er hatte einen Weg aus der öden, leeren Welt des Schmerzes gefunden, in der sie noch immer lebte. Er versuchte seiner Frau zu helfen, damit sie mit sich selbst ins Reine kam, aber seine Akzeptanz des Geschehenen hatte ihn nur noch weiter von ihr entfernt. Er schien Karens Tod einfach so hinzunehmen. Aber er hatte auch nicht gefühlt, wie Karen in seinem Inneren heranwuchs, ihre ersten wunderbaren Bewegungen. Er hatte sie nicht neun Monate mit sich herumgetragen, hatte sie nicht auf der abgedunkelten Entbindungsstation in den Armen gewiegt, ihr nicht die Brust gegeben und den sanften, saugenden Geräuschen gelauscht, wenn sie trank. Er hatte nicht ihre perfekte, seidenweiche Haut gespürt und ihre kleinen Finger, die sich so energisch an das Leben klammerten.

Er hatte Karen geliebt; Sophie wußte das. Sie hatte es

niemals bezweifelt. Aber irgendwo – versteckt in ihrem Innersten – bewahrte sie den Glauben, daß er seine Tochter nicht so intensiv geliebt hatte wie sie.

»Wenn du nach Washington zu deinem Kongreß fährst«, sagte sie, »werde ich mit Jay einen kurzen Urlaub machen.«

Für einen Augenblick schlich sich ein unglücklicher Schatten über Mitchs Gesicht, der jedoch schnell einem sorgfältig neutralen Ausdruck wich. »Ich dachte, du würdest mit mir kommen.«

»Es würde mir keinen Spaß machen. Ich habe mich von dir überreden lassen. Du weißt, wie aufregend es ist, einer ganzen Horde von Anwälten zuzuhören, die sich über nichts anderes unterhalten als ihre letzten Fälle oder neue Möglichkeiten, den Klienten das Geld aus der Tasche zu ziehen.«

»Ich hatte nicht vor, die ganze Zeit auf dem Kongreß zu verbringen. Sophie, du und ich brauchen ein wenig Zeit für uns allein. Wir beide zusammen. Wir brauchen keine getrennten Ferien, Liebling. Wir brauchen ...«

»... irgend etwas«, beendete sie an seiner Stelle. »Aber *ich* brauche genau *das*.«

Er seufzte und nickte. »Vielleicht hast du recht. Vielleicht brauchst du das wirklich.« Er kam näher, legte die Arme um seine Frau und drückte sie an sich. Sie spürte, wie sich sein Gesicht in ihr Haar senkte. »Ich möchte, daß du zu mir zurückkommst, Liebling. Du warst schon viel zu lange weg.«

Sophie versteifte sich und ging etwas auf Abstand. Sie wollte Mitch nicht verletzen, aber seine Berührung wollte sie auch nicht – wenn er sie berührte, dann fühlte sie sich noch verwirrter und verwundbarer. »Ich weiß.« Sie konnte seinen Schmerz über ihre Abweisung fast körperlich spüren, aber irgendwie war es ihr nicht möglich, sich zu entschuldigen oder es ihm zu erklären. Mitch war für sie da, aber sie konnte nicht für ihn da sein.

Sophie wußte nicht, ob sich das jemals ändern würde.

Kapitel Drei

Faan Akalan schlich geisterhaft und geheimnisvoll durch den vertrauten Steintunnel. Jahre der Heimlichkeit hatten sie mißtrauisch gemacht, obwohl niemand mehr lebte, der ihr Geheimnis hätte verraten können. Sie betrat die gewundene Treppe, die immer tiefer hinab führte, hinunter in den kalten, stillen und hungrigen Bauch der Erde ... hinab in die Dunkelheit. Das Gewicht von Jahrhunderten lastete auf ihren Schultern, und in diesem Augenblick spürte sie jedes einzelne Jahr. Sie beeilte sich nicht. Das war auch gar nicht möglich, obwohl das, was in der Tiefe auf sie wartete, jede atmende Kreatur zur Eile angetrieben hätte. Die meisten hätten sich beeilt, von hier zu *verschwinden* – oder vielleicht auch nicht –; auf jeden Fall hätten sie sich beeilt. Die Schmerzen in

ihren Knochen und Muskeln waren wieder stärker geworden. Die Zeit erwies sich einmal mehr als unerbittlicher
Feind.

Faan trieb sich weiter voran. Die Treppe endete in
einem weiteren Korridor, der grob aus dem Felsgestein ge-
hauen war. Die Klänge der Oberflächenwelt waren mittlerweile verstummt. Das Schlürfen ihrer lederbesohlten
Schuhe und das Rasseln ihres eigenen Atems war alles,
was sie noch hören konnte. Aber ihr Gehör war sowieso
nutzlos. Sie würde sie erst hören, wenn *sie* es wollten. Sie
würde sie auch nicht sehen ... oder riechen.

Aber Faan konnte sie fühlen – bereits in diesem Augenblick. Sie warteten ein kurzes Stück weiter vorn. Noch
waren sie weder ungeduldig noch wütend. Sie warteten
einfach – kalt, erbarmungslos und schrecklich.

Meine Diener, dachte Faan spöttisch. *Meine Wächter.*
Sie hatte sie in ihr Haus genommen, sie genährt – und
als Ausgleich wurde sie von ihnen versorgt. Aber sie bedrohten Faan auch; jeden Tag, jede Stunde mehr. Das Böse
in ihnen jagte Faan keine Furcht ein, obwohl sie unvor-
stellbar böse waren. Auch fürchtete Faan nicht die Gewalt, zu der sie fähig waren. Sie hatten genug andere
Ziele, um sich auszutoben. Sie brauchten Faan nicht. Das
Einzige, was Faan fürchtete, war, daß sie ihrer überdrüssig
werden könnten, sobald sie merkten, wie sehr Faan auf
sie angewiesen war. Sie fürchtete, sie würden einen Weg
finden, sich von ihr zu lösen, oder sie würden jemand anderes finden ... einen anderen *Förderer.* Sie dachte über

diesen Begriff nach, betrachtete ihn von allen Seiten und beschloß, daß er genau richtig war. Ja, Faan war ihre Förderin. Und Faan fürchtete, irgendwann einmal austauschbar zu sein.

In ihrer Gegenwart verdichtete sich die Luft. Faan fühlte, wie sie beobachtet wurde, obwohl nach wie vor nichts zu sehen war. Sie warteten, prüften sie – oder war es vielleicht Spott? Vielleicht warteten sie darauf, daß Faan Angst bekam, daß sie sich unterwürfig zeigen würde. Sie spielten mit ihr. Aber Faan zeigte keinerlei Reaktion. Faans Macht war von anderer Art als die ihre, aber sie fürchtete sich nicht. Das würden sie niemals fertigbringen.

Ein kurzer Windstoß erzeugte ein sanftes Wispern am Ende des Korridors. Sie kamen näher. Manchmal kündigten sie sich auf eine andere Art an; diesmal war es Wind. Faan ging weiter, den Kopf erhoben, soweit es der gebeugte Rücken zuließ.

Der Wind wurde immer stärker. Das Wispern wurde lauter. Faan konnte beinahe die gezischten Drohungen und den Spott in ihren bösartigen Stimmen hören.

Näher. Näher.

Faan zeigte keine Furcht. Sie mußte sie wieder mit der Hand füttern, um sie daran zu erinnern, was sie Faan schuldeten. Ihre Zellen sollten voll sein – das nächste Mal würde Faan ihnen trotzdem jemanden mitbringen, nur so zum Vergnügen mitbringen. Das würde sie daran erinnern, daß sie alles, was sie besaßen, Faan zu verdanken hatten.

Sie hatten Faan erreicht. Der kalte Wind preßte ihr den Rock gegen die Beine, ließ ihr Haar flattern und blies leuchtende, weiße Funken an ihr vorbei.

Urplötzlich erstarb der Wind. Faan war nun vollkommen von strahlenden Funken eingehüllt. Faan beobachtete das Schauspiel. Sie versuchten, Faan mit ihrer Schönheit zu verführen; aber Faan war keines ihrer schwächlichen Opfer. Sie starrte sie einfach nur an. Daß irgend jemand (oder irgend etwas) nicht sofort vor Ehrfurcht erstarrte, schüchterte sie ein.

»Schutz/Schutzherrin/Herrin«, flüsterten sie, knurrten, heulten – der Mißklang ihrer Stimmen, tief, hoch, schrill, schwer wie Erde – alles zugleich. »Wir werden dich nähren.«

»Ja, das werdet ihr«, sagte sie. »Wenn ihr fertig seid, dann erlaube ich euch, wieder jagen zu gehen.«

»Danke«, flüsterten sie in hundert mißtönenden Stimmen. »Danke.« Manchmal fragte Faan sich, ob sie nicht durch diese Danksagungen verspottet wurde. Vielleicht taten sie das, aber Faan wußte nicht, ob sie überhaupt zu Spott fähig waren.

Zunächst fühlte sie so etwas Ähnliches wie den leichten Druck kühler Luft auf ihrer Haut. Als noch mehr von ihnen sie berührten, sank die Temperatur weiter. Es wurde eiskalt, und der Druck verstärkte sich. Die Kälte brach mit großer Wucht über sie herein und schien sie auf die Knie drücken, sie umwerfen, sie brechen zu wollen. Aber Faan wankte nicht; sie blieb standhaft. Sie drückten weiter. Drückten. Faan kämpfte dagegen an, während sich

Schweiß auf ihrer Stirn bildete und langsam in kleinen Bächen über ihre Wangen rann. Ihre Beine schmerzten, ihre Knie zitterten und ihre Wirbelsäule fühlte sich an, als ob sie jeden Moment brechen könnte. Dann schoß Feuer durch ihre Venen; durch ihr Herz, ihre Lungen, ihre Knochen und ihr Gehirn. Feuer brannte in ihren Augen, in ihren Zähnen, so daß sie glaubte, sie würden ihr jeden Moment aus dem Schädel gerissen. Es brannte in ihrem Fleisch. Faan stand in Feuer und Eis, stand fest. Faan ließ sich nicht erschüttern. Sie konnten Faan nicht brechen, sie nicht zerstören. Faan wurde selbst zu Eis und Feuer. Triumphierend richtete sie sich auf, warf den Kopf zurück und heulte.

Kapitel Vier

Jay konnte kaum glauben, wie rasch die letzten beiden Wochen vergangen waren oder wie einfach sich alles entwickelt hatte. Steven war überglücklich, sie loszuwerden. In der Hoffnung, sie durch eine kleine Bestechung auf seine Denkweise einzuschwören, hatte er ihr sogar angeboten, die Reisekosten zu übernehmen. Sie hatte abgelehnt. Die Visa für Glenraven waren bereits zwei Tage, nachdem sie an die im Reiseführer angegebene Adresse geschrieben hatte, angekommen. Offensichtlich besaß das kleine Land die effektivste Verwaltung der Welt. Da Jay fürchtete, ihre Freundin könnte ihre Meinung ändern, traf sie alle Vorbereitungen alleine. Sophie brauchte einfach irgendwas, um wieder einen Weg zurück ins Leben zu finden.

Und nun waren sie also hier. Es war zwar kaum vorstellbar, aber sie und Sophie entfernten sich mit ihren Rädern gerade von Turin, wo sie noch einen Tag verbracht hatten, bevor es weiter in Richtung Glenraven ging.

Jay gelangte rasch zu der Erkenntnis, daß eine Radtour durch Nordwest-Italien ebensogut das eigentliche Ziel ihrer Reise hätte sein können, statt nur eine Durchgangsstation. Sie wußte, daß sie nicht der erste Reisende war, der es angesichts des Panoramas den Atem verschlug, auch würde sie nicht die letzte sein. Der Westen Italiens war etwas Neues, etwas wunderbar ... Frisches für sie. Besser noch, der Verkehr hatte nachgelassen, seit sie Turin den Rücken gekehrt hatten. Endlich konnte sie sich mit Sophie unterhalten.

»Erzähl. Wie geht's Mitch?« fragte sie.

Sophie trat in die Pedale, um mit Jay Schritt zu halten. Sie radelten nebeneinander auf der S25 in Richtung Susa und Bardonecchia, mitten hinein in die Berge entlang des Aosta-Tales. Jayjay hielt die italienischen Autofahrer für wesentlich besser als die amerikanischen, wenn es darum ging, auf Radfahrer Rücksicht zu nehmen. Allerdings glaubten die Italiener wohl, daß eine Geschwindigkeitsbegrenzung sich auf eine Minimalgrenze bezog, die man nicht unterschreiten dürfe.

»Mitch? Dem geht's gut«, sagte Sophie. Jay bemerkte einen Hauch von Wut in der Stimme ihrer Freundin. »Er ist inzwischen Senior-Partner in seiner Kanzlei geworden. Eigentlich wollte er, daß ich mit ihm nach D.C. zu diesem Kongreß fahre. Er ist total aufgekratzt und glücklich. Er schien zu glauben, daß es mich ebenfalls glücklich machen würde, wenn ich mit ihm käme.« Sie schüttelte langsam den Kopf. »Vor ein paar Wochen hat er Pferde für uns gekauft.«

»Davon hast du mir nichts erzählt.«

»Ich mag nicht darüber reden. Er sagte, wir hätten das Reiten geliebt, und daß wir wieder anfangen müßten zu leben. Er wollte, daß ich mit ihm ausreite.« Ihr Gesicht verdunkelte sich, als der Schmerz sie übermannte. »Er fragte mich, wie ich über ein Baby denken würde.«

Jay zuckte zusammen. »O mein Gott!«

»Als ob wir Karen ersetzen könnten.«

Jay kannte Mitch. Er war ein netter Kerl. Sophie war seine Sonne, seine Luft und sein Wasser. Er tat alles, um den Menschen, der sie vor der Tragödie gewesen war, wieder zurückzuholen. Jay konnte nicht glauben, daß er vorgeschlagen hatte, ein Baby als Ersatz für Karen zu bekommen – allerdings konnte sie verstehen, daß Sophie seine Worte so aufgefaßt hatte.

»Was hast du geantwortet?«

»Ich habe ihm gesagt, ich sei mittlerweile fünfunddreißig und daher zu alt, um noch Babys zu bekommen. Ich habe gesagt, wir hätten unsere Chance gehabt.« Sie senkte den Kopf und trat kräftig in die Pedale. Sie fuhr so schnell, daß Jay Mühe hatte mitzuhalten. Jay konnte Sophies Verzweiflung an ihren gebeugten Schultern und ihre Wut an ihrer steifen Haltung erkennen. Sophie sagte: »Der Grund, warum ich mich im Moment so mies fühle, ist nicht nur die Sache mit dem Baby, die Pferde, seine Reise nach Washington, oder daß er glaubt, mich wieder zu einer netten, glücklichen Mutter machen zu müssen. Es ist schrecklich, Jay, aber ich fühle mich so verloren. Ich weiß nicht mehr, ob ich Mitch noch liebe – oder ob ich überhaupt noch verheiratet sein will. Ich weiß gar nichts mehr. Ich glaube, deswegen wollte ich mit auf diese Reise – um etwas Raum zum Atmen zu haben.«

»Kinder …« Jay zuckte bei dem Wort zusammen. »Steven hat mich vor einigen Wochen darauf angesprochen.« Ihr Blick glitt über die Landschaft. Zu beiden Seiten der Straße erhoben sich die Berge majestätisch in den Himmel. Hinter jeder Kurve erwartete sie ein neuer, wunderbarer Anblick. Sie wünschte, sie könnte sich mehr auf ihre Umgebung konzentrieren. Sie wünschte, sie hätte weder Steven noch jenes verhängnisvolle Gespräch erwähnt. »Ich habe schon immer welche gewollt.«

»Ich weiß.« Sophie lächelte sie auf eine merkwürdige Art und Weise an. »Du hast früher viel darüber gesprochen. Eigentlich hatte ich erwartet, daß du es schon längst in die Tat umgesetzt hättest.«

»Ich auch.«

Sophie seufzte und rutschte ein wenig auf dem Fahrradsattel herum. Sie schaltete einen Gang herunter, als die Straße vor ihnen weiter anstieg. Jay folgte ihrem Beispiel.

Eine Zeitlang schwiegen beide. Jay betrachtete wieder die Landschaft und wünschte, daß sie nicht so allein mit ihren Gedanken wäre. Plötzlich sagte Sophie: »Ich muß es wissen ... und ich ... hatte bisher keine Gelegenheit ... dich zu fragen ... ich meine ... bis jetzt jedenfalls.« Ihr Atem ging schwer von der Anstrengung. »Warum ausgerechnet Glenraven?«

Sie erreichten den Gipfel. Jay schaltete wieder in einen höheren Gang und grinste ihre Freundin an. Das Tal des Po war nun vollkommen aus ihrer Sicht verschwunden. »Ich wünschte, ich wüßte es. Als ich das Buch bei Baldwell fand, mußte ich es einfach tun. Ich *mußte* es.«

»Du mußtest es.« Sophie dachte einen Augenblick darüber nach. Sie nickte. Das ergab Sinn. »Mir ging es genauso.«

Jay deutete nach rechts zu einer kleinen Berghütte. An der Tür war ein kleines Schild mit der Aufschrift CAI angebracht. Der kleine Parkplatz neben der Hütte war leer. »CAI bedeutet Club Alpinisti Italiani«, erklärte sie Sophie. »Das ist die beste Adresse, wenn man einen Führer durch die Alpen sucht. Ich habe uns einen gebucht.«

»Dieses Ding ist eine Art ... Amt?« Zwischen Sophies Augenbrauen bildeten sich wieder diese kleinen vertikalen Linien, als sie das Gebäude betrachtete.

Jayjay spürte eine leichte Übelkeit, als sie die Hütte betrachtete. »Diese Außenstelle ist wahrscheinlich nicht
gerade ausgelastet – die Zentrale versicherte mir sogar, sie
würde gar nicht existieren. Na ja, hier ist sie jedenfalls –
genau wie es im Reiseführer stand.«

Der Kies knirschte unter ihren Rädern.

»Ich hoffe, es ist jemand zu Hause«, sagte Sophie. In
ihrer Stimme schwang Zweifel.

»Wir werden erwartet.« Jay zog ein Stück Papier aus ihrer Jeans und studierte den Namen darauf. »Signi Tavsti
Lestovru.« Sie klappte den Fahrradständer aus. Dieser
Fahrradständer. Als sie ihn betrachtete, lachte sie leise
vor sich hin. Sie hatte darauf bestanden, daß er eingebaut
wurde, trotz des entsetzten Gesichts, das der Fahrrad-
händler gemacht hatte. Hightech-Mountainbikes waren
nicht für den Einbau eines Fahrradständers vorgesehen.
Jayjay war das egal. Sie hatte nicht die Absicht, ihr 1200-
Dollar-Fahrrad an irgendeine Wand zu lehnen oder einfach auf den Boden zu werfen, wenn sie es nicht gerade
in Gebrauch hatte. Zögernd war der Verkäufer ihrer Aufforderung nachgekommen und hatte beim Einbauen so
getan, als müßte er der Mona Lisa einen Schnurrbart
malen.

Jayjay wartete auf Sophie, die nicht so energisch gewesen war und deshalb jetzt nach einem sicheren Ort Ausschau hielt, um ihr Rad abzulegen.

Schließlich entschied sie sich für das hohe Gras neben
der Hütte. Das würde das Gerät nicht allzusehr beschädi-

gen. Vorsichtig legte sie es nieder. »Es sieht nicht so aus, als sei jemand hier.«

Sophie hatte recht. Die Fenster des CAI-Büros waren mit Brettern vernagelt, und das Dach hing in der Mitte gefährlich durch. »Ich habe heute morgen noch mal angerufen, kurz bevor wir das Hotel verließen, um sicherzugehen, daß unser Führer auch hier auf uns wartet. Allerdings hab' ich nicht mit ihm persönlich gesprochen, sondern mit einer Angestellten ... glaube ich jedenfalls.«

Sophie ging ein Stück auf die Hütte zu. »Dieser Ort ist irgendwie unheimlich.«

Jayjay stimmte ihr zu, aber sie hatte keineswegs die Absicht, sich dadurch von Glenraven fernhalten zu lassen. Sie öffnete die Tür und trat ein.

Das Innere besaß keinerlei Ähnlichkeit mit dem Äußeren. Es war hell und freundlich. Obwohl der Raum mit seinen hölzernen Prospektständern und der niedrigen Bohlendecke recht antiquiert wirkte, beinhaltete er eine große Auswahl an Bergsteigerausrüstungen, sowohl moderner als auch etwas älterer. Ein sonnengegerbter junger Mann, hager wie ein Marathonläufer, betrat den Ausstellungsraum, als die Türglocke klingelte. Er lächelte mit den fürchterlichsten Zähnen, die Jayjay jemals bei einem jungen Menschen gesehen hatte. Als der Bursche von einer Frau zur anderen blickte, wich sein Lächeln einem Ausdruck höflicher Verwirrung.

Auf Französisch fragte er: »Kann ich Ihnen irgendwie behilflich sein?«

Jayjay lächelte ihn an. »Aber natürlich«, erklärte sie, ebenfalls auf Französisch. »Wir waren hier mit unserem Führer verabredet, einem gewissen Signi Tavsti Lestovru ...«

»Ich bin Lestovru«, sagte der Bursche und blickte – wenn das überhaupt möglich war – noch verwirrter drein. »Aber Sie ... Sie suchen vielleicht einen Führer nach Saint-Vincent oder Breuil-Cervinia?«

Jayjay seufzte. Das war nicht der Mann, mit dem sie gesprochen hatte. Sie hatte mit einer Frau mit amerikanisch klingendem Akzent gesprochen, die sehr erfreut gewesen war, Jayjay helfen zu können. Sie hatten darüber gesprochen, daß es nur einen einzigen Führer gab, der die Frauen nach Glenraven bringen könnte. Tatsächlich hatte Jay sich sogar darüber gewundert, daß es überhaupt jemanden gab, der diese Aufgabe erfüllen konnte. Schließlich waren die Grenzen soeben erst geöffnet worden. Wenn die Frau, mit der Jayjay geredet hatte, versicherte, er werde hier sein, um sie zu treffen, dann müßte er eigentlich auch wissen, wohin es ging.

Sophie tippte ihrer Freundin auf die Schulter. Jay wandte sich fragend zu ihr um. »Was hat er gesagt?« flüsterte Sophie.

Jay übersetzte es. Sophie hatte nicht Jayjays Kindheitserfahrungen als Tochter eines Anthropologenpaares. Auch den Spanisch-Unterricht in der Schule hatte sie nicht sonderlich ernstgenommen. Sie sprach nur Englisch. Jayjay andererseits beherrschte das Französische recht gut. Außerdem sprach sie noch ein wenig Spanisch, Inuit und genug Japanisch, um sich in Schwierigkeiten zu bringen, aber nicht wieder heraus.

Jay beugte sich nach vorne. »Hat die Frau, die unsere Reise arrangiert hat, Ihnen nicht gesagt, daß wir nach Glenraven wollen?«

Lestovru wurde blaß und blickte über die Schulter, als fürchtete er, man könne sie belauschen. »*Wohin?*« flüsterte er.

Jay runzelte die Stirn. Sie zog den Fodor's Reiseführer aus der Innentasche ihrer Jacke und hielt ihn dem Mann unter die Nase, so daß er den Titel deutlich erkennen konnte. »Glenraven«, sagte sie und deutete auf den Schriftzug.

Er starrte auf das Buch. »Kann ich das mal sehen?«

Jay spürte einen innerlichen Stich. Es widerstrebte ihr zutiefst, das Buch aus der Hand zu geben. Trotzdem reichte sie es ihm.

Der junge Mann wog den Reiseführer zuerst in der linken dann in der rechten Hand – ohne ihn zu öffnen oder durchzublättern. Er legte den Kopf zur Seite und untersuchte das Buch, als hätte er noch nie in seinem Leben einen Reiseführer gesehen. Schließlich nickte er und gab Jayjay das Buch zurück. »Haben Sie Ihre Reiseunterlagen?«

»Meine und ihre.« Jay zog zwei archaische, quadratische und von Hand beschriebene Pergamente aus ihrer Brieftasche. Sie war sehr erstaunt gewesen, als sie die

Dokumente bereits zwei Tage nach ihrer Anfrage in der Post gefunden hatte. Sie konnte kein einziges Wort lesen. Selbst die Schrift war ihr unbekannt. Die Dokumente sahen so ... so inoffiziell aus. Jay hoffte, ihr Aussehen würde Lestovru weniger erschrecken als sie. Sie reichte ihm die Papiere.

Lestovru schnalzte mit der Zunge, als er sie betrachtete. Dann zuckte er mit den Schultern. »Also *Sie* sind diejenigen. Ich hätte nicht gedacht ...« Plötzlich änderte sich sein Benehmen. Er richtete sich auf, blickte Jay in die Augen und lächelte wieder mit seinem fürchterlichen Gebiß. »Wie auch immer ... Sie sind nicht das, was ich mir vorgestellt habe.« Jayjay fragte sich, ob er sich von allen seinen Kunden eine bestimmte Vorstellung machte, bevor er sie traf. Das war eine eigenartige Bemerkung. Lestovru sprach weiter. »Mein Job ist es, Sie sicher dorthin zu bringen, und das werde ich tun. Schließlich geht es mich nichts an, was Sie dort wollen.« Nachdem er seinen Kommentar zum besten gegeben hatte, rieb er sich die Hände und erklärte: »Zunächst einmal müssen wir Geld tauschen. Ihr Geld ist nichts wert in ... Glenraven ...«, seine Stimme sank wieder zu einem Flüstern herab, als er den Namen aussprach, »... und innerhalb des Landes gibt es nirgendwo eine Möglichkeit, Geld zu wechseln.«

Jayjay war darauf vorbereitet. Fodor's hatte erwähnt, daß es Schwierigkeiten mit der Währung geben könnte, und davor gewarnt, daß das CAI-Büro die einzige Gelegenheit war, an Geld in Landeswährung zu kommen –

und zwar vor der Einreise nach Glenraven. In Glenraven selbst wurden weder Traveller-Schecks noch Visa, American Express oder andere Kreditkarten anerkannt. Es gab auch keine versicherungstechnische Möglichkeit, um Reisenden, die in finanzielle Not geraten waren, aus der Klemme zu helfen, indem Geld von daheim überwiesen wurde. »Die Münzen des Landes und Tauschhandel« waren – so sagte der Reiseführer – die einzigen Methoden des Zahlungsverkehrs.

Jay gab Lestovru ihre Traveller-Schecks, und er tauschte sie in die wertvollen, metallenen Dachrras von Glenraven. Als er den Stapel über den Tresen schob, sagte er: »Das ist eine ziemliche Menge Geld. Haben Sie etwas, worin Sie die Münzen aufbewahren können?«

Ihr praktischer Reiseführer hatte Jay vor dem hohen Gewicht des Geldes gewarnt. Sie nickte. »Einen Geldgürtel.«

»Benutzen Sie ihn.« Er starrte ihr lange genug in die Augen, daß sie sich unbehaglich zu fühlen begann. »Lassen Sie niemanden wissen, wieviel Geld Sie mit sich herumtragen. Eine solche Summe könnte sogar Leute verführen, die Sie sonst freundlich behandelt hätten.«

Er tauschte auch Sophies Geld, allerdings ohne etwas zu sagen. Statt dessen blickte er abschätzend von einer Frau zur anderen. »Es geht los«, sagte er, nachdem die beiden das Geld in ihren Gürteln verstaut und Sweatshirts darüber gezogen hatten. »Wir werden Ihre Fahrräder hinten an meinem Wagen festmachen und bis Bardonecchia fahren. Danach können wir nicht mehr mit dem Auto weiter.«

»Das wußten wir. Wir haben auch schon die Radtour bis hierher genossen«, sagte Jay, »und wir freuen uns schon auf den Trip nach Glenraven.«

Lestovru runzelte die Stirn. »Vielleicht tun Sie das wirklich. Aber wenn Sie erst einmal eine Zeitlang an einem Ort ohne jeglichen Komfort gewesen sind, dann werden Sie das alles hier vermissen.« Seine weitschweifende Geste umfaßte das ältliche, kleine Büro mit den nackten Glühbirnen an der Decke und dem abgelaufenen, durchhängenden Fußboden, als handelte es sich um den Inbegriff von Luxus.

Jay seufzte. Wahrscheinlich hielt Lestovru sie für den Prototyp einer dekadenten Amerikanerin – für irgend jemanden, der nicht wußte, was es bedeutete, in einem See zu baden, die Kleider in einem Fluß zu waschen oder ohne Elektrizität zu leben. O Mann. Sie war von Lestovru ebensowenig beeindruckt wie er von ihr. Aber sobald sie Glenraven erreicht hatten, brauchten sie sich nicht mehr mit diesem Kerl abzugeben. Sie würden ihn nach ihrer Ankunft sofort fallenlassen und sich für die Rückreise jemand Sympathischeren suchen.

Wenn sie erst in Glenraven war, dann würde alles besser werden. Sie wußte nicht, woher sie das wußte, aber sie wußte es.

Kapitel Fünf

Jay warf einen letzten Blick auf das Auto ihres Führers, bevor sie ihr Rad neben das von Sophie schob. Sie standen an einer Abzweigung der S25. Eine gepflasterte, alte Straße, die vielleicht sogar römischen Ursprungs war, führte in ein Tal zu ihrer Rechten. Bardonecchia lag hinter ihnen, und laut Lestovru erwartete sie ein nicht unerhebliches Risiko. Er hatte ihnen einen kurzen Vortrag über die Gefahren des Reisens in den Bergen gehalten – plötzliche Wetterveränderungen, Lawinen, Überschwemmungen, gefährliche Tiere und die Schwierigkeit, medizinische Versorgung zu erhalten, sollte es notwendig werden. Fast schien er zu hoffen, seine unheilvollen Warnungen könnten Jay und Sophie zur Umkehr bewegen. Doch der einzige Effekt, den er damit erzielte, war, daß Jay ihn noch weniger mochte als zuvor. Sie kannte die Gefahren. Trotzdem. Sie wollte unbedingt nach Glenraven.

Mittlerweile sprach Lestovru Englisch, nachdem er bemerkt hatte, daß Sophie kein Französisch verstand. Seine Aussprache besaß einen starken Akzent. Als sie darüber nachdachte, bemerkte Jay, daß es sich mit seinem Französisch genauso verhielt. Sie fragte sich, was wohl seine Muttersprache war.

»Halten Sie sich immer hinter mir«, sagte Lestovru. »Einige Abschnitte sind sehr schwer. Wir werden eine Reihe extremer Steigungen zu bewältigen haben. Auf gar keinen Fall dürfen Sie sich voneinander oder von mir trennen ... wenn Sie einmal auf sich allein gestellt sind, dann vergrößert sich das Risiko.«

Sie stiegen auf und radelten los. Sofort mußten sie sich voll darauf konzentrieren, Schlaglöchern und Büscheln von Gras oder Unkraut auszuweichen, die den antiken Weg überwuchert hatten. Jayjay konnte sich fast vorstellen, daß diese Straße seit den Tagen Christoph Kolumbus' unberührt geblieben war.

An einer weniger gefährlichen Stelle fuhr Sophie neben ihre Freundin. »Ich kann unseren Führer nicht ausstehen.«

»Ich auch nicht.« Jayjay bemerkte ein Schlagloch und wich zur Seite aus. »Aber was *konkret* kannst du nicht ausstehen?«

»Er zeigt zu viel Interesse an meinem Geld. Er hat zwar kein Wort gesagt ... aber sein Blick. Ich mag es einfach nicht, hier in den Bergen mit einem Mann herumzugondeln, den wir nicht mindestens seit Ewigkeiten kennen. Schließlich sind wir beide ganz allein, und Waffen besitzen wir auch nicht.«

Jayjay nickte grimmig. Reisen im Ausland ließen allein schon den Besitz einer so simplen Verteidigungswaffe wie Tränengas zu einem Alptraum werden. Aus diesem Grund besaßen weder Jayjay noch Sophie etwas Tödlicheres als einen Fahrradschraubenschlüssel. »Uns bleibt nichts anderes übrig, als ihn im Auge zu behalten.«

Sophie warf Jay einen kurzen Blick zu. »Das wird uns eine Menge nutzen, wenn er 'ne Knarre dabei hat.«

»Der CAI hat sich für ihn verbürgt. Darauf kann man sich verlassen. Wenn sie sagen, wir könnten ihm vertrauen, dann können wir das auch.«

Sophie wirkte keineswegs besänftigt. »Vielleicht. Es wäre eine Schande, wenn sie sich irren.«

»Er sieht irgendwie nicht wie ein Bergführer aus, was meinst du?« Die Tatsache, daß Lestovru seit seinem Vortrag über die schrecklichen Gefahren ihrer Reise in Schweigen versunken war, veranlaßte sie zu diesem Kommentar. Sophie hatte ihn laut nach dem Ursprung der Straße gefragt, und Jay hatte sich ebenso lautstark über einige besonders schöne Pflanzen am Rand ausgelassen. Er hatte ihre Fragen nur mit einem leichten Schulterzucken beantwortet. Auch verlor er kein Wort über die Sehenswürdigkeiten, die von der Straße aus zu erkennen waren. Zu ihrer Rechten erhob sich die Ruine eines alten, steinernen Turmes, und zu ihrer Linken floß ein einfach hinreißender Gebirgsbach. Die Wiesen, durch die sich die Straße wand, waren mit einer Vielzahl von Blumen übersät. Die meisten davon hatte Jay noch nie gesehen. Unbekannte Vögel flogen an ihnen vorüber, und ein schwerfälliges Wesen, das wie ein Murmeltier aussah, setzte sich auf die Hinterbeine und beobachtete die Gruppe. Jay hätte gern die Namen all dieser wunderbaren Dinge erfahren, aber nachdem Lestovru so unwirsch auf ihre ersten Fragen reagiert hatte, verzichtete sie auf weitere.

Statt dessen legte ihr Führer – ganz darauf fixiert, voranzukommen – ein schnelleres Tempo vor. Die Straße stieg langsam an.

Jay hatte keine Lust mehr zu reden. Sie war zwar in hervorragender Form, aber die dünne Höhenluft, die hohe Geschwindigkeit und die erforderliche ständige Konzentration auf die Straße, um irgendwelchen Schlaglöchern auszuweichen, ließen ihr keinen Atem mehr für eine Unterhaltung.

Als die Straße enger wurde, mußten sie hintereinander fahren. Sie hielten die unangenehm hohe Geschwindigkeit ungefähr eine Stunde durch, dann ließ Lestovru sie anhalten. Er stellte einen Fuß auf den Boden und zeigte nach vorne. »Wir kommen jetzt an das steilste Stück. Vielleicht wollen Sie Ihre Fahrräder lieber schieben?«

Das steilste Stück, dachte Jay. Was glaubt der eigentlich, was wir bis jetzt gemacht haben? »Wir fahren«, entschied sie. »Wir schaffen das schon.« Der Gedanke, diesem Kerl gegenüber eine Schwäche zu zeigen, war ihr zuwider. Sie wollte nicht, daß er sie mit Schwäche in Zusammenhang brachte. Der Blick, mit dem er das kleine Vermögen angeschaut hatte, das sie in ihrem Geldgürtel trug, war Grund genug, sich unbehaglich zu fühlen.

Der Ausdruck, mit dem er sie ansah, sagte so deutlich wie ein gesprochenes Wort: Ich glaube nicht, daß ihr das schafft. Er nickte. »Wie Sie wollen.«

Jay betrachtete den Weg vor ihr genauer. Das Tal endete in einer Sackgasse, wo die beiden Berge sich berührten.

Die Straße führte rauf und runter, rauf und runter ... rauf und runter. Sie sah aus wie eine Schlange, die unter Magenkrämpfen litt. Jay versuchte sich wieder aufzubauen. Sie redete sich ein, daß ihre täglichen Fahrradtouren und Kraftübungen ein ausreichendes Training für diese Achterbahn gewesen waren. Ich schaffe es, dachte sie.

Sophie wirkte weniger selbstbewußt. »Wir brauchen eine Rast«, wandte sie sich an Lestovru.

Jay blickte zu ihrer Freundin. Sie schnaufte nicht mehr als Jay, auch schien sie nicht besonders müde. Na ja, eigentlich sah Sophie immer ein bißchen müde aus. Jay stieg ab, schob ihr Rad zu Sophie, und sie setzten sich nebeneinander auf den Boden.

»Stimmt was nicht?« fragte Jay.

Müdigkeit war nicht das Problem. »Wir brauchen einen Plan, falls er uns mit einer Waffe bedroht«, sagte sie.

»Wir stürzen uns beide gleichzeitig auf ihn. Wenn wir Glück haben, dann hat er nur Gelegenheit, eine von uns zu töten, bevor die andere ihn entwaffnet.« Jay grinste bei diesen Worten, und merkwürdigerweise lächelte Sophie zurück.

Eine Frage blieb unausgesprochen: Sollten sie umkehren? Irgendwie fühlte sich die ganze Situation falsch an. Vielleicht sollten sie zurückfahren und sich einen neuen Führer nach Glenraven suchen – oder den Rest ihres Urlaubes in Italien verbringen ... oder nach Hause fahren. Wenn eine von ihnen einen Rückzieher machte, dann mußte die andere folgen – auch das war eine einfache Tatsache.

Die Frage blieb unausgesprochen. Sophie sagte: »Ich nehme an, wir müssen das Risiko auf uns nehmen. Falls er uns umbringt, dann werden die Namen der unerschrockenen Entdecker Sophie Ann Cortiss und Julie Jean Bennington Pfiester Tremont Smith in die Geschichte eingehen. Hab' ich nicht recht?« Sie blickte Jay von der Seite an, und ein ironisches Lächeln spielte auf ihrem Gesicht.

Die Erwähnung ihres vollen Namens traf Jay wie ein Schlag in die Magengrube. Sie lachte, doch das Lachen wirkte angestrengt. Sophies veränderter Gesichtsausdruck zeigte deutlich, daß sie Jays Reaktion bemerkt hatte.

Die beiden Frauen nahmen ihre Fahrräder und signalisierten dem Führer, daß sie bereit waren. Er nickte und fuhr voraus.

Sie kämpften sich eine extreme Steigung hinauf und ruhten sich bei der Abfahrt aus, bevor es anschließend wieder bergauf ging. Jay spürte, wie ihr der Schweiß über das Gesicht lief, obwohl es ziemlich kalt war. Beim dritten Mal hätte sie doch eigentlich Glück haben müssen, dachte sie. Steven hätte der Mann fürs Leben sein sollen, der mich die anderen vergessen lassen könnte. Er hätte der Mann sein sollen, mit dem ich den Rest meines Lebens verbringen würde. Aber er war es nicht. Soviel ist mir mittlerweile klargeworden. Warum also denke ich so darüber? Sie spürte ein Stechen in der Seite, und ihre Beinmuskeln begannen zu brennen. Statt mit einem

Anwalt alles Notwendige wegen unserer Beziehung zu regeln, renne ich einfach weg. Ich sollte den Kopf hochhalten und meinen eigenen Weg gehen. Das hier ist Wegrennen. Das hier ist Verstecken. Warum mache ich das?

Das ständige Rauf und Runter schien ewig weiterzugehen. Jay fragte sich, wie die Verfasser des Reiseführers diese Straße jemals als *Paß* bezeichnen konnten. Sie fuhren durch keinen Paß. Das hier war Bergsteigen auf Rädern.

Trotzdem überkam sie ein wohliges Gefühl, wenn sie an Glenraven dachte.

Lestovru trat weiter kräftig in die Pedale und führte die kleine Gruppe an. Dabei schaffte er es, so auszusehen, als würde er auf einer flachen Strecke fahren. Jayjay verfluchte ihn dafür.

Sie erreichten eine weitere Biegung. Vor ihr stöhnte Sophie: »Wie weit noch?«

»Wir kommen näher«, rief Lestovru nach hinten.

Näher. Nicht gerade sehr präzise.

Die Luft wurde kühler und der Gegenwind heftiger – ein weiteres Hindernis. Allerdings befanden sie sich noch nicht hoch genug, um unter Sauerstoffmangel zu leiden. Noch nicht!

Obwohl Jayjay bereits in den niedrigsten Gang geschaltet hatte, mußte sie ziemlich kämpfen. Sie kam nur langsam voran und wünschte sich noch ein oder zwei weitere Gänge unter dem ersten.

Hört die verdammte Straße denn nie auf? fragte sie sich.

Plötzlich erreichte der Weg ein Plateau, bog direkt nach links ab und verschwand in einem Loch mitten in der glatten, steilen Felswand.

»Die Lampen, bitte«, sagte Lestovru. Er war zwar außer Atem, aber trotzdem lange nicht so schlimm dran wie Sophie und Jayjay. Anders als ein normaler Führer lächelte er noch gratulierte er ihnen zu ihrer Leistung. Wenn sie seine Fehler aufrechnete, dann fragte sich Jay, welche Qualitäten er eigentlich besaß, daß jemand ihn als Führer für diese Region empfahl.

Sie schalteten die Scheinwerfer ihrer Fahrräder ein, blieben aber noch einen Augenblick stehen, um sich auszuruhen.

Jays Atem ging allmählich etwas leichter.

»Also bitte«, sagte Lestovru. »Vor uns liegt noch ein ganz schönes Stück, und wir wollen schließlich nicht zu spät eintreffen.«

Zu spät? Zu spät für was?

Er schwang sich auf den Fahrradsattel und fuhr in den Tunnel. Als nächstes kam Sophie, und Jay folgte ihr. Sie konnte sich nicht daran erinnern, in Fodor's über einen Tunnel gelesen zu haben. Ihr Reiseführer hatte zwar erwähnt, daß die Straße nach Glenraven in einem schlechten Zustand war, aber keinen Hinweis über eine Kletterpartie mit Rädern gegeben. Jay hoffte, daß die Verfasser nicht noch andere genauso wichtige Details ausgelassen hatten.

Der Tunnel stieg in langsamen Windungen nach oben. Obwohl es bei weitem nicht so steil bergauf ging, erschien es den Frauen nach allem, was sie durchgemacht hatten, wie eine Tortur. Schnell war das Tageslicht hinter ihnen verschwunden. Im Inneren des Berges war es zwar nicht ganz so kalt wie draußen, aber warm konnte man es auch nicht nennen. Jay schätzte die Temperatur auf ungefähr fünf Grad.

Vor ihr wedelte Lestovrus Scheinwerfer von einer Seite zur anderen, während er diversen Hindernissen auswich. Er besaß eine ungeheure Ausdauer, aber Radfahren konnte er nicht. Auf Jay wirkte das ebenso mysteriös wie sein offensichtliches Desinteresse an der Umgebung. Er mußte einfach in *irgend etwas* gut sein, das ihm den Job als Führer eingebracht hatte. Allerdings sah sie nichts, was auch nur minimalsten Forderungen entsprochen hätte. Wer war er? Ein Dieb? Für das bißchen Geld, das sie bei sich trugen, schien ihr der Aufwand viel zu hoch. Sie mußte jedoch zugeben, daß der Tunnel ein idealer Platz für einen Raubüberfall war. Er könnte ihre Leichen einfach in der Dunkelheit zurücklassen, und es würde wahrscheinlich Jahre dauern, bis irgend jemand über ihre Skelette stolperte. Die Feuchtigkeit und die eiskalte Luft boten zusätzliche Nahrung für ihre finstersten Gedanken. Das Flackern der Scheinwerfer entlang der grob behauenen Felswände und die grotesken Schatten, die wie verrückte, strampelnde Dämonen wirkten, bedrückten sie. Jay fühlte sich, als hätte der Berg sie verschlungen, und obwohl sie bergauf fuhr, konnte Jay sich nicht des Eindrucks erwehren, daß sie immer tiefer in die ewige Finsternis des Erdinneren hinabglitt und das Tageslicht niemals wiedersehen würde.

Lestovru machte eine scharfe Rechtskurve, und Jay hörte, wie er durch eine Pfütze fuhr. Sophie folgte ihm, und für einen Augenblick kam Jay sich einsam und verlassen vor ... wie in einem jener Alpträume, wo man immer weiterrennt, ohne jemals irgendwo anzukommen. Dann fuhr sie um die Ecke und sah die Lichter der anderen wieder vor sich. Die bedrückende Einsamkeit legte sich.

Aber nicht allzusehr. Sie fuhren um zwei weitere Biegungen, eine nach links, die andere nach rechts. Plötzlich bemerkte Jay, daß es sich um eine Abzweigung gehandelt hatte. Der Tunnel hatte sich geteilt. Ohne Vorwarnung hatte er sich geteilt. Sie überlegte angestrengt, ob sie vielleicht schon andere Abzweigungen versäumt hatten. Schließlich hatte sie nicht darauf geachtet. Sie stellte sich schaurige Szenarien vor. Drei Reisende, die immer und immer weiter fuhren. Ihre Scheinwerfer wurden schwächer und schwächer, bis sie nacheinander erloschen. Sie, Sophie und der unsympathische, wortkarge Lestovru, wären dann dem Echo ihres eigenen Atems und dem zermürbenden Tropfen des Wassers von den Tunnelwänden ausgeliefert.

Jay versuchte ihr Zeitgefühl zu bewahren – in der Dunkelheit wurden die Minuten länger und länger. Ungefähr eine halbe Stunde fuhren sie jetzt durch den Tunnel, und Jay kam es ohne Übertreibung vor wie ein halber Tag. Sie konnte ihre Armbanduhr nicht erkennen. Der Ärmel ihrer Jacke war darüber gerutscht. Aber es spielte keine Rolle. Da sie die letzte in der Kolonne war, hatte sie sowieso zu wenig Licht, um das Zifferblatt zu erkennen. Sie wünschte, es wäre anders. Je länger sie durch die Dunkelheit fuhren, desto mehr reifte in Jayjay die Überzeugung heran, daß irgend etwas nicht stimmte ... daß sie irgendwie vom rechten Pfad abgekommen waren und durch eine Art minotaurisches Labyrinth irrten.

Lestovru bog erneut um eine Kurve. Sophie folgte ihm und verschwand außer Sicht. Jay hörte sie kreischen. Unter normalen Umständen kreischte Sophie nicht so leicht. Jay wurde langsamer und spähte vorsichtig um die Ecke. Sie sah Lestovru. Sie sah Sophie. Keine Gefahr. Keine Katastrophe. Nichts Ungewöhnliches.

Sie zuckte mit den Schultern und radelte den beiden hinterher ... und von einem Moment zum anderen fühlte sich ihr Magen an, als würde er die tollsten Kunststücke vollführen. Jay schnappte nach Luft, fiel über eine unsichtbare Felswand ... und dann verschwanden sowohl die Übelkeit als auch das Schwindelgefühl so schnell, wie sie gekommen waren. Mit einem Mal fühlte Jay sich großartig.

Sophie fuhr um eine weitere Biegung. Ihr Freudenschrei »Tageslicht!« hallte durch den ganzen Tunnel. Jay raste los, alle Aufmerksamkeit nach vorn gerichtet. Sie trat in die Pedale, so schnell sie konnte, und als sie um die nächste Kurve gefahren war, sah sie den ersten Lichtschimmer auf der Wand, der nicht von einem Scheinwerfer stammte.

Jay murmelte: »Oh, Gott sei Dank!« und radelte noch schneller. Sophie raste bereits auf den Ausgang zu. Sogar Lestovru schien gegen das Tageslicht nicht immun zu sein. Auch er wurde immer schneller. Die dämonischen Fahrer an den Wänden schienen sich zu beeilen, um das Licht zu überflügeln, das ihr Untergang war – und dann warf das Licht am Tunnelausgang die Schatten dorthin zurück, wo sie nicht mehr zu sehen waren. Die drei stürzten aus dem Tunnel auf einen Überhang an der Außenseite des Berges zu, durch den sie gekommen waren.

Sie machten eine Vollbremsung – drei Fahrräder quietschten im Chor.

Jayjay stellte ihr Rad ab und kletterte auf einen Felsbrocken am Rand des Überhangs. Unter ihr erstreckte sich ein weites grünes Tal, durchsetzt mit Seen, die wie Saphire glitzerten. Es gab zwei große, unberührte, natürliche Wälder, die von ihrem Aussichtspunkt wie Samt aussahen. Ätherisch wirkende Türme schmückten unglaublich hoch und fragil gebaute Burgen, die auf flachen Hügeln, auf kleinen Bergen oder am Ufer des Flusses standen. Innerhalb der ausladenden Burgmauern drängten sich winzige Häuser zu Bilderbuch-Städten. Das Ganze – umgeben von der gewaltigen Wand der Alpen – wirkte, als hätte man es in einem Stück von einem noch freundlicheren Ort in diesen abgeschiedenen Winkel transportiert, um es vor Schaden zu bewahren. Jay fühlte, daß sie sich ganz und gar in dieser perfekten Miniaturwelt verlieren könnte.

Das Photo auf dem Umschlag ihres Reiseführers wurde diesem Anblick nicht gerecht.

Sophie stieg neben ihr auf den Felsen. »Nicht zu fassen!« flüsterte sie. »Ich kann kaum glauben, was ich sehe.«

Die Sonne schien Jayjay heiß ins Gesicht, und der kühle Wind streichelte über ihre Haut. Es kribbelte am ganzen Körper, und Jayjays Herz begann zu rasen. *Komm*, flüsterte Glenraven ihr zu. Ihr ganzes Leben hatte sie darauf gewartet, in einem Märchen aufzuwachen, und hier war es … genau vor ihr. Es zog sie noch stärker an als daheim in Peters, eine halbe Welt weit entfernt. *Hier*, versprach eine Stimme, *hier wirst du finden, was du suchst.*

Was ist das? fragte sie sich. Auf was habe ich gewartet? Sie kannte die Antwort nur zum Teil.

Glenraven.

Kapitel Sechs

Ich bin da, dachte Sophie. Sie betrachtete das saftig grüne Tal, das übersät war mit Burgen. Sie rieb ihre Hände an den Knien und blickte zu Jay, die regelrecht in Verzückung versunken schien. Der Ort rief nach Sophie, aber seine Versprechen machten ihr Angst. *Hier wirst du Ruhe und Frieden finden*, versprach er, ... *Ruhe und Frieden.*

Sophie wußte, was das bedeutete. Sie würde Glenraven niemals verlassen. Sie würde dort unten sterben. Glenraven würde sie auf die Straße zurück zu Karen führen oder ihr zumindest den Frieden des Nichts geben.

Ruhe und Frieden.

Der Wind blies durch Sophies Haare. Seine Stimme flüsterte in den Bäumen, die weiter unten wuchsen, und auf den Berggipfeln hoch oben. Auch der Wind sang Glenravens Lied. Ruhe und Frieden.

Vielleicht hätte ich mir mehr Mühe geben sollen, mich richtig zu verabschieden. Vielleicht hätte ich auch die letzten Kleinigkeiten noch erledigen sollen. Meine Eltern besuchen. Mein Testament prüfen.

Ruhe und Frieden.

Sie blickte über den Rand des Felsbrockens ... genau nach unten. Es gibt nicht viel, woran sich das Leben klammern kann. Nicht viel. In einem Augenblick ist es noch da, und dann ist es plötzlich weg. Niemand kann es auf ewig festhalten.

Sie sah zu Lestovru, der ungeduldig und mit finsterer Miene neben seinem Fahrrad stand. Die Schönheit der Aussicht ließ ihn vollkommen unberührt. Sophie starrte immer noch. Sie war wie verzaubert.

Will ich eigentlich Ruhe und Frieden? Will ich das wirklich?

Sie dachte: Ja, das will ich. Das will ich wirklich. Ich möchte schlafen können, ohne Karen in meinen Träumen zu sehen, wie sie leblos auf dem feuchten Reitweg liegt. Ich möchte aufwachen und frei atmen können, ohne von Kummer und Leid zu Boden gedrückt zu werden. Ich will so vieles.

Aber Ruhe und Frieden wären schon genug.

Lestovru war es offensichtlich leid, auf die beiden Frauen zu warten. Er sagte: »Wenn wir uns nicht bald auf den Weg machen, dann werden die Tore geschlossen sein.«

Seine Stimme riß Sophie aus ihren düsteren Träumen. Jay kletterte herunter, und Sophie folgte ihr. Sie würde weiter in Richtung Glenraven fahren, obwohl ihr eine innere Stimme sagte, daß das ihre letzte Möglichkeit zur Umkehr war. Sie würde nach Glenraven gehen, weil Glenraven ihr etwas versprach, das sie nirgendwo sonst finden konnte.

Als sie die Hälfte der Strecke zum Tor bewältigt hatten, fiel Sophie zum ersten Mal auf, daß Lestovru bewaffnet war. Er trug eine Armbrust über der Schulter und Dolche an beiden Seiten.

Wann hatte er die Waffen hervorgezaubert? Während der kurzen Pause am Tunnelausgang? Sie hatte nicht auf ihn geachtet, sondern sich ganz auf das Panorama konzentriert.

Alle drei ließen sich rollen. Niemand trat in die Pedale. Der Weg nach unten war nicht annähernd so steil wie der

Weg hinauf. Von Zeit zu Zeit betätigte Sophie die Brem-
sen oder rückte ihren Helm zurecht. Während der Abfahrt
war es genauso unmöglich, sich zu unterhalten, wie während des Aufstiegs. Es gab zu viele Schlaglöcher in der
alten Straße, und tiefhängende Äste reichten weit in den
Weg hinein.

Da Sophie nicht reden konnte, machte sie sich Sorgen.
Sie sorgte sich um Jay und um das, was ihre Freundin
zu dieser Reise veranlaßt hatte. Sie sorgte sich wegen
Lestovru und grübelte über die Gründe, warum sie ihm
nicht vertrauen durfte. Aber am meisten machte sie sich
Gedanken um Glenraven. Sie hatte den Reiseführer gelesen und war losgezogen, das kleine Land zu finden, und
sie war – trotz besseren Wissens – davon überzeugt, daß
ein derartiger Ort existierte ... schließlich hatten in Westeuropa so kleine Länder wie Andorra, Monaco und Liechtenstein erfolgreich überlebt, und das schon seit geraumer Zeit. Niemand hätte ein neues Land in Europa
einschmuggeln können, ohne daß Sophie etwas bemerkt
hätte – und Glenraven war *nie* hier gewesen. Warum also
existierte es trotzdem?

Sie grübelte nach über ihre Bereitschaft, an einen Ort
zu fahren, von dem sie wußte, daß es ihn nicht gab. Nicht
geben konnte. Wahrscheinlich hatte es etwas damit zutun, daß sie sich mit Jayjay eingelassen hatte. Natürlich,
das war der Grund. Wenn man eine Weile mit Jayjay her-
umhing, dann sah man häufiger den Berg zum Propheten
kommen, als man glauben wollte.

Glenraven war hier, und der Berg war mal wieder zum Propheten gekommen.

Kurz hinter einer baumbestandenen Anhöhe, vor der letzten Biegung, die sie noch vom Tal trennte, hielt Lestovru an und stieg vom Rad. Er zog ein mürrisches Gesicht. »Wir halten hier, bevor wir das Tor erreichen«, erklärte er. »Sie müssen ihre Kleidung wechseln. Ich habe etwas Passendes dabei ...« Er zuckte verlegen die Schultern. »Eigentlich hatte ich Männer erwartet. Sie werden sich mit dem begnügen müssen, was ich mitgebracht habe. Wahrscheinlich ist es sogar besser. Frauenkleidung ist weder geeignet zum Radfahren noch zum Reiten, und eine Kutsche steht uns nicht zur Verfügung. Wir dachten ...« Wieder zuckte er mit den Schultern und lächelte. »Macht ja nichts.«

»Entschuldigen Sie«, sagte Jay. »Was soll das heißen? Wir müssen unsere Kleider wechseln? Wir tragen bereits ausreichend bequeme Kleidung.«

»Sie sind ... ungeeignet für Glenraven. Sie wären zu ... erkennbar? Ist das Wort richtig?« Er starrte nach oben, als hätte jemand ein Wörterbuch in den Ästen der Bäume versteckt. »Nein. *Auffällig*. Sie wären zu auffällig.«

»Aber wir sind schließlich Touristen«, erwiderte Sophie beleidigt.

»Es gibt keine Touristen in Glenraven«, erklärte Lestovru. Sophie fand die Antwort ausgesprochen merkwürdig.

Die beiden Frauen sahen sich an, und Sophie erkannte Unsicherheit im Blick ihrer Freundin.

Lestovru griff in seinen Rucksack, zog zwei Kleiderbündel hervor und reichte sie den Frauen.

Sophie schob ihren eigenen Rucksack zurecht. Was hatte Reiten eigentlich mit all dem hier zu tun? Warum hatten sie dann überhaupt Fahrräder mitgebracht?

Schließlich nickte Jay zustimmend, trat vor und nahm das Bündel, das ihr Lestovru hinhielt. Sie beäugte ihn mißtrauisch. »Wo sollen wir uns umziehen?« fragte sie. »Wir werden es bestimmt nicht vor Ihren Augen machen.«

Lestovru schüttelte den Kopf. »Natürlich nicht. Sie werden hier sicher genug sein ... aber bitte, laufen Sie nicht zu weit weg. Ich werde unten auf die Straße gehen, hinter die Bäume dort. Warten Sie auf mich. Ich werde in einigen Minuten zurückkehren, wenn Sie mit Umziehen fertig sind.«

Jetzt nahm auch Sophie ein Bündel. Sie konnte sich alles ganz genau vorstellen. Er hatte es nicht nötig, sie im Tunnel umzubringen. Alles war so geplant, wie es ihm am leichtesten erschien. Er würde warten, bis sie sich ausgezogen hatten ... und dann würde er hinter einem Baum hervorspringen, eine Waffe auf sie richten und sie ausrauben ... oder Schlimmeres. Vielleicht dachte er nicht nur an einen einfachen Raubüberfall.

Während sie zögernd dastand und grübelte, sprang Lestovru auf sein Rad und fuhr den Berg hinunter, bis er schließlich hinter der Kurve verschwunden war. Als er außer Sichtweite verschwunden war, räusperte sie sich.

»Das ist total verrückt, Jay.«

Jayjay stand mitten auf der Straße und blickte in die Richtung, in der sie Lestovru vermutete. »Verrückt«, murmelte sie. »Ja, das ist es.« Sie schüttelte eine Haarsträhne aus dem Gesicht und runzelte die Stirn. »Was glaubst du, was er *jetzt* vorhat?«

»Meine Vorstellungen drehen sich um Raub, Vergewaltigung und Mord.«

»Hmmm, darüber habe ich auch schon nachgedacht.« Jay wandte sich zu ihrer Freundin um. »Aber es gibt kein Zurück. Ich glaube nicht, daß wir ohne Führer wieder nach Italien finden würden. Nicht durch diesen Tunnel. Eines kann ich allerdings nicht verstehen. Du hast Lestovru von Anfang an mißtraut. Du hättest einfach nur sagen müssen, *Ich glaube nicht, daß wir das Richtige tun*, und ich wäre sofort umgekehrt. Warum hast du das nicht gemacht?«

»Und warum hast *du* es nicht getan?«, erwiderte Sophie. Sie hatte sich dasselbe gefragt – sowohl in bezug auf Jay als auch in bezug auf sich selbst. Sie hatte etwas getan, von dem sie wußte, daß es dumm, unverantwortlich und gefährlich war, und sie *wußte*, daß sie es wußte. Sie wußte, daß sie sofort damit aufhören sollte. Und doch war sie immer weitergegangen. In einer Minute würde sie die Landestracht tragen und auf Lestovrus Rückkehr warten. Dumm, dumm, dumm. Warum?

Jayjay kaute auf ihrer Wange. Sie blickte ins Leere und rührte sich nicht. Sophie kam es vor wie eine Ewigkeit, obwohl es nicht viel länger als 30 Sekunden dauerte. »Das wird sich jetzt wahrscheinlich lächerlich anhören«, sagte Jay schließlich. »Und das ist es vielleicht auch. Aber irgend etwas wartet auf mich in Glenraven. Das habe ich bereits gespürt, als ich das Buch zum ersten Mal sah. Hier ist das Gefühl noch viel stärker. Ich mußte einfach herkommen.«

Sophie nickte. »Ich wünschte, ich wüßte nicht, was du meinst; aber ich weiß es.« Sie erzählte Jay nichts von ihren Erwartungen an Glenraven. Jayjay glaubte wahrscheinlich noch immer, sie würde sich wieder aufraffen, die Schmerzen der Vergangenheit abschütteln und weitermachen, als ob nichts geschehen wäre. Jay verstand gar nichts – genau wie Mitch.

»Ich werde es ihm auf keinen Fall leicht machen«, sagte Jay. Als sie Sophies verwirrten Gesichtsausdruck bemerkte, fügte sie erklärend hinzu: »Ich weiß, daß alles, was wir getan haben, jeder Logik widerspricht ... aber ich habe nicht die Absicht, ein leichtes Opfer zu sein. Wir werden uns abwechselnd umziehen.«

Sophie nickte. »Hier«, sagte sie und beugte sich nach vorn. »Das ist ein ausreichend großer Stein. Jetzt hab' ich eine Waffe.«

»Er hat eine Armbrust.« Jay zog zuerst ihre Jacke und dann die Bluse aus, um sie durch die grüne, weitärmelige Tunika und den schweren Wollpullover zu ersetzen, die sie von Lestovru bekommen hatte.

»Das habe ich bemerkt. Außerdem hat er noch Messer.«

Jay schnürte ihre Schuhe auf und schleuderte sie von den Füßen. »Hey! Er hat mir einen Dolch gegeben!« Sie zog einen Gürtel aus einem braunen, ledernen Paket. Sophie sah eine schmale Scheide, aus der der Griff eines geraden Messers ragte. Jayjay schüttelte das kleine Bündel – es war eine braune Lederhose. Sie zog sie an, wobei sie von einem Bein auf das andere hüpfte, um sie hochzuziehen. Sie war etwas zu eng an den Hüften. Jay zog ihre Schuhe wieder an und band sie zu. »Merkwürdig. Warum hat er mir ein Messer gegeben? Hast du auch eins?«

Sophie löste die Kordel um ihr Päckchen und wühlte durch die Kleidungsstücke. Alles war genau wie bei Jay. Auch sie fand ein Messer mit dem entsprechenden Gürtel. »Das macht keinen Sinn.«

Jayjay zog den Dolch aus der Scheide und prüfte die Klinge mit dem Daumen. Sie machte ein nachdenkliches Gesicht. »Stimmt. Aber uns soll's egal sein.« Sie schlang den Gürtel um ihre Hüfte, hockte sich hin und durchsuchte ihr Gepäck, bis sie die Papiere gefunden hatte. »Nebenbei gesagt: Das hier wirst du brauchen.«

Sie reichte Sophie ein kleines quadratisches Pergament. Es war mit einer Art Schrift bedeckt ... vielleicht handelte es sich auch um Hieroglyphen. Sophie betrachtete das Pergament von allen Seiten, studierte die Schrift und versuchte, sich an irgendwas zu erinnern, was dem hier ähnlich war. Vergeblich. »Was ist das?«

»Wenn man dem Fremdenverkehrsamt von Glenraven glaubt, dann handelt es sich hierbei um so etwas Ähn-

liches wie ein Visum. Wir werden es beim Zoll brauchen.«
Jayjay steckte ihr Exemplar in eine Tasche ihres wollenen
Umhangs.

Nun wechselte auch Sophie ihre Kleider und legte den
Messergürtel an. »Das Ganze regt dich nicht einmal
annähernd so viel auf, wie es eigentlich sollte, nicht
wahr?«

Jay grinste schelmisch. »Doch. Ich bin total aufgeregt.
Noch nie hatte ich Gelegenheit, so etwas zu tun.« Jayjay
setzte sich auf einen Felsen in der Nähe, ein leichtes
Lächeln auf dem Gesicht. Sophie schien es, als sei ihre
Freundin seit ihrer Flucht aus Atlanta zehn Jahre jünger
geworden.

»Trotz allem, was passiert ist, siehst du schon viel besser aus.«

»Ich fühle mich auch besser«, gestand Jay. Nach einer
kurzen Pause fügte sie hinzu: »Ich mußte einfach für eine
Weile aus Peters raus. Du glaubst nicht, was passiert ist.«

Kapitel Sieben

Yemus? Ich bin's, Signi. Ich habe sie – alle beide. Aber
sie sind nicht, was wir erwartet haben.«

»Wenn sie das wären, dann wären sie auch das, was die
Kin erwarten würden. Sei dankbar.« Eine Pause folgte, und
dann ... vorsichtig. »Wo bist du?«

»Das kann ich dir nicht sagen. Ich fürchte, die Kin wissen, daß ich hier bin. Vielleicht befinden sich die Wächter in der Nähe.«

Verschiedenes wurde in sanftem Flüsterton ausgetauscht. Eine lange Pause. »Bist du sicher?«

»Nicht ganz ... aber ich habe die Zeichen gesehen.«

»Du weißt, was zu tun ist.«

»Ja.«

»Also schön ... wir werden uns um sie kümmern. Leb wohl, Signi.«

»Leb ... leb wohl.«

Kapitel Acht

» ... also haben wir angefangen darüber zu diskutieren, ob wir bereit wären, Kinder zu kriegen oder nicht. Er hatte urplötzlich entschieden, daß er noch in der gleichen Minute eine Familie gründen wollte. Ich wurde wütend und hab' ihm gesagt, daß er nicht genug Zeit mit mir verbringen würde, und wie er sich dann erst um Kinder kümmern könnte und ... und ... dann hat er mir gesagt, er sei schwul.« Jay blickte gerade rechtzeitig zu ihrer Freundin, um zu sehen, wie Sophies Mund aufklappte.

»Schwul? Steven?« Sophie räusperte sich. »Aber ... aber wir kennen ihn seit der Grundschule. O, Mann, ihr wart immerhin zwei Jahre miteinander verheiratet! Hattest du nie irgendeinen Verdacht?« Sie schüttelte den Kopf. »Was rede ich eigentlich? Ich selbst hatte ja auch keine Ahnung.«

»Ich weiß.« Jay starrte auf ihre Hände. »Er sagte, da wir ja Freunde seien, könnten wir auch heiraten und Kinder bekommen. Und da ich ja bereits zweimal verheiratet gewesen sei und die Nase voll hätte von Männern, wäre der *Beziehungsteil* unserer *Beziehung* wohl nicht so wichtig für mich.« Sie zuckte die Schultern. »Er dachte, wir könnten uns gegenseitig finanziell helfen – und er hätte jemanden zum Liebhaben. Außerdem wollte er Kinder.« Sie schloß die Augen. »Aber *mich* wollte er nicht. Niemals.«

Sophie schüttelte den Kopf. »Also gab es eine andere Frau, in die er verliebt war, aber er hat dich geheiratet und wollte Kinder von dir?«

Jay lächelte verbittert. »Keine andere Frau ... einen anderen *Mann.* Er war in einen Mann verliebt, schon seit Jahren. Aber du kennst ja seine Eltern ...« Stevens Eltern besaßen halb Peters, und in der anderen Hälfte hatten sie auch noch ihre Finger drin. Steven war ihr einziger Sohn. Sie erwarteten große Dinge von ihm. Er war ihr Goldjunge.

»Ich verstehe. Ein schwuler Sohn hätte die Männlichkeit unseres allmächtigen Colonels in Frage gestellt.«

»Steven hatte die Befürchtung, daß sie ihn enterben könnten. Das hätte ihn ein paar Millionen gekostet.«

»Na toll. Du warst also so etwas wie eine Einkommensversicherung.«

»Ich war seine Tarnung. Er dachte, daß ich nach Bill und Stacey einen Mann schätzen würde, der mich in Ruhe läßt.«

»Was war eigentlich mit denen los? Du hast jedem von ihnen alles gegeben, was du hattest, und als du sie verlassen hast, glaubte die ganze Stadt, du wärst fremdgegangen. Mir hast du auch nur erzählt, es hätte halt nicht funktioniert. Und ich halte mich eigentlich für deine beste Freundin.«

»Hmmm, jaaa.« Jay zuckte entschuldigend mit den Schultern. Sie hatte sich so verhalten, wie es ihr zu der Zeit am besten erschienen war. Sie hatte nichts Nachteiliges über die beiden sagen wollen. Sie hatte gedacht, die Wahrheit würde schon ans Licht kommen, und bis dies geschah, würde man sie wenigstens nicht für eine Giftspritze halten, die den Ruf zweier der meistgeliebten Männer Peters' zerstören wollte. Jay hatte sich nicht irgendwelchen gehässigen Bemerkungen aussetzen wollen, von wegen, sie sei nur hinter ihrem Geld her gewesen. Also hatte sie ihre Ehen mit nicht mehr als dem beendet, was sie selbst verdient und gekauft hatte. Aber leider war die Wahrheit niemals ans Tageslicht gekommen. Statt dessen hatten die Leute sie für ein Flittchen gehalten, das mit jedem dahergelaufenen Kerl ins Bett stieg. »Die Wahrheit«, murmelte sie. »Nach all dieser Zeit denke ich nicht, daß mir noch jemand glauben wird. Die Gelegenheit, mich zu rechtfertigen, habe ich wohl verpaßt.«

»Versuch's mal mit mir. Ich kenne dich.«

Jayjay nickte. »Das tust du wirklich. Okay. Bill soff, nahm Drogen und hat sogar damit gehandelt. Er wurde nie erwischt – niemand hat je mit dem Finger auf den guten, alten Bill gezeigt und gesagt ›Schau mal, da geht der versiffte Kokser‹. Er sah einfach nicht danach aus.«

»Er war Buchhalter, um Himmels willen!« Sophies Augen wurden immer größer.

»Ja! Und er wußte stets ganz genau, wieviel Geld er sich durch die Nase zog. Ich bin einfach nicht damit fertig geworden. Also habe ich mich aus dem Staub gemacht. Als Stacey in die Stadt zog, fanden wir uns sympathisch und hatten eine Menge Spaß miteinander. Er war ein solcher ... Freigeist. Nach Bill ... na ja, ein Freigeist war etwas Neues. Ich fühlte mich wieder jünger. Aber nachdem wir geheiratet hatten, spielte er samstags abends immer noch Poker. Dabei hat er sich dann meist bis zum Umfallen besoffen, und wenn er viel verloren hatte, kam er nach Hause und schlug mich.«

Sophie saß einfach nur da und ballte die Fäuste. »Und Steven ist schwul.«

»Ich hab anscheinend ein Talent, mir die falschen Männer auszusuchen.«

»Das kann man wohl sagen. Was hast du als nächstes vor?«

Jayjay begann zu lachen. Es klang selbst in ihren eigenen Ohren kalt und hohl. »Na ja, Steven erklärte mir, daß er und Lee – das ist der Name seines Liebhabers – gerne Kinder hätten. Sie wollten beide Eltern werden, aber Lee kann überhaupt nichts mit einer Frau anfangen. Steven ist da anders ... obwohl es ihm nicht sonderlich viel Spaß macht. Sie wollten, daß ich die Babys zur Welt bringe. Natürlich sollte Lee bei uns einziehen ...«

»Zu euch *beiden*?«

»Ja. Alles nur, damit Lee nichts von den Wundern der Mutterschaft verpassen würde.«

»Klar.« Sophie sah aus, als wollte sie auf der Stelle nach Peters zurückkehren, um Steven zum Lunch zu verspeisen. »Und was war dabei für dich drin? Ist er bi? Hat er gesagt, daß er auch dich liebt?«

»Nein. Er betrachtete mich als seine Freundin, und da wir beide Kinder wollten und ich kein Glück mit Männern hätte, entschied er, wir sollten verheiratet bleiben und das Kinderglück zu dritt teilen. Erst als er immer heftiger auf Kinder drängte, erklärte er, daß er schwul ist ... obwohl er und Lee das Ganze schon geplant hatten, bevor Steven mir einen Heiratsantrag machte. Ich glaube sogar, daß es Lee war, der mich ausgesucht hat. Wahrscheinlich dachten die beiden, ich wäre nicht wählerisch. Natürlich habe ich mich Hals über Kopf in Steven verliebt ... ich Idiot. Als alles rauskam, gestand er, daß er mich nicht liebt ... aber er würde mich *mögen*.«

Sophie hob einen Tannenzapfen vom Boden und begann, ihn in seine Einzelteile zu zerlegen. »Er *mochte* dich. Das ist wirklich mal was Neues.«

»Nicht gerade die Romanze des Jahrhunderts.« Jayjay schüttelte reumütig den Kopf und lachte. Sophie knurrte:

»Nein. Nicht ganz. Ich nehme nicht an, daß du in Betracht gezogen hast, die Brutmaschine für Steven und seine wahre Liebe abzugeben.«

»Äääh … Nein.« Jay wollte nicht zugeben, daß sie – wenn auch nur kurz – mit dem Gedanken gespielt hatte; daß sie sich in einem düsteren Moment so verzweifelt nach einer Familie gesehnt hatte – nach jemandem, den sie lieben konnte und der sie liebte – , daß sie selbst eine so sinnlose Beziehung für erstrebenswert gehalten hatte. Aber sie war jetzt nicht mehr die Person, die so gefühlt hatte; also war es auch sinnlos, noch darüber zu spekulieren.

»Was willst du jetzt machen?«

Jayjay grinste und hob die Arme. »Ich lebe. Es geht voran. Ich habe einen großartigen Reiseführer gefunden, eine Reise geplant und sie angetreten. Wenn ich zurückkomme, reiche ich die Scheidung ein, und nach einem Jahr ist alles vorbei.«

»Und beim nächsten Mann hast du hoffentlich mehr Glück.«

Jay atmete tief durch und starrte auf die Straße nach Glenraven. Ihr entschlossener Optimismus bekam rasch erste Risse. »Nein. Ich hab' drei Versuche hinter mir. Ich bin aus dem Spiel.«

»Du willst ins Zölibat?«

Jayjay blickte ihre Freundin von der Seite an. Sie konnte ein leichtes Lächeln nicht unterdrücken. »Na ja … ich bleib' halt einfach Single.«

Sophie kicherte. »Also bist du doch nicht ganz aus dem Rennen. Du willst dich nur drücken.«

Jayjay lachte. Diesmal klang es schon fröhlicher. »Ganz und gar nicht. Ich beabsichtige, eine Rolle als interessierter Beobachter einzunehmen. Das ist alles.«

Wieder lachte Sophie leise vor sich hin. Sie sah auf ihre Uhr und machte ein besorgtes Gesicht. »Verdammt ... weißt du eigentlich, wie spät es ist? Lestovru ist schon wesentlich länger als ein paar Minuten fort.«

Sie hatte recht. Sophie und Jayjay hatten so lange geredet, daß die Schatten der Bäume bereits über die Straße fielen und die Luft allmählich kälter geworden war.

Jayjay erhob sich und warf den Rucksack über ihre Schulter. »Er hat gesagt, er wäre in einer Minute wieder zurück. Auf geht's. Ich habe keine Lust, hier herumzuhocken, während er stundenlang mit seiner Freundin telefoniert.«

Nebeneinander radelten sie die Straße hinab und um die nächste Biegung. Die Straße hätte nicht leerer sein können. Weder Lestovru noch sein Fahrrad oder die Telefonzelle, die Jayjay erwartet hatte, waren zu sehen. Die Straße schlängelte sich weiter.

»Und jetzt?« fragte Sophie.

Jay hob eine Augenbraue. »Bleibt uns eine Wahl?«

»Also vorwärts. Ich will verdammt sein, aber niemand bekommt mich auf demselben Weg wieder zurück.«

Jay dachte darüber nach. »Nein. Außerdem erwartet uns ein phantastisches Zimmer in einem großartigen Hotel.«

»Glaubst du wirklich, daß uns dieser Kerl einfach so sitzengelassen hat?« Sophie schaute von einer Seite zur anderen, von den alten, knorrigen Bäumen zu den weitläufigen Wiesen und den zerklüfteten Bergen, die den Horizont auf allen Seiten begrenzten.

»Vielleicht entschied er, daß wir mehr Ärger machen, als wir wert sind«, sagte sie, um die Situation ein wenig aufzuheitern. Jay vermutete, daß Lestovru ein paar zwielichtige Freunde kontaktiert hatte, die ihnen irgendwo auf ihrem Weg auflauern sollten.

Sie fuhren weiter – nervös wie Füchse, die die Meute gehört hatten. Auch hinter der nächsten Biegung fanden sie keine Spur von Lestovru. Statt dessen erblickten sie das Torhaus – ein uralter Schuppen mit durchhängendem Dach. Ein Mann saß davor. Er sah aus, als hätte er schon dort gesessen, als das Haus erbaut worden war. Als sich die beiden Frauen näherten, hob er den Blick, blinzelte und spuckte aus. Er hatte anscheinend nicht die Absicht, sich zu erheben.

Jayjay schwang sich aus dem Sattel und stellte das Rad ab. Sie fühlte sich wieder schwindelig und irgendwie leicht, beinahe so, als stünde sie an Deck eines kleinen Bootes, das von einer stürmischen See hin und her geworfen wurde. Sie hielt die Luft an, bis das Gefühl verflogen und der aufkommende Brechreiz vergangen waren. Anschließend durchsuchte sie ihren Rucksack nach dem Reiseführer. Der alte Mann beobachtete aufmerksam ihr Tun und bewegte sich nicht. Sie sagte: »Hallo.« Er bewegte sich noch immer nicht. Sie blätterte bis zum Anhang im hinteren Teil, dem Galti-Vokabular. Der erste Satz des Abschnitts NÜTZLICHE PHRASEN lautete: »Sprechen Sie Englisch?«

Jay hielt das für sehr nützlich. »Gesopodi ennlitch gwera?« fragte sie in der Hoffnung, daß ihre Aussprache gut war und sie nicht versehentlich verkündete, seine Mutter sei ... na, ja.

Der Alte zuckte die Schultern und sagte kein Wort.

Jay blickte zu Sophie. »Hol dein Visum raus – du weißt schon, dieses komische Pergament. Vielleicht ist er einfach stumm.«

Sie zog ihr eigenes Pergament hervor und wollte es dem Alten geben, als es zu Staub zerfiel und augenblicklich vom Wind weggeblasen wurde. Neben ihr murmelte Sophie erschrocken: »O mein Gott!« Jay drehte sich eben rechtzeitig um, um auch die Reste des zweiten Visums im Wind verschwinden zu sehen.

Jetzt endlich erhob sich der alte Mann. Er streckte die Hand aus und deutete auf das Buch. Verwirrt gab Jay es ihm.

Der Alte wog es einen Augenblick in der Hand, dann nickte er und blinzelte sie lächelnd an. Seine Zähne sahen so wie die von Lestovru in 150 Jahren aus. Kein schöner Anblick. »Ihr sährr spät.« Er sprach das ›R‹ derart hart aus, daß Jay glaubte, er müsse sich die Zunge abbeißen.

»Wir haben unseren Führer verloren«, sagte Jay, indem sie jedes einzelne Wort so betonte, daß er sie einfach verstehen mußte. »Signi Tavsti Lestovru. Haben Sie ihn gesehen?«

»Signi euer Führer? Hier kein Signi.« Er spuckte wieder. »Pferde warten. Ich warten, und ihr spät ... spät, spät, spät!«

Jayjay machte ein ärgerliches Gesicht. »Wir kamen so schnell wir konnten, aber ohne Führer ...«

»Pferde?« fragte Sophie.

»Wir wollten eigentlich unsere Fahrräder benutzen«, erklärte Jay. Sie klopfte auf den Sattel.

Energisch schüttelte der Alte den Kopf. »Nein. Kein Rad. Kein Rad in Glenraven. Ihr nehmt Pferde.«

»Räder«, beharrte Sophie.

Der alte Mann drehte sich um, rief irgend etwas, und zwei stämmige Männer erschienen im Torhaus. Der Alte rasselte einige Worte in einem merkwürdigen Kauderwelsch, und die beiden dunkelhaarigen Burschen traten vor. Einer schlenderte auf Jay zu, lächelte, lud das Gepäck vom Rad, packte es mit einer mächtigen Faust, lächelte erneut, verbeugte sich und ging mit ihrem Rad davon.

»He!« brüllte sie, während Sophie hinter ihr ebenfalls protestierend schrie. Der andere Bursche hatte sich mittlerweile um ihr Gefährt gekümmert.

»Pferde«, sagte der alte Mann bestimmt.

»Pferde, zum Teufel noch mal! Ich will mein Rad zurück«, kreischte Jay.

Der alte Mann schüttelte den Kopf. »Sie warten, bis ihr zurück. Niemand nimmt weg. Niemand will.«

»Das ist mir ...« *scheißegal*, wollte Jay eigentlich sagen, aber dieselbe eindringliche Stimme, die sie bereits durch die halbe Welt bis nach Glenraven gezogen hatte, hinderte sie daran. *Nehmt die Pferde*, drängte die Stimme. *Ihr wollt keine Fahrräder. Nicht hier. Nicht jetzt.* Jay hielt verwirrt inne. Als sie zu Sophie hinübersah, bemerkte sie bei ihrer Freundin den gleichen ratlosen Gesichtsausdruck.

Einen Augenblick später erschienen die beiden Männer wieder. Sie hatten vier gutaussehende Pferde dabei. Zwei waren zum Reiten gesattelt, die beiden anderen waren Packpferde. Es waren gute, kräftige Tiere mit geraden Beinen, gesundem Rücken und starken Muskeln. Jedes trug ein deutlich sichtbares Brandzeichen – ein schwungvoller Schnörkel mit einem umgedrehten V in der Mitte und zwei Punkten an dessen Enden.

»Reikstor schließt bei Sonnenuntergang. Danach ...«, der alte Mann starrte sie an, »... ihr sitzt in Wald bis morgen; ihr morgen noch leben, dann vielleicht euch läßt jemand rein. Jetzt ...« Er deutete mit dem Finger auf die Tiere. »Pferde dort. Ihr nehmen.«

Jay begann nach ihrer Brieftasche zu suchen. »Wollen Sie unsere Pässe sehen? Wir hatten auch Passierscheine, aber sie ... nun, Sie haben ja selbst gesehen, was geschehen ist.«

Der Alte blickte sie mit leeren Augen an. Jayjay empfand den offensichtlichen Mangel an Bürokratie als äußerst beunruhigend.

»Ich habe eine Quittung, die belegt, daß ich für die Visa bezahlt habe. Die wollen Sie doch wenigstens sehen, oder nicht?« Sie dachte: Willst du wirklich überhaupt keine Papiere sehen, du verrückter kleiner Mann?

Doch der Alte schüttelte vehement den Kopf. »Ihr nicht die Richtigen, ihr nicht hier. Nehmt Pferde und geht. Geht. Ihr euch beeilen.«

Jayjay blickte ihn an. Die Furcht, die aus seinen Worten klang, beunruhigte sie. »Warum müssen wir uns beeilen?«

Die Augen des alten Mannes verrieten ihr, daß sie den Grund eigentlich gar nicht wissen wollte.

»Nacht kommt«, sagte er, als würde das alles erklären.

Doch Jay wartete und beobachtete den Alten. Das war mit Sicherheit nicht der einzige Grund für sein Drängen zur Eile. Schließlich war das Hereinbrechen der Nacht ein alltägliches Ereignis.

Er drehte sich wieder um, und als er die Frauen noch immer da stehen sah, erschien auf seinem Gesicht ein Ausdruck höchster Verzweiflung. »Stadttore schließen nachts. Wenn ihr nicht an Tor vor Nacht, dann schlafen in Wald.«

»Oh.« Jayjay wandte sich an Sophie. »Ich glaube, es wäre wirklich besser, wenn wir uns beeilen.«

Jay suchte sich zwei Pferde aus, einen Porzellanschecken und einen feingliedrigen braunen Wallach. Sie verstaute ihre Ausrüstung auf dem Packsattel der Stute und stieg auf den Wallach. Sie fühlte sich irgendwie unbe-

haglich. Wo zum Teufel steckte Lestovru? Der Alte hatte
nicht mit ihm gesprochen oder es zumindest nicht zugeben wollen. Jay hatte kein Telefon gesehen – auch keine
Telefonkabel, keine Strommasten oder sonst irgend etwas, das eine schnelle Kommunikation ermöglicht hätte.
Jay hatte noch nicht einmal Rauchsignale bemerkt. Wenn
Lestovru seinen Freunden eine Nachricht gesandt hatte –
wie hatte er das angestellt?

Was hatte es mit den Pferden auf sich?

Was war mit ihren Fahrrädern?

Und warum hatte der alte Mann eine derartige Furcht
vor der Dunkelheit?

Sophie beendete gerade die Überprüfung ihrer Ausrüstung – Hafer, Hufkratzer, Seile und anderes Zubehör. Sie
blickte zu Jay. »Wer auch immer die Pferde ausgestattet
hat, er hat gute Arbeit geleistet. Trotzdem ... warum durften wir nicht unsere Fahrräder behalten?«

Jay betrachtete ihre Freundin. Sie bezweifelte, daß
Sophie seit dem Unfall noch einmal auf einem Pferd gesessen hatte, und der Gedanke ans Reiten schien sie nicht
sonderlich zu erfreuen. Jay konnte Sophie gut verstehen.
»Ich weiß es nicht«, seufzte sie. »Irgendeinen Grund wird
es schon geben.«

Sophie schwang sich elegant in den Sattel. »Ich glaube,
wir sollten uns auf den Weg machen.«

»Ich weiß. Ich fühle mich, als müßte ich ein Rennen
gegen die Uhr laufen.« Jayjay ritt voraus. Das Geschehen
vor dem Tor hatte sie stark beunruhigt – ebenso wie ihr

seltsamer, ungewohnter Fatalismus. Die Burschen waren einfach mit ihren Fahrrädern verschwunden, verdammt – aber sie konnte sich noch nicht einmal richtig darüber aufregen.

Was war nur los mit ihr?

Langsam entfernten sich die Frauen von der Hütte und ritten die Straße hinunter mitten auf eine große Lichtung. Das letzte Licht des Tages glitzerte auf dem Gras, das sich zu beiden Seiten des gepflasterten Weges erstreckte. Vögel glitten an ihnen vorbei. Von der Burg im Wald zu ihrer Linken war lediglich ein hoher Turm zu sehen, dessen Spitze ein goldener Ball zierte. Das Ende des Tages verlieh den schimmernden Mauern einer weiteren Burg zu ihrer Rechten einen bernsteinfarbenen Glanz. Ein verführerischer Anblick.

Am Ende der Lichtung teilte sich die Straße. Nach rechts führte der Weg offensichtlich zu jener schönen, glänzenden Burg. Der linke Weg verschwand in den Tiefen eines uralten Waldes. Jayjay runzelte die Stirn. Noch immer war weit und breit nichts von Lestovru zu sehen.

Sophie betrachtete die Straße. Alle Zeichen von Vergnügen waren aus ihrem Gesicht verschwunden. »Was nun?«

Jay hatte die Karte in ihrem Reiseführer aufmerksam studiert und sich die Reiseroute so gut eingeprägt, daß sie sich notfalls auch blind zurechtfinden würde.

»Nur ein Weg führt nach Glenraven hinein, und das ist die Straße, auf der wir uns befinden«, erklärte sie Sophie. »Von hier aus führt die Straße rechts nach Cuthp Dramwyn und die links nach Reikstor.«

»Rechts sieht es irgendwie besser aus.«

Jayjay war der gleichen Meinung. Trotzdem schüttelte sie den Kopf und steckte den Reiseführer in die vordere Packtasche, wo sie ihn schneller zur Hand hatte. »Wir haben Reservierungen für heute nacht in Reikstor.«

»Der alte Mann hat von Reikstor gesprochen.«

Jayjay hielt an. Sie spürte eine plötzliche Übelkeit. Sophie hatte recht, der Alte hatte den Namen Reikstor genannt.

Sie hatten in Reikstor reserviert ... aber eigentlich konnte niemand außer Lestovru darüber Bescheid wissen. Trotzdem hatte der Alte behauptet, Lestovru nicht gesehen zu haben. Falls er danach mit Lestovru gesprochen hatte und Jayjay und Sophie nichts davon erzählen wollte, dann mußte es einen schwerwiegenden Grund dafür geben ... unwahrscheinlich, daß es sich um einen *guten* Grund handelte. Sie war fest davon überzeugt, daß Räuber auf dem Weg nach Reikstor lauerten. Also konnten sie nicht dorthin gehen. Cuthp Dramwyn war ein hübscher Ort, aber als Alternative viel zu offensichtlich. Wenn Lestovru einen derartigen Aufwand betrieben hatte, um sie zu überfallen, dann würde er mit Sicherheit auch bereit sein, sie zu verfolgen ... und einen zweiten Versuch zu wagen.

Aber es gab noch eine dritte Möglichkeit. Jayjay dachte über einen Ausweg nach und zog den Reiseführer aus der Satteltasche. Sie studierte die Karte gründlich. Ein Stück weiter nördlich lag ein kleines Städtchen namens Inzo. Die Straße dorthin war als Fußweg eingezeichnet. Sie blätterte zu dem Eintrag über Inzo.

Drei Kilometer (1 1/2 Meilen) nördlich der Grenze zwischen Italien und Glenraven, eingebettet in den östlichsten Winkel des Cavitchtarinwalds, befindet sich das kleine Städtchen Inzo. Der einfache Weiler liegt ein wenig abseits vom Rest Glenravens. Die wenigen Einwohner verdienen ihren Lebensunterhalt mit Landwirtschaft, Wollspinnerei, Weberei und Holzfällen. Inzo wurde während des Malduque-Aufstandes niedergebrannt und seine einstmals stolze Burg geschleift. Seit jenem Tag hat sich Inzo aus allen Streitigkeiten im Verlauf der langen und kriegerischen Geschichte Glenravens herausgehalten ...

... es gibt wenig, was den Besucher interessieren könnte. Die Zeit, die man braucht, um nach Inzo zu gelangen, ist an anderer, sehenswerterer Stelle besser investiert.

Das klang nicht gerade nach einer touristischen Hochburg ... die letzte Aufregung im Jahre 1040 und Einwohner, die den Kopf in den Sand steckten vor dem, was um sie herum vorging. Aber gerade deswegen erschien Inzo Jay als geeignete Alternative. Wenn das Dorf nichts zu bieten hatte, was Touristen anlocken konnte, dann würden potentielle Wegelagerer sie bestimmt nicht ausgerechnet *dort* suchen.

Was die Zimmerreservierungen betraf ... na ja, wenn in Inzo keine Unterkunft frei war, dann blieben ihnen immer noch ihre Zelte.

Sie wandte sich zu ihrer Freundin. »Ich habe etwas gefunden. Ich denke, wir sollten dorthin gehen.«

Sophie hob eine Augenbraue, sagte aber nichts.

»Einverstanden?«

Sophie nickte. »Einverstanden.«

Kapitel Neun

Lestovru trat in die Pedale. Er wünschte, er hätte mehr als nur eine Armbrust dabei. Er konnte das Atmen der Bäume hören und spüren, wie die Augen des Waldes ihn unablässig beobachteten.

Lestovru radelte dicht an dem kleinen Dorf Inzo vorbei und weiter in Richtung des Cavitchtarinwaldes. Er hatte keine Hoffnung zu überleben; aber vielleicht gelang ihm wenigstens ein Ablenkungsmanöver ... und sein Tod würde von den Helden ablenken, die sich auf dem Weg in die Sicherheit von Reikstor befanden.

Er verkniff den Mund zu einer dünnen, harten Linie. Sie waren Frauen ... er würde für zwei Frauen sterben. Yemus hatte sich geirrt – wie so oft in letzter Zeit. Die Erlösung der Machnaan stand nicht kurz bevor. Die Machnaan hatten alles, was sie besaßen, dafür verwendet, die beiden Helden ins Land zu bringen, und für all ihre Schmerzen bekamen sie nun ... gar nichts.

Frauen.

Er fuhr schneller. Die armseligen Hütten Inzos lagen hinter ihm. Der Wald war überall, über ihm und um ihn herum. Er fühlte sich beobachtet. Die Maschine war sein sicherer Tod. Das ausländische Metall, das Plastik und der Gummi würden die Wächter aus dem Wald locken. Sie würden das Fremde spüren, und sie würden Glenraven davon reinigen ... mit einer Wut, die sowohl das Fremde als auch alles in seiner Umgebung vernichten würde. Wenn sie fertig waren, würde nichts mehr übrig sein. Auch er nicht.

Sie würden kommen.

Sie würden kommen.

Er hoffte nur, wenigstens ein paar von ihnen zu erwischen, bevor sie ihn umbrachten ... ein letzter Schlag für die verlorene Sache der Machnaan.

Er hörte sie kommen. Die Blätter raschelten, obwohl im ganzen Wald kein Windzug ging. Er suchte nach einem geeigneten Platz, wo er sich stellen konnte, irgendeine kleine Lichtung, die ihm Raum zum Schießen bot. Er kannte den Wald um Inzo nicht. Falls er einen geeigneten Ort finden würde, dann hätte er Glück gehabt – das erste Mal seit langer Zeit. Aber er fragte nicht nach Glück, nicht während der Tod hier auf ihn lauerte. Der Wald war kein Ort, wo ein Machnaan Glück hatte.

Abgestorbene Blätter trieben über den Weg. Überall knackten Äste. Ihm schauderte. Sie kamen. Sie kamen immer näher. Schon bald würde er sich zum Kampf stellen. Er fuhr wieder schneller. Der Boden unter seinen Rädern war wie ein Schwamm, der an den Reifen saugte. Der Wald selbst hatte sich gegen ihn verschworen. Die Baumwipfel rauschten und schwankten. Der Schweiß auf seiner Stirn hatte nichts mit Erschöpfung zu tun. Er stank nach Furcht.

Näher.

Sie kamen näher. Näher. Immer schneller.

Nur weg hier, dachte er. Er mußte sie von hier weg führen. Er betete, sie würden nicht bemerken, daß er allein gewesen war. Sollten sie ruhig glauben, er sei ein Renegat. Sollten sie nur kurzen Prozeß mit ihm machen – und sich nicht damit aufhalten, ihm irgendwelche Geheimnisse zu entlocken.

Laß die Helden wirkliche Helden sein, betete er. Das war sein letztes Gebet. Die Zeit war abgelaufen. Er sah, wie sich etwas in den Schatten bewegte und ihm auf Schritt und Tritt folgte. Ein kurzes Flackern, ein schimmernder Teppich aus winzigen Lichtern, der sich über den Boden bewegte. Das Unterholz riß an ihm mit klauenbewehrten, dornigen Fingern. Das war kein guter Platz zum Kämpfen und Sterben ... aber er war Machnaan. Sie würden bluten, wenn sie ihn haben wollten.

Er hielt an, glitt vom Fahrrad, nahm die Armbrust von der Schulter und lehnte sich mit dem Rücken an einen Baum. Dann kamen die Wächter. Sie, die so lange geschwiegen hatten, schnatterten und knurrten. Schatten und Lichter kamen immer näher; aber nicht so nahe, daß er sie hätte benennen können.

Gerüchte. Er kannte nicht viel mehr als Gerüchte. Spekulationen Lebender über den Tod anderer.

Ohne eindeutiges Ziel legte er an und schoß. Eine hektische Bewegung, ein aufblitzendes Licht, die herabstürzenden Schwingen der Finsternis, wogende Schatten – das war alles. Nichts Konkretes war zu sehen, nichts Faßbares. Stille folgte seinem Bolzen. Vollkommene Stille. Sie warteten. Beobachteten ihn. Stille.

Nervenzehrende, schleppende Stille ... er wußte, daß sie immer näher kamen ... während er sich völlig hilflos noch nicht einmal bewegen konnte.

Plötzlich umgab ihn wie aus dem Nichts das Brüllen des Windes. Die Lichter, die wie Wasser über den Boden geflossen waren, stiegen auf und vereinigten sich mit den wogenden Schatten ... und nahmen Gestalt an. Sie kamen auf ihn zu ... die Wächter. Jetzt konnte er sie zum ersten Mal deutlich erkennen, aber er begriff nicht, was er sah. Er ließ die Arme sinken, und die Armbrust fiel zu Boden. Es war ihm egal. Er lächelte.

Er blickte seinem Tod in die Augen.

Kapitel Zehn

Faan Akalan tanzte durch die langen, leeren Korridore, vorbei an den leblosen Portraits ihrer verstorbenen Familie. Das Blut rauschte in ihren Adern, ihr Herz schlug schneller, und ihre Muskeln brannten vor freudiger Erschöpfung. Ihr Rücken war gerade, die Hüften schlank und die Gliedmaßen geschmeidig.

Sie sprang in die Luft, drehte sich und landete mit der Eleganz eines Rehs. Pirouettendrehend lachte sie in den abendroten Himmel und die länger werdenden Schatten.

Dafür würde ich sie alle noch einmal zum Tode verurteilen, dachte sie froh. Vor den Portraits ihrer engsten Familie blieb sie stehen; Vater, Mutter, ihr einziger Bruder und zwei jüngere Schwestern. Ihr eigenes Gesicht blickte aus einem alten Gemälde herab. Es gab keinen Unterschied zu dem Gesicht, das es betrachtete. Sie verbeugte sich spöttisch vor ihrer Familie und der Vergangenheit.

»Ihr seid tot, und ich lebe«, sagte sie. »Ich *lebe*, und ich werde leben, solange es Leben gibt.«

Kapitel Elf

Sophies Stimmung hatte sich während der Reise nach Inzo erheblich verbessert. Sie und Jay hatten sich äußerst vorsichtig verhalten, doch nichts war geschehen. Niemand hatte sie angegriffen. Keine einzige Menschenseele war ihnen begegnet.

Als sie Inzo erreichten, verstand Sophie auch den Grund. »Allmächtiger! Jay, dieser Ort kann doch nicht wirklich existieren.« Sie fühlte sich, als wäre sie durch ein Zeittor gefallen. Kleine Steinhütten entlang einer gewundenen, dreckigen Straße kauerten sich unter steile, verwahrloste Dächer. Kühe, angetrieben von einem hageren blonden Jungen in kurzen Lederhosen und Kniestrümpfen, trotteten gemächlich mitten über die Straße. Junge Frauen in langen, engen Röcken unterbrachen die Feldarbeit, lehnten sich auf ihre Hacken und beobachteten die beiden berittenen Fremden, die ins Dorf kamen. Die älteren Frauen und Männer traten aus den Häusern und starrten mit unverhohlener Neugier auf Jay und Sophie, die in eben diesem Moment ihre Pferde zum Stehen brachten.

»O Mann«, murmelte Jayjay.

Sophie zählte insgesamt 15 Häuser. Wenn es noch weitere gab, so waren sie gut versteckt. Die Ruinen einer alten Burg blickten von einem kahlen Hügel auf den kleinen Weiler herab; es war wirklich viel Zeit vergangen, seit dieses Ding mehr als nur ein Haufen Steine gewesen war. »Ich glaube nicht, daß wir hier so was wie ein Hotel finden werden.«

Jay kramte in ihrem Gepäck. »Im Reiseführer stand irgendwas über ein Gasthaus oder so was Ähnliches«, sagte sie. »Laß mich mal nachsehen ...« Sie blätterte durch die Seiten, während Sophie versuchte, die kleinen Kinder zu zählen, die sich in den Rockfalten ihrer Mütter verbargen. »Na also. Ich hab's.« Jay deutete auf einen Absatz und las vor. »Retireti. Familienunternehmen, zwei Zimmer in malerischer Umgebung. Hier haben Sie die einmalige Möglichkeit, das Leben des einfachen Volkes aus nächster Nähe zu beobachten. Bargeld oder Tauschhandel, einfache Unterbringung. Sehr günstig.«

»Tauschhandel?« Sophie schnalzte mit der Zunge. »O Gott! Wie stehe ich jetzt da? Wo ich doch gerade meine letzten Glasperlen ausgegeben habe. Ich kann mir lebhaft vorstellen, was mit *einfacher Unterbringung* gemeint ist. Ich hab's gerochen, als der Wind gedreht hat.«

Jayjay hob eine Augenbraue und erklärte selbstironisch: »Wo bleibt deine Abenteuerlust?«

»Die wartet auf eine schöne, heiße Dusche, Madam.«

»Die Einheimischen machen einen sauberen Eindruck ... zum größten Teil.« Jayjay vertiefte sich wieder in den Reiseführer. »Okay ... noch mehr NÜTZLICHE SÄTZE.« Sie versuchte es noch einmal mit der Phrase, die bereits an der Grenze funktioniert hatte, und fragte, ob jemand Englisch spreche.

Die Antwort war eine Reihe verdutzter Gesichter – was Sophie ganz und gar nicht überraschte. »Du könntest sie nach dem Weg zur nächsten Bushaltestelle fragen, und wenn du schon dabei bist … ein Cocktail und etwas Kaviar wären auch nicht schlecht.« Eingehend betrachtete sie die Bewohner von Inzo. Der Ausdruck *Hinterwäldler* schien – so banal er auch klang – auf keine Gruppe von Menschen besser zu passen als auf diese hier.

»Ich schätze, hier jemanden zu finden, der Englisch spricht, war zuviel verlangt. Aber das macht nichts. Ich weiß schon was. Wo ist denn …? Das spricht man wohl *Sää-hu irgendwas häläro* oder so ähnlich. Also werde ich ›*Seihau Retireti heilero*‹ fragen.« Jay seufzte. »Das Buch besteht darauf, daß man hier eine Unterkunft finden könnte.«

»Und wahrscheinlich auch landestypische Gerichte im örtlichen Fünf-Sterne-Restaurant.«

Jay stieß ein wütendes Schnauben aus. »Du kannst einem manchmal wirklich unheimlich auf die Nerven gehen.« Sie räusperte sich. »Seihau Retireti heilero?« Jay versuchte krampfhaft zuversichtlich zu klingen. Allerdings schien das den Einheimischen nicht sonderlich aufzufallen.

»Retireti«, wiederholten sie aufgeregt und begannen zu lächeln. Sophie bemerkte eine ganze Menge verfaulter Zähne und gab sich Mühe, nicht zusammenzuzucken. Selbst wenn Jay recht haben sollte und die Leute hier wirklich von Zeit zu Zeit ein Bad nahmen, so hatten sie zumindest bis jetzt noch nichts von den wundersamen Kräften des Fluorids gehört. Sie gestikulierten und schnatterten wild durcheinander, während sie einen der ihren nach vorne zerrten. Es war ein wenig attraktiver junger Mann, dünn wie eine Bohnenstange und mit ungepflegtem Äußeren. Wäßrigblaue Augen blickten unter buschigen Brauen hervor. Seine Nase ragte über ein Kinn, das nur durch seine Abwesenheit auffiel. Jetzt fehlt nur noch Akne, dachte Sophie, damit er genau wie all die anderen Möchtegern-Bob Dylans aus ihrer Collegezeit aussieht, mit denen sie aufs College gegangen war. Er blickte mürrisch zu ihnen herauf. Der Rest der Einwohner – was mittlerweile auch die Mädchen, die auf dem Feld gearbeitet hatten, und die bis dahin unsichtbaren jungen Männer einschloß – wirkte erleichtert.

Sophie runzelte die Stirn. Drei hagere Bauern hielten den jungen Mann fest. Irgendwie schienen alle froh darüber zu sein, daß er allein im Rampenlicht stand. Merkwürdig.

Jayjays Nase steckte bereits wieder in ihrem Buch. »Diese *Nützlichen Sätze* sind nur nützlich, wenn man diejenigen findet, die man gerade braucht«, murmelte sie vor sich hin. Ohne das kleine Drama vor ihren Augen zu beachten, sagte sie: »›Eine Zigarre bitte‹, ›Eine Karte bitte‹, ›Ich hätte gerne den Schlüssel für die Damentoilette‹ ... verdammt noch mal, wo ist es denn?« Sie grinste. »Hier! ›Ich hätte gerne ein Zimmer.‹« Sie blickte zu dem gefangenen Retireti hinunter und sagte wieder einige Worte auf Galti.

Retiretis Gesichtsausdruck wechselte von mürrisch zu verblüfft. Seine selbstgefälligen Nachbarn hörten auf zu grinsen und blickten sich an. Dann stieß er einen langen Schwall komplizierter Laute aus, während er wild mit den Armen gestikulierte – als hinge sein Leben an dieser leidenschaftlichen Rede. Sophie wünschte, sie würde verstehen, was er da von sich gab. Sie war sicher, seine Antwort würde Licht in all das Dunkel bringen. Aber das war eben das Problem mit Reiseführern. Sie gaben zwar alle möglichen Fragen vor, aber kein einziger beschäftigte sich damit, wie man die entsprechenden Antworten übersetzen sollte. Nach mehreren Auslandsreisen hatte Sophie herausgefunden, daß die Einheimischen – sobald man auch nur drei einigermaßen verständliche Worte in der Landessprache geäußert hatte – davon ausgingen, der Fremde würde *alles* verstehen.

Jayjay wiederholte ihre Frage – diesmal noch langsamer und jede einzelne Silbe sorgfältig betonend.

Die drei Bauern ließen Retireti los, und er lächelte ein wenig. Das war das Einzige, was ihn noch unattraktiver machen konnte als Akne. Er erwiderte irgend etwas, und Jayjay übersetzte: »Ja. Er sagt ja, er habe Zimmer. ›Jen‹ bedeutet ja.«

»Gut. Dann frag ihn bitte auch noch, ob man nur eine heiße Dusche bekommt, wenn man unter den Kühen im Stall schläft, und ob die Betten verwanzt sind.«

»Wenn ich es nicht besser wüßte, würde ich dich für einen Stadtmenschen halten.« Jayjay wirkte ausgespro-

chen gut gelaunt, seit sie eine Übernachtungsmöglich-
keit gefunden hatten. Die Dorfbewohner machten den
beiden berittenen Fremden den Weg frei, allerdings nicht
ohne sie weiterhin nervös anzustarren. Im Gegensatz
dazu wirkte Retireti sehr fröhlich und erwies sich als
äußerst redselig.

Redselig – kaum eine ausreichende Beschreibung. Sophie dachte, ein Staudamm wäre gebrochen. Er ertränkte
sie geradezu in einer Flut von Worten, während er ständig von einer Frau zur anderen blickte. Was Sophie betraf,
so hätte er genausogut Pidgin-Bantu sprechen können.
Das mangelnde Verständnis stand ihr ins Gesicht geschrieben. Also konzentrierte er sich hauptsächlich auf
Jayjay, die in ihrer typischen Art von Zeit zu Zeit nickte,
in ihrem Buch blätterte und gelegentliche ›jens‹ oder
›niques‹ einwarf. Hätte Sophie es nicht besser gewußt, sie
wäre davon überzeugt gewesen, daß ihre Freundin der
Konversation folgen konnte.

Aber wer weiß? ... Vielleicht verstand Jayjay die Worte
wirklich – zumindest auf einer einfachen Ebene. Wenn
sie das Wesentliche einer Konversation in einer ihr vollkommen fremden Sprache verstand, dann war das nicht
merkwürdiger als die anderen komischen Dinge, die sie
sonst zustande brachte.

Spontan fiel Sophie in diesem Zusammenhang die
Reise nach Glenraven ein.

Retireti führte sie zu einem Haus, das sich in nichts
von den anderen Hütten unterschied – das Dach hing

durch, die mit Wachstüchern verhängten Fenster waren mit toten Insekten und Dreck beschmiert, und einige magere Hunde tummelten sich auf dem schmalen Pfad zu der engen Tür. Retireti führte sie hinter die Hütte und half ihnen, die Pferde zu versorgen. Nachdem die Tiere abgesattelt, trockengerieben und gefüttert waren, führte er die beiden Frauen wieder nach vorn und hieß sie mit einem breiten, enthusiastischen Lächeln in seinem Heim willkommen.

»O, mein Gott«, murmelte Sophie vor sich hin. Sie wandte sich zu Retireti und gab sich Mühe, sein Lächeln zu erwidern, obwohl es in ihrem Gesicht schmerzte. »Ich dachte, der Reiseführer hätte das hier als *malerisch* beschrieben.«

Selbst Jayjay schien von der offensichtlichen Armut und dem Elend ihres Gastgebers schockiert zu sein. Sie schluckte. »Nun«, brachte sie schließlich hervor. »Ich nehme an, daß man diesen Ort – von einem gewissen Standpunkt aus – als malerisch bezeichnen könnte.«

Sophie betrachtete prüfend den verdreckten Boden und die niedrige Decke, an der sowohl Kräuter als auch eine beeindruckende Zahl von Spinnweben hingen. Entlang der Wand hockten Hühner in kleinen Verschlägen. Sie versuchte möglichst wenig zu atmen – der Geruch von Hühnern, Knoblauch und primitiven sanitären Einrichtungen durchdrang alles. »Malerisch? ... Höchstens im Dunkeln.«

Kapitel Zwölf

Jaarenn, ihre drei Jahre alte Tochter Tiis und ihr sechs-
jähriger Sohn Liendr lagen im feuchten, stinkenden
Stroh der kleinen Zelle, die sie sich in dem kalten, dunklen Kerker teilten. Alle drei waren schon seit Tagen hier
gefangen. Briganten – drei abtrünnige Kin-hera und ihr
Führer – hatten ihre Kutsche auf einem abgelegenen
Straßenabschnitt angehalten, als sie auf dem Heimweg
vom Fest der Wacht gewesen waren. Nachdem sie den
Kutscher, einen Machnaan, an Ort und Stelle umgebracht
hatten, hatten sie Jaarenn und ihre beiden Kinder entführt. Sie hatten sie gefesselt, die Augen verbunden, ge-
knebelt und an diesem Ort hier abgeladen ... wo immer
hier auch sein mochte.

Jaarenn fragte sich, ob man sie wegen eines Lösegeldes
entführt hatte. Ihr *Eyra*, Dommis, würde alles tun, um sie
und die beiden Kinder zurückzubekommen. Sie hatte darüber mit der Frau in der Nachbarzelle gesprochen, einer
jungen, wohlgeborenen Kin namens Adeleth. Sie war im
fünfzehnten (und damit letzten) Monat schwanger. Bevor
die Zeit reif war, hoffte sie wieder zu Hause zu sein.

Das Warrag-Paar in der Zelle auf der anderen Seite
lachte nur bei dem Gedanken an ein Lösegeld. Es gab niemanden, der bereit war, Geld für ihre Freilassung zu bezahlen. Wenn die Entführer gewußt hätten, mit wem sie
es zu tun hatten, dann wären sie sofort umgebracht wor-

den. Zu Hause gab es nur einen ersten Wurf Junge und die Cousine, die sich um die Kleinen kümmerte. Von Tag zu Tag wuchs die Überzeugung der Warrag, daß sie den Rest ihres Lebens hier verbringen würden. Sie waren bereits drei Tage in Gefangenschaft, als die Briganten Jaarenn und ihre Kinder herbrachten.

Obwohl Jaarenn sich nicht der Furcht ergeben wollte – Furcht befiel andere, nicht Mitglieder der Kin und erst recht nicht solche aus der Alten Linie –, bereiteten ihr die Blutflecken auf dem Stroh und an der Wand doch Alpträume. Etwas Schreckliches war in dieser Zelle geschehen, und zwar erst kurz bevor sie angekommen war. Die anderen Gefangenen berichteten, daß in ihren Zellen genau dieselben grausigen Spuren zu finden waren.

Die Zellen waren alt – regelrecht antik. Aber sie waren genau für die Kin gebaut worden. Jaarenn hatte versucht, das Schloß mit Hilfe ihrer Magie zu öffnen – ohne Erfolg. Sie hatte versucht, die Wache zu bestechen, und als das nicht gelang, einen Tunnel zu graben. Zuletzt hatte sie sogar versucht, ihre Kinder durch die Gitterstäbe zu quetschen, damit wenigstens sie entkommen könnten. Alles ohne Erfolg. Schließlich resignierte sie. Ihr blieb nichts anderes übrig als zu warten, bis ihre Entführer zu erkennen gaben, was sie eigentlich wollten. In der Zwischenzeit unterhielt sie ihre Kinder mit der wenigen Magie, die ihr noch geblieben war. Kleine Lichter strahlten auf ihren Fingerspitzen und verwandelten sich in kleine tanzende Figuren. Sie rannten, stolperten und fielen über die provisorische Bühne, die Jaarenns Arm bildete. Sie ließ die Bilder über die rundlichen Beine ihrer Tochter und den Bauch ihres Sohnes rennen. Schließlich purzelten sie ins Stroh, und die Kinder lachten laut auf. Als Tiis und Liendr begannen, alle möglichen Lieder zu singen, die sie kannten, ließ ihre Mutter die Figuren im Takt dazu tanzen.

Um ihretwillen zeigte sie niemals Furcht. Sie erzählte ihnen, daß Vater bald kommen und sie holen würde; aber bis dahin müßten sie brav alles aufessen, spielen und einfach eine wunderbare Zeit miteinander verbringen. Sie sollten glücklich sein.

Und die Kinder glaubten ihrer Mutter. Sie waren glücklich.

Die kleinen Lichttänzer huschten gerade in die Arme ihrer Kinder, als Jaarenn Schritte hörte. Die Tür am Ende des Zellenkorridors öffnete sich, und der Brigantenführer trat ein. Normalerweise befand er sich immer in Begleitung eines der Warrag, die für ihn arbeiteten, aber heute stand eine Frau neben ihm. Jaarenn konnte einen Moment lang nur starr nach vorne blicken. Sie glaubte einfach nicht, was sie da sah. Dann machte ihr Herz einen Freudensprung. Dort drüben stand ihre Freundin, Faan Akalan, und schritt den Korridor hinab, während sie prüfend in jede Zelle schaute.

Sie ist wegen uns hier, dachte Jaarenn, und vielleicht auch noch wegen ein paar von den anderen. Schließlich bin ich hier nicht die Einzige, die mit Faan befreundet ist ...

Jaarenn seufzte erleichtert auf. Vor dem Verschwinden ihrer Furcht hatte Jaarenn gar nicht gewußt, wieviel Angst sie wirklich gehabt hatte. Sie fühlte sich schwach und irgendwie erleichtert, da sie nun wußte, daß sie leben würde.

»Faan«, rief sie. »Hier drüben.«

Faan hob den Kopf und lächelte. »Du bist nicht verletzt, nicht wahr? Haben sie dich gut behandelt?«

»Gut genug. Aber selbst wenn nicht ... wir sind Kin. Wir halten es aus.«

Faan eilte durch den Korridor auf sie zu. »Ja, wie recht du hast. Du bist so tapfer. Ihr seid ja alle hier, du, Tiis-tiis und Liendr ... und alle in Ordnung. Nicht ein einziger Kratzer. Ich bin ja so froh. Es gab eine Unmenge von Gerüchten, nachdem du verschwunden warst. Manche sagten, du hättest Dommis verlassen und wärst mit einem anderen fortgelaufen – lauter schreckliche Dinge. Dommis hat die ganze Zeit darauf bestanden, daß das nicht wahr sei, und hier ist der deutliche Beweis dafür. Er vertraut dir so sehr, Jaarenn. Kirlons Tochter Adeleth ist auch hier, und Shir, und ...« Sie schüttelte den Kopf.

»Was haben sie verlangt, Faan?«

»Wer?«

»Die Briganten, die uns entführt haben.«

»Oh. Die.« Faan hob die Arme und zuckte mit den Schultern. »Wen interessiert schon, was *die* verlangen? Das ist jetzt nicht weiter wichtig. Ich bin ja hier.«

Faan wirkte älter. Normalerweise sah sie jünger aus als Jaarenn, und zuerst hatte Jaarenn auch geglaubt, das trübe Licht spiele ihr einen Streich. Aber die Falten in Faans Wangen, die runzelige Haut an ihrem Hals, die geschwollenen Fingerknöchel und die pergamentartige Haut waren keine Täuschung, die durch das Licht hervorgerufen wurde. Aus irgendeinem Grund war sie enorm gealtert, seit sie und Jaarenn zusammen neben der Quelle auf dem Fest der Wacht gestanden und über die Launen des Hohen Gerichts diskutiert hatten.

War Faan krank? In all den Jahren, in denen Faan und Jaarenn befreundet waren, seit jenem Tag, an dem Faan Jaarenn als einzige der Hohen Töchter der Alten Linie erwählt hatte, ihr im Rat beizusitzen, war Faan nicht einen Tag älter geworden. Jaarenn war erwachsen geworden, hatte einen Eyra gefunden und Kinder bekommen, und Faan war immer dieselbe geblieben. Aber jetzt hatte sie sich verändert. Die ungesunde Hautfarbe, die Art, wie die Lippen über den Zähnen spannten, all diese Dinge weckten in Jaarenn die Befürchtung, daß ihre Freundin bald sterben könnte.

»Ich bin so froh, dich zu sehen«, sagte Jaarenn. Ihre Kinder hatten aufgehört, mit den Lichtern zu spielen und statt dessen die Arme um die Beine ihrer Mutter geschlungen. Die Gesichter waren in ihrem Rock verborgen. »Wie hast du es fertiggebracht, uns hier rauszuholen?«

Faan hob eine Augenbraue.

Jaarenn stockte der Atem.

»Euch rausholen?« fragte Faan. Sie lächelte noch immer, aber irgend etwas an diesem Lächeln ließ Jaarenn das Blut so schnell in den Adern gefrieren, daß sie glaubte, in einen eisigen Gebirgsfluß gestürzt zu sein.

»Uns retten«, beharrte Jaarenn in der Hoffnung, daß Faan nur etwas schwer von Begriff war, und daß Faan gekommen war, um sie, die Kinder und alle anderen zu retten.

»Ich bin der Grund, aus dem ihr überhaupt hier seid«, erklärte Faan immer noch lächelnd. Mit einem Mal erschien ihr breites Lächeln hinterhältig und häßlich. Ein fleischloser Schädel hätte nicht breiter und leidenschaftsloser grinsen können.

»Warum?«

Faan kicherte. In diesem Augenblick kehrte der Brigant zurück. Er trug einen großen Eimer und einen langen Stab, an dessen Ende ein Löffel gebunden war. Faan sprach nicht mit ihm; sie deutete nur auf den Eimer und dann auf den Boden an der Tür. Er schien zu wissen, was zu tun war, stellte Eimer und Stab ab und verschwand wieder.

Jaarenn bemerkte seine Angst. Der bösartige Mann, der ihren Kutscher ohne jede Gefühlsregung umgebracht und sie, ihre Kinder und all die anderen hier gefangen hatte – *er* hatte Angst.

Irgend etwas Grauenvolles würde geschehen.

»Ewiges Leben hat seinen Preis«, sagte Faan und wandte ihre Aufmerksamkeit wieder zu Jaarenn. »Glenravens Magie wird täglich schwächer. Sie wird immer anämischer, unbrauchbarer. Sie flackert wie eine Kerze, die weit nach unten gebrannt ist und nun langsam erlischt. Ewiges Leben verlangt nach Magie. Und *ich* will ewig leben.«

Faan ging den Korridor hinunter, nahm den Eimer und steckte den Stab in die trübe, rotbraune Flüssigkeit. Sie rührte einen Augenblick darin herum, nahm einen Löffel der undefinierbaren Flüssigkeit heraus, drehte sich um und schleuderte sie auf den kräftig gebauten Kin-Mann, der sich in einer Ecke seiner Zelle zusammengekauert hatte. Er sprang auf, schrie und versuchte die Spritzer von seiner Haut und Kleidung zu rubbeln. Das machte die Flecken zwar schlimmer, aber sie brannten weder ein Loch in seine Haut noch zerfraßen sie seine Kleidung. Allerdings gelang es ihm auch nicht, sie zu entfernen. Die Masse verschmierte nur immer mehr, wenn er daran rieb.

»Was ist das?« rief er wütend zu Faan.

»Blut.« Sie trat einen Schritt zurück, hob den Kopf und stieß einen hohen, durchdringenden Schrei aus.

Irgend etwas Grauenvolles ...

Jaarenn hörte das leise Flüstern von Wind. Sie hätte schwören können, daß der Kerker, in dem man sie gefangenhielt, tief unter der Erde lag; aber die Stimme des Windes war nicht zu überhören.

Wind, wo es keinen Wind geben konnte. Er wurde lauter, kam näher, und einen Moment später spürte Jaarenn ihn auf den Wangen. Mit ihm kam ein leichter, aber deutlich wahrnehmbarer Geruch von Verfall, von Fäulnis, Ruin ... und Tod. Eine leichte Brise. Kalt. Stinkend. Böse.

Faan trat, den Eimer in der Hand, zu Jaarenns Zelle. »Seit nunmehr fast tausend Jahren habe ich meine Opfer unter den Machnaan gesucht, und wenn ich sie fangen konnte, auch unter den Aregen.«

Jaarenn hörte nur mit halbem Ohr zu. *Fast tausend Jahre.* Sie hatte Faans Worte deutlich gehört, und allmählich begriff sie, daß die Gerüchte über Faans unglaubliches Alter keine Gerüchte waren. Fast tausend Jahre. Ein starker, gesunder Kin brachte es auf nicht mehr als zwei Jahrhunderte. Faan hatte viel, viel länger gelebt. Was für eine Schande, dachte Jaarenn. Der größte Teil ihrer Aufmerksamkeit war auf den Mann in der Eckzelle und die Ereignisse gerichtet, die sich dort abspielten. Der Wind wurde stärker, lauter. Kleine Lichter begannen um den Kin herum zu flackern und berührten die Stellen, an denen er mit Blut bedeckt war.

Kleine Lichter und Wind. Harmlos. Eine sanfte Brise ... aber mit dem Gestank des Todes. Glänzende, wunderschöne tanzende Lichter ... aber das Blut zog sie an ... rief nach ihnen.

Irgend etwas Grauenvolles. Jaarenn drückte ihre Kinder an sich.

Faan lachte.

Jaarenn zog sich an die hintere Wand zurück und versteckte Tiis und Liendr unter ihrem weiten, bodenlangen Seidenrock.

Irgend etwas Grauenvolles.

»Sieh hin«, sagte Faan. »Das ist der beste Teil.«

Irgend etwas Grauenvolles würde passieren.

Die Blutflecken auf der Haut des Mannes begannen plötzlich zu glühen. Blaß, in einem leichten Rosa. Obwohl Jaarenn wußte, daß sie etwas Böses sah, konnte sie nicht leugnen, daß die Lichter irgendwie hübsch aussahen. Der Mann starrte auf seine Hände, seine Arme. Er rieb an den Flecken, und Jaarenn bemerkte, daß er leise zu stöhnen begonnen hatte. Mit weit aufgerissenen Augen und rasselndem Atem, der laut in dem ansonsten stillen Kerker widerhallte, riß er sich ein Stück aus der Kleidung und rieb damit über seine Haut. Alle Augen im Kerker starrten ihn wie gebannt an.

Die Flecken glänzten immer mehr – und dann begannen die Lichter wie Würmer langsam unter seine Haut zu kriechen. Sie schimmerten durch die Haut, heller und heller. Die einzelnen Linien dehnten sich in alle Richtungen aus, flossen zusammen und dehnten sich noch weiter aus – immer schneller und schneller, bis schließlich der ganze Körper glühte. Rot. Rubinrot. Blutrot. Seine Haut war nun durchsichtig und leuchtete von innen heraus, als wäre er ein lebender Edelstein.

Sein Stöhnen wurde lauter und verzweifelter ... ein Ruf nach Gnade, ein wortloses, hysterisches Geschrei. Aus den vereinzelten Schreien wurde ein Kreischen. Er grub seine Fingernägel in die Haut. Er kratzte, riß daran.

Zerkratzte sein Gesicht, seine Brust. Er riß sich die Kleider vom Leib.

Dann begann er anzuschwellen. Die transparente rote Haut dehnte sich aus. Sie blies sich auf, und darunter veränderte das Licht *alles*. Einen Augenblick lang konnte Jaarenn die Umrisse seiner Muskeln erkennen. Unter diesem schrecklichen Ballon aus Haut verbarg sich immer noch die Gestalt eines Mannes. Dann verflüssigte sich das Fleisch und sammelte sich in seinen Beinen und Füßen, und Jaarenn konnte außer den dünnen Formen der Knochen nichts mehr erkennen. Auch in die Knochen fraß sich das rote Licht. Die einzig erkennbare Form war jetzt nur noch … was auch immer.

Die Gestalt fiel vornüber. Ihre Glieder wippten unkontrolliert, als sie auf dem Stroh aufschlug, dann lag sie auf dem Bauch, aufgedunsen wie ein Ertrunkener. Der Schrei war zu einem leisen Flüstern geworden, schnarrend dünn und zitternd. Dann verstummte er, und Jaarenn bemerkte feine Spalten in der aufgeblasenen Haut – Risse, durch die das gleißende Licht wieder hinausströmte. Sie wollte wegsehen, aber sie konnte nicht. Sie hielt ihre Kinder weiter unter ihrem Rock versteckt, wagte nicht zu atmen, während sie beobachtete, wie der Körper des Mannes zusammenfiel, als habe man mit einer Nadel in eine Schweinsblase gestochen. Das einzige Geräusch war das von entweichender Luft.

Das Licht quoll hervor wie Rauch aus einem Feuer, und als ihn auch der letzte Funke verlassen hatte, lag seine Haut flach und zerknittert auf dem schmutzigen Stroh, mitten in einer Pfütze seines eigenen Blutes und verflüssigter Innereien.

Faan seufzte. Als Jaarenn sich zu ihr wandte, sah sie ein Lächeln.

»Die Aregen sind ausgerottet – alle bis auf einen, der mir die Zukunft voraussagt. Sie besaßen mehr Magie als selbst die Alfkindaar; aber da es sie nicht mehr gibt, kann ich sie auch nicht mehr jagen. Die Machnaan hatten noch nie viel Magie, und in den letzten paar Jahren haben sie auch noch den letzten Rest davon verloren«, erklärte Faan. »Ich habe mich eingehend mit dem Problem beschäftigt, aber noch keine Ursache für ihren Magieverlust gefunden – und ohne diese Kraft sind sie nutzlos für mich ... bis auf das Vergnügen, ihnen beim Sterben zuzusehen.«

Jaarenn starrte die Frau an, von der sie geglaubt hatte, sie würde sie kennen ... von der sie geglaubt hatte, sie sei ihre Freundin. Die Lichter umgaben Faan, stießen gegen ihre Haut, wirbelten in einem warmen, rotgoldenen Ton um ihr Fleisch. Für einen Moment begann sie genauso zu glühen wie der Mann in der Eckzelle. Als sie ganz in das Licht gehüllt war, glättete sich ihre Haut ein wenig. Ihr Rücken straffte sich, und die Jahre schienen von ihrem Körper abzufallen. Sie war noch immer alt, und das Böse stand ihr noch immer ins Gesicht geschrieben. Trotzdem gab es keinen Zweifel, daß sie wesentlich jünger wirkte als noch einige Sekunden zuvor.

Sie lächelte Jaarenn an. »Es hat keinen Sinn, wenn du dich da hinten versteckst. Ich kann das Blut bis dorthin werfen.« Sie nahm wieder einen Löffel aus dem Eimer, blickte zu Jaarenn und schleuderte das Blut zur Seite ... auf die schwangere Adeleth.

Das Mädchen, das zitternd in der entlegensten Ecke ihrer Zelle gehockt hatte, schrie wie die Geister von tausend Toten.

Faan lächelte noch breiter und fröhlicher. Amüsiert schüttelte sie den Kopf. »Die Schwangeren sind immer am interessantesten.«

Jaarenn wandte sich ab. Sie wollte die Schreie nicht mehr hören – die alptraumhaften Schreie. Doch sie wußte, daß sie die Schreie niemals vergessen konnte. Sie würden sie bis zu ihrem Tod verfolgen.

Sie hob den Kopf und blickte Faan in die Augen. »Mir ist egal, was du mir antust, Faan. Es macht mir nichts aus. Aber bitte ... *bitte* ... laß meine Kinder gehen. Schick sie zu Dommis. Bitte.«

Faan lachte leise. »Glaubst du, deine Kinder sind zufällig hier? Nein. Tiis und Liendr sind hier, weil ich es so gewollt habe. Sie sind so süße kleine Dinger.« Sie legte den Kopf zur Seite. In dieser Haltung wirkte sie wie ein böser Vogel – wie ein Geier ... wie ein grinsender Geier. »In tausend Jahren werden so viele Dinge alt und verlieren ihren Reiz, Jaarenn«, erklärte die Schutzherrin. »Die Sonne geht auf, und sie geht unter – immer mit der gleichen langweiligen Eintönigkeit. Du kennst alles

Amüsante, hast jede Geschichte gehört, jedes Lied ge-
sungen, bis du es unendlich leid bist. Die Dinge verblassen, werden bedeutungslos, stumpfsinnig. Es wird so
schwierig ... so ungeheuer schwierig ... sich jeden Tag
neu zu motivieren.«

Die Schreie des schwangeren Mädchens waren zu
einem leisen, flüssigen Blubbern geworden. Obwohl Jaarenn wünschte, sie hätte weder Faan noch das sterbende
Mädchen gehört, erreichten die Geräusche ihren Verstand
mit schrecklicher Klarheit.

»Meine Kinder haben keine Bedeutung für dich«, sagte
Jaarenn. »Du brauchst sie nicht. Laß sie gehen.«

»Tatsächlich werden sie mir kaum Leben geben können. Sie sind noch viel zu klein, um Magie zu besitzen.
Weder für mich noch für meine Wächter sind sie mehr als
nur ein Appetithappen – da hast du recht. Aber ich brauche sie. Nach all diesen Jahren habe ich herausgefunden,
daß lediglich eine Attraktion mich nicht langweilt – das
phantastische Spektakel des Todes. Und deine süßen
kleinen Kinderchen werden mich außerordentlich amü-
sieren.« Faans Gesicht war eine absurde Farce des herz-
lichen, freundlichen Lächelns, das Jaarenn früher an ihr
gesehen hatte. »Für dich gilt dasselbe.«

Kein Schreien mehr. Nichts. Adeleth war tot. Es war still
geworden, bis auf ein leises Flehen um Gnade in den anderen Zellen.

Faan steckte den Stab wieder in den Eimer.

»Hol sie aus deinem Rock«, befahl sie. »Du willst doch nicht, daß sie bei deinem Tod zusehen müssen. Glaub mir, kleine Mutter, meine liebe Freundin, es wird weniger schmerzhaft sein, wenn ihr zusammen sterbt.«

Jaarenn starrte zu Faan. Sie stellte sich vor, wie ihre Kinder zusehen mußten, während sie aufquoll, schrie und sich die Augen auskratzte. Sie wünschte, sie wäre schon tot. Sie wünschte, sie könnte die Kinder schnell und schmerzlos töten und sich dann selbst umbringen. Sie wollte betteln, auf die Knie fallen und die erbarmungslose Schutzherrin anflehen, ihr alles geben, wenn sie nur ihre geliebten Kinder verschonen würde. Sie hätte wirklich *alles* gegeben – aber sie konnte in Faans Blick erkennen, daß ihr nichts mehr gefallen würde als eine solche Schau. Jaarenn war Kin – Kin der Alten Linie. Die Alte Linie ertrug alles. Sie lebten erhobenen Hauptes und starben tapfer. Es würde besser sein, wenn sie gemeinsam starben.

Sie hob den Rock, zog Tiis und Liendr hervor und nahm sie in die Arme.

»Willst du gar nicht versuchen, ihr Leben zu retten? Schick sie zu mir«, sagte Faan. »Vielleicht können mich meine kleine Nichte und ihr Bruder dazu überreden, sie am Leben zu lassen. Vielleicht sagen sie mir, wie sehr sie mich lieben.« Sie schürzte die Lippen und zuckte mit den Achseln. »Ich dachte eigentlich, du würdest es zumindest versuchen.«

»Wenn ich sie zu dir geschickt hätte, dann würdest du

mich zusehen lassen, wie sie sterben«, erwiderte Jaarenn. »Du würdest sie nicht gehen lassen.«

Faan lachte laut auf. Sie amüsierte sich königlich. »O, ja. Da hast du schon wieder recht. Du hast ja so recht. Du bist bei weitem nicht so dumm, wie du aussiehst.«

Jaarenn drückte die beiden stillen, verängstigten Kinder enger an sich und blickte zu Faan. »Ich habe dir meine Freundschaft gegeben«, sagte sie kalt. »Du hast sie nicht verdient.«

»Ich habe deine Freundschaft nicht *gebraucht*. Warum sollte sich der Löwe mit dem Lamm anfreunden, das er zum Abendessen verspeisen wird – wenn nicht aus Freude an der Ironie? Warum sollte sich der Vogel mit dem Wurm anfreunden? Du bist nichts weiter als Fleisch. Und du warst niemals etwas anderes.«

Jaarenn straffte sich. Die Kinder umklammerten ihren Nacken. Sie konnte das wilde Schlagen ihrer Herzen und ihr sanftes, schnelles Atmen spüren. Sie hatten Angst. Jaarenn rieb ihre Wange an den kleinen Gesichtern und drückte sie enger an sich. »Ihr müßt tapfer sein. Wir sind zusammen«, beruhigte sie die Kleinen. »Ich bin ja bei euch. Ich werde immer bei euch sein.« Der Klang ihrer Stimme ließ sie ein wenig ruhiger werden, und Jaarenn blickte wieder zu Faan. »Du hast dich geirrt«, sagte sie. »Du hast nicht verstanden, wer der Vogel ist und wer der Wurm. Meine Kinder und ich sind auf den Schwingen des Falken geflogen. Wir kennen Liebe und Freude. Wir kennen das Wunder des Lebens. Wir haben die Sonne gesehen, den Mond und die Sterne. Aber so lange du lebst, wirst du nichts anderes kennen als Schleim, Blindheit und Dreck, Haß und Häßlichkeit, Gift und Bösartigkeit. Du wirst niemals glücklich sein. Dein langes Leben wird nie mehr als eine Aneinanderreihung elender Tage und Nächte sein.«

Faan fauchte und schleuderte einen Löffel mit Blut auf die Gefangenen. »Aber ich werde leben.« Das Blut spritzte auf Jaarenns Haut, kalt, dick und stinkend. Es traf auch die kleinen Kinder, die sofort zu schreien begannen.

»Ich werde leben, und ihr werdet sterben.«

Die Lichter kamen. Die wunderhübschen Lichter. Tiis hörte auf zu weinen, als sie die Lichter sah, die sich über ihre weichen Wangen und das seidige Haar ergossen. Sie lachte.

Liendr lockerte seinen Griff um den Hals der Mutter und flüsterte: »Sieh mal, Mama. Sieh mal.«

Die Lichter kamen. Weich, blaß und schön schwirrten sie heran wie Sterne, die man in Schnee verwandelt hatte. Sie berührten Haut und Kleider. Es war, als ließe sich ein Schmetterling nieder.

Und dann kam der Schmerz.

Kapitel Dreizehn

Jays Alpträume flossen ineinander, wurden zu einem einzigen schauerlich surrealistischen Gewirr aus Blut und Knochen. Ein Jäger mit blaugrau-goldenen Augen, Reißzähnen und klauenbewehrten Händen von schmerzhafter, fremdartiger Schönheit; ein fürchterlicher Gestank; das überwältigende Gefühl abgrundtiefer Bosheit. Es war zugleich hell und dunkel, furchtbar und wunderschön. Und mittendrin ertönte das Krähen eines Hahnes wie das Zeichen an Petrus, nachdem er Christus verleugnet hatte, oder die Stimme eines Orakels aus einem heidnischen Tempel.

Ein winziges Licht berührte Jays rechtes Augenlid. Etwas Scharfes, Schweres kratzte über ihren Arm. Jayjay wachte auf und blickte in die Augen des magersten und häßlichsten Huhns, das sie je gesehen hatte. Als Jay sich bewegte, sträubte es seine dreckigen schwarzen Federn, senkte den Kopf und spreizte die Flügel.

Jay haßte Hühner.

»Buh!« flüsterte sie, und fuchtelte mit den Armen. Das Huhn pickte nach ihr, erwischte einen Finger und verursachte eine kleine, blutende Wunde. Als sie aufschrie und mit Armen und Beinen um sich schlug, zog es sich zurück. Jay blickte dem flüchtenden Vogel hinterher. »Dir scheint wohl nicht klar zu sein, wer von uns beiden das Mittagessen ist, du ... Huhn!«

Im Hintergrund vernahm sie Sophies Lachen. »Beeindruckend. Ich hatte ja keine Ahnung, wie gut du mit Hühnern umgehen kannst.«

Jay lutschte an ihrem blutenden Finger und blickte zu ihrer Freundin. »Hast du es vielleicht dazu angestiftet?«

Sophie grinste. »Darauf kannst du wetten. Das ist meine Art, mich bei dir für die Badezimmer zu bedanken.«

Jayjay zuckte zusammen. »Wo mögen die nur sein?«

»Rate mal.«

»Hmmm. Ein Nachttopf?«

»O, Mann ... ein Nachttopf wäre der reinste Luxus, verglichen mit dem hier.«

Jay biß sich auf die Lippe. »Ein Toilettenhäuschen im Freien?«

»Hast du ein Toilettenhäuschen gesehen, als wir angekommen sind?«

»Nein.«

»Das wirst du auch nicht.«

»Schlimmer als ein Toilettenhäuschen?«

Sophie deutete auf das Öltuch vor dem Fenster der Dachkammer, in der sie zusammen mit Jay und mehreren Hühnern die letzte Nacht verbracht hatte. »Wenn wir raussehen könnten, dann würde ich es dir zeigen.« Sie bleckte die Zähne zu einem Lächeln, das einem Werwolf gestanden hätte. »Es ist wirklich toll ... dieser kleine Graben, den man in den Dreck bei den Bäumen dort drüben gescharrt hat. Du setzt den ersten Fuß auf die eine Seite und ...«, sie schloß die Augen und schüttelte sich.,»... und dann hockst du dich hin. Und diese tolle Einrichtung befindet sich noch nicht einmal *im* Wald, wo man wenigstens vor neugierigen Blicken geschützt wäre ... o nein ... sie liegt nur *in der Nähe* des Waldes.«

»Der Reiseführer hat Inzo nicht gerade empfohlen«, erwiderte Jayjay. Sie fühlte sich schuldig, daß Sophie ihren Aufenthalt nicht genießen konnte. Ihre Freundin sollte wieder zu sich selbst finden. Jay hatte gehofft, daß ein wundervoller Urlaub dabei helfen würde. »Die Städte werden aufregender sein.«

»Ich weiß nicht, wieviel Aufregung ich noch ertragen kann.« Sophie beobachtete eines der hageren, temperamentvollen Hühner. »O ja. Und denk daran, eine Handvoll Blätter mitzunehmen. Wahrscheinlich hat noch keiner von Inzos brillanten Geistern das Toilettenpapier erfunden.«

»Oh ... wunderbar.«

Jayjay ging in Richtung des Waldrandes. Sie erinnerte sich daran, daß Sophie sowieso ein Morgenmuffel war. Nachdem sie jedoch herausgefunden hatte, was man in Inzo unter Kanalisation verstand, mußte sie ihrer Freundin zustimmen. Der kleine Graben war alles andere als malerisch.

Während sie so dastand, kam sie sich verdreckt und stinkend vor. Sie hätte jeden Preis für eine Badewanne bezahlt ... und ihre komplette Reisekasse darauf verwettet, daß man im ganzen Dorf nichts Derartiges finden konnte.

Sie seufzte und ließ den Blick über Inzo gleiten. Bei Tageslicht wirkte das Dorf noch dreckiger, verstaubter und armseliger als bei Nacht. Sie wußte, was das Wort »arm« bedeutet. Die mit Palmzweigen bedeckten Hütten im Hochland Guatemalas, die von nackten Kindern mit Hungerbäuchen bewohnt wurden und von Erwachsenen, die mit 30 alt aussahen, waren ihr lange Jahre in Erinnerung geblieben. Aber selbst in den abgelegenen Bergdörfern Guatemalas hatte sie Fernsehantennen gesehen, Stromleitungen, sogar ein paar Autos. Selbst in den kleinsten Dörfern Guatemalas waren nicht alle Menschen arm.

In ihrem ganzen Leben hatte Jay noch nie ein solches Elend gesehen wie hier in Inzo. Die Menschen hier besaßen *gar nichts.*

Ich hätte diesen Platz nicht als unser erstes Ziel auswählen sollen.

Sie hakte die Daumen in den Gürtel und sah sich um. Das Dorf lag am Waldrand. Die Felder, durch die sie und Sophie vergangene Nacht geritten waren, endeten abrupt vor einer Wand aus Bäumen. Es hätte 50 Männer gebraucht, um die Stämme einiger dieser altehrwürdigen Riesen zu umfassen. Jayjay war der festen Überzeugung, daß manche dieser verwitterten Giganten bereits gestanden hatten, als Christoph Kolumbus ausgezogen war, um einen kürzeren Weg nach Indien zu entdecken.

Sie blickte durch die samtenen, grünen Schatten auf eine weiter weg gelegene Lichtung. Dünne Strahlen gol-

denen Lichts schienen auf die einladende Fläche eines
moosbewachsenen Felsens. Blaßgelbe und violette Flek-
ken flackerten gelegentlich durch die Lichtstrahlen.
Schmetterlinge der unterschiedlichsten Arten tranken
Nektar aus einer wahren Flut weißer Blüten, die den
Rand des Felsens säumten. Selbst von ihrer Position aus
konnte Jay das regenbogenfarbige Schimmern der Sonnenstrahlen auf dem Tau erkennen. Es hätte das Paradies
sein können.

Das Gefühl, als habe sie ihre wahre Heimat entdeckt,
kehrte wieder zurück. Sie vergaß den Schmutz und das
Elend Inzos. Die Schönheit des uralten Waldes wusch
alles hinweg. Jay konnte sich undeutlich an einige Kom-
mentare über die Wälder Glenravens in ihrem Reiseführer erinnern. Unter anderem stand darin zu lesen, daß in
den Wäldern des Landes Lebewesen anzutreffen waren,
die im restlichen Westeuropa längst ausgestorben seien –
Lebewesen, die einen Menschen töten konnten. Wo auch
immer diese Räuber jagen würden ... bestimmt nicht in
der Nähe dieses wunderschönen Ortes.

Jay fragte sich, wie Sophie einfach daran *vorbeilaufen*
konnte? Dieser eine einzige Anblick ließ sie die kratzen-
den Strohmatratzen in der schäbigen Dachkammer vergessen. Er machte das Schlafen mit Hühnern bedeutungslos. Er machte das Fehlen eines heißen Bades ... na, ja, Jay
verlangte es immer noch nach einer Badewanne, aber sie
ging davon aus, daß Sophie und sie noch bis Reikstor oder
Zearn aushalten würden.

Jay betrat den Wald und hielt auf die Lichtung zu. Sie wollte sich auf den Felsen setzen und eine Weile den Schmetterlingen zusehen, bevor sie und Sophie sich wieder auf die Pferde schwangen und zur nächsten Stadt aufbrachen. Das würde sie wenigstens für das fehlende Bad entschädigen.

Das heimelige Gefühl wurde stärker ... die Gewißheit, daß sie ihr ganzes Leben darauf gewartet hatte, diesen Platz zu finden. Jay betrat den tiefen Humusboden des Waldes mit einem glücklichen Seufzer und berührte den Stamm eines alten Baumes. Das Licht tanzte um sie herum – wahrscheinlich der Effekt einer leichten Brise in den Baumkronen, aber trotzdem ein zauberhafter Anblick.

Ich könnte für immer hier bleiben, dachte sie und bildete sich ein, der Wald antworte mit einem tiefen, zufriedenen Ja.

»Jay – Jaaayyy!!!«

Sophies schrille, hysterische Schreie rissen sie aus ihren Träumen. Verschwinde, dachte Jay. Die Lichtung mit ihren tanzenden Schmetterlingen lockte und versprach bedingungslose Zufriedenheit. Ich bin schließlich im Urlaub und will mich entspannen. Ich will vergessen, und die kleine Lichtung verspricht Vergessen.

»Jay-Jaaayyy!!! Wo steckst du?«

Jay seufzte und wandte sich um in Richtung Inzo. Sie war überrascht, als sie feststellte, wie weit sie sich vom Dorf entfernt hatte. Die Lichtung mußte tiefer im Wald gelegen haben, als es zunächst den Anschein gehabt hatte. Sie konnte die Hütten nicht mehr sehen. »Ich komme schon.«

»*Wo steckst du*?« rief Sophie erneut.

»Ich bin nur für eine Minute in den Wald gegangen.« O, Mann, offensichtlich ein ganz schönes Stück. Jay schritt über abgestorbene Äste und durch dichtes Unterholz, an das sie sich gar nicht erinnern konnte. *Wie bin ich hier nur durchgekommen?* Verwirrt betrachtete sie ihre Arme und bemerkte eine Reihe von Schrammen, ein eindeutiger Beweis dafür, daß sie durch dichtes und dorniges Gestrüpp gewandert war ... ohne es zu merken.

Jay zog ein mürrisches Gesicht und ärgerte sich über sich selbst. Sie fand noch weitere Schrammen und blaue Flecken an Armen und Beinen, ohne sagen zu können, woher sie stammten. Das war wieder mal typisch. Wenn sie so sehr auf eine Sache fixiert war, dann hatte ein triviales Gefühl wie Schmerz keine Gelegenheit, bis zu ihrem Bewußtsein vorzudringen. Durch die Bäume hindurch konnte sie das Dach von Retiretis Hütte erkennen. Hinter ihr knurrte irgend etwas. Jays Nackenhaare stellten sich auf. Sie begann zu zittern. Das Knurren klang tief und finster – wie von einem Wolf – und es kam ganz aus der Nähe.

Jay kämpfte sich mit einem Stoßgebet auf den Lippen durch das Dickicht.

»Willst du den ganzen Tag darin herumtrampeln?« Sophies Stimme klang ganz nah, doch Jay konnte ihre

Freundin nirgendwo sehen. Vielleicht versteckte sie sich hinter einem der gigantischen Stämme.

Jay eilte weiter durch das dichte Gestrüpp von Wildrosen. Es erstaunte sie, daß die letzten Meter ihres Rückzugs zu einer derartigen Tortur wurden. Das konnte unmöglich derselbe Weg sein, auf dem sie gekommen war – sie hatte ohne Zweifel einen freien Pfad benutzt, als sie in den Wald gegangen war.

Jayjay brach aus dem Wald hervor.

»Ah, da bist du ja.«

Sophie bewegte sich – sie hatte sich die ganze Zeit über in Jayjays Blickfeld aufgehalten. Warum sie sich nicht hatten sehen können, blieb Jay schleierhaft.

»Hier bin ich«, stimmte Jay ihrer Freundin zu. Sie rang nach Luft. Ihr Herz pochte wild.

»O, mein Gott! Jayjay, was ist denn mit dir passiert?«

Sophie starrte sie ungläubig an. Jay blickte an sich hinab. Ihre Arme bluteten, und die Bauernkleidung war an mehreren Stellen zerrissen. »Ich bin im Wald spazierengegangen«, sagte sie, doch die Erklärung erschien ihr irgendwie unzureichend. »Ich bin auf dem Rückweg in Dornenbüschen hängengeblieben.«

»Wo?« Sophie blickte in die Richtung, aus der Jayjay gekommen war.

Sie drehte sich um. *Dort*, wollte sie sagen, aber der tiefe, friedliche Wald lag vor ihr wie ein Park. Humus und gefallene Blätter bildeten einen Teppich, auf dem sich alte Bäume wie die Pfeiler einer mittelalterlichen Kathedrale erhoben. Die Lichtung mit den Schmetterlingen lag nicht weit entfernt, und der Weg dorthin wies keinerlei Hindernisse auf. Nirgendwo war Unterholz zu sehen. Jay suchte nach dem kleinen Hang, den sie hochgeklettert war, aber auch davon war nichts zu entdecken.

Sie betrachtete ihre verschrammten, blutenden Arme. »Was ... um alles in der Welt ...?« Sie blickte zu Sophie, und ihre eigene Verwirrung spiegelte sich in den Augen der Freundin. »Ich kann dir nur sagen, daß es da drin wesentlich rauher ist, als es von hier draußen den Anschein hat.« Sie schüttelte langsam den Kopf, zuckte die Schultern und grinste.

»Du wirst dich wohl nie ändern«, sinnierte Sophie. »Du würdest sogar dann noch verdreckt heimkommen, wenn du nur mal eben die Straße heruntergegangen wärst, um einen Brief einzuwerfen. Ich kann mich noch gut daran erinnern, wie deine Mutter einmal erklärte, du wärst vom Mars, und wie sie dich dorthin zurückschicken wollte.«

Jayjay lachte. »Einige Dinge ändern sich wirklich nie.« Sophies Bemerkung in Bezug auf die Ereignisse im Wald gefiel ihr zwar nicht, aber sie wollte gegenüber ihrer Freundin keine große Sache daraus machen. Bis jetzt war die Reise schon merkwürdig genug verlaufen. Wenn es noch mysteriöser würde, befürchtete sie, dann könnte Sophie den Trip nach Glenraven ganz absagen und nach Spanien weiterziehen. Das wollte Jayjay auf jeden Fall vermeiden. Glenraven lag schon seit ewigen Zeiten in diesem kleinen Tal verborgen und hatte nur darauf gewartet, von ihnen entdeckt zu werden. Jayjay beabsichtigte, das Beste aus ihrer Entdeckung zu machen ... wie merkwürdig sie auch sein mochte.

Kapitel Vierzehn

Hast du sein Gesicht gesehen, als du ihm die kleine Münze gegeben hast? Ich dachte, ihm würden gleich die Augen aus dem Kopf fallen.« Sophie drehte sich im Sattel nach ihrem Gepäck um.

Jayjays großer, brauner Wallach trottete gemütlich neben ihr her. Jayjay hatte sich locker im Sattel zurückgelehnt. Sie ritt nur geringfügig eleganter als ein Sack Steine, aber Sophie behielt ihre Meinung für sich.

Jayjay schreckte aus ihren Gedanken hoch. »Huh? ... Was? ... Ja ja. Ich glaube, ich habe zuviel für das Zimmer bezahlt. Ich habe noch einmal im Reiseführer geblättert und herausgefunden, daß Geld hier wesentlich mehr wert ist als bei uns zu Hause.«

Sophie nahm einen Schluck Wasser. Es war bereits lauwarm und schmeckte nach der metallenen Feldflasche, nach Sand und der Desinfektionstablette, die sie hineingeworfen hatte. Sie fühlte sich großartig. Sie waren jedem Problem aus dem Weg gegangen, daß Lestovru ihnen bescheren konnte, und selbst wenn Cola aus der Dose tausendmal besser schmecken würde – was machte das schon? Es war einfach phantastisch, auf einem Pferd über dieses unentdeckte Fleckchen Erde, durch Gottes eigenes Land zu reiten. »Retireti schien wirklich ausgesprochen glücklich zu sein ... du hast insgesamt fünf Dollar für uns beide gezahlt, oder?«

»Ja. Einschließlich der Bohnensuppe, die wir zum Frühstück hatten.«

Das war der zehnfache Preis von dem, was die Unterkunft wert war, dachte Sophie – aber sie wollte nicht undankbar sein. Retireti war kein Gastwirt, das hatte sie bereits gemerkt, als sie sein Haus zum ersten Mal gesehen hatte. Er hatte sie in seinem eigenen Heim untergebracht – zwei uneingeladene Fremde. Er hatte ihnen das Frühstück bereitet, sie mit einer wahren Flut unverständlichen Geredes unterhalten und seine Finger bei sich behalten. Außerdem war er unendlich dankbar gewesen für die lausigen fünf Dollar, die sie ihm bei ihrer Abreise in die Hand gedrückt hatten. Er hatte ihnen das Beste gegeben, was er zu bieten hatte. Wenn das nicht viel war, dann war es nicht seine Schuld.

Sie blickte zu Jay, die ihre Zügel zusammengebunden und um den flachen Sattelknauf geschlungen hatte. Jay blätterte in ihrem Buch und ritt noch immer steif wie ein Brett.

»Also ... was machen wir als nächstes, du große Entdeckerin?«

»Ich bin mir noch nicht ganz sicher.« Jayjay sah nicht

von ihrer Lektüre auf. »Wir müßten jeden Augenblick eine Abzweigung erreichen ... dann können wir entweder links nach Reikstor weiterreisen oder rechts nach Zearn. Der Führer empfiehlt beide Orte. In Reikstor gibt es die Burg Sareiggien. Dort hatten wir eigentlich Reservierungen für letzte Nacht.«

»Eine Burg? Du hast uns in einer Burg eingemietet?«

Jayjay grinste zu ihr hinüber. »Aber ja. Sareiggien ist eines der schönsten Schlösser Glenravens. Ich dachte, wir hätten uns das verdient. Schließlich reisen wir Erster Klasse.«

»Ich hätte dir vielleicht geglaubt, wenn ich nicht mit einem Huhn auf meiner Brust aufgewacht wäre.«

»Das war eine unwesentliche Anomalie. Wir waren einfach nur vorsichtig ... oder wärst du lieber in einen Hinterhalt gelaufen?«

Sophie kalkulierte die Wahrscheinlichkeit eines Hinterhalts. Im warmen Licht des Tages, beim Ritt über eine friedliche Straße, die auf beiden Seiten von Äckern umgeben war, konnte sie sich nicht mehr erklären, warum sie letzte Nacht so verängstigt gewesen war. Trotzdem nickte sie zustimmend: »Nein. Ich hätte nicht in einen Hinterhalt geraten wollen.«

Jay las immer noch. »In Reikstor gibt es einen großen Markt, einige interessante kleine Geschäfte und eine Reihe von Gasthäusern, die *sehr* empfohlen werden. Außerdem scheinen die Befestigungsanlagen sehr interessant zu sein. In Zearn gibt es irgendwas, das sich Aptogurria nennt; allerdings kann ich anhand der Beschreibung nicht herausfinden, was das ist. Daneben gibt es dort eine Mine, einen See und mehrere Gasthäuser ... und einen weiteren Markt. Dort soll besonders mit Textilien gehandelt werden. Kein Schloß, nur zwei Festungen – Kewimell und Dothselt. Beide werden noch benutzt, und laut Fodor's besitzt Kewimell eine einmalige Architektur. Außerdem könnten wir uns ein Boot mieten und ein wenig auf dem See herumfahren.«

Sophie dachte über das Schloß nach. Sie hätte es genossen, in einem echten Schloß zu übernachten. »Besteht die Möglichkeit, daß wir für heute nacht ein Zimmer in Sareiggien bekommen – ohne Reservierung?«

Jayjay seufzte. »Kaum. Es war schwer genug, für gestern Nacht zu reservieren. Sareiggien ist ein hübsches kleines Schloß, das mitten auf einer Insel im Dinnos-See errichtet wurde. Eigentlich hatte ich die beste Suite gebucht. Wenn wir nach Reikstor gehen, dann bedeutet das wieder einen Schritt zurück.«

Jays Prinzipien ließen sich auf einen einzigen Satz reduzieren: *Geh niemals zurück!* Schau nach vorn, bleib immer in Bewegung. Nie darfst du etwas in deinem Leben wiederholen. Sophie wollte sich wegen der eher unwahrscheinlichen Möglichkeit, in einem Schloß zu übernachten, nicht auf eine Grundsatzdiskussion mit Jay einlassen. »Also auf nach Zearn.« Sie blickte zu ihrer Freundin, die endlich das Buch weggesteckt hatte. »Eins muß ich noch wissen, Jay.«

»Und was?« Jayjay grinste.

»Warum hast du mir niemals etwas über Bill, Stacey oder Steven erzählt?«

»Ich hab's dir doch gesagt.« Das Grinsen verschwand von Jays Gesicht, und sie wandte den Blick ab. »Ich hab's dir gestern erzählt.«

»Das meine ich nicht. Wir kennen uns schon, seit wir unsere ersten Zähne bekommen haben, Jay. Wir sind zusammen zur Schule gegangen, hatten die gleichen Lehrer und haben unser Make-up geteilt. Wir ... wir haben sogar beide mit Bob Blatzmeir rumgeknutscht. Durch dich habe ich alle deine Ehemänner kennengelernt. Wenn ich in meinem Leben so viel Kummer gehabt hätte, dann hätte ich ... hätte ich ...« Sie verstummte.

Jay blickte sie von der Seite an, hob eine Augenbraue und schwieg. Ihre Mundwinkel verzogen sich zu einem spöttischen Grinsen.

Sophie sah weg und schluckte. Die Lüge war ihr im Hals steckengeblieben. Sie spürte, wie die Temperatur in ihren Wangen stieg, und hoffte, daß sie nicht rot wurde. Wußte Jay Bescheid? Ihr Blick schien darauf hinzudeuten. *Aber wie hätte sie es erfahren sollen*? Sie atmete tief durch. Oder hatte Jayjay Bennington einfach nur geblufft, um vom Thema abzulenken? Das war die wahrscheinlichste Erklärung. »Ich möchte wirklich eine Antwort, Jayjay. Wenn deine Ehemänner so schrecklich waren, warum hast du mir nichts gesagt? Vielleicht hätte ich dir helfen können.«

Einen kurzen, unangenehmen Moment lang trotteten die Pferde weiter über den Pfad, während Jay schwieg. Dann räusperte sie sich und blickte entschlossen nach vorn. »Soph, es gibt Menschen auf dieser Welt, die es toll finden, wenn man sie bedauert; ich gehöre nicht dazu. Ich habe es dir nicht erzählt – ich habe es meiner Familie nicht erzählt – ich habe es *niemandem* erzählt. Ich wollte nicht, daß irgendwer hinter meinem Rücken flüstert, ›Oh, die arme Julie, sie hat ja so einen fürchterlichen Mann geheiratet ... hast du schon gehört, daß er sie schlägt?‹ Das habe ich nie gewollt.« Jayjays Gesicht wurde hart. »Ich hielt es für besser, den Sündenbock als das Schaf zu spielen. Als meine Ehen in die Brüche gingen, erzählte ich Leuten, die absolut nichts für sich behalten können, erfundene Geschichten von leidenschaftlichen Affären. Früher oder später mußten die Gerüchte bis zu meinen Ehegatten vordringen und ... *pffft!* ... Herr Ich-will-sofort-die-Scheidung stürmte durch die Tür.« Sophie fand Jays humorloses Grinsen nervend.

»Das hat dich nicht gerade in eine günstige Ausgangsposition für die Scheidung gebracht.«

»Ich wollte nichts von ihnen. Ich wollte sie nicht mehr sehen müssen. Ich konnte mich damals um mich selbst kümmern, und ich kann es auch heute noch.« Sie drehte sich um und warf Sophie einen entschlossenen Blick zu. »Ich bin niemandes Opfer, und ich will nicht so behandelt werden.«

Sophie erinnerte sich, wie Jay Bill das Haus bedingungslos übertragen hatte, das sie gemeinsam gekauft hatten, obwohl ihr die Hälfte gehört hatte. Aus ihrer zweiten Ehe war sie mit noch weniger hervorgekommen. »Ich hoffe, diesmal bist du etwas vernünftiger, Jay. Du hast bis heute schon ein Vermögen zum Fenster rausgeschmissen.«

»Ungefähr 300.000 Dollar. Ich hätte das Doppelte gezahlt, um sie loszuwerden.« Jay lächelte noch immer, aber ihr Blick war starr nach vorne gerichtet. »Ich besitze einen Computer, Talent zum Schreiben und meine Verträge – und ich behielt meinen Verstand ... obwohl ich manchmal geglaubt habe, ich würde ihn verlieren. Was brauche ich sonst?«

Sophie stellte sich vor, wie es wohl wäre, alles aufzugeben, was sie besaß. Allein bei dem Gedanken wurde ihr übel. »Aber bei Steven wirst du doch auf einem vernünftigen Arrangement bestehen? Ihr habt dieses große Haus und das alles ...«

»Ich glaube, ich werde ihm die Schlüssel geben und mich davonmachen. Genau wie sonst auch.«

»Dann mußt du wieder ganz von vorne anfangen. Jay, du bist mittlerweile fünfunddreißig, und du wirst vielleicht einen Kredit aufnehmen und in einer kleinen Einzimmerwohnung hausen müssen ... mein Gott ... und nichts anderes als Bohnen und Makkaroni essen.«

Jay lachte. »So schlimm wird es nicht werden. Zumindest habe ich inzwischen kochen gelernt.«

»Du wärst besser dran, wenn du denken gelernt hättest.«

»Nur weil du mit meinen Entscheidungen nicht einverstanden bist, heißt das nicht, daß ich nicht denken kann, Soph.«

Sophie wußte nicht, was sie darauf erwidern sollte. Jay machte, was sie wollte. Das hatte sie immer getan. Außerdem wollte sie nicht über ihre Entscheidungen diskutieren. Der Grund, warum Sophie nie etwas von Bill Pfiesters Drogenproblem oder Stacey Tremonts Schlägermentalität gehört hatte, war, daß Jayjay nicht zugeben wollte, einen Fehler gemacht zu haben.

Im Gegensatz zum Rest der Welt machte Jayjay niemals Fehler. *Sie traf Entscheidungen*, und ihre Entscheidungen hatten bisweilen komplizierte Konsequenzen. Sophie konnte sich genau vorstellen, wie ihr Jay das mit ihrer Ich-weiß-alles-besser-Stimme erklären würde. Komplizierte Konsequenzen – das klang, als wollte Eule Winnie-Puh eine Lektion erteilen.

Sophie fühlte sich wie Winnie-Puh – kümmere dich um deine eigenen Angelegenheiten, wenn du nicht schlau genug bist, jemandem einen nützlichen Ratschlag zu geben. Nur Stroh im Kopf ... das bin ich.

Ich hätte dir erzählt, wenn Mitch so ein Arsch gewesen wäre, dachte sie. Sie blickte schmollend zu Jay und fühlte sich außen vor gelassen. Ich hätte dich um Rat gefragt. Schließlich sind Freunde genau dazu da.

Aber sie selbst war in letzter Zeit zunehmend auf Distanz gegangen. Seit Karens Tod hatte sie nicht mehr richtig mit Jay gesprochen. Sie hatte geglaubt, Jay würde sie sowieso nicht verstehen. Sie wollte nicht mehr mit den Menschen zusammensein, die sie aus ihren besseren Tagen kannte.

Tatsächlich hatte sie Jay auch sonst nicht alles erzählt, was sich in ihrem Leben abspielte.

Sie schnalzte mit der Zunge und verlagerte ihr Gewicht. Das Pferd verstand die Aufforderung und trottete ein Stück voraus. Und Jayjay, stur wie immer, blieb zurück.

Sophie blickte die Straße entlang und dachte nach. Sie hatte Jay wirklich nicht *alles* erzählt. Sie hatte nichts von Lorin erwähnt. Natürlich war das nicht dasselbe. Sophie hatte eigentlich gar nichts zu erzählen – noch nicht. Vielleicht auch niemals. Es war ja nichts passiert. Vielleicht änderte sich das ja eines Tages, aber nicht heute.

Eines Morgens wacht man auf, sieht in den Spiegel und erblickt eine Fremde. Egal, was man über sich selbst zu wissen glaubt: In diesem Moment muß man erkennen, daß man sich die ganze Zeit über geirrt hat. Man ist zu Unglaublichem fähig.

Ich bin zu Unglaublichem fähig.

Kapitel Fünfzehn

Faan Akalan zollte dem Gedenken ihrer Familie und ihrer Rolle als Schutzherrin Glenravens höhnischen Tribut. Sie hielt Hof wie die Schutzherren und -herrinnen in all den Jahrhunderten zuvor, seit die Kin die Macht übernommen hatten. So war es seit undenklichen Zeiten, wenn man den Geschichten Glauben schenkte.

Faan saß in einem einfachen Stuhl auf einer kleinen Empore und spielte die Frau, die sich um die Nöte ihrer Mitmenschen sorgte, die eine von ihnen war – genau wie ihr Vater und ihre Brüder vor ihr. Sie amüsierte sich köstlich, wenn sie die Bittsteller mit aufgesetztem Lächeln begrüßte und sie erstaunt bemerkten, daß sie keinen Deut älter geworden war. Tief in ihrem Inneren wußte Faan, daß das der eigentliche Grund war, aus dem sie immer wieder kamen – nicht in der Hoffnung auf eine gerechte Entscheidung aus ihrem Mund. Diese Hoffnung hatte sie bei jeder sich bietenden Gelegenheit zunichte gemacht. Nein, sie hofften auf Anzeichen des Alterns. Ein Verblassen der Haut, eine Schwächung der Knochen – irgend etwas, das ein Hinweis auf Faans baldigen Tod sein könnte. Dann wären sie endlich frei. Allerdings glaubte wohl niemand, daß er das noch zu seinen Lebzeiten erleben könnte – jedenfalls heute nicht mehr. Einige, deren Eltern schon voll Bitterkeit über Faan gesprochen hatten, waren unter Faans Herrschaft alt geworden. Manche beteten für ihre Enkel, daß sie in einer Welt aufwuchsen, in der es keine Faan Akalan mehr gab.

Faan hielt hof, weil sie es genoß, ihre Hoffnungen zu zermahlen wie der Müller das Korn. Langsam und bedächtig zerquetschte sie ihre Hoffnungen unter dem Mühlstein ihres Willens. Faan übersah kein einziges Korn, kein einziges Individuum. Mittlerweile waren alle zerbrochen, die ihren Tod herbeisehnten. Niemand würde mehr wagen, sich gegen sie zu erheben, auch dann nicht, wenn es eines Tages eine starke und charismatische Persönlichkeit gäbe, die sie anführen würde. Sie wußten, daß es keine Hoffnung auf Sieg gab, und deshalb war jeder Versuch von vornherein zum Scheitern verurteilt.

Faan lächelte.

Ein junger, starker und idealistischer Kin plante Verrat. Er hoffte, die gebrochenen Herzen von Faans Untertanen zum Aufstand zu bewegen. Er wollte Faan zu Fall bringen.

Metthwyll ... Metthwyll mit dem einen einzigen Namen, dem einen einzigen Wunsch ... Metthwyll, dessen Gesicht ihr im Traum erschienen war.

Sie würde ihn nicht zerbrechen. Er sollte sich totlaufen an der Mauer aus Apathie und Hoffnungslosigkeit, die seine Landsleute auszeichnete, wie lange es auch dauern mochte. Wenn er seine Augen eines Tages endlich öffnen und wie Faan erkennen würde, daß Schafe sich nur zum Schlachten eignen, dann würde sein Idealismus sterben. Dann würde sie ihn zu ihrem Liebhaber machen.

Im Augenblick stand irgendein Idiot vor ihr und faselte etwas von Raubtieren im Wald hinter seiner armseligen Hütte, beschwerte sich, daß sie seine Vorräte und Herde dezimierten, und bat Faan, etwas zu unternehmen. Er erwähnte immer wieder, daß er aufgrund der Gesetze das Recht hätte, dies zu fordern. Faan hörte ihm nicht zu – wenn er fertig war, würde sie dasselbe tun wie immer. Sie würde ihm Hilfe versprechen ... und sonst nichts. Er würde keine Unterstützung bekommen, allein gegen die Mächte kämpfen, die ihn bedrohten, und immer tiefer in Apathie versinken. Aber inzwischen tat sie wenigstens, als würde sie zuhören.

»Einen Augenblick Eurer kostbaren Zeit, Schutzherrin.«

Eine scharfe, dringliche Stimme unterbrach das Gefasel des Bauern. »Einen Moment bitte«, befahl sie dem Mann und wandte sich dem dachsgesichtigen Monster zu. »Hyultif, du siehst doch, daß ich beschäftigt bin.« Wenn sie von einem ihrer Diener unterbrochen wurde, während sie Hof hielt, dann tat sie immer so, als kümmerte sie sich um den Bittsteller und sein Problem. Natürlich wußten ihre Diener es besser.

Hyultif spielte das Spiel, wie sie es ihn gelehrt hatte. »Jawohl, Schutzherrin. Ich weiß, wie wichtig das für Euch ist ... aber es handelt sich um eine Angelegenheit von äußerster Dringlichkeit.« Die üblichen Worte. Ja, die üblichen Worte, aber diesmal schienen sie mehr zu bedeuten als nur die übliche Floskel. Hyultifs runde, schwarze

Augen strahlten ungewöhnlich hell, und der Streifen dunklen Pelzes in seinem Nacken sträubte sich. Sie spürte Furcht oder Erregung und – das war deutlich – Unsicherheit.

Faan wurde ohne erkennbaren Grund unruhig. Verdammt, der phlegmatische Hyultif hatte sich noch nie über irgend etwas aufgeregt, seit sie ihn als kleines Kind aus den Armen seiner toten Mutter genommen hatte. Etwas stimmte nicht.

Sie gab ihren anderen Dienern einen Wink, die daraufhin verkündeten, daß die Audienz für heute beendet war. Wer bis jetzt gewartet hatte, wandte sich um und schlich mit hängendem Kopf hinaus. Niemand wagte sich zu beschweren.

Schade. Faan hätte angeordnet, ihn auf dem Heimweg umzubringen.

Nachdem der Raum sich geleert hatte, wandte Faan sich an Hyultif. »Was gibt's?«

»Das kann ich Euch hier nicht erklären. Ihr müßt es sehen.«

Sie nickte. Über ein paar der Dinge, die Hyultif für sie erledigte, wußte niemand sonst Bescheid. Wenn sie sich ihre Macht als eine Kette vorstellte, dann war ihre Abhängigkeit von Hyultif und seinen Diensten eines der wenigen schwachen Glieder.

Sie folgte ihm aus dem Saal, durch die Halle und hinunter in den Keller, wo er seinen Arbeitsraum hatte. Er mochte die Unordnung und die Dunkelheit, den Geruch von Moder, Schimmel und verrottenden Blättern. Das waren die typischen Merkmale seiner Rasse, deren letztes noch lebendes Exemplar er war. Er mochte dreckige Wände, Würmer und andere schleimige Wesen. Sein Heim, das er sich selbst in einer Ecke eines alten Weinkellers gegraben hatte, war ein einziges Labyrinth, in dem es alles gab, was er brauchte.

Er führte sie hinein. Die Eingangstür war zu ihrer Bequemlichkeit vergrößert worden, und er bedeutete ihr, in dem breiten Sessel mit der hohen Lehne Platz nehmen, den er extra für sie angeschafft hatte. Dann entzündete er eine kleine Lampe – ein weiteres Zugeständnis an Faans Bequemlichkeit.

Ohne lange Vorrede erklärte er: »Die Omen sind schlecht, Mutter.« Faan hatte ihn gelehrt, sie Mutter zu nennen, wenn sie allein waren. Sie besaß weder einen Lebensgefährten noch Nachkommen und würde auch keine haben. Sie wollte nicht ihrem eigenen Ende das Leben schenken. Einer von ihnen könnte genauso intelligent und ehrgeizig werden wie sie. Das galt es unter allen Umständen zu vermeiden. Wenn Faan darüber nachdachte, wie sie Hyultif großgezogen hatte und was für Namen er ihr wohl geben würde, wenn er die Wahrheit über seine Herkunft erfuhr, dann amüsierte sie sich immer außerordentlich über seine Sorge um ihr Wohlbefinden.

Sie nickte und wartete.

Hyultif rührte sich nicht, während er Faan einen Augenblick lang mit zur Seite geneigtem Kopf betrachtete.

Seine Ohren bewegten sich vor und zurück ... vor und zurück. Seine feuchte schwarze Nase zuckte, und seine Nüstern waren gebläht. Mühsam kämpfte er gegen seine Nervosität an, aber nun, wo sie allein waren, wurde seine Erregung noch offensichtlicher. Schließlich stieß er einen kurzen Seufzer aus und rumpelte zu dem Regal, wo er seine Instrumente aufbewahrte. Kurz darauf kehrte er mit einem Gefäß zurück, das mit einer penetrant riechenden, bernsteinfarbenen Flüssigkeit gefüllt war. Vorsichtig, um nichts zu verschütten, setzte er es auf den Tisch.

Faan wartete geduldig ... sie hatte alle Zeit der Welt.

Als nächstes nahm Hyultif einen runden Spiegel aus schwarzem Glas und mit hölzernem Griff aus dem Schrank. Faan hatte den schwarzen Spiegel noch nie gesehen. Sie wußte nicht warum, doch das Instrument erschien ihr irgendwie unheimlich.

Hyultif legte den Spiegel auf die Flüssigkeit. Die wäßrige Oberfläche wurde nicht durchbrochen, sondern deformierte sich nur, so daß ein bernsteinfarbener Wulst am Rand des Spiegels entstand. Die Flüssigkeit veränderte sich und nahm den süßlichen Geruch toten Fleisches an. Faan unterdrückte ein Würgen. Der Gestank war unerträglich. Hyultif schien sich nicht daran zu stören.

Faans Nase und Mund begannen zu jucken. Es fühlte sich an, als ob Insekten auf ihrem Gesicht herumtanzten. Ohne Zweifel hatte Hyultifs Magie etwas mit dem Juckreiz zu tun, genau wie mit dem Gestank, den er nicht

zu bemerken schien und dessen Existenz sie sich weigerte anzuerkennen.

Einen Augenblick lang wartete er und beobachtete sie.
Neugierig. Erwartungsvoll. Er wollte irgendeine Reaktion, das wußte sie. Offensichtlich entdeckte er in ihren
Augen nicht das, was er erwartete; also seufzte er und
sagte: »Blickt in das Glas und sagt mir, was Ihr seht. Vielleicht werden die Omen besser sein, wenn Ihr sie selbst
lest.«

Faan blickte in den Spiegel. Sie sah eine trübe Spiege-
lung ihres eigenen Gesichts. Sie lächelte, und die Reflexion tat das gleiche. Sie blickte wieder auf und sagte enttäuscht: »Ich sehe nichts als mich selbst.«

»Wirklich?« Er schien erleichtert, als hätte sie ihm eine
ungewöhnlich gute Neuigkeit mitgeteilt. »Wie seht Ihr
aus?«

»Ich sehe mein eigenes Spiegelbild«, erwiderte Faan
wütend; aber im selben Augenblick bereute sie ihre vorei-
ligen Worte. Das Gesicht im Spiegel erstarrte, während
ihres sich weiter bewegte. Sie versuchte es anzulächeln,
aber die Mundwinkel der Reflexion sackten nach unten.
Die Augen hörten auf zu funkeln. Und dann begann das
Gesicht – mein Gesicht!, dachte Faan – anzuschwellen.
Insekten krabbelten in Augen, Nasenlöcher und den
geöffneten Mund, ihren Mund, ihre Augen und ihre Nase.
Die Fliegen legten ihre Eier ab und verschwanden wieder.
Nach kurzer Zeit erschienen die ersten Maden und
fraßen sich durch das geschwollene, farblose Fleisch.

Faan wandte sich ab. Ihr war übel ... und sie blickte in die glänzenden, erwartungsvollen Augen Hyultifs, der fragte: »Was habt Ihr gesehen? Was?«

»Nur mein eigenes Gesicht«, erklärte Faan. Sie fühlte sich schwach und verängstigt, und sie war unglaublich wütend. Als hätte er diese Vision extra für sie geschaffen – aber natürlich hatte Hyultif ihr nur gezeigt, was seine eigene Suche ergeben hatte.

Er lächelte und seufzte mit offensichtlicher Erleichterung. Dann nahm er den Spiegel wieder aus der Flüssigkeit. »Wunderbar. Ich hatte eine Katastrophe gesehen, Mutter – eine Katastrophe, die *Euch* betrifft. Ich bin erleichtert, daß Ihr nicht dasselbe gesehen habt.«

Also hatte er sich nicht über die Nachricht gefreut, die er ihr überbracht hatte. Aufgrund seines merkwürdigen Benehmens hatte sie einen Augenblick an ihm gezweifelt. Sie entschied, ihm die Einzelheiten ihrer Vision zu erzählen, um herauszufinden, wie er darauf reagieren würde. »Ich habe mein eigenes Gesicht gesehen, aber ich war tot«, gestand Faan.

Hyultifs Miene verfinsterte sich. Er schlug die Augen nieder. »So, dann war es also doch nicht nur meine Einbildung. Gefahr ist im Verzug. Ich sah zwei große, strahlende Helden, die durch den Wald ritten, ausgerüstet mit gewaltigen Waffen, und Glenravens Mob folgte ihnen. Ich sah gewaltige Schlachten und Blut, das vom Himmel regnete. Ich sah Finsternis und Pestilenz.«

»Interessant«, sagte Faan. »Vielleicht ist das ein Hinweis

darauf, daß diejenigen, die sich gegen mich verschworen haben, nicht so ungefährlich sind, wie ich geglaubt habe.« Sie betrachtete ihn mit kalten, neugierigen Augen. »Was sollen wir tun, um dieses Schicksal abzuwenden?«

Hyultif kaute nachdenklich auf seinen Schnurrhaaren. Die langen, zum Graben geformten Klauen seiner rechten Hand lagen auf dem Tisch und trommelten nervös. Er starrte auf seine nackten, krallenbewehrten Füße und schüttelte den Kopf. »Abwenden. Abwenden. Das ist die Frage – können wir es abwenden? Ich werde tun, was in meiner Macht steht, Mutter, um die Quelle der Gefahr zu finden. Alles. Was dann geschieht ... wer weiß das schon?«

»Es wäre klug von dir«, sagte Faan leise, »wenn du die Antwort so schnell wie möglich findest. Dein Wert liegt in deiner Effizienz, mein ... Sohn.«

Kapitel Sechzehn

Tayjay suchte immer noch nach Hinweisen auf Räuber oder Mörder im zunehmenden Strom aus Fußgängern und Bauernkarren, der die Straße nach Zearn bevölkerte. Aber zu ihrer Überraschung verlief die Reise ohne jeden Zwischenfall. Die beiden Frauen zogen vereinzelte Blicke auf sich, und manchmal tuschelten die Leute, aber niemand starrte sie so auffällig an wie in Inzo. Kleidung in

Landestracht war wohl doch eine recht gute Idee gewesen. Was auch immer seine Absicht gewesen sein mochte, mit den Kostümen hatte Lestovru ihnen jedenfalls einen großen Gefallen erwiesen.

Vor ihnen erhob sich Zearn mit seiner weißen Stadtmauer, die von einem breiten Streifen aus niedrigem Gras umgeben war. Auf diese Weise konnten die Wachen alles, was größer als eine Maus war, schon von weitem herannahen sehen. Als Jayjay zu den Wehrgängen aufschaute, starrten kalte und aufmerksame Gesichter zu ihnen herab. Nicht einfach auf die Menschenmenge im allgemeinen, sondern genau auf Sophie und Jay.

Vielleicht waren die Kostüme doch nicht so narrensicher.

Ein Mann in einer prächtigen Uniform trat aus dem Wachturm, als die beiden Frauen näherkamen. Er beobachtete sie aufmerksam, machte aber keine Anstalten, sie aufzuhalten. Jay nickte ihm zu, worauf er sich leicht verbeugte. Seine Augen waren zu kleinen Schlitzen zusammengekniffen, und sein Blick folgte ihnen. Sie ritten vorüber. Jay erwartete jeden Augenblick, daß er sie zurückrufen würde. Aber er tat nichts dergleichen, und sie entschied, daß sein Verhalten vielleicht nicht ungewöhnlich war.

Nachdem sie Zearn betreten hatten, fühlte sich Jay wie in einer Zeitmaschine – überall war sie von den Gerüchen, Bildern und Geräuschen einer gedeihenden und geschäftigen mittelalterlichen Stadt umgeben.

Große Kasernen beugten sich auf beiden Seiten über die enge, gepflasterte Straße. Soldaten in gold-schwarz-blauen Uniformen lümmelten sich in den Eingängen oder lehnten über an den steinernen Balustraden der Balkone. Sie riefen den Mädchen unten auf der Straße nach oder brüllten sich gegenseitig an. Ihre Stimmen klangen hart, dort die Worte blieben Jay unverständlich.

Die beiden Frauen ließen die Kasernen hinter sich und kamen an einer Reihe von Geschäften mit bunten, geschnitzten Schildern vorüber. Es gab keine Bürgersteige. Reiter und Fußgänger teilten sich dieselbe Durchfahrt. Zearn war eine hübsche und malerische Stadt ... ganz im Gegensatz zu ihrem Geruch. Der Gestank war ein untrüglicher Beweis dafür, daß die sanitären Anlagen ebenfalls auf mittelalterlichem Niveau verharrten. In kleinen Gassen, die gelegentlich die ansonsten geschlossene Häuserwand durchbrachen, huschten Ratten durch die Dunkelheit.

Sophie hatte das kleine, verelendete Dorf Inzo für einen Ausnahmefall gehalten. Sie hatte Inzo für ein kurioses Relikt in einer Welt gehalten, die ansonsten westlichen Vorstellungen von Hygiene und Zivilisation entsprach. Aber der Geruch dieser Stadt, die der Reiseführer in den höchsten Tönen gelobt hatte, berührte etwas Uraltes, Archaisches. Glenraven erschien Sophie längst nicht mehr als das Bilderbuchmodell eines mittelalterlichen Landes. Der Gestank aus den Gassen, von rauchendem Holz in den Kochstellen und von Tierkot versetzte sie schlagartig in eine Welt, in der die Nacht mit dem Sonnenuntergang begann, in der Nahrung nur dann längere Zeit genießbar blieb, wenn man sie räucherte, trocknete oder pökelte, und wo Kinder starben, weil sie niemals gegen Masern, Mumps oder Diphtherie geimpft worden waren. Einige der Einwohner besaßen tiefe Pockennarben ... wahrscheinlich *Schwarze Pocken*, dachte Sophie und erschauerte. Sie streifte ihren Ärmel hoch und betastete die Narbe, die die Impfung hinterlassen hatte. Dieser Ort war wirklich ein Überbleibsel des alten Europa – festgehalten an seinem Platz wie ein in Formaldehyd getauchter und aufgespießter Schmetterling in einem Naturkundemuseum.

Schließlich kamen sie zwischen engen Häuserschluchten hervor auf einen weiten Platz, auf dem ein großer Markt seine ganze Betriebsamkeit entfaltete. Jayjay zügelte ihr Tier und starrte mit offenem Mund auf das Irrenhaus, das sich vor ihren Augen entfaltete. Eine Herde fetter, dunkelbrauner Gänse stürmte quakend unter den Hufen ihres Pferdes hindurch. Einen Augenblick später erschien eine Art Collie am Rande einer Gasse, der sofort die Verfolgung des Geflügels aufnahm. Weder Jays noch Sophies Pferd ließ sich davon beeindrucken ... ganz im Gegensatz zu Jayjay. Männer und Frauen schrien sich gegenseitig und auch die beiden Neuankömmlinge an, während sie mit bunten Kleidern und Gemüse wedelten oder lautstark gestikulierend auf ihre Hühner, Ferkel und Brote deuteten. Ohne Zweifel priesen sie die Qualität

ihrer Waren. Ein Paar Straßenmusikanten – ein Flöten-
spieler und ein Trommler – und eine dünne, blonde Tänzerin stellten ihre Fertigkeiten auf der gegenüberliegenden Seite des Marktplatzes zur Schau. Kleine Mädchen
mit ernsten Gesichtern, in handbestickte Kittel gekleidet, trugen Körbe mit Eiern auf dem Kopf, während die
Mütter – mit Säuglingen an den Hüften oder mit unter
langen Röcken versteckten Kleinkindern – größere Körbe
mit Früchten, Brot, Bohnen und Getreide herbeischlepp-
ten. Jungen und Männer trieben Ziegen und Schafe zum
Markt oder trugen Reisigbündel. Alte Männer und Frauen
lungerten an den Ständen herum oder saßen auf Bänken
entlang der Stadtmauer und beobachteten das muntere
Treiben. Ein Mann blies Glas zu Krügen und Trinkglä-
sern. Er drehte an seinem langen Metallrohr, während
Frauen geduldig darauf warteten, ihre Bestellung aufzugeben. Sein Lehrling, ein Knabe von vielleicht sechs oder
sieben Jahren, verpackte die abgekühlte Ware und zählte
das Geld. Kesselflicker hämmerten, Lederwarenhändler
schnitten ihre Materialien und Schneider nähten.

Die Marktstände drängten sich dicht an dicht, wohin
man auch sah. Die Wege in den Zwischenräumen machten den Durchgang für einen Reiter unmöglich – oder für
einen Klaustrophobiker, dachte Jay. Der Geruch von
Kochfeuern, geröstetem Fleisch, Gebäck, lebenden Tieren
und schwitzenden Menschen; der Lärm und die Kakophonie der überall spielenden Musiker; der Anblick der
Befestigungen, antiken Häuser und Geschäfte und die

Pracht der Landestracht, die unabhängig von den Einflüssen des zwanzigsten Jahrhunderts geblieben war; das Gefühl, von einer pulsierenden Masse Tausender Menschen umgeben zu sein ... Jay fand diese Eindrücke überwältigend. Das Gefühl, in eine andere Welt einzutauchen, ließ sie erschauern und nach Atem ringen.

Plötzlich erschienen zwei Reiter am Stadttor. Sie ritten auf haselnußbraunen Pferden mit fein geschwungenen Hälsen und feurigen Augen. Die Männer verlangsamten ihre Tiere auf Schrittempo, als sie die Straße entlang ritten, ohne die Leute, die sie umgaben, auch nur eines Blickes zu würdigen. Das war auch nicht nötig. Die Menge teilte sich vor ihnen wie die Wasser des Roten Meeres vor Moses in dem alten Metro-Goldwyn-Mayer-Schinken. Die Menschen verstummten, nahmen ihre Hüte ab und verneigten sich. Niemand versuchte, den beiden seine Waren aufzudrängen. Die Tänzerin hielt inne, und die Musikanten hörten auf zu spielen. Der Lärm aus den weiter entfernt liegenden Teilen des Marktes machte die plötzliche Stille noch surrealer.

Die Reaktion der Bevölkerung und das Verhalten der beiden Männer legten die Vermutung nahe, daß es sich bei ihnen um hochgestellte Persönlichkeiten handelte.

Die Reiter schienen die Menschen nicht zu bemerken, die ihnen den Weg frei machten und sich verbeugten. Sie hätten genausogut über ein einsames Feld reiten können – so wenig Beachtung schenkten sie ihrer Umgebung.

Jayjay fragte sich, wer sie sein mochten. Die beiden

Männer waren nicht sonderlich elegant gekleidet. Sie trugen weiße verzierte Seidenhemden, enge Lederhosen und Reitstiefel. Trotzdem umgab sie eine Aura von Macht und Reichtum ... und von *Gefahr*. Warum?

Waren sie Soldaten? Steuereintreiber? Jay war sich nicht sicher, aber die Blicke der Menschen in ihrer Umgebung machten deutlich, daß Jay ihnen besser aus dem Weg gehen sollte.

Die beiden Männer kamen näher, so daß Jay ihre Gesichter erkennen konnte. Der vordere Mann war der größere von beiden. Er war schon etwas älter, aber immer noch attraktiv. Sein rauhes Gesicht war ein deutliches Zeichen dafür, daß er die meiste Zeit seines Lebens im Freien verbracht hatte. Er besaß eine dunkle Haut und breite Schultern, und das sandfarbene Haar war zu einem Zopf zusammengebunden, was die harten Linien seines Gesichtes noch unterstrich.

Der zweite Mann war zunächst von dem anderen verdeckt worden, und erst als die beiden Reiter noch näher gekommen waren, konnte Jay ihn deutlich sehen. Er war schlank und dunkelhaarig. Der Mann besaß das asketische Aussehen eines Gelehrten oder eines Priesters.

Jayjay starrte ihn fasziniert an. »Heilige Maria, Mutter Gottes«, flüsterte sie. »Ich kenne ihn.«

Sophie hatte nur bemerkt, daß sich die Lippen ihrer Freundin bewegt hatten. »Was hast du gesagt?«

Inzwischen waren die Reiter fast neben den beiden Frauen angekommen, und Jay starrte sie noch immer verwirrt an. Erst im letzten Augenblick wandte sie sich ab, um nicht ertappt zu werden. Jay hatte den großen Mann noch nie gesehen, doch der andere ... na ja, er trug keine Brille, und sein Haar war zerzaust, anstatt mit Gel nach hinten gekämmt zu sein. Außerdem machte er weder einen besonders spröden noch peniblen Eindruck.

Sophie stieß ihrer Freundin in die Rippen. Jay schreckte hoch.

»W-was?«

»Ich habe dich gefragt, was du gesagt hast. Du bist plötzlich so blaß ... ist dir schlecht?«

»Nein.« Jay blickte den beiden Reitern hinterher, bis sie hinter der nächsten Ecke verschwunden waren. Sie zuckte mit den Schultern. »Einen Moment lang habe ich gedacht, ich würde einen von ihnen kennen.« Sie atmete tief durch. »Jeder Mensch besitzt einen Doppelgänger, glaube ich. Mir ist nur noch nie einer über den Weg gelaufen.«

»Wirklich nicht?« Sophie trieb ihr Pferd an. Sie mußte brüllen, um die Menge zu übertönen, die ihr geschäftiges Treiben wieder aufgenommen hatte, nachdem die beiden Männer verschwunden waren. »Vor ein paar Wochen habe ich ein Mädchen in Raleigh getroffen, das dir unglaublich ähnlich sah. Na ja, du bist brünett, und sie besaß rotes Haar ... aber sehr dunkles rotes Haar. Man konnte kaum einen Unterschied feststellen. Ansonsten sah sie genauso aus wie du.« Sophie kaute auf ihrer Unterlippe und fuhr fort: »Allerdings schien sie jünger zu sein. Fünf Jahre jünger ... oder vielleicht auch zehn.«

Jay seufzte. »Und zwanzig Pfund leichter.«

Sophie lachte. »Höchstens zehn. Sie sah genauso aus wie du vor fünf oder zehn Jahren.«

»Bis auf die roten Haare.« Jayjay kicherte leise vor sich hin und schüttelte den Kopf. »Ich hab' schon verstanden, was du damit sagen willst. Aber das hier ist etwas anderes. Der dunkelhaarige Kerl sah genau wie Amos Baldwell aus Peters aus. Warst du schon einmal in der neuen Buchhandlung auf der McDuffie Street?«

Sophie schüttelte den Kopf. »Ich war nicht mehr auf Bücherjagd seit ...« ihr Gesichtsausdruck wurde hart, »... seit geraumer Zeit.«

»Egal. Auf jeden Fall sieht der Dunkelhaarige Amos zum Verwechseln ähnlich.«

»Soll vorkommen. In Anbetracht unserer geographischen Position bezweifle ich, daß sie miteinander verwandt sind.« Sophie wechselte das Thema. »Hast du keinen Hunger? Ich werde sterben, wenn wir nicht sofort einen Ort finden, wo wir etwas zu essen bekommen. Das Frühstück bei Retireti ist schon viel zu lange her.«

Jay blickte in die Richtung, in die die beiden Männer verschwunden waren. Ihre Ankunft war für die beiden Frauen irgendwie von Bedeutung ... Der Gedanke verflog so schnell, wie er gekommen war. Jayjay war sich nicht einmal mehr sicher, ob der zweite Mann wirklich wie Amos ausgesehen hatte. Warum hatte sie dem Ganzen überhaupt eine Bedeutung beigemessen? Sophie hatte recht. Jeder besaß irgendwo einen Doppelgänger.

Im Augenblick war ein Mittagessen viel wichtiger.

Jayjay zog den Reiseführer hervor und blätterte durch das Buch, bis sie den Eintrag über Zearn gefunden hatte. »Wir sind gerade rechtzeitig zum Beginn des Gultspralle-Marktes angekommen. Das Buch sagt, der Markt wird jedes Jahr zu Ehren der Machnaan-Krieger abgehalten, die Zearn auf heroische Weise von den Alfkindaar erobert haben. Das geschah genau in diesem Monat, dem Spralle.«

»Dem *Spralle*?«

»Offensichtlich haben sie hier den gregorianischen Kalender noch nicht eingeführt. Nicht allzu überraschend, wenn man bedenkt ...« Jay las den Rest der Seite. Zwei weitere Absätze beschrieben die Geschichte der Stadt. Überall stand etwas von ›tapferen Machnaan‹ und ›bösen Alfkindaar‹, aber nirgendwo etwas über Mittagessen. Jay blätterte weiter, bis sie nützlichere Informationen fand. »Der Markt dauert noch weitere drei Wochen – und er hat gerade erst begonnen. Wir müssen uns so schnell wie möglich um ein Zimmer kümmern, oder auf der Straße schlafen.« Jay überflog die Angebote in der Stadt und erklärte schließlich: »*Beuslatter* und *Slattar ong Guoltmet* sind die empfehlenswertesten Gasthäuser der mittleren Preisklasse.« Jayjay suchte die Namen auf dem Stadtplan und versuchte, ihre gegenwärtige Position zu bestimmen. »Okay. *Slattar ong Guoltmet* liegt ganz in der Nähe. Einverstanden?«

»Was steht in dem Buch darüber?«

»*Slattar ong Guoltmet. Dieses wunderbare Fachwerk-gebäude liegt im Herzen des ältesten Teils der Stadt, ge-genüber dem Tempel vom Eisernen Herzen und nur zwei Blocks entfernt von Zearns pulsierendem Marktplatz. Die bezaubernden Zimmer sind sehr geräumig, und der exzellente Service spricht für sich.*«

Sophie blickte zweifelnd. »Bezaubernd ... aaah ja. ›Be-zaubernd‹ hatten wir doch schon letzte Nacht.« Sie zog eine Grimasse. »Verwendet dein schlaues Buch das Wort ›bezaubernd‹ auch für ... wie hieß es noch ... Bugslatter?«

»Beuslattar.« Jay überflog den entsprechenden Ab-schnitt. »Nein. Es ist ›erlesen‹.«

»Oooh. ›*Erlesen*‹. Ich wette, ›bezaubernd‹ und ›erlesen‹ sind Synonyme für ›malerisch‹. Was denkst du?«

»Ich denke, du bist zynisch.«

»Das denke ich auch ... trotzdem habe ich nicht die Absicht, noch einmal in einem Hühnerstall zu nächtigen. Wie beschreibt der Fodor's die unglaublich teuren Sa-chen?«

»Nun, das *Wythquerin Zearn* erhält einen Stern als überteuertstes Gasthaus der Stadt.« Jay las weiter. » ... Stammhaus der Sarreiggiens ... luxuriöse Einrichtung ... phantastische Aussicht ...« Sie unterbrach sich und blickte ihre Freundin verschwörerisch an. »Naaa *gut*!«

Sophie beugte sich vor. »Was?«

»Badewannen.«

»Verdammt, worauf wartest du noch? *Vorwärts!* Wo geht's lang?«

»Mir nach.«

Die beiden Frauen machten sich keine Gedanken mehr um das Mittagessen. Für ein einziges heißes Bad könnten sie den Hunger noch eine ganze Weile aushalten.

Kapitel Siebzehn

Mein Gott, das ist ja atemberaubend.« Sophie legte den Kopf zurück, um das steile Schieferdach besser sehen zu können, das sich über ihr erhob. Schmale, bunte Fenster funkelten in der schwarzen Steinwand des *Wythquerin Zearn*. Die rauhe Oberfläche der Außenwände war von der Zeit blankpoliert worden. Ein wahrer Meister seines Fachs hatte die Basreliefs von wilden Wölfen und schlanken, geflügelten Löwen in die hölzerne Oberfläche der mit Messing beschlagenen Tür geschnitzt. Als Türklopfer diente ein fast lebensgroßer, zähnefletschender Wolfskopf aus Messing, in dessen Maul ein metallener Ring hing. Wenn jemand den Klopfer betätigen wollte, mußte er seine Hand in das aufgerissene Maul stecken.

»Ich wette, ein Hausierer überlegt sich zweimal, ob er hier anklopft«, sagte Jay. Sie lachte und wischte sich das Haar aus dem Gesicht. »Das ist einfach unglaublich cool.«

»Nicht gerade ein Symbol der Gastfreundschaft«, erwiderte Sophie.

Jayjay schien nicht im geringsten beunruhigt zu sein. »Neee. Inzwischen gibt es hier zwar Gästezimmer, aber im Buch steht, daß das Haus früher einmal eine Art Landsitz von irgendwelchen Adeligen war.«

Sophie mochte den Ort, obwohl er sie ein wenig einschüchterte. »Ich wünschte, wir hätten reserviert.«

»Die einzigen Gasthäuser im ganzen Land, die Reservierungen entgegennehmen, sind das Schloß, das ich für uns in Reikstor gebucht hatte, und das in Dinnos. Überall sonst heißt es: Wer zuerst kommt, mahlt zuerst.«

»Ich frage mich warum?«

Jayjay zuckte mit den Schultern. »Kein Telefon, nehme ich an. Dadurch werden Reservierungen zu einem ziemlichen Problem.«

Sophie nickte. »Klingt logisch.«

Jayjay griff in das Wolfsmaul und klopfte. Es klang wie ein Donnerschlag. Jay ließ den Klopfer fallen und riß die Hand zurück. Sie blickte Sophie mit großen Augen an und schüttelte den Kopf. »O Mann! Ein bißchen zu dramatisch für einen lausigen Türklopfer.«

»Ein wenig Elektrizität und eine Klingel wären eine ziemliche Verbesserung.«

Jay legte den Kopf auf die Seite und untersuchte die Tür. »In diesem Fall bestimmt. Es kommt jemand, also hat es zumindest funktioniert.«

Die eine Hälfte der mächtigen Tür öffnete sich beinahe geräuschlos. Ein untersetzter, kleiner Mann trat heraus, der in einen übertrieben wirkenden Wappenrock,

einen Wams aus schwarzer Seide und eine enge schwarze
Hose gekleidet war. Er blickte von Jay zu Sophie und
von Sophie zu Jay. Offensichtlich schätzte er sie ab. Der
kleine Mann sah zu ihren Pferden und wandte sich dann
wieder den beiden Frauen zu. Ihm schien nicht zu gefallen, was er sah. Er hob eine Augenbraue und streckte die
Nase in die Luft. Dann stellte er eine unverständliche
Frage.

Jay seufzte, blätterte zum hinteren Teil ihres Reiseführers und markierte eine Zeile mit dem Zeigefinger. »Teh-
HOO-thin RO-sal eff-EL-due dim-YAH?« Sophie bemerkte, daß Jay unsicher und irgendwie eingeschüchtert
war. Normalerweise erweckte ihre Freundin stets den
Eindruck, als würde sie sich auch noch in der ungewöhn-
lichsten Situation souverän zurechtfinden.

Die Nase des kleinen Mannes senkte sich wieder, und
er schien – für einen kurzen Augenblick – verwirrt zu
sein. Er schürzte die Lippen, blickte wieder zu den Pferden und erneut zu den beiden Frauen. Dann streckte er
seine Hand in einer unmißverständlichen Geste aus.

»Bestech ihn, Jay«, sagte Sophie. »Wahrscheinlich sehen wir nicht reich genug aus, um hier übernachten zu
dürfen.«

Jay kramte in ihrer Tasche und zog zwei Silberstücke
hervor. Als sie dem Mann das Geld anbot, blickte er sie
beleidigt an und deutete vehement auf den Reiseführer.

»Du willst das hier?« Jayjay versteifte sich und blickte
hilfesuchend zu ihrer Freundin. Sophie wußte, wie Jay

sich fühlte – das Buch bedeutete so etwas wie einen Anker. Wenn der Mann es behalten würde, steckten sie wirklich in Schwierigkeiten. Trotz ihrer Bedenken reichte Jay ihm das Buch.

Der kleine Mann hielt den Reiseführer in den Händen, ohne ihn zu öffnen. Er erblaßte. Ein dünner Schweißfilm bildete sich auf seiner Stirn, und er sah die beiden Frauen mit einem Blick an, wie Sophie ihn erst einmal gesehen hatte. Letzten Monat hatte sie einen Hirsch überfahren, der mit ähnlich großen Augen in ihren Scheinwerferkegel geblickt hatte. Der kleine Mann schüttelte sich und gab Jay das Buch zurück. »Was wollt Ihr hier?« fragte er auf Englisch.

Zuerst dachte Sophie, er würde danach fragen, was sie von *ihm* wollten; aber dann wurde ihr klar, daß er nicht ›Was wollt *Ihr* hier?‹, sondern ›Was wollt Ihr *hier*?‹ gefragt hatte. Er hatte die beiden Frauen anscheinend an einem anderen Ort vermutet ... aber wie konnte das sein?

Sophie und Jay blickten sich verwirrt an: »Wir suchen ein Zimmer«, erklärte Sophie und wiederholte auf Englisch, was Jay vorher auf Galti gesagt hatte.

Wieder hob der kleine Mann die Augenbrauen und schürzte die Lippen. »Ihr sucht eine Unterkunft für die Nacht? Hier? Habt Ihr denn kein Zimmer?«

»Nein. Das haben wir nicht«, erwiderte Sophie. »Und unser Reiseführer behauptet, daß dies hier der beste Gasthof in ganz Zearn sei.«

Sein Nicken deutete an, daß daran kein Zweifel bestand. »Wenn Ihr schon einmal hier seid, dann sollt Ihr auch ein Zimmer bekommen. Zum Glück ist der Herr vor kurzem eingetroffen. Ich nehme an, es hat ein Mißverständnis gegeben; aber er wird sich darum kümmern. Da bin ich ganz sicher.«

Wenn er sprach, wirkte der Portier, als hätte man ihn schlecht synchronisiert. Sein Englisch war absolut fehlerfrei und vollkommen ohne Akzent. Seine Aussprache besaß noch nicht einmal diese eigentümliche Steifheit, die Sophie bei Menschen bemerkt hatte, die eine Sprache zwar gut, aber erst sehr spät in ihrem Leben gelernt hatten. Sie vermißte die übertriebene Perfektion und Präzision eines Nicht-Muttersprachlers. Der Mann klang wie ein typischer Amerikaner. Aber Sophie konnte nicht erkennen, wie er das machte. Seine Lippen formten Worte, die nichts mit den Klängen zu tun hatten, die aus seinem Mund kamen.

Der Mann trat aus der Tür und pfiff. Einen Augenblick später rannte ein Junge herbei. Das Kind war zwischen neun und zehn Jahre alt.

Der Portier gab ihm rasch ein paar Anweisungen – auf Englisch, wie Sophie bemerkte. Der Junge nickte, grinste und antwortete auf Galti. Er blickte mit leuchtenden Augen zu den Pferden und streckte die Hand aus.

Der Portier wandte sich wieder zu den Frauen. »Er wird Euch die Pferde abnehmen.«

Ohne zu zögern übergab Jay dem Stallburschen ihr Reittier. Sophie hielt ihre Zügel weiter fest in der Hand und blickte das Kind abschätzend an. Das Reiten war kein Vergnügen für sie gewesen. Es hatte Erinnerungen geweckt, die kaum zu ertragen waren. Sophie hatte es nur getan, weil ihr nichts Besseres eingefallen war, nachdem man ihr das Fahrrad weggenommen hatte. Obwohl seitdem nur ein einziger Tag vergangen war, hatte Sophie bereits eine Beziehung zu ihren Tieren aufgebaut. Sie mochte das wohlerzogene Reitpferd und das ebenso gute Packtier. Sophie war der Meinung, daß die Pferde etwas mehr Fürsorge verdienten, als ihnen ein kleiner, geschäftiger Junge bieten konnte. Sie lächelte den Portier entschuldigend an. »Ich bin sicher, daß er seine Arbeit gut macht«, log sie, »aber ich würde mich doch lieber selbst um meine Pferde kümmern. Ich bin da etwas empfindlich.«

Der Portier lachte leise vor sich hin. Er schien Sophie für unglaublich exzentrisch zu halten. »Ich bin sicher, daß die Besitzer der Tiere Eure Fürsorge zu schätzen wissen, Madam, aber diese vier Pferde gehören uns. Seht Ihr das Brandzeichen?« Sophie nickte. Sie hatte sich schon die ganze Zeit gefragt, was es bedeuten mochte. »Das ist das Zeichen der Sareiggien. Sie kommen zwar aus dem Gestüt in Reikstor ... aber sie sind und bleiben Eigentum der Sareiggien. Ich kann Euch versichern, daß man sie gut behandeln wird.«

Sophie spürte, wie sie errötete. »Tut mir leid«, murmelte sie. »Das habe ich nicht gewußt.« Was hatten sie und Jay mit Pferden zu tun, die der königlichen Familie gehörten, oder wie immer man das hier auch nennen mochte? Sophies Unsicherheit verstärkte sich noch.

Während der Junge die Pferde wegführte, bat der Portier die beiden Frauen einzutreten. »Hier entlang.«

Sie folgten ihm in ein sehr geräumiges Foyer. Das ist keine durchschnittliche Pension, dachte Sophie. Licht fiel durch bunte Fensterscheiben und auf wunderschöne Gobelins, auf denen Jäger bei der Hirsch- und Bärenjagd sowie Schlachtszenen festgehalten waren. Zwischen den Wandteppichen und dem Balkon, der die gesamte Halle umlief, baumelten Lanzen und Schilde an den Wänden. Oberhalb des Balkons hingen ausgestopfte Tierköpfe.

Das war kein Raum – das war ein Abenteuer.

»Sehr nett dekoriert«, sagte Jayjay und schniefte.

Sophie nickte. Der Anblick hatte ihr die Sprache verschlagen. Ihr Blick blieb an den ausgestopften Köpfen hängen. Sophie erkannte Wölfe, Hirsche, Bären und eine Art riesigen Elch; aber dazwischen erblickte sie merkwürdige Köpfe von hundeartigen Tieren mit buschigen Ohren und engstehenden, fast menschlichen Augen, die ihr unbekannt waren.

Sophie hielt an, um in die Gesichter dieser Tiere zu blicken. Ihr wurde schlecht. Sie würgte, schluckte kurz und wandte sich wieder ab, ohne zu wissen, was für Kreaturen das waren und warum ihr bei dem Anblick übel geworden war.

Jayjay stand ein Stück von ihrer Freundin entfernt und betrachtete einen der farbigen Gobelins, der mit feinen

Goldfäden durchwirkt war. »Toll! *Das* nenne ich ein dramatisches Bild!« sagte Jayjay. Der Teppich erstreckte sich fast über die gesamte Länge der Halle. »Schau mal ... die Soldaten sehen nicht aus wie auf den anderen Bildern. Die Jungs mit den bunten Schilden sind Menschen, aber was um alles in der Welt sind das für Dinger, die ihnen gegenüberstehen?«

Sophie folgte der Richtung, in die Jayjays Finger deutete, und sah die Stelle, die ihre Freundin erwähnt hatte. Menschen hatten sich in Schlachtordnung aufgestellt, um einem Feind zu begegnen, der direkt aus der Hölle zu kommen schien. Große, zottelige Kerle in Rüstungen standen neben Kreaturen mit Hörnern und Reißzähnen. Dämonen ritten auf riesigen Echsen einen Hügel hinab, neben sich schrecklich anzuschauende Hunde.

»Eine Allegorie?« schlug Sophie vor, während der Portier zur Eile aufrief und die Frauen einen Korridor entlang führte. »Glenravener gegen Satans Heerscharen?«

Jayjay zuckte die Schultern. Ihre Aufmerksamkeit war bereits den Helmen zugewandt, die man auf Stangen entlang des Korridors gesteckt hatte. Sophie beobachtete, wie Jays Blick von einem Wappen zum nächsten glitt – Jayjay besaß manchmal die Konzentrationsfähigkeit einer Dreijährigen.

Plötzlich erinnerte sich Sophie an ein winziges Detail. Irgendwie sahen die Monster auf dem Gobelin den hundeartigen Tieren ähnlich, deren Köpfe an den Wänden hingen; genau wie diese schrecklichen Wesen, die den

Hügel zusammen mit dem Rest des Höllenheeres hinabstürmten.

Merkwürdig.

Was das wohl zu bedeuten hatte?

Der Portier führte die beiden Frauen durch die Tür am Ende des Korridors in einen Raum, der wie ein Speisesaal aussah. Zwei lange Tische standen zusammen mit den dazugehörigen Bänken an den Wänden. Die Mitte des Raumes war vollkommen leer ... das machte das Servieren wohl wesentlich einfacher. Ein dritter Tisch am oberen Ende des Raumes verband die beiden anderen. Er stand etwas erhöht. Sophie sah sich aufmerksam um. Sie schätzte, daß hier vielleicht hundert Personen zur selben Zeit Platz finden und essen konnten. Sophie fragte sich, wie oft der Saal wohl voll sein mochte.

»Gibt es hier auch ein Restaurant?«, fragte Jayjay. »In meinem Reiseführer stand nichts davon.«

Der Portier dachte einen Augenblick darüber nach. »Wir essen alle hier«, sagte er schließlich. »Das Mittagessen wird bald serviert. Man erwartet, daß Ihr entsprechende Kleidung tragt.«

»Das ist alles, was wir haben«, erklärte Sophie. Das war zwar nicht die ganze Wahrheit, aber wahrscheinlich würde der kleine Mann Jayjays Garderobe noch unpassender finden als die Robin-Hood-Kostüme, die sie von Lestovru bekommen hatten.

Wieder reckte der Portier die Nase in die Luft und schnaufte. »So also kommt die Erlösung der Machnaan«, murmelte er und blickte zu den beiden Frauen. »Ich werde dafür sorgen, daß Ihr etwas Passendes bekommt.«

Jay und Sophie wurden wieder aus dem Raum hinausgeführt. Sie betraten eine dunkle, enge Halle voller Menschen. Es herrschte eine ungeheure Geschäftigkeit. Alle Anwesenden trugen Variationen derselben Kleidung, die auch der Portier anhatte.

Der kleine Mann führte sie durch ein Labyrinth aus Korridoren, durch lange Hallen, eine Wendeltreppe hinauf und durch kalte, öde Räume. Sophie war der festen Überzeugung, daß sie hier niemals wieder alleine hinausfinden würde. Sie konnte sich nicht einmal an den Weg zurück in den Speisesaal erinnern. Wahrscheinlich würden sie und Jay den Rest ihres Lebens damit verbringen, durch Korridore zu irren und Treppen auf und ab zu steigen, um einen Weg nach draußen zu finden.

»Euer Zimmer«, sagte ihr Führer plötzlich, blieb stehen und öffnete eine Tür, die genau wie alle anderen aussah. Es gab keine Nummer und keine kleinen Schildchen – nichts. Es war einfach nur eine Tür – groß, solide und uralt.

»Wie sollen wir uns hier zurechtfinden?« fragte Jayjay. Sophie hätte sie dafür küssen können.

»Einfach läuten ... irgend jemand wird schon kommen und Euch hinführen, wohin Ihr wollt. Ich schicke gleich nach der Kammerzofe, damit sie Euch etwas Passendes zum Anziehen bringt und das Badewasser einläßt.« Er betrachtete die Kleidung der beiden Frauen mit offenkundiger Abscheu. »Falls Ihr noch irgend etwas benötigt, dann sagt es ihr einfach. Sie wird es beschaffen.«

»Spricht sie Englisch?« fragte Sophie.

Der Portier schaute sie verwirrt an. »Tut das irgend jemand?«

»Genau das hat mein Englischlehrer in der Highschool auch immer gesagt«, erwiderte Jay, während sie beobachtete, wie der kleine Mann den Raum verließ. »Jedes Mal, wenn er eine Klassenarbeit korrigiert hat, und seine Antwort auf diese Frage lautete immer ›Nein‹.«

Sophie schaute sich ein wenig um. Ein massives Himmelbett mit handgeschnitzten Verzierungen nahm den meisten Platz ein. Vor den Fenstern hingen üppige, rote Brokatvorhänge, die man zurückgezogen und sorgfältig festgebunden hatte. Sophie bemerkte kleine, hölzerne Ringe unter der Decke, die das Bewegen der Vorhänge erleichtern sollten. An einem derart zugigen, alten Ort wie diesem hier waren die schweren Vorhänge die einzige Garantie dafür, daß man einigermaßen warm schlafen konnte. In einer Ecke stand ein Schreibtisch. Im Gegensatz zum Bett war er sehr schlicht. Ein Stuhl und einige Musikinstrumente befanden sich in der gegenüberliegenden Ecke. Zwei hohe Türen führten auf einen Balkon. Sophie trat hinaus und blickte auf den Garten ein Stockwerk tiefer. Dort wurde gerade ein Feuer vorbereitet.

Sophie starrte gedankenverloren an die Decke. Eine Unmenge Bilder ohne jeden inneren Zusammenhang schwirrte durch ihren Kopf: Karen, wie sie regungslos und blaß auf dem Reitweg lag; der alte Mann an der Grenze, der sie mit besorgtem Blick gemustert hatte; die mutmaßlichen Straßenräuber, denen sie entkommen waren; der schlecht synchronisierte Portier; die gelbäugigen Hundeköpfe, von deren Anblick ihr übel geworden war; der Wandteppich und das Gefühl, als sie Glenraven zum ersten Mal sah, daß sie hier sterben würde.

Die Pferde. Irgend etwas störte sie.

»Hier ist das Badezimmer!« rief Jayjay, und nach einer kurzen Pause fügte sie hinzu: »Jedenfalls so eine Art.«

Sophie wurde abrupt aus ihren Gedanken gerissen. Jayjay hatte eine der Seitentüren geöffnet und war in den angrenzenden Raum gegangen. Sophie lehnte sich durch die geöffnete Tür und seufzte. »So eine Art?«

Jayjay hockte neben der Toilette und war auf der Suche nach einem Mechanismus, der sie in Gang setzte. »Wenigstens ist es nicht im Freien. Nach dem Graben in Inzo und dem Straßenrand hatte ich die Befürchtung, hier gäbe es bestenfalls Nachttöpfe.« Sie suchte die Rohre ab, und mit einem Ausdruck purer Verzweiflung schlug sie mit der flachen Hand auf die Fliesen.

Sophie konnte sich ein leises Lachen nicht verkneifen. »Während du dich mit der Mechanik beschäftigst, werde ich mich für ein Weilchen hinlegen. Ich bin müde, und mein Hintern tut weh. Wer auch immer diesen Sattel konstruiert hat, an Frauen hat er dabei bestimmt nicht gedacht.«

Jayjay winkte sie hinaus, und Sophie ließ sich aufs Bett fallen. Nach einer Nacht auf einem Holzfußboden und einem halben Tag im Sattel empfand sie die harte Matratze als äußerst angenehm. Der Raum war für ihre Ansprüche ausreichend luxuriös ausgestattet.

Sophie schloß die Augen. Sie vergaß ihre unmittelbaren Probleme und wandte sich schwerwiegenderen Dingen zu. Sie sah Lorin, wie sie ihr zum ersten Mal begegnet war ... Lorin hatte auf der Straße vor Sophies Haus gestanden und einen Hufkratzer in der Hand gehalten, mit dem sie versuchte, einen Stein aus dem linken Vorderhuf ihres Pferdes zu entfernen. Lorin hatte ihr blondes Haar zu einem Pferdeschwanz zusammengebunden. Als Sophie den Bürgersteig heruntergekommen war, hatte Lorin hochgesehen und den Stein mit einem letzten Ruck entfernt. Dann hatte sie sich aufgerichtet und ihre Hände an der Jeans abgewischt. Es waren kurze, abgehackte Bewegungen gewesen, die irgendwie merkwürdig gewirkt hatten. »He! Er hat sich einen Stein eingefangen, und ich mußte ihn wieder loswerden«, hatte sie in kühlem, breitem Südstaatenakzent gesagt. Sophie hatte verständnisvoll genickt.

»Dieser Teil der Straße ist nicht sonderlich geeignet für Pferde. Es war noch viel schlimmer, bevor man ihn letzten Sommer ausgebaut hat – Sie würden sich wundern, wieviel Kies noch neben der Straße liegt.«

Small Talk. Sophie wußte nicht, warum sie gesprochen hatte. Eigentlich hatte sie nur ihre Post holen wollen, und ausgerechnet über Pferde wollte sie mit Sicherheit niemals wieder reden; aber Lorin hatte damit angefangen.

Sie hatten geredet. Wirklich nur Small Talk. Das Wetter. Was Lorin über Peters dachte, da sie von außerhalb kam. Was Sophie von Tennessee hielt, woher Lorin stammte. Sophie war nur ein einziges Mal dort gewesen. Deshalb konnte sie nicht viel zu dem Thema beitragen. Also hatten sie über Peters' Mangel an kulturellen Ereignissen gesprochen. Sophie hatte einen trockenen Kommentar über die Frühlingsmodenschau des örtlichen Jugendclubs und den Jaycee-Jahrmarkt abgegeben. Beide Frauen hatten gelacht.

Sophie hatte ihre Post genommen und war mit einem guten Gefühl ins Haus gegangen.

Damit hatte alles begonnen. Lorin war immer hereingekommen, wenn sie vorbeiritt, und Sophie hatte sie regelmäßig besucht, nachdem sie erfahren hatte, wo sie wohnte. Die beiden Frauen wurden Freundinnen. Sie gingen ein- oder zweimal pro Woche in einem der Cafés in Peters essen, saßen sonntags im Wohnzimmer beieinander und sprachen über ihre Träume, ihre Ambitionen und ihr Leben.

Lorin hatte sich selbst als ›zur Zeit alleinstehend‹ bezeichnet. Keine von beiden hatte jemals über Kinder oder Männer gesprochen. Eines Tages hatte Lorin erzählt, wie hart es war, allein zu sein, und wie sehr sie ihre Eltern und ihre Geschwister vermißte. Zwar hatte sie sich mit ihrer Familie zerstritten, aber sie liebte sie trotzdem noch. Dann hatte Lorin über einen ehemaligen Liebhaber gesprochen, der sie wegen einer jüngeren Frau verlassen hatte. Er war einfach ausgezogen, ohne auch nur Lebwohl zu sagen.

Während des Essens hatte sich Sophie dabei ertappt, wie sie das erste Mal ausführlich von Mitch erzählte. Sie erinnerte sich wehmütig an die guten Zeiten ihrer Beziehung. Sie hatte auch über Karen gesprochen, und wie der Tod ihrer Tochter alles verändert hatte. Sie hatte Lorin von ihrer Ruhelosigkeit erzählt, ihrer Suche nach etwas, das sie nicht näher beschreiben konnte. Von dem Bedürfnis, die Vergangenheit hinter sich zu lassen, sich zu erneuern, um dem nicht enden wollenden Schmerz zu entfliehen.

Lorin hatte traurig gelächelt. »Liebe ist schmerzhaft.«

»Das stimmt. Vielleicht ist *das* genau das Problem. Vielleicht schmerzt das, was Mitch und ich zurückgelassen haben, nicht genug.« Sophie hatte den Kopf auf die Hände gestützt und geseufzt. »Ich wünschte, ich wüßte, ob ich ihn immer noch liebe – aber ich weiß nicht mehr, was ich tun soll. Vielleicht sollte ich mich langsam mal in eine andere Richtung bewegen.«

Lorin hatte ein ernstes Gesicht gemacht und die Hand auf Sophies Arm gelegt – dann hatte sie traurig geflüstert: »Wenn du so weit bist, glaubst du, du könntest dich in meine Richtung bewegen?«

Sophie öffnete die Augen und starrte den Baldachin an.

Glaubst du, du könntest dich in meine Richtung bewegen? Die Frage hatte sich regelrecht in Sophies Gedächtnis eingebrannt. Sie war noch immer so frisch und schmerzhaft wie in dem Augenblick, als Lorin sie gestellt hatte.

Karens Tod hatte so vieles in ihr zerbrochen. Sophie wußte, daß sie niemals wieder Kinder haben wollte. Sie würde niemals wieder das Risiko eingehen, ein Kind in die Welt zu setzen, es zu lieben ... und dann zu verlieren. Auch hatte sie den Teil von ihr, der sich an Mitch erfreuen konnte, verloren. Sophie sah in ihm nur noch ein Mahnmal für alles, was sie verloren hatte, und nicht mehr den Mann, mit dem sie ihre Zukunft verbringen wollte.

Sophie wälzte sich unruhig hin und her und versuchte, eine bequemere Position zu finden ... versuchte, ihren Gedanken zu entfliehen.

Natürlich würde Sophie sich nicht mehr sorgen müssen, wenn sich ihre Vorahnung als wahr herausstellte. Wenn sie in Glenraven starb, dann wären auch ihre Probleme vorbei.

Sophie blickte müde zu dem Baldachin empor und dachte über den Tod nach ... das Ende aller Probleme.

Kapitel Achtzehn

Im Inneren der Burg von Cuthp Maest, tief im Wald von Faldan, herrschte ewige Dunkelheit. Die Alfkindaar verabscheuten das Tageslicht. Allerdings konnten ihre tagaktiven Machnaan-Untertanen nicht ohne die Sonne leben. Cuthp Maest war mit Rücksicht auf diese unterschiedlichen Bedürfnisse erbaut worden. Die Architekten der Alfkindaar hatten den größten Teil der gewaltigen Burg im Schatten des Waldes errichtet. Wo Fenster eingebaut werden mußten, sorgten steinerne Bäume oder andere geniale Gerätschaften jederzeit für ausreichend Schatten. Bereits kurz nach Mittag war Cuthp Maest in tiefe Dunkelheit gehüllt.

Faan Akalan wollte einfach nur allein sein. Deshalb hatte sie sich in die Zauberkammer in der Spitze des höchsten Turms zurückgezogen. Dies war der einzige Ort in der Burg, wo den ganzen Tag über Licht einfiel. Niemand würde sie hier stören. Weder die niederen Kin noch die Kin-hera würden sich den tödlichen Strahlen aussetzen.

Faan dachte über Hyultif und seine Prophezeiungen nach. Sie zweifelte nicht an der Zuverlässigkeit seiner Magie. Hyultif hatte oft genug bewiesen, wozu er fähig war. Faans Pakt mit den Wächtern, der Höllenbrut, die sie durch den Spalt herbeigerufen hatte, machte sie nicht unverwundbar. Sie gaben Faan Macht und ewige Jugend, und als Gegenleistung verlangten die Wächter nur die Erlaubnis, Glenravens Wesen jagen zu dürfen. Aber sie *beschützten* Faan nicht. Faan besaß ewiges Leben ... aber sie mußte es selbst verteidigen.

Faan hatte in dem schwarzen Spiegel ihren eigenen Tod gesehen. Seit mehr als hundert Jahren hatte sie nicht mehr darüber nachgedacht. Niemand hatte seither gewagt, sich ihrer Herrschaft zu widersetzen. Aber nun quälten Faan die Gedanken an ihre Sterblichkeit. Irgend etwas – oder irgend jemand – hatte sie herausgefordert. Irgend jemand wollte ihren Tod ... und er besaß die Mittel, seine Absicht in die Tat umzusetzen.

Vielleicht meinten die Omen ja Metthwyll, obwohl ihr das mehr als unwahrscheinlich erschien.

Vielleicht sollte Faan ihn einfach umbringen, schon aus Prinzip. Sie hätte Metthwyll zwar lieber zu einem gebrochenen Sklaven gemacht, aber sie sah keinen Sinn darin, ihr Leben zu riskieren, um sich an seinen Qualen zu erfreuen.

Natürlich kamen außer Metthwyll noch andere in Frage. Die Liste der Menschen, die Faans Tod wünschten, war fast genauso lang wie die Liste der Einwohner von Glenraven. Vielleicht gab es unter ihnen jemanden, der entschlossen genug war, einen Versuch zu wagen.

Wie auch immer.

Faan saß im Sonnenlicht und blickte auf das grüne Dach des Maestwaldes.

Ich bin geboren, um zu herrschen, dachte sie. Das

Schicksal ist auf meiner Seite. Es gibt keine Bedrohung, mit der ich nicht fertig werden könnte.

Hyultif würde seine Aufgabe erfüllen und die Quelle der Gefahr entdecken. Und wenn es soweit war, würde Faan sich persönlich darum kümmern.

Sie würde ein Exempel statuieren, das die Einwohner Glenravens niemals vergessen würden.

Kapitel Neunzehn

Jayjay hatte nicht mehr geglaubt, daß Sophie noch einmal aufwachen würde. Ihre Freundin hatte fest geschlafen und sogar leise geschnarcht – es hatte wie das Schnurren einer kleinen Katze geklungen –, als die Kammerzofe die neuen Kleider gebracht hatte. Das Mädchen hatte Jay ein goldenes Seidenhemd und einen dunkelgrünen Seidenrock gegeben, der ihr bis zu den Fersen reichte. Ein breiter Gürtel, der direkt unter ihrer Brust begann, schnürte Jay fast die Luft ab. An den Füßen sollte sie Wildleder-Mokassins tragen, die bis zu den Knien hochgeschnürt wurden. Sophie erhielt eine ähnliche Garderobe, nur in anderen, ebenso grellen Farben. Jay betrachtete sich in einem kleinen Messingspiegel und fand, daß sie wie eine Zigeunerin aussah. Sie fühlte sich lächerlich, wie in einer Karikatur.

Sophie befand sich im Augenblick im Badezimmer. Jay

hoffte, daß ihre Freundin ein wenig besser gelaunt war, wenn sie wieder herauskam. Den ganzen Tag über hatte sich Sophie ausgesprochen ruhig verhalten. Sie beschäftigte sich wieder mit dem Tod ihrer Tochter. Jayjay verzweifelte fast. Dennoch hoffte sie, daß ihre Freundin durch diese abenteuerliche Reise auf andere Gedanken gebracht würde.

Sophie kam aus dem Bad und fummelte an ihrem Rock. »Sehe ich so dämlich aus, wie ich mich fühle?« fragte sie.

»Du siehst phantastisch aus«, erwiderte Jayjay. Sophie wirkte wie eine in Seide verpackte manisch-depressive Pennerin in ihrer manischen Phase. Jay hoffte, daß sie nicht genauso aussah, aber Sophies Blick schien ihre schlimmsten Befürchtungen zu bestätigen.

»Dieses Zeug ist irgendwie ... niedlich«, erklärte Sophie.

Jay dachte wehmütig an ihre praktische Weste und die knitterfreie Khakihose. Sie hätte beinahe alles dafür gegeben, ihre eigene Kleidung beim Essen zu tragen. »Ja ... allerdings«, stimmte sie Sophie zu.

Sophie warf einen mürrischen Blick auf ihr Hemd. Es war über und über mit rubinroten Punkten bedeckt, die zu allem Überfluß auch noch von regenbogenfarbenen Streifen durchzogen wurden. »Glaubst du wirklich, daß wir das anziehen müssen?« fragte sie.

»Wir werden wohl kaum drum herumkommen. Aber wenn irgendeine andere Frau in einem eleganten kleinen

Schwarzen erscheint, dann mache ich, daß ich raus-
komme.«

»Ich werde bleiben.« Sophie stieß einen tiefen Seufzer
aus. »Ich verhungere bald. Wenn der Portier uns befehlen
würde, nackt zu erscheinen, dann würde ich zumindest
darüber nachdenken.«

»Ja. Du hast recht. Selbst wenn alle anderen toll aussehen, würde ich es ertragen, wenn die Leute über mich
lachen.« Jay sah auf die Uhr und bemerkte, daß sie fast
eine Stunde auf ihrem Zimmer verbracht hatten. Das war
lange genug. Sie klingelte nach der Kammerzofe.

Kurz darauf stand das Mädchen in der Tür. Sie sprach
zwar kein Wort Englisch, war aber sehr höflich gewesen,
als Jay vorhin in gebrochenem Galti gefragt hatte, ob jeder diese grellbunten Sachen beim Essen zu tragen habe.
Jay beabsichtigte, die Geduld der Zofe erneut auf die
Probe zu stellen.

Sie nahm den Reiseführer zur Hand, blätterte zu dem
entsprechenden Abschnitt und erklärte der jungen Frau,
daß sie und Sophie definitiv verhungern würden, wenn
sie nicht bald etwas zu essen bekämen. Jay wiederholte
den Satz insgesamt dreimal, während die Augen der Zofe
immer größer und größer wurden. Plötzlich schlug sie die
Hand vor den Mund, schrie kurz auf und rannte mit flie-
gende Röcken davon.

»Toll gemacht, o große Entdeckerin.« Sophie lehnte in
der Balkontür und zog ein spöttisches Gesicht. »Was zum
Teufel hast du ihr gesagt?«

Jayjay blickte in die leere Halle und seufzte. »Ich wünschte, ich wüßte es. Glaubst du, sie kommt noch mal wieder?«

»Hängt ganz davon ab. Wenn du ihr Leben oder ihre Tugend bedroht hast, dann erscheint es mir eher unwahrscheinlich.«

Jayjay blickte in den Fodor's und spürte erneut das Kribbeln, das sie jedesmal überkam, wenn sie das Buch in der Hand hielt. Jay beschloß, nicht mehr darüber nachzudenken – das Gefühl war wirklich nicht weiter von Bedeutung – doch das Kribbeln schien stärker geworden zu sein. Das beschichtete Papier, das Fodor's bei der Herstellung verwendet hatte, schien sich sehr leicht mit statischer Energie aufzuladen.

Sophie hatte sich auf den Bettrand gesetzt und durchsuchte ihren Reiseproviant. »Willst du was? Oder willst du den Speisesaal alleine suchen gehen?«

Jay setzte sich neben ihre Freundin. »Gib schon her.«

Ein paar Augenblicke später, die beiden Frauen saßen auf dem Himmelbett und stopften Erdnüsse, Schokoladenchips und andere Süßigkeiten in sich hinein, stürmte der Portier atemlos und mit hochrotem Kopf durch die Tür. »Wer von Euch liegt im Sterben?« fragte er keuchend und blickte von Jay zu Sophie und wieder zu Jay. Als der kleine Mann die beiden auf dem Bett sitzen sah, essend und offensichtlich kerngesund, wechselte sein Gesichtsausdruck von Furcht über Verwirrung zu Wut. »Ihr liegt nicht im Sterben«, sagte er und deutete auf Jay. »Und Ihr liegt auch nicht im Sterben.« Er zeigte auf Sophie.

In diesem Augenblick erschien die schluchzende Kammerzofe. Der Portier wandte sich um und ließ eine Schimpfkanonade auf das Mädchen los, daß es einen Stein erweichen konnte. Merkwürdigerweise schrie er das Mädchen auf Englisch an – trotzdem schien sie ihn zu verstehen.

»Entschuldigen Sie, bitte«, sagte Jayjay.

Der Portier ließ sich nicht unterbrechen.

Jayjay tippte ihm auf die Schulter. »Entschuldigen Sie.«

Der Portier wirbelte herum und rang nach Luft. »Ich bedaure zutiefst, Ihnen dieses dumme Gör geschickt zu haben …«

»Sie ist kein dummes Gör«, unterbrach Jay. »Ich habe nur versucht, ihr etwas zu erklären, aber mein Galti ist einfach fürchterlich. Ich wollte ihr klarmachen, daß wir am Verhungern sind, aber wahrscheinlich habe ich statt dessen erklärt, wir lägen im Sterben.«

»Am Verhungern?« Der Portier wandte sich von der Kammerzofe ab und blickte zu Jay. »Ihr habt gesagt, Ihr wärt *am Verhungern?*«

»Ja. Es ist schon verdammt lange her, daß wir etwas gegessen haben. Außerdem haben wir den halben Tag im Sattel verbracht. Ich habe in unserem Reiseführer nachgeschlagen und den Satz ›Wir sind am Verhungern‹ gefunden – und ihn benutzt. Wir sind nämlich wirklich *sehr, sehr* hungrig.«

Die Kammerzofe schluchzte noch immer und wischte sich eine Träne aus dem Auge.

Die Augen des kleinen Mannes begannen zu glühen. Er hob das Kinn, um auf die beiden Frauen herabschauen zu können, obwohl er wesentlich kleiner war. »*Am Verhungern!* Ich dachte, Ihr würdet Hilfe benötigen.«

»Passen Sie mal auf. Sagen Sie uns einfach, wo wir das nächstgelegene Restaurant finden ... Taverne, Kneipe oder was auch immer. Das ist uns egal. Wir würden ja sehr gerne hier essen, aber wir wollen *jetzt* essen.«

Der kleine Mann starrte Jay an, als wären ihr plötzlich zwei Drachenköpfe aus dem Hals gewachsen. Einen Augenblick lang stammelte er unverständliches Zeug. Dann sagte er: »Ihr wollt unter dem Dach unseres Herrn wohnen und Euch weigern, an seinem Tisch zu speisen?« Sein Ton machte deutlich, daß das in seinen Augen eine grauenhafte Tat war. Jay wußte, daß sie für ihn zu einem psychotischen Massenmörder geworden war.

»Nein, natürlich würden wir so etwas niemals tun«, mischte sich Sophie ein und lächelte. Sie tat ihr Bestes, um den armen Mann zu beruhigen.

Der Portier schnaufte, bedachte die beiden Frauen mit einem entrüsteten Blick und sagte: »Ich werde Euch abholen, wenn es soweit ist.« Er gab der Kammerzofe einen scharfen Befehl, und das Mädchen stürzte davon wie eine Maus, der eine Katze auf den Fersen ist. Der kleine Mann stolzierte beleidigt hinterher.

»Immer noch nichts zu essen«, meckerte Sophie.

Jayjay stand in der Tür und blickte dem Portier hinterher. »So ist das nun mal«, erwiderte sie.

Sophie lehnte sich an die Wand und blickte fragend zu ihrer Freundin. »Stand in deinem Reiseführer wirklich ›Ich bin am Verhungern‹?«

Jay nickte.

»Ein merkwürdiger Satz für einen Reiseführer.«

Jayjay dachte einen Augenblick über Sophies Feststellung nach. Es war wirklich ein merkwürdiger Satz. Fodor's Reiseführer enthielten niemals Umgangssprache. Sie erklärten dem Touristen, wie man Preise oder Richtungen in der Landessprache erfragte ... und das alles auf eine möglichst unverfängliche Art und Weise. Diese Bücher wurden von Leuten gemacht, die genau wußten, wie leicht man etwas Falsches sagen konnte. Unbedarfte Reiseamateure aus North Carolina oder New York sollten keinen internationalen Zwischenfall verursachen, indem sie irgend etwas wiedergaben, das sie in ihrem Reiseführer gefunden hatten.

Aber in dem Augenblick, als Jay das Buch zur Hand genommen hatte, *hatte* sie der Kammerzofe erklären wollen, daß sie am Verhungern sei ... und tatsächlich – auf Seite 546 unter NÜTZLICHE SÄTZE – hatte sie die Worte gefunden. *Ich bin am Verhungern – Ag dru gemmondlier ach troo je-moan-dlee-air.* Drei ordentliche kleine Spalten: Englisch, Galti und Lautschrift.

Jay sah die Zeichen noch immer vor ihrem geistigen

Auge – genau zwischen ›Ich verstehe nicht‹ und ›Ich bin Amerikaner‹.

Fodor's Reiseführer begleiteten sie bereits seit Jahren auf allen Auslandsreisen, aber nie zuvor hatte Jay eine derartige Formulierung entdeckt. Jayjay blätterte zum Ende des Buches – Seite 546, NÜTZLICHE SÄTZE. Sie fuhr mit dem Finger über die Zeilen.

›Ich verstehe nicht.‹ ›Ich bin Amerikaner.‹

›Wie heißen Sie?‹

Kein ›Ich bin am Verhungern‹, sondern ›*Wie heißen Sie?*‹!

Jay atmete tief durch. Sie untersuchte jedes einzelne Wort auf der Seite. Neben Sätzen, die die Verwendung der Sprache betrafen, konnte man nach der Uhrzeit, medizinischer Hilfe, Postämtern und Banken fragen. Jay entdeckte auch den besonderen Eintrag, der in jedem Fodor's zu finden war – ›Wo sind die Toiletten?‹ Das war wohl der wichtigste Satz in allen Sprachen der Welt.

Nirgendwo wurde dem Touristen erklärt, wie man ›Ich bin am Verhungern‹ übersetzt. Aber es hatte hier gestanden – *wirklich!* Jay hatte die Worte gesagt, und die Kammerzofe hatte sie verstanden. Allerdings hatte das Mädchen sie ein wenig zu wörtlich genommen. Jayjay hatte offensichtlich nicht gesagt ›Ich bin sehr, sehr hungrig‹, sondern ›Ich sterbe aufgrund von Unterernährung‹.

»Ich kann die Stelle nicht finden.« Jayjay legte das Buch aufs Bett, verschränkte die Arme vor der Brust und ging unruhig auf und ab. »Sie ist einfach verschwunden.«

»Aber sie war doch vorhin noch da«, sagte Sophie. »Sie ist bestimmt nicht weggelaufen.«

»Dann sieh doch selbst nach!«

Sophie grinste. »Vielleicht bringt mich das auf andere Gedanken. Ich bin nämlich immer noch *am Verhungern.*« Sie schlenderte zum Bett, setzte sich und nahm den Fodor's. Einen Augenblick lang starrte Sophie verwirrt auf das Buch. »Es fühlt sich an wie damals, als ich es zum ersten in der Hand gehabt habe.«

»Wovon redest du?«

»Das Kribbeln. Ich habe es damals für statische Energie gehalten, aber ...« Sophie schüttelte den Kopf und schlug das Buch auf. »Manchmal ist es wirklich ganz extrem; findest du nicht auch?« Sie fuhr mit dem Finger über die einzelnen Einträge.

Jay beobachtete ihre Freundin.

»Ja ja«, murmelte Sophie. »›Ich bin Amerikaner‹, ›Ich verstehe nicht‹, ›Ich bin ein internationaler Volltrottel, der nur Müll im Hirn hat und den Pott nicht findet‹.«

Jayjay konnte sich ein leises Lachen nicht verkneifen.

Sophie machte die Angelegenheit zu einer richtigen Show, als sie mit nasaler Stimme fortfuhr: »›Was ist los?‹, ›Wieso? Weshalb? Warum?‹, ›Wo hält die Postkutsche?‹, ›Wo ist das Postamt?‹, ›Was soll ich wegen ...‹«

Sophie verstummte abrupt. Verwirrung und Furcht zeichneten sich auf ihrem Gesicht ab, und sie wurde leichenblaß.

Jayjay erschrak und spürte, wie ein Schauer über ihren

Rücken lief. Sie nahm Sophie das Buch aus der Hand und las die linke Spalte.

›Wo hält die Postkutsche?‹

›Wo ist das Postamt?‹

›Was soll ich wegen Lorin unternehmen?‹

»›Was soll ich wegen *Lorin* unternehmen?‹« Jay markierte die Stelle mit dem Daumen und rieb sich mit der anderen Hand über ihre Schläfe. Sie spürte wieder ihre Migräne. In Glenraven gab es wohl kaum Aspirin. Jayjay wollte den kleinen Vorrat, den sie mitgenommen hatte, so lange wie möglich aufsparen. »Wer zum Teufel ist *Lorin*, und was ist an diesem Satz *nützlich*?« fragte sie.

Sophies Gesicht war noch immer weiß wie ein Bettlaken. Sie lag auf dem Bett, als hätte sie einen Schlag ins Gesicht bekommen.

»Soph? Alles in Ordnung?«

Sophie antwortete nicht.

Jayjay bückte sich, um ihrer Freundin in die Augen zu sehen. »Soph. Komm wieder zu dir! Mach schon. *Sophie!* Rede mit mir! Was ist denn los … und was hat diese Frage zu bedeuten? Lorin … wer ist Lorin?«

Sophie drehte sich auf den Rücken und zog die Knie an. Sie starrte mit leeren Augen an die Decke. Jayjay wollte gerade aufstehen, um Hilfe zu holen, weil sie glaubte, ihre Freundin habe einen Schock erlitten, als Sophie flüsterte: »Wie konnte es davon wissen?«

Jay blickte erneut in das Buch … und spürte, wie auch ihr der Schock in die Glieder zu fahren drohte.

›Wo hält die Postkutsche?‹

›Wo ist das Postamt?‹

›Willkommen, Helden. Wir warten seit ewigen Zeiten auf den Tag Eurer Ankunft.‹

Jay ließ das Buch fallen und begann zu zittern.

Was zur Hölle war hier los? Helden? Was für *Helden*? Und *wer* hatte gewartet?

Jayjay bückte sich und griff nach dem Buch. Wieder spürte sie dieses kleine elektrische *Zing* in ihren Fingern. Es war erneut stärker geworden. Warum hatte sie das Buch nicht einfach im Laden liegengelassen, dachte Jay.

Sie hätte auf Amos hören sollen, als er ihr einen Führer für Spanien andrehen wollte. Spanien war eigentlich gar keine schlechte Idee – jeder fuhr nach Spanien. Dort gab es jedenfalls sanitäre Anlagen, die diese Bezeichnung auch verdienten, Elektrizität und elegante Großstädte ... und spanische Bücher würden bestimmt keine eigenartigen Botschaften enthalten.

Plötzlich läuteten Glocken. Jayjay hob den Kopf und stand auf. Sie öffnete die Balkontür und trat hinaus. Hunderte von Glocken in den verschiedensten Variationen läuteten überall. Das ganze Tal schien von ihrem Klang erfüllt zu sein, der sich zu einer lebhaften Melodie vereinigte – einer zwar zufälligen, aber perfekten Antiphonie. ›Heimat‹, verkündeten sie. ›Dies ist deine Heimat. Willkommen daheim.‹

Jay war absolut sicher, daß es in Spanien solche Glocken nicht gab.

Glenraven war *nicht* ihre Heimat. Jay lebte noch immer in Peters/North Carolina. Daheim war der Schmerz. Glenraven existierte gar nicht ... es war zu schön, um wahr zu sein. In Glenraven wurde sie von einem Buch als ›Heldin‹ bezeichnet und von Glockengeläut begrüßt. Solche Dinge würden in Peters niemals geschehen.

Solche Dinge würden nirgendwo sonst geschehen ... oder vielleicht doch?

Sophie hatte sich inzwischen aufgesetzt und kaute auf ihrer Lippe. Sie wirkte verstört. Lorin, dachte Jay. Lorin. Wer zum Teufel war *Lorin*, daß allein der Name ihre Freundin so krank machte? Die Frage war von Bedeutung – ebenso wie die Sache mit den ›Helden‹. Jay beschloß, ihre Freundin nicht darauf anzusprechen, solange Sophies Gesicht noch diese graue Farbe besaß und ihre Augen diesen gehetzten Blick aufwiesen.

Jayjay begann, das Buch genauer zu untersuchen. Offensichtlich barg es ein Geheimnis. Was konnte ein Buch dazu veranlassen, seinen Inhalt zu verändern, so daß er den Wünschen des Lesers entgegenkam? Ein Geniestreich der Mikroelektronik? Jay hätte eine solche Innovation sehr begrüßt, aber der Reiseführer bestand lediglich aus Papier und Tinte – ein aufgeklebter Hochglanzumschlag, Seiten aus hochwertigem Papier und schwarze Druckerfarbe, die nach typischer Taschenbuchfarbe roch. Nirgendwo hätte man einen Mikrochip unterbringen können, und selbst wenn es einen gab, wie konnte er die Tinte zu immer neuen Worten formen? Jay hatte keine moralischen Probleme mit technologischem Fortschritt. Wenn ein Umschlag ein wenig in ihren Händen summte, konnte sie das als Nebenwirkung der in dem Buch verborgenen Technologie akzeptieren. Aber so beruhigend eine derartige Erklärung auch sein mochte – ihr Verstand wollte sie nicht akzeptieren. Die natürliche Trägheit des menschlichen Gehirns zwang alles Unerklärliche in bereits vorhandene Erkenntnisschemata. Wenn man ein derart träges Gehirn mit der nahezu unmöglichen Tatsache eines Buches konfrontierte, das seinen Inhalt selbständig veränderte, dann tröstete es sich damit, daß die Tüftler im Silicon Valley wieder einmal Überstunden gemacht hatten.

Julie Jean Bennington besaß zwar eine Menge persönlicher Fehler – wie sie sich selbst eingestehen mußte –, aber bestimmt kein träges Gehirn. Dieses Buch war *kein* Wunder moderner Hochtechnologie. Es hatte etwas vollbracht, von dem Jay wußte, daß es unmöglich war, und trotzdem ... gerade *weil* etwas Unmögliches geschehen war, war es *nicht* unmöglich. Es war äußerst unwahrscheinlich; aber ›unwahrscheinlich‹ und ›unmöglich‹ waren zwei verschiedene Paar Schuhe.

Jay streichelte über den Umschlag. Keine Technologie. Nichts, was sie kannte. Statt dessen roch es nach Voodoo-Trommeln, mitternächtlichen Ritualen, nach Aberglauben und Fantasy. Es war ein atemberaubendes Wunder.

Magie.

Instinktiv wehrte sich Jays Verstand gegen den Gedanken, aber sie schob den Reflex beiseite.

Magie.

Wie leicht es war, die Augen zu schließen und die ganze Reise an diesen Ort zu ignorieren, der eigentlich gar nicht existieren *konnte*. Jay konnte auch die Tatsache verdrängen, daß ein Buch mit ihr geredet hatte. Sie konnte sich weigern, die Unmöglichkeit eines Landes zu akzeptieren, das außerhalb der Zeit existierte – unberührt von der modernen Welt ...

Wenn man immer auf einer logischen Erklärung bestand, war man zur Blindheit verurteilt. Solange Jay denken konnte, war sie in dieser Blindheit gefangen gewesen ... doch das war jetzt vorbei!

»Manchmal«, flüsterte sie, »gibt es keine logische Erklärung.«

Das Buch brummte und sang in ihren Händen. Es schnurrte wie eine Katze. Es hatte seinen Standpunkt deutlich gemacht und schien zufrieden zu sein.

Im selben Augenblick verstummten die Glocken, und als das letzte Echo verflogen war, hörte Jay, wie sich jemand hinter ihr räusperte.

Sie drehte sich um. Der Portier war zurückgekehrt und wartete. »Jetzt«, sagte er, »ist es Zeit zum Essen.«

Die beiden Frauen wurden erneut durch das Labyrinth des Wythquerin Zearn geführt, bis sie schließlich den großen Speisesaal erreichten, den sie bereits auf dem Hinweg gesehen hatten. Allerdings war er jetzt voller Gäste, und ständig kamen weitere hinzu. Diener im Livrée des

Wythquerin Zearn rannten mit Schüsseln und Tellern beladen hin und her. Sie schrien sich gegenseitig an, während die Männer und Frauen an den langen Tischen sich ihrem Essen widmeten, miteinander redeten und lachten. Auf dem freien Platz in der Mitte des Raumes führte eine Schaustellertruppe ihre Kunststücke vor, während einige Musikanten ein fröhliches Lied spielten. Mehrere Tänzer wirbelten in einem lebhaften Rundtanz durch den Saal. Die Gäste an den Tischen waren in bunte Kostüme gekleidet wie Jay und Sophie. Sie sahen wohlgenährt aus – ebenso wie die Dienerschaft. Im Gegensatz dazu wirkten die Schausteller schäbig und mager.

Der Portier tippte zwei Männern an einem der unteren Tische auf die Schulter und flüsterte ihnen etwas ins Ohr. Die Männer lächelten und rückten ein Stück beiseite, um Jay und Sophie Platz zu machen ... falls sie keinen Körperkontakt scheuten. Das Essen roch hervorragend, und Jayjay hätte noch weit mehr als nur die ungewohnte Enge ertragen, um etwas davon zu bekommen. Sophie, immer noch in Gedanken, setzte sich neben ihre Freundin und füllte ihre hölzerne Schüssel.

Der Koch hatte sich redlich Mühe gegeben. Es gab Rehrücken, gefüllten Fasan, Backfisch und verschiedene Sorten Obst und Brot; aber kein bißchen Gemüse. Jayjay erinnerte sich, daß Gemüse im Mittelalter als Viehfutter betrachtet worden war. Fleisch, Getreide und – je nach Jahreszeit – Früchte waren alles, was auf der Speisekarte stand. Sie betrachtete den Tisch. Vor ihr lag das komplette

Sortiment einer erstklassigen Diät der Oberschicht. Jay seufzte. Na ja ... die nächsten drei Wochen mußte sie sich wohl damit abfinden. Drei Wochen extrem fetthaltiger Nahrung anstelle ihrer üblichen vegetarischen Diät würden sie schon nicht umbringen.

Jay füllte ihre Schüssel und schaute sich um. Für einen Augenblick hatte sie das Gefühl, beobachtet zu werden. Unauffällig ließ Jayjay ihren Blick über die Tische wandern, als suchte sie nach einer bestimmten Speise oder einem Gewürz ... und da war er! Amos Baldwells eineiiger Zwilling ... *und er starrte sie an.*

Jay senkte den Kopf und trat Sophie unauffällig gegen das Schienbein.

»*Aua!*«

»Sieh nicht hoch«, murmelte Jayjay und hielt den Blick weiter gesenkt. »Ich hab' dir doch von dem Typ erzählt, den ich heute nachmittag auf dem Marktplatz gesehen habe? Der mir irgendwie bekannt vorkam?«

»Ich erinnere mich. Aber mußt du mir deswegen gleich das Bein brechen?«

»Sieh nicht hoch, er sitzt genau am anderen Ende der Tafel und starrt uns an.«

Sophie konzentrierte sich weiter auf ihre Schüssel und spießte ein Stück Fleisch mit dem Messer auf. Es gab weder Gabeln noch Löffel; die Messer waren das einzige Besteck. »Warum soll ich nicht hinsehen?« fragte sie.

»Weil ich nicht sicher bin, ob es wirklich Amos ist, und wenn er es ist, bin ich nicht sicher, ob ich will, daß er mich sieht.« Jayjay blickte mürrisch auf ihr Essen. »Ich hab' das Buch bei ihm gekauft, und das Buch macht irgendwelche verrückten Sachen ... und dann treffen wir ihn auch noch *hier*. Das ist eine merkwürdige Anhäufung von Zufällen.«

Sophie blickte zu ihrer Freundin, und ein leichtes Lächeln spielte auf ihrem Gesicht. »Okay. Wenn du so tun willst, als hättest du ihn nicht gesehen, warum hast du mir dann davon erzählt?«

Jayjay vergaß ihre Antwort, als sie aus den Augenwinkeln heraus bemerkte, wie ›Amos‹ sich erhob, den beiden Gorillas neben sich beruhigend auf die Schultern klopfte und in ihre Richtung kam. Jays Magen verkrampfte sich. Wenn das wirklich Amos Baldwell war, was suchte er dann in Glenraven? Und wenn er es nicht war ... warum starrte er sie die ganze Zeit über an?

Das ist die Magie, dachte Jayjay. Alles hat irgendwie miteinander zu tun – alles ist Teil eines großen, unverständlichen, magischen Gesamtkunstwerks.

Jay beobachtete ›Amos‹, während er sich einen Weg durch die geschäftige Menge aus Gästen, Dienern und Schaustellern bahnte. Sie hielt den Kopf gesenkt und gab vor, mit ihrem Essen beschäftigt zu sein. Jay wußte nicht, ob sie hinausrennen oder hierbleiben und herausfinden sollte, was er von ihr wollte. Sie entschied sich zu bleiben. In Gegenwart so vieler Zeugen konnte er wohl kaum etwas gegen sie unternehmen. Und da weder Jay noch Sophie im Augenblick wußten, woran sie waren, konnte ihnen jedes Quentchen Information, das sie aus ihm herausquetschten, einen Vorteil verschaffen.

Jayjay hielt den Kopf weiter gesenkt. Als sich schließlich eine Hand auf ihre Schulter legte, mußte sie nicht einmal tun, als würde sie erschrecken.

»*Julie Bennington*!« Das war eindeutig Amos Stimme ... aber nicht ganz. Der steife und irgendwie gereizte Tonfall war verschwunden.

Jay blickte hoch und grinste. »Amos?«

»Natürlich!« Er lächelte – und auch das Lächeln kam ihr bekannt vor ... aber eben *nicht ganz*. »Wer sollte ich denn sonst sein?«

Jay hob das Kinn und musterte ihn aus zusammengekniffenen Augen. »Irgend jemand, der wie Amos aussieht, aber weiß, wie man reitet«, erwiderte sie kühl.

Amos wurde bleich. Trotzdem fuhr er mit einem Lachen fort: »Wenn Sie mich schon früher gesehen haben, warum haben Sie dann nicht ›Hallo‹ gesagt?« Er lächelte wieder auf diese breite, viel zu freundliche Art und Weise, die Jay bereits zuvor aufgefallen war. Amos deutete mit einem Nicken in Sophies Richtung. »Wer ist Ihre Freundin?«

Sophie hob den Kopf und lächelte höflich.

Jayjay seufzte. »Sophie Cortiss, meine beste Freundin. Das hier ist Amos Baldwell, der Besitzer des Buchladens in Peters. Ich hab' unser interessantes Buch bei ihm gekauft.«

»Ich hoffe, Sie genießen Ihren Aufenthalt.« Amos

tippte Jays Nachbarn auf die Schulter und forderte ihn mit einer Handbewegung auf, Platz zu machen. Der Mann nickte und rückte zur Seite. »Ich kann einfach nicht glauben, daß wir uns hier getroffen haben! Haben Sie was dagegen, wenn ich Ihnen ein wenig Gesellschaft leiste?«

Da Amos sich bereits halb gesetzt hatte, blieb Jay nichts anderes übrig als zu antworten: »Bitte, tun Sie sich keinen Zwang an.« Sie stützte den Ellbogen auf den Tisch und legte den Kopf in die Hand. »Was machen Sie hier in Glenraven?«

»Was für ein Zufall, nicht wahr?« erwiderte er.

»Ich glaube nicht an Zufälle.« Jayjay gab sich keine Mühe, höflich zu klingen, aber Amos schien das vollkommen zu ignorieren.

»Mein Bruder und ich haben uns kurzfristig entschlossen, ein wenig Urlaub zu machen. Also werden wir einen Monat einfach so durch die Gegend reisen.«

»Ich verstehe.« Jay bemerkte etwas Schlangenhaftes an Amos' Benehmen. Das war ihr in Peters nie aufgefallen. Sein fröhliches Lächeln und sein Enthusiasmus konnten nicht über die Kaltblütigkeit in seinen verlogenen Augen hinwegtäuschen. Jay war sicher, daß dieser ›Amos‹ nicht derjenige war, für den er sich ausgab. Vor ihr saß ein Mann, der andere Menschen ausnutzte, ein kleiner, hinterlistiger Bastard. Was wollte er von ihr und Sophie? Jay bezweifelte keinen Augenblick, daß es Ärger geben würde.

Amos erzählte von den Sehenswürdigkeiten, die er und sein Bruder bereits besichtigt hatten. Jayjay hörte ihm nur mit halbem Ohr zu.

Magie. Irgendwie hat Amos etwas mit dem Buch zu tun, und *genau deswegen* sind auch wir mit *ihm* verbunden.

Ein unangenehmer Gedanke.

»... *wunderbar* ... Ich bin ja so froh, daß Sie einverstanden sind!« rief Amos. Der Ton seiner Stimme verriet Jay, daß sie gerade etwas sehr Wichtiges versäumt hatte. Die ganze Zeit über hatte sie nur höflich mit dem Kopf genickt, ohne ihm richtig zuzuhören, und jetzt hatte sie einen Fehler gemacht.

»Ich sage sofort meinem Bruder Bescheid, daß Sie einverstanden sind. Er wird sich sehr darüber freuen, den morgigen Tag in so reizender Gesellschaft zu verbringen. Wir werden alle Sehenswürdigkeiten besichtigen und vielleicht ein oder zwei Restaurants ausprobieren ...« Amos hielt kurz inne, um Luft zu holen, und wartete auf eine Reaktion.

»Nun ...« begann Jayjay und starrte ratlos an die Decke. Wie komme ich da wieder raus? dachte sie. Sie wandte sich wieder Amos zu und lächelte. »Wir haben heute den ganzen Tag im Sattel verbracht, und im Augenblick wollen wir nicht mehr, als morgen bis in den Nachmittag hinein zu schlafen. Anschließend hatten wir eigentlich einen Besuch auf dem Markt geplant, um uns die hiesigen Waren anzusehen. Ich war wohl ein wenig voreilig.

Warum verschieben wir das Ganze nicht auf einen anderen Tag?«

Amos wirkte enttäuscht. »Ich fürchte, wenn es morgen nicht klappt, werden wir gar keine Gelegenheit mehr dazu bekommen.«

»Wir wollten einige Tage hier verbringen«, log Jay.

»Wollten wir?« Sophie klang überrascht. Jay hatte gar nicht bemerkt, daß sie der Konversation gefolgt war.

»Natürlich wollten wir das«, sagte Jayjay und versetzte ihrer Freundin erneut einen kräftigen Tritt gegen das Schienbein. Sophie hatte sich einen absolut unpassenden Zeitpunkt ausgesucht, um in die Unterhaltung zu platzen. »Wir wollten uns genug Zeit nehmen, um die Aptogurria und die Festungen zu besichtigen ... besonders Kewimell. Übermorgen wollten wir dann ein Boot mieten und auf dem See herumfahren.«

»Ich kann Ihnen Zugang zur Aptogurria verschaffen«, erklärte Amos. »Das Innere ist wesentlich interessanter als das Äußere, aber man muß wissen, an wen man sich wegen einer Besichtigung wenden muß.«

»Haben wir denn Zeit für das alles?« erkundigte sich Sophie, die Jayjays Wink nicht verstanden hatte.

»Ja, natürlich.« Jay warf ihrer Freundin einen mörderischen Blick zu und formte mit ihren Lippen das Wort ›Nein‹.

»Oh«, sagte Sophie und nickte. »Stimmt. Du hast recht. Wir haben Zeit dafür.« Sie lächelte kurz und beschäftigte sich wieder ihrem Essen.

Amos blieb hartnäckig. »Wirklich? Da wir uns schon mal getroffen haben, wäre es wirklich schade, wenn wir nicht wenigstens einen Tag zusammen verbringen könnten.«

»Ein ganzer Tag ist absolut unmöglich.« Jayjay blieb hart. Plötzlich kam ihr eine Idee. »Wie wäre es, wenn wir uns am späten Nachmittag treffen würden? Sagen wir um vier?«

Amos grinste. »Phantastisch. Es wäre ein Verbrechen, eine solche Gelegenheit ungenutzt zu lassen. Also dann, bis morgen um vier. Das heißt, falls ich Sie nicht zufällig vorher auf dem Markt treffen sollte.« Ich wette, genau das hast du vor, du Bastard, dachte Jayjay.

»Also dann bis morgen«, sagte Amos und erhob sich. Am anderen Ende des Saales verfolgten die beiden Gorillas jede seiner Bewegungen.

»Wir werden eine wunderbare Zeit miteinander verbringen, ganz sicher«, erwiderte Jayjay.

Amos stieg über die Bank und stand im Begriff zu gehen, als er sich plötzlich noch einmal umdrehte. »Nebenbei ... wo wohnen Sie?«

»Hier.« Das Wort schlüpfte Jay durch die Lippen, aber sie hatte keine Zeit gehabt, um sich eine passende Lüge auszudenken.

»Ja, natürlich. Sie würden bestimmt nicht hier essen, wenn Sie nicht auch hier wohnen würden. Der Speisesaal steht nur den Gästen des Wythquerin Zearn offen. Und welche Zimmernummer, wenn ich fragen darf?«

Jayjay und Sophie tauschten besorgte Blicke aus. »Ich habe nicht die leiseste Ahnung«, erwiderte Jay schließlich. »Ein kleiner Mann hat uns durch eine Art Labyrinth geführt und erklärt, wir müßten nur läuten, falls wir etwas benötigten. Ich glaube nicht, daß ich unser Zimmer ohne Hilfe finden könnte ... oder auf die Straße ... selbst wenn mein Leben davon abhängt.« Sie grinste. »Mein Orientierungssinn ist miserabel.«

Amos lachte leise in sich hinein. Jay bemerkte einen Ausdruck in seinem selbstgefälligen Gesicht, der ihr ganz und gar nicht gefiel. »Dann werde ich wohl doch bis morgen auf unser Wiedersehen warten müssen.«

Jayjay zuckte entschuldigend die Schultern und schenkte ihm ihr freundlichstes Lächeln. »Das fürchte ich auch.«

Als er gegangen war, beugte sich Jay zu ihrer Freundin und flüsterte: »Hast du irgendwas zum Schreiben dabei?«

Sophie beobachtete Amos, der wieder zu seinem ursprünglichen Platz schlenderte. Sie hatte die Augen zusammengekniffen und zog ein mißtrauisches Gesicht. »Was? ... hmmmm ... ja.« Nachdem Amos sich wieder gesetzt hatte, begann Sophie in der Gürteltasche zu kramen, die sie immer bei sich trug. Einige Augenblicke später hatte sie einen gelben Textmarker, einen Kugelschreiber, zwei Füller, ein Stück Kreide und mehrere Bleistifte hervorgezaubert.

Jay blickte ihre Freundin verblüfft an. »Toll. Was hast du sonst noch da drin?«

»Von allem etwas«, erwiderte Sophie in selbstgefälligem Tonfall.

»Das glaube ich dir aufs Wort.«

Sophie konzentrierte sich wieder auf ihr Essen. Mit gesenktem Kopf und leiser Stimme fragte sie: »Was hast du vor? Irgend etwas Hinterhältiges, nehme ich an.«

Jay verstand Sophies Wink und gab vor, sich ebenfalls mit ihrer Schüssel zu beschäftigen. »Darauf kannst du wetten. Ich will eine Spur legen, damit wir den Ausgang aus diesem Labyrinth finden«, sagte sie. »Gegen vier Uhr morgen nachmittag sind wir schon weit weg, wenn wir uns im Morgengrauen aus dem Staub machen.«

Sophie neigte den Kopf ein wenig zur Seite. »Das klingt nach einer hervorragenden Idee. Dein ... *Freund* ... war mir nicht gerade sympathisch.«

»Er ist ein Fiesling ... und ein Lügner. In Peters war mir das noch nicht klar, aber jetzt.«

»Ist es wirklich derselbe Kerl?«

»Mit Sicherheit. Und irgendwie hängt er mit drin. Mein Instinkt sagt mir, daß er uns noch Schwierigkeiten bereiten wird.«

Sophie blickte ihre Freundin ernst an. »Unsere Instinkte stimmen überein.«

Kapitel Zwanzig

Hyultif saß im tiefsten Teil seiner unterirdischen Behausung und beobachtete *Ihre Hoheit*, die voll und ganz mit ihren Intrigen beschäftigt war. Dort oben im Turm konnte sie ihren Gedanken freien Lauf lassen. Falls sie sich dazu entschließen sollte, ihn auszuspionieren, wäre Hyultif noch im selben Augenblick tot. Aber Faan blickte nicht in seine Richtung und würde es auch nicht tun – jedenfalls nicht in nächster Zeit. Er hatte ihr genug zu denken gegeben.

Hyultif sehnte den Tag herbei, an dem die Aregen wieder über Glenraven herrschen würden. Wenn die Zeit reif war, würde er Faan zerschmettern ... genau wie sie es mit seiner Familie, seinem Volk und seiner Zukunft gemacht hatte.

Hyultif studierte noch einmal die Omen. Eine tiefgreifende Veränderung stand kurz bevor. Sie würde derart gründlich sein, daß sie entweder die korrupte Schutzherrin und ihre Alfkindaar hinwegfegen oder ihre Herrschaft für weitere tausend Jahre festigen würde. Mit Sicherheit wußte Hyultif nur eines, nämlich *daß* es eine Veränderung geben würde. Das war so sicher wie der Sturm, der auf die ersten fernen Donnerschläge folgte ... aber es gab keine Garantie dafür, daß die Dinge sich zugunsten Hyultifs und der wenigen überlebenden Aregen entwickeln würde, die sich dem Zugriff der Schutzherrin entzogen hatten.

Hyultif starrte noch eine Weile auf die kalten, verhaßten Gesichtszüge seiner *Mutter*. Dann berührte er den Rand der magischen Glocke, die in einem Gestell auf dem Tisch ruhte, und ein gleißendroter Blitz schoß über die metallene Oberfläche. Als das Feuer erloschen war, blickte Hyultif in die Augen seines Mentors.

»Du bist ein großes Risiko eingegangen, indem du mich gerufen hast.«

Hyultif nickte. »Ja. Aber ich besitze die Information, nach der du verlangt hast. Von Tag zu Tag geraten die Felder immer mehr in Bewegung, bekommen Risse und werden unzuverlässiger. Trotzdem glaube ich, daß die Prophezeiungen für dich von Nutzen sein werden.« Hyultif hielt seine Aufzeichnungen vor die Glocke, und sein Mitverschwörer kopierte rasch Wort für Wort.

Der Andere nickte erfreut. »Solch gute Nachrichten sind das Risiko wert ... aber wir dürfen unsere Chance nicht einfach vorüberziehen lassen, Junge. Wir *dürfen* nicht. Wir werden keine zweite mehr bekommen.«

»Ich weiß.« Hyultif seufzte. »Wann kann ich meinen Posten hier verlassen?«

Der Andere knurrte verwirrt. »Wenn wir gesiegt haben, Junge.«

Kapitel Einundzwanzig

Ich kann das nächste sehen.« Jayjay leuchtete mit ihrer Taschenlampe auf das kleine, mit gelber Kreide gemalte ›X‹ ein paar Meter entfernt. Sie schlich vorsichtig durch den Korridor, nachdem sie das letzte ›X‹ wieder entfernt hatte, an dem die beiden Frauen vorbeigekommen waren. Sophie folgte ihr. Sie lauschte auf jedes Geräusch, um frühzeitig zu erkennen, ob man ihre Flucht bemerkt hatte.

»Wie weit ist es noch?« fragte sie.

Jay zuckte mit den Schultern. »Keine Ahnung ... es scheint eine Ewigkeit zu dauern. Aber schließlich war es auch sehr weit bis in den Speisesaal.«

Stimmt, dachte Sophie. Die Angst, daß man sie entdecken könnte, drückte auf ihre Stimmung.

Wird es hier geschehen? fragte sie sich. Ist das der Augenblick, vor dem mich meine Vorahnung gewarnt hat? Werde ich heute morgen sterben?

Für den Fall, daß irgend jemand vorbeikommen und sie nach einem Grund für ihren Aufenthalt in der Halle fragen würde, hatten sich die beiden Frauen eine Geschichte ausgedacht ... sie wollten erklären, daß sie auf dem Weg wären, die Aptogurria zu besichtigen. Sophie hoffte, daß sich ihre Befürchtungen als unbegründet erweisen würden. Vielleicht war Amos Baldwell wirklich nur ein einfacher, wenn auch aufdringlicher Buchhändler. Sophie klammerte sich an den Gedanken, daß hinter seinem Aufenthalt in Glenraven nichts Schlimmeres steckte als die Entscheidung des hiesigen Fremdenverkehrsamtes, das Land für den Tourismus zu öffnen.

Die beiden Frauen hatten den größten Teil der Nacht über Jays Entdeckungen diskutiert, wilde Hypothesen aufgestellt und waren schließlich erschöpft eingeschlafen.

Sophie behagte der Gedanke an Magie überhaupt nicht, und sie beabsichtigte bestimmt nicht, den Helden zu spielen. Langsam erwachte Heimweh in ihr. Vielleicht war es daheim in Peters doch nicht so schlecht, wie sie immer gedacht hatte. Vielleicht war dieser Trip ins Mittelalter gar keine so gute Idee gewesen.

»*Ja!*« Jay wandte sich grinsend um. Ihre Zähne leuchteten weiß im ersten Licht der Morgendämmerung. »*Der Speisesaal!* Wir sind schon fast draußen.«

Sophie zitterte sowohl aus Furcht als auch wegen der morgendlichen Kühle.

Als die beiden Frauen in die große Halle schlichen, hörten sie Stimmen hinter der Tür, die ins Foyer führte. Eine von ihnen klang nach Amos, ein tiefer, dynamischer Bariton. Eine sehr ungewöhnliche Stimme. Wenn man sie einmal gehört hatte, vergaß man sie so schnell nicht wieder. Sophie blickte fragend ihre Freundin an. Die Stimmen kamen immer näher.

»Sie kommen hierher«, flüsterte Sophie.

Jayjay atmete tief durch und sah sich nervös um. »Unter den Tisch.«

Sophie tauchte unter den Tisch und kauerte sich zwischen den unförmigen Beinen einer der kleinen Bänke zusammen. In Glenraven schien man keine Tischdecken zu kennen. So konnten die Frauen bloß hoffen, daß niemand auf die Idee kommen würde, einen Blick nach unten zu werfen.

Jayjay hatte sich ein Stück weiter vorne versteckt. Sie hatte sich auf alle viere niedergelassen und verhielt sich vollkommen still. Sophie murmelte ein Gebet.

Die Tür öffnete sich, und Amos Baldwell betrat den Raum. Einige bewaffnete Männer in der Uniform des Wythquerin Zearn folgten ihm. Amos erteilte einen scharfen Befehl. Seltsamerweise verstand Sophie seine Worte, obwohl Amos Galti sprach. Das zerstörte auch noch ihre letzte Hoffnung, daß Amos nichts weiter als ein gutmütiger Buchhändler aus ihrer Heimatstadt war, der das Land als Tourist bereiste.

Sophie machte sich ganz klein und hielt die Luft an. Bitte, sieh nicht zu uns! *Bitte, bitte,* schau nicht nach unten!

Die beiden Frauen sahen nur die Stiefel der Männer, als sie mit klirrenden Sporen an ihrem Versteck vorbeistapften ... erst zwei, dann vier, acht, zwölf.

»... eadennil nrembe ta doshi Julie Bennington ve Sophie Cortiss besho terdelo meh. Condesheldil trehota ve berdo becco ...«

Die Männer hatten Jay und Sophie nicht gesehen. Sie waren ohne anzuhalten weitergegangen.

Doch einer der Männer hatte die Namen der beiden Frauen genannt. Jay wechselte einen vielsagenden Blick mit Sophie. »Wir hatten recht«, flüsterte sie.

Sophie nickte.

Jayjay kroch unter dem Tisch hervor und reichte Sophie die Hand, um ihr aufzuhelfen. »Wir stecken wirklich in Schwierigkeiten. Lestovru, das Buch, Amos und die Magie ...« Jay blickte sich vorsichtig um. Ihr Gesicht schimmerte blaß in der Dunkelheit.

Vorsichtig öffnete Jayjay die Tür zur Eingangshalle. Die Türflügel bewegten sich lautlos auf gut geölten Scharnieren. Das schrecklich dekorierte Foyer war vollkommen leer.

»Da steckt doch keiner in den Rüstungen, oder?« flüsterte Sophie.

»Ich hoffe nicht. Wenn doch, dann sind wir geliefert«, erwiderte Jayjay.

Sophie sah sich und Jayjay im Geist bereits als Leichen – verscharrt auf irgendeinem Misthaufen in einer fremden Burg. Niemand würde je wieder etwas von ihnen hören. Ganz egal, wie engagiert ihre Familie und ihre Freunde auch nach ihnen suchen würden. Glenraven würde seine Grenzen kein weiteres Mal öffnen. Es würde die beiden Frauen verschlingen. Sie würden einfach aufhören zu existieren und nicht einmal einen Fußabdruck hinterlassen. Sophie folgte ihrer Freundin durch die große Halle und die massive Tür ins Freie.

»Wo geht's zu den Ställen?« fragte Jay.

Sophie deutete nach vorn. »Dahinten – jedenfalls hat das Kind die Pferde dorthin geführt.«

Jay und Sophie hielten sich dicht neben der Hauswand, um jede Deckung auszunutzen. Im Osten wurde es langsam heller, und Sophie wünschte, sie hätten sich schon ein oder zwei Stunden früher auf den Weg gemacht. Die beiden Frauen hätten zwar nicht erfahren, wie meisterhaft Amos die Landessprache beherrschte, aber sie wären längst weit genug weg gewesen, *bevor* die aufgehende Sonne ihre Flucht verraten konnte.

Die Ställe lagen ein gutes Stück abseits vom Hauptgebäude. Dort herrschte noch immer tiefe Dunkelheit. Alles war mucksmäuschenstill. Sophie schätzte, daß es noch eine Weile dauern würde, bis die Stallknechte kamen, um die Pferde zu füttern.

»Renn einfach geradeaus und halt den Kopf unten«, sagte Jay und deutete auf die Ställe. »Die tiefsten Schatten liegen dort drüben.«

Sophie nickte und folgte ohne Widerspruch den Anweisungen ihrer Freundin. Sie kannte sich zwar mit Pferden aus, aber Jay, die es bereits in die entlegensten Winkel der Erde verschlagen hatte, besaß die besseren Instinkte, wenn es ums Überleben ging.

Die beiden Frauen schlichen über den Hof, kletterten über einen Zaun und standen vor dem Stall. Kein Hund bellte, und kein Diener trat aus der Dunkelheit, um ihnen den Weg zu versperren. Die Stalltüren standen weit offen. Der süßliche Geruch von Heu und Hafer erinnerte Sophie an ihre tote Tochter. Tränen stiegen ihr in die Augen. Was macht das alles noch für einen Sinn? fragte sie sich. Konnte sie wirklich einfach so nach Hause gehen, als wäre nichts geschehen? Karen war tot ... *nicht mehr da!* Sophie dachte ans Aufgeben. Vielleicht bedeutete der Tod gar keine so schlechte Alternative ...

... aber dann wäre Jay ganz auf sich allein gestellt, und ihre Freundin war nicht bereit zu sterben. Ich darf Jay jetzt nicht im Stich lassen, dachte Sophie. Sie mußte weiter – für Jay. Es war ihre Pflicht.

Jayjay lehnte sich erschöpft gegen eine Box und atmete tief durch. »Jetzt müssen wir nur noch die Pferde satteln und machen, daß wir von hier verschwinden.«

»Wenn die Tiere sowieso alle aus dem gleichen Gestüt kommen, dann können wir uns direkt die ersten vier schnappen«, erklärte Sophie.

»In diesem Teil der Welt werden Pferdediebe wahrscheinlich immer noch gehängt«, widersprach Jayjay.

»Das ist das geringste Problem«, erwiderte Sophie.

Jay dachte einen Augenblick darüber nach und stimmte schließlich zu. »Zeit ist im Augenblick wichtiger. Also ... werden wir Pferdediebe.«

Jayjay führte zwei Pferde aus ihren Boxen und band sie am Tor fest. Dann rannte sie in die Sattelkammer und kehrte kurze Zeit später mit einem Sattel und der dazugehörigen Schabracke wieder zurück. Sie warf die Decke über eines der Tiere, legte den Sattel darüber und zog den Gurt fest. Sophie bemerkte, wie das Pferd tief einatmete und den Bauch aufblähte. Jayjay schien es nicht bemerkt zu haben.

»Geh ein Stück mit ihm auf und ab, und zieh den Gurt noch mal fest, bevor du in den Sattel steigst«, sagte Sophie.

Jayjay, die gerade das Zaumzeug holen wollte, wandte sich um. »Warum?«

»Das hier hat sich dafür entschieden, seinen Gurt auf der Reise locker zu tragen ... im Gegensatz zu dir.«

Jayjay musterte das Pferd. »Ich wünschte, ich hätte mein Fahrrad noch, du lebender Gulasch.« Das Tier zuckte mit den Ohren und warf Jayjay einen verächtlichen Blick zu.

Sophie hatte die Hufe geprüft, ihr Pferd gesattelt und aufgezäumt, den Gurt festgezogen, die Satteltaschen beladen und ausbalanciert, bevor Jay ihr Tier auch nur dazu gebracht hatte, das Gebiß zu akzeptieren. Jay hob den Kopf und sah, wie Sophie bereits ihr Packpferd aus dem Stall führte. Sie stieß einen frustrierten Seufzer aus.

»Mir tut das alles sehr leid, Sophie. Ich hätte niemals zugelassen, daß du mitkommst, wenn ich das mit den Pferden gewußt hätte.«

»Ich weiß«, erwiderte Sophie lakonisch. Sie zog die Zügel ihres Packpferdes durch einen der Metallringe im hinteren Teil des Sattels und knotete sie fest. »Ich weiß. Mach dir keine Vorwürfe. Ich habe mich ja selbst eingeladen ... und wie du siehst, komme ich ganz gut zurecht.« Das entsprach zwar nicht der Wahrheit, aber Sophie wollte Jay nicht noch mehr beunruhigen. Sie seufzte und half ihrer Freundin, die immer noch Probleme mit ihren Satteltaschen hatte, das Packpferd herzurichten.

Ein paar Minuten später saßen die beiden Frauen auf ihren Tieren und warteten. Uniformierte Männer rannten geschäftig über den Hof und versperrten den Weg in die Freiheit. Inzwischen hatte sich die Sonne über die Berggipfel am östlichen Horizont geschoben, und das Wythquerin Zearn war erwacht. Zum Glück schien niemand die beiden Fremden zu bemerken, die sich ein wenig abseits der morgendlichen Betriebsamkeit im Schatten der Ställe verbargen.

»Wie kommen wir bloß hier raus?« fragte Sophie nervös. Wenn sie nur ein paar Minuten früher aufgebrochen wären, dann hätten sie das Wythquerin Zearn bei Tagesanbruch schon weit hinter sich gelassen.

Plötzlich läuteten überall in der Stadt die Glocken. Die uniformierten Männer riefen unverständliche Worte und rannten in Richtung Hauptgebäude ... zum Frühstück.

Jay konnte sich ein leichtes Lächeln nicht verkneifen. »Das war unsere Rettung.«

Sophie stöhnte.

Die beiden Frauen ritten aus dem Stall und über den menschenleeren Hof; dann ging es die Straße hinunter.

Kapitel Zweiundzwanzig

Hyultif folgte der Machnaan-Dienerin ins Frühstücks-zimmer der Herrin. Faan hob den Kopf und lächelte ihm selbstgefällig zu. Sie wußte, daß Hyultif die verlangten Informationen beschafft hatte, sonst hätte er nicht gewagt, seiner ›Mutter‹ unter die Augen zu treten.

Faan nahm das Tablett an sich, das ihr die hagere Machnaan anbot, und scheuchte das Mädchen hinaus. Sie stellte ihr Frühstück auf den Tisch und lüftete die silberne Frischhalteglocke. Es gab hartes braunes Brot, einige reife Beeren, etwas Käse, Wein und fast rohes Fleisch – perfekt. Das plötzliche Verschwinden des Kochs, der sich bei Faan über die Arbeitsbedingungen beschwert hatte, wirkte auf die Motivation des Küchenpersonals offensichtlich wie ein Wunder. Faan schnitt eine große Scheibe Brot ab und belegte sie mit etwas Käse. Dann wandte sie sich an den geduldigen, unterwürfigen Hyultif. »Was hast du herausgefunden?«

Hyultif hockte sich vor ihre Füße und legte die Schnauze in ihre Hand – eine Angewohnheit, die er aus seiner Kindheit beibehalten hatte. Der Rückfall in kindliches Verhalten, bedingt durch das Verlangen nach Trost, beunruhigte Faan wesentlich mehr als die Tatsache, daß sie in einem schwarzen Spiegel ihr Gesicht bis auf die Knochen zerfressen gesehen hatte.

»Der Tod reitet auf zwei Pferden, Mutter«, erklärte

der Aregen sanft, während seine Schnauze noch immer in ihrer Hand ruhte. »Er kommt von einem Ort jenseits des Bekannten und bringt Zerstörung für Euch und die Euren.«

»Sprich nicht in Rätseln.«

»*Magier*. Machnaan-Magier, mächtiger, als ich es zu beschreiben vermag, reiten herbei, um Euch zu zerstören.«

»Bist du ganz sicher?«

»Die Omen waren noch nie so deutlich. Ich bin absolut sicher.«

»*Magier!*« Faan spießte ein Stück Fleisch auf ihren Dolch, schob es zum Mund und biß hinein. Sie hatte befohlen, daß man ihr zum Frühstück nur Fleisch von Machnaan-Kindern vorsetzte, die nicht älter waren als zehn Jahre; aber dieses Fleisch hier stammte offensichtlich von einem wesentlich älteren Jungen – die Muskeln waren zu fest und bereits ein wenig faserig. Vielleicht sollte sie den Machnaan-Köchen ihren Standpunkt doch noch einmal genauer erklären. Faan war sicher, daß sie sie verstehen würden.

Die Schutzherrin dachte einen Augenblick über Hyultifs Bericht nach. »Glenravens Magie wird täglich schwächer. Gleichzeitig bleibt meine eigene Macht immer gleich. Die Magie meiner Feinde ist mittlerweile so weit geschrumpft, daß ich mir deswegen keine Gedanken mehr zu machen brauche. Es gibt niemanden, der mir ebenbürtig wäre.« Faans Miene verfinsterte sich. »Deine Befürchtungen scheinen mir übertrieben zu sein; trotzdem besagen die Omen, daß eine Gefahr existiert. Wie ist das möglich?«

»Diese Zwei sind irgendwie ... *frisch*. Sie haben eine neue Quelle von Magie entdeckt. Sie sind stark genug, Euch zu vernichten.«

»Nun gut.« Faan schloß die Augen und dachte nach. Ihre Wächter entzogen Glenraven die Magie, wenn sie auf Nahrungssuche gingen. Sie selbst benötigten keine Magie. Die Wächter gelüstete es statt dessen nach den Seelen ihrer Opfer. Alle Magie, die sie ihrer Beute entzogen, übertrugen sie auf Faan. »Du hast also das Problem gefunden. Wie steht es mit der Lösung?«

»Die Zeichen stehen schlecht. Vielleicht gibt es keine Lösung. Unsere Hoffnung ist dünner als der Faden einer Spinne.« Hyultif blickte seine Herrin an und fügte mit leiser Stimme hinzu: »Aber Spinnfäden sind stark, Mutter, und wir können uns immer noch an diese Hoffnung klammern.«

Faan nickte. Hyultifs melodramatische Rede hatte sie verärgert. Sie wußte, daß sie stärker war als alles, was sich ihr entgegenstellen mochte. Trotzdem hatten Hyultifs Worte sie beunruhigt – sie fürchtete sich sogar. Wütend riß Faan ein weiteres Stück aus dem Fleisch und spülte es mit einem kräftigen Schluck Wein hinunter. »Sag mir genau, was du herausgefunden hast ... und ohne Umschweife«, befahl sie. Faan war angenehm überrascht, daß der scharfe Ton ihrer Stimme nur nach Verärgerung klang und nicht nach ... *Furcht!*

»Schickt Eure Jäger aus, um die Magier herzubringen, wo ihr sie zuerst untersuchen und dann zerstören könnt. Die Zeichen sind klar und deutlich. Ihr müßt Euch den Vorboten Eurer Vernichtung stellen und mit ihnen sprechen.«

»Und wie sollen meine Jäger sie finden?«

»Ich werde euch den genauen Zeitpunkt und den Ort mitteilen, sobald die Zeichen günstig stehen – haltet nur Eure Jäger bereit.«

»Ich werde Bewul sofort damit beauftragen, eine Gruppe zusammenzustellen.«

Hyultif schüttelte energisch den Kopf. »*Nein*. Nein, nein, nein. Mutter – Ihr müßt den Verräter Metthwyll auf die Jagd nach ihnen schicken. Ihr müßt so tun, als würdet Ihr ihm vertrauen und ihn über Bewul stellen. Macht ihn für eine Weile zu Eurem Liebling. Nur durch seine Handlungen könnt ihr hoffen, sowohl ihn selbst als auch die Machnaan-Magier in Eure Hand zu bekommen.«

Faan blickte Hyultif finster an. »Ich soll tun, als würde ich Metthwyll vertrauen? Das gefällt mir ganz und gar nicht. Metthwyll ist ... unberechenbar.« Sie seufzte. Hyultifs Ratschläge hatten sich bis jetzt immer als richtig erwiesen. »Na gut. Metthwyll wird die Jäger anführen. Was sonst?«

»Nichts. Haltet Eure Jäger nur in Bereitschaft, so daß sie jederzeit aufbrechen können. Ich werde die Omen studieren und Euch informieren, sobald die Zeit zum Handeln gekommen ist.«

»Das hast du gut gemacht, mein liebes Kind.« Faan bedachte Hyultif mit einem geheuchelten Lächeln. Eines Tages würde sie ihn den Wächtern übergeben und seine Magie für sich beanspruchen. Hyultifs Wahrsagekunst leistete ihr gute Dienste, aber er bedeutete eine Gefahr. Nur Hyultif allein wußte, daß sie noch immer verwundbar war. Wenn Hyultif jemals auf den Gedanken kommen sollte, sich diese Information zunutze zu machen, dann konnte er Faan ernsthaft schaden. Es war besser, ihn zu vernichten, bevor er die Gelegenheit dazu bekam.

»Wenn du hinausgehst, schick mir Bewul und Metthwyll. Ich habe beschlossen, Metthwyll mit einem Kommando zu ehren.«

Hyultif verbeugte sich und rieb erneut die Schnauze an ihrer Hand. Er fühlte sich offensichtlich geschmeichelt, daß Faan ihn nach all den Jahren wieder als ›ihr Kind‹ bezeichnet hatte. »Ihr seid unsere wahre Hoffnung, Mutter.« Hyultif blickte ehrfürchtig zu ihr hoch, und sein lippenloser Mund öffnete sich zu einem Lächeln, das seine messerscharfen Zähne deutlich hervortreten ließ.

Faan lächelte noch immer, als sie ihren Diener entließ. Im selben Augenblick, dachte sie, wo die Gefahr vorüber ist, werde ich deine Knochen zermalmen und dein widerliches, grinsendes Gesicht zu Brei zerstampfen, du kleines Monster.

Kapitel Dreiundzwanzig

Jay fühlte sich besser. Es war wesentlich leichter gewesen, aus Zearn herauszukommen, als aus dem Wythquerin Zearn. Die beiden Frauen hatten den gleichen Weg genommen, den sie am Tag zuvor hereingekommen waren. Niemand hatte sie aufgehalten. Die ersten Händler, die ihre Stände auf dem Marktplatz errichteten, hatten die beiden Reiter gar nicht bemerkt. Sie waren die einzigen Menschen, die Jay und Sophie innerhalb Zearns gesehen hatten. Auf den Feldern vor der Stadt übten Soldaten den Kampf zu Pferd und zu Fuß. Sie bekämpften sich mit Schwertern und Spießen und exerzierten in Schlachtformationen.

Die beiden Frauen hatten eigentlich gehofft, daß die kühle, frische Morgenluft sie vom Gestank der mittelalterlichen Stadt befreien würde, doch die morgendliche Sonne hatte die Luft noch nicht ausreichend erwärmt. Der Geruch von Fäkalien verfolgte sie weit über die Stadtgrenze hinaus.

Jay und Sophie begegneten zahlreichen Bauern aus der Umgebung, die mit ihren Waren in die Stadt zogen. Sie trugen Gemüse in großen, unförmigen Säcken oder trieben Vieh vor sich her, das sie auf dem Markt zu verkaufen hofften. Kinder in schäbiger Kleidung liefen den Erwachsenen hinterher. Die Gesichter und gebeugten Körper der Menschen waren ein unübersehbares Zeichen ihrer Ar-

mut und der zahlreichen Krankheiten, die das Leben ver-
kürzten. Das war ihr Los. Sie schwatzten miteinander,
lachten und freuten sich auf den Markttag, der sie für
kurze Zeit aus ihrem traurigen Alltag befreien würde.
Wenn Jayjay ihnen in die Augen blickte, dann sah sie
Hunger, Schmerz und dieselbe namenlose Furcht, die ihr
schon bei den Einwohnern Inzos aufgefallen war.

Diese Gesichter erschütterten Jays Ansichten über die
angeblich so unmenschlichen Nebeneffekte von Mecha-
nisierung und Industrialisierung. Angesichts dieses
Elends erschienen ihr die Probleme ihrer eigenen Welt geradezu lächerlich.

Für die meisten Menschen war das Leben im Mittelalter nicht voller Prunk und Ritterlichkeit gewesen. Die
Bauern, an denen die beiden Frauen vorbeiritten, bildeten
die Masse der Bevölkerung, und sie besaßen hängende
Schultern, graue Gesichter und verfaulte Zähne. Sie teilten ihre Häuser mit dem Vieh, pinkelten in Gräben, bade-
ten selten und aßen nur, wenn die Ernte Ratten, Vögel
und späten Frost überlebt hatte ... sonst blieben sie hungrig. Ihre Kinder starben scharenweise – genau wie sie
selbst.

Jay spürte das Bedürfnis, Glenravens Führer ausfindig
zu machen und ihnen Verstand einzuprügeln. Wie konnten sie zulassen, daß ihre Untertanen in derartigem Elend
lebten? Ihr Reiseführer hatte bei seinen farbigen Be-
schreibungen dieses mittelalterlichen ›Paradieses‹ nichts
von dem Leid erwähnt, auf dem es erbaut war.

Jay war wütend. Warum unternahm niemand etwas dagegen?

Die beiden Frauen erreichten das Ende der breiten Straße, die nach Zearn führte. Vor ihnen gabelte sich der Weg. Rechts ging es auf die Hauptstraße, die sie bereits gestern entlanggeritten waren, und links ging es tiefer nach Glenraven hinein.

Jay, die ein Stück weiter vorne ritt, wandte sich nach rechts. Die Straße führte nach Süden, zurück zum Tor, nach Hause und in Sicherheit – zurück zu Problemen, die sie verstehen konnte. Sophie hatte ihr gesagt, daß sie nicht mehr daran glaubte, lebend hier herauszukommen. Daß sie wahrscheinlich in Glenraven *sterben* würde. Jay war beinahe wahnsinnig vor Angst geworden.

»Aber ich möchte, daß du lebend zurückkehrst«, hatte Sophie erklärt. »Du bist noch nicht bereit zu sterben.«

Auf beiden Seiten der Straße erstreckten sich mit Wildblumen übersäte Getreidefelder. Bienen summten fröhlich umher. Die Sonne schien Verstecken zu spielen – mal tauchte sie zwischen den vorbeiziehenden Wolken auf, dann war sie wieder verschwunden. Als die beiden Frauen in einen Wald ritten, veränderte sich die Luft ringsum. Sie bewegten sich durch einen dunkelgrünen Tunnel, der aus den überhängenden Ästen der Bäume entstanden war. Die Sonne war jetzt nicht mehr zu sehen. Sie verlor ihre Kraft und übergab die Herrschaft über den Tag an ein merkwürdiges Zwielicht. Jay und Sophie fühlten sich beobachtet. Irgend etwas lauerte im Verborgenen – aber *was*?

»Jay?«

Jay erschauerte, als Sophies Stimme die unheimliche Stille durchbrach. »Was?«

»Sie sind hinter uns her.«

Jay sagte eine Weile überhaupt nichts. Ihr war klar, wovon Sophie sprach. »Ich weiß«, erwiderte sie schließlich. »Ich weiß. Aber ich weiß nicht, woher ich es weiß. Warum glaubst du, haben wir Amos getroffen? Warum ist unser Führer verschwunden? Was wollen sie von uns? Hast du eine Theorie?«

Sophie schüttelte den Kopf und blickte die Straße entlang. »Nein. Aber ich habe ein schlechtes Gefühl, was die Route betrifft, die wir gewählt haben. Hier werden sie als erstes suchen, weil es der kürzeste Weg zum Tor ist. Ich *fühle* es. Mein Herz rast wie verrückt, meine Kehle ist ausgetrocknet, und ich spüre ein merkwürdiges Jucken zwischen meinen Schultern, daß mir Angst und Bange wird.«

Jayjay nickte. »Ich bin auch nervös.« Nur noch vereinzelt kamen ihnen Menschen entgegen. Der Schatten der mächtigen Bäume war so tief, daß die beiden Frauen den weiteren Verlauf der Straße nicht mehr erkennen konnten. Der undurchdringliche Wald verschluckte jedes Geräusch. Jay haßte die Gegend. Sie und Sophie schienen allein auf der Welt zu sein.

»Vielleicht sollten wir zuerst die Straße nach Inzo nehmen, und von dort aus zum Tor weiterreiten«, schlug Sophie vor. »Dann müßten wir nicht durch diesen verdammten Wald.«

»Das hier ist immerhin eine Straße«, erwiderte Jay, der nichts Besseres einfiel. »Sie ist zwar dreckig und in keinem sonderlich guten Zustand; aber es ist der kürzeste Weg hier raus. Und das wollen wir doch, oder nicht?« Der Wald verschlang ihre Worte. Jay hatte den Eindruck, als habe sie nur geflüstert.

Sophie antwortete nicht, und Jay wußte nicht, was sie noch sagen sollte. Eine Weile ritten sie schweigend weiter. Die Finsternis wurde immer bedrückender. Jay dachte noch immer über Sophies Vorahnung nach, als sie plötzlich ein schwaches Geräusch vernahm und ihr Pferd zügelte. »Sophie, hör mal!«

Sophie hielt ebenfalls an, und die beiden Frauen lauschten angestrengt. Sophie erstarrte. Sie wendete ihr Pferd in die Richtung, aus der sie gekommen waren, und richtete sich im Sattel auf. »Dort hinten … Pferde, Jay! Eine ganze Menge … und sie kommen rasch näher.«

»Jetzt schon?«

»Jetzt schon. Ich hatte gehofft, unser Vorsprung wäre größer.«

Jayjay betrachtete den Wald ringsum. Auf der harten Straße waren die Spuren der Pferde kaum zu erkennen. Eine größere Gruppe Reiter würde auch noch den letzten Rest verwischen, wenn sie nur schnell genug vorbeiritten, um die frischesten Spuren zu übersehen. Falls man sie entdeckte, würden Jay und Sophie ihren Verfolgern wenigstens eine Jagd liefern, die den Namen wert war.

»In den Wald«, sagte Jay. »Wir warten, bis sie vorbei sind, und entscheiden dann, was wir als nächstes unternehmen.«

Sophie nickte.

Die riesigen Bäume standen weit auseinander. Es gab kaum Unterholz. Der Wald wirkte beinahe wie ein Park. Vlad Dracul, der Pfähler hätte sich hier heimisch gefühlt, dachte Jay. Nirgendwo schien es eine Versteckmöglichkeit zu geben. »Wir werden sehr tief hineinreiten müssen«, erklärte Jayjay. Die Frauen wandten sich den Bäumen zu.

Auf dem weichen Waldboden war selbst das leise *Klopp-Klopp* der Pferde nicht mehr zu hören. Das Schnaufen der Tiere und das gelegentliche Knarren der Ledersättel waren die einzigen Geräusche, die Jay und Sophie noch wahrnehmen konnten. Der große Abstand zwischen den einzelnen Bäumen erlaubte ihnen, die Pferde zu einem leichten Trab anzutreiben. Sie entfernten sich immer weiter von der Straße.

Nach einiger Zeit erreichten die beiden Frauen einen Punkt, von wo aus die Straße nur noch als schmaler, brauner Streifen zwischen hohen Bäumen zu erkennen war. »Sophie«, sagte Jay. »Ich glaube, das reicht. Wir werden sie von hier gerade noch so erkennen können. Vielleicht entdecken wir irgendeinen Hinweis, ob sie uns auf der Spur sind. Aber ich glaube nicht, daß sie uns sehen werden.«

Sophie stieg aus dem Sattel. Jay entschloß sich, auf ihrem Pferd zu bleiben, um besser sehen zu können.

Wenn sie die Situation von verschiedenen Blickwinkeln aus beobachteten, hatten sie wahrscheinlich größere Chancen, etwas zu entdecken. Außer dem leisen Rauschen des Windes in den Baumwipfeln war es vollkommen still – der Wald erstickte jedes Geräusch.

Jay und Sophie warteten ... lange, lange Zeit. Die Reiter waren wahrscheinlich doch noch weiter weg gewesen, als sie ursprünglich gedacht hatten. Gab es vielleicht mehrere Gruppen? Möglich ... oder vielleicht auch nicht.

Sophie deutete nach links, und Jayjay blinzelte durch die Bäume. Irgend etwas bewegte sich auf der Straße. Jay erkannte uniformierte Männer auf galoppierenden Pferden. Die ganze Straße war von einer bunten, sich bewegenden Masse bedeckt – ein Fluß aus Menschen. Als sich die Kolonne auf gleicher Höhe mit ihnen befand, hörten die Frauen auch wieder den Hufschlag. Er durchdrang die alles verschlingende Stille des Waldes und war beinahe so laut wie das Klopfen ihrer Herzen.

»O mein Gott!«

Jay blickte zu ihrer Freundin. Sophie starrte entsetzt auf die Straße und murmelte: »So viele? Und alle sind hinter *uns* her?«

Der Strom aus Reitern ebbte ab, wurde zu einem Plätschern und war schließlich verschwunden. Jayjay schauderte. »Wo sind wir da bloß reingeraten?«

»Schwierigkeiten.« Sophies Gesicht sagte mehr als nur das eine Wort. Es sagte: *Vielleicht war meine Vorahnung nicht ganz vollständig. Vielleicht wird keine von uns Glenraven lebend wieder verlassen.*

Jayjay hob das Kinn und zwang sich zu einem zuversichtlichen Lächeln. »Wir kommen hier schon irgendwie wieder raus.«

»Sicher.« Sophies leidenschaftslose Erwiderung drehte Jay den Magen um. Sie hatte genau das Gegenteil von dem gesagt, was sie eigentlich dachte.

Im Gegensatz zu Sophie war Jayjay noch optimistisch. Sie hatte die feste Absicht, zusammen mit Sophie lebend nach Hause zurückzukehren. Wenn sie es schon nicht fertigbrachte, daß Sophie daran glaubte – sie konnte es ja selbst kaum glauben –, dann würde sie nichtsdestotrotz zumindest alles *versuchen*. Und im Augenblick mußte sie dafür nicht mehr tun, als einfach weiterzureiten.

»Laß uns noch ein paar Minuten warten, bevor wir auf die Straße zurückkehren. Sie werden irgendwann bemerken, daß sie an uns vorbeigeritten sind –, und umkehren, und dann möchte ich ihnen nicht im Weg stehen. Sobald wir wissen, was uns erwartet, machen wir, daß wir fortkommen.«

»Ist gut.« Sophie lehnte sich an einen Baum. Die Zügel hatte sie locker um ihre Finger gewickelt.

Jay war sicher, daß Sophie ihre gespielte Zuversicht bemerkte, aber mehr konnte sie wirklich nicht tun. Sie machte es sich in ihrem Sattel bequem und lehnte sich zurück. Die Warterei konnte sehr, sehr lang dauern.

Überall surrten und summten Insekten. Jayjay lauschte dem Gesang der Vögel. Sie erkannte das Zwitschern der Spatzen und den Ruf einer Eule, die noch nicht zu Bett gegangen war.

Plötzlich juckte es wieder zwischen ihren Schulterblättern.

Jay schauderte und lauschte in den Wald hinter sich – nichts. Die Pferde blieben ruhig, und die üblichen Geräusche des Waldes wurden durch nichts Ungewöhnliches unterbrochen. Trotzdem fühlte Jay sich ... irgendwie beobachtet.

Das ist ja lächerlich, dachte sie. Ich benehme mich wie ein Idiot. Die Gefahr lauert auf der Straße – hier sind wir sicher. Doch Jays Nackenhaare sträubten sich.

Sophie blickte verängstigt zu ihrer Freundin. Ihr Atem ging immer schneller, und ihre Augen weiteten sich. Auch Sophie spürte es.

Hinter mir. Ich brauche mich nur umzudrehen, dachte Jayjay.

Für einen Augenblick fühlte sie sich wieder wie ein achtjähriges Mädchen, das sich ängstlich unter seiner Bettdecke verkroch, während der kalte Nachtwind in das Zimmer blies ... einen Augenblick lang war sie wieder acht Jahre alt und wußte, daß irgend etwas Unheimliches sie beobachtete. Ein Geist aus weißem Nebel, in der Gestalt einer Frau mit schrecklichen Zähnen und glühenden Augen. Warten ...

Das Gefühl verflog so schnell, wie es gekommen war.

Jay war wieder erwachsen und ließ sich nicht einschüchtern. Langsam wandte sie sich um, während sie sich einredete, daß da nur Bäume warteten.

Sie hatte recht.

Der Wald sah genauso aus wie vorher. Eine leichte Brise rauschte durch die Baumwipfel, und die Insekten summten. *Nichts!* Jayjay hätte sich eigentlich besser fühlen müssen, doch statt dessen wartete sie auf etwas, das sich hinter der parkähnlichen Fassade versteckt hatte ... auf etwas, das gerade außerhalb ihrer Sichtweite auf sie lauerte.

»Jayjay?«

Jay wollte antworten, doch obwohl sie den Mund bewegte, brachte sie keinen Ton hervor. Verängstigt blickte sie zu ihrer Freundin und sah, daß Sophie sich wieder in den Sattel geschwungen hatte. Angst stand in ihren Augen.

»Wir müssen hier weg«, sagte Sophie.

Jayjay nickte. Blankes Entsetzen hatte sie gepackt. Es war eine dumme Furcht. Im Wald waren sie sicher, versteckt vor den Gefahren, die hinter ihnen her waren. Es gab keinen Grund, Angst zu haben. Trotzdem *hatte* Jay Angst – aber vor *was?* Egal. »Los geht's.« Jay räusperte sich, um ihre Stimme wiederzufinden. »Wir können ja langsam reiten und auf die Soldaten achten.«

»Klingt gut.«

Die beiden Frauen setzten sich langsam in Bewegung. Jay hätte ihrem Pferd am liebsten die Sporen gegeben, wenn das nicht den peinlichen Eindruck einer panischen Flucht erweckt hätte.

Nachdem sie wieder eine Zeitlang über die Straße geritten waren, verflüchtigte sich die Furcht, bis nicht mehr als nur noch leichte Übelkeit von ihr übrig war. Sie hatten zwar noch immer Angst, doch die Panik hatte sich gelegt. Jay fühlte sich viel besser. Sie blickte zu ihrer Freundin, die ebenfalls wieder einen gefaßten Eindruck machte.

Sophie bemerkte Jays Blick und wandte sich zu ihr um. »Warum haben wir dahinten solche Angst gehabt?«

Jay seufzte. »Warum schreibt mein Buch seinen eigenen Text, Soph? Ich habe keine Ahnung.« Sie schwieg und lauschte dem Klappern der Hufe. Schließlich fügte sie hinzu: »Ich glaube nicht, daß ich es wissen will. Ich kann mir nicht helfen, aber ich bin der festen Überzeugung, daß irgend etwas Schreckliches dahinten gelauert hat. Es hat uns beobachtet und darüber nachgedacht, was es mit uns anstellen sollte. Vielleicht werde ich langsam paranoid, aber verdammt noch mal, ich will hier raus! Es tut mir leid, daß ich uns überhaupt hierhergebracht habe.«

Die beiden Frauen ritten schweigend nebeneinander, jede in ihre eigenen Gedanken versunken.

Eine Sache gab es noch, über die Jay nur zu gerne mit Sophie gesprochen hätte – doch es hatte nichts mit Glenraven zu tun.

Sie räusperte sich. »Sophie?«

Sophies »Hmmm?« klang wie das Summen der Bienen auf einem Feld voller Wildblumen.

»Was beunruhigt dich so?«

»Oh … nichts Besonderes. Das Übliche.«

Jayjays Blick verfinsterte sich. »Es ist mehr als das. Es hat irgend etwas mit dieser Person – *Lorin* – zu tun, nicht wahr? Die Person, die das Buch erwähnt hat.«

Sophie lächelte das unergründliche Lächeln der Mona Lisa und nickte.

»Ich möchte nicht aufdringlich sein, aber ich mache mir Sorgen um dich, Soph. Du hast über das Sterben gesprochen, als wäre es gar nicht so schlimm. Was ist mit dir?«

»Ich komme mir komisch vor. Ich bin nicht sicher, ob ich über etwas reden will, das ich noch nicht einmal selbst verstehe. Ich habe immer geglaubt, mich zu kennen. Ich meine … Mitch und ich haben uns immer geliebt, und wir beide haben Karen geliebt. Wir waren glückliche Eltern. Doch das war schon alles, was wir gemeinsam hatten, – *Karen*, ihre Fortschritte, den Spaß, den wir mit ihr hatten und die Freude, sie aufwachsen zu sehen. Jetzt, wo Karen tot ist, glaubt Mitch, wir müßten nur ein neues Kind bekommen, damit alles wieder wird wie früher. Für uns … zwischen uns. Aber es gibt Tage, da kann ich es nicht einmal ertragen, mit ihm im gleichen Haus zu sein, weil er Karen so ähnlich sieht … und weil er wie sie lacht … Jedesmal, wenn ich ihn ansehe, bricht die Wunde wieder von neuem auf.« Sophie spielte gedankenverloren mit den Lederzügeln und blickte in die Ferne. »Ich glaube, der einzige Weg, wie ich wieder frei atmen kann, ist alles hinter mir zu lassen, was ich jemals gewesen bin ... jemand anderes zu werden.

Und bei Lorin ... nun ... da gäbe es die Frage nach einem weiteren Kind nicht. Ich hätte nichts mehr, was mich noch an meine Vergangenheit erinnern würde. Trotzdem glaube ich, daß ich niemals wirklich gewußt habe, wer ich eigentlich bin ... und das paßt mir ganz und gar nicht.« Sophie verstummte. Eine Weile sagte keine der beiden Frauen ein Wort. Es war die Art von unangenehmer Stille, die das Knirschen der Sättel wie Schreien erscheinen ließ. Sophie stieß einen Seufzer aus und kaute auf ihrer Unterlippe.

»Vielleicht will er doch Kinder«, sagte Jay. »Männer ändern sich, wenn sie erst einmal verheiratet sind ... oder vielleicht auch nicht. Auf jeden Fall findest du erst hinterher heraus, wie sie wirklich sind.«

»Ich weiß nicht, was du von mir denken wirst, wenn ich dir das jetzt erzähle.«

Jay runzelte die Stirn. »Du bist meine beste Freundin. Nichts, was du sagst, könnte jemals etwas daran ändern.«

»Stimmt.« Schon wieder diese Platitüde, dachte Jay, die eigentlich genau das Gegenteil meinte. Sophie zuckte mit den Schultern. »Nun gut. Wenn wir lebend hier herauskommen und nach Peters zurückkehren sollten, dann wirst du es ja sowieso erfahren.« Sie seufzte. »Lorin ist eine Frau.«

Sophie hätte Jay nicht härter treffen können, wenn sie ihr einen Stein genau zwischen die Augen geschlagen hätte. »*Du willst lesbisch werden?*« kreischte sie.

Sophie blickte ihre Freundin verdutzt an und brach dann in schallendes Gelächter aus. Sie lachte eine ganze Weile weiter, und als sie endlich fertig war, standen Tränen in ihren Augen. »O Mann, Jayjay ... das liebe ich so an dir. Du bist immer taktvoll.«

»Lorin, mmmh?«

»Lorin ... das ist alles.«

Jay wußte nicht, was sie darauf erwidern sollte. Schließlich hob sie die Arme und zuckte resignierend die Schultern. »Das klingt jetzt vielleicht banal, aber ... o Gott ... ich hoffe, es ist das richtige für dich. Was auch immer ›das richtige‹ bedeuten mag.«

Sophie lächelte und schwieg. Jay bemerkte einen eigenartigen Ausdruck im Gesicht ihrer Freundin. *Vielleicht ist es genau das, was ›das richtige‹ bedeutet.*

Kapitel Vierundzwanzig

Yemus Sareiggien, der sich in Peters das Pseudonym Amos Baldwell zugelegt hatte, hob die Hand und bedeutete seinen Truppen anzuhalten. Er knurrte und starrte auf die kleine metallene Kugel, die in einem Drahtkäfig an seinem Sattelknauf befestigt war und ein beruhigendes Licht ausstrahlte. Es hatte sich nicht verändert, seit er und seine Männer entlang der Straße nach Reikstor ritten. Das verdammte Buch hätte sie eigentlich direkt zu den beiden Frauen führen müssen, wie ein Magnet. Die Kugel hätte heller scheinen sollen, wenn sie in die Nähe des Buches kam, und zu einem schwachen, rötlichen Flackern verblassen müssen, wenn sie sich wieder von ihm entfernte. Das verdammte Buch hätte Yemus direkt zu seinen Helden führen müssen.

Helden. Yemus hatte Lestovru, einen anständigen Mann und guten Soldaten, in den Tod geschickt, um die Ankunft seiner Helden in Glenraven geheim zu halten. Die Retter der Machnaan, die Retter der Magie – das Buch hatte sie dazu erklärt. Es hatte sie ausgewählt. Das verdammte Buch hatte ihn nach Peters, North Carolina, geführt, weit weg von seiner Heimat. Seine Herstellung hatte die gesamte Magie seines Volkes erfordert, und sie hatten ihm alles gegeben, was sie besaßen. Die Machnaan hatten es gerne getan, denn sie blickten dem Untergang in die Augen. Sie hätten für die Hoffnung auf Rettung alles getan, was Yemus von ihnen verlangte.

Er hatte den Zauber mit äußerster Vorsicht gewirkt. Yemus hatte ein Artefakt geschaffen, das die Form eines unleserlichen Buches besaß. Also hatte er den letzten Rest seiner magischen Energie noch dazu benutzt, einen Sprachenzauber zu wirken und entdeckt, daß das Buch sich in einen Reiseführer verwandelt hatte, wie ihn die Menschen der Außenwelt verwendeten. Von diesem Augenblick an hatte das Buch seine weitere Vorgehensweise diktiert. Yemus hatte es aus Glenraven herausschaffen und über das Meer bringen müssen. Er hatte einen Ort finden müssen, wo er es ausstellen konnte – er würde spüren, wenn er einen solchen Ort erreicht hatte. Das Buch hatte Yemus befohlen, es auf ein Regal zu stellen, wo es sich sofort in eines der anderen unscheinbaren Bücher verwandelt hatte. Dort war es für lange Zeit geblieben ... und hatte gewartet. Yemus wußte, daß in der Welt, die er zurückgelassen hatte, Freunde starben und die Magie langsam immer weiter abnahm, während er mit dem Buch beschäftigt war.

Als das verdammte Buch endlich seine – zugegebenermaßen merkwürdigen – Helden gefunden hatte, war Yemus in dem Wissen nach Hause geeilt, daß das Buch von nun an auch ohne ihn zurechtkommen würde. Daheim hatte sich inzwischen alles verändert. Sein Vater war gestorben, und seine Mutter war wegen Hochverrats von Faan Akalan eingesperrt worden. Sein Bruder, der noch ein kleines Jüngelchen gewesen war, als Yemus das Land verlassen hatte, war zu einem großen, starken und verbitterten Mann herangewachsen. Er blickte seinem älteren Bruder in die Augen und sagte: »Wo warst du, als man Mutter abgeholt hat? Wenn du unser Geburtsrecht nicht für einen Traum verkauft hättest, dann besäßen wir noch genug Magie, um sie zu retten.«

Und jetzt sah es ganz danach aus, als hätte Torrin recht behalten. Das Buch spielte mit Yemus. Es versteckte sich, machte mit der Sucherkugel, was es wollte, und verspottete ihn.

Yemus fragte sich, ob das Buch ihn nicht bereits früher schon verspottet hatte. Vielleicht hatte sich Glenravens Magie gegen die Machnaan gewandt und sie an die Alfkindaar verraten. Er fragte sich, ob seine ›Helden‹ nicht die Vorboten seiner eigenen Zerstörung waren.

»Zurück«, befahl er seinen Männern. »Wir werden langsam reiten und nach Spuren Ausschau halten, die in den Wald führen. Sie können unmöglich bis hierher gekommen sein, und irgend etwas hat den Zauber der Kugel gebrochen.«

Einige der Männer küßten Amulette, die sie um den Hals trugen. Andere blickten in den Himmel und murmelten Gebete. Der Rest saß mit stoischer Ruhe auf den Pferden. Keiner bettelte darum, umkehren zu dürfen. Yemus hatte den Männern erklärt, daß die Helden diesen Weg genommen hatten, und die Krieger würden ihm in die Arme der Wächter folgen, falls es nötig wurde. Sie wußten, daß sie sich auf der Straße durch den Wald der Wächter befanden, aber sie wußten auch, daß sie die letzte Hoffnung der Machnaan verfolgten. Sie würden niemals aufgeben.

Kapitel Fünfundzwanzig

Eines der Pferde wieherte, und auf der Straße vor ihnen ertönte eine Antwort. Die beiden Frauen starrten gebannt in die Dunkelheit des Waldweges. »Da kommt jemand.«

»Sie?«

»Vielleicht.«

»Zurück in den Wald.« Jayjay blickte in die Tiefen des Waldes und bemerkte, wie Sophie erschauerte.

»Uns bleibt keine andere Wahl.« Sophies Blick verfinsterte sich. Ihr war übel.

Die beiden Frauen ritten hintereinander in den Wald und beschleunigten zu einem leichten Trab. Sophie überlegte, ob sie sich nicht besser den Männern stellen sollten, die ihnen auf der Straße folgten, statt wieder in die unheimliche Stille des Waldes zurückzukehren. Die Bäume schienen Augen zu besitzen. Irgendwo in diesem Wald lauerten Wesen, die nur auf ein Zeichen warteten, um aus ihren Verstecken zu stürzen und die beiden Frauen zu verschlingen. Sophie war fest davon überzeugt, daß diese Bedrohung nicht nur Einbildung war. Trotzdem ... nichts zu sehen.

Hinter ihr rief ein Mann mit aufgeregter Stimme. Kurz darauf erscholl eine vielstimmige Antwort. Sophie und Jayjay blickten zurück. Lebhafte bunte Flecken bewegten sich durch die Bäume auf sie zu.

»Scheiße«, brüllte Jay.

Das Wort sagte alles. Sophie gab ihrem Pferd die Sporen, galoppierte los und raste an Jay vorbei. Dank ihrer langjährigen Erfahrung bei Fuchsjagden war sie eine exzellente Geländereiterin. Wenn sie weiter hoffen wollten, ihren Verfolgern zu entkommen, ohne sich dabei den Hals zu brechen, mußte sie die Führung übernehmen. »Mir nach, Jay«, rief sie im Vorbeireiten.

Sophie konzentrierte sich ausschließlich auf das Gelände vor ihr, und schon bald zahlte sich diese Konzentration aus. Die beiden Frauen durchquerten das Labyrinth aus Bäumen ohne größere Probleme. Die meiste Zeit über ritten sie in langsamem Galopp. Nur zweimal mußten sie aufgrund des Geländes im Schritt weitergehen. Die Verfolger blieben immer weiter zurück. Sophie war überrascht. Eigentlich hatte sie erwartet, daß die Soldaten schneller sein würden. Schließlich kannten sie das Gelände. Doch wenn sie wirklich einen derartigen Vorteil besaßen, dann nutzten sie ihn nicht. Sophie war fast überzeugt, daß sie entkommen würden, als der Weg plötzlich von dichtem Unterholz versperrt wurde. Die beiden Frauen hatten den Waldrand erreicht, und vor ihnen erstreckte sich wildes Buschland. Jay entdeckte eine Art Trampelpfad, und die beiden Frauen folgten ihm in einem leichten Bogen bis zum Ufer eines kleinen, schnell dahinfließenden Flusses. Es war schon nach Mittag. Sophie hatte gar nicht bemerkt, wie die Zeit verstrichen war, bis sie und Jay aus dem Wald heraustraten und die Kühle unter den Bäumen einer angenehmen Wärme wich. Sie wollte nach einem Platz Ausschau halten, wo sie sich im Unterholz verstecken konnten. Der Sonnenschein auf ihrer Haut fühlte sich wunderbar an ... und das Gefühl, beobachtet zu werden, war verschwunden.

»Sie können nicht weit sein«, sagte Jayjay. Sie richtete sich im Sattel auf und sah den Fluß hinunter, während ihr Pferd seinen Durst stillte.

Sophie blickte den Weg zurück, über den sie gekommen waren. Die Soldaten waren noch immer weit entfernt, aber sie näherten sich stetig. Sophie ließ auch ihr Pferd trinken. Sie riskierte zwar eine Kolik, weil die Tiere verschwitzt waren, aber vielleicht bot dieser Fluß für längere Zeit ihre letzte Gelegenheit, die Pferde zu tränken.

Nachdem die Pferde ihren Durst gestillt hatten, führte Sophie die Tiere wieder zurück auf den Weg. Später, dachte sie. Später könnt ihr so viel trinken, wie ihr wollt ... wenn wir dann noch leben.

»Sophie?« In Jays Stimme schwang Panik. Sophie schnürte es die Kehle zu. »Was ist das?«

Sophie folgte Jays Blick – in die Richtung, aus der sie gekommen waren. Sie sah nichts ... dann merkte sie, daß Jay ein Geräusch gemeint hatte. Das Rauschen des Waldes hatte sich verändert. Sophie hörte die weit entfernten Stimmen von Männern. Sie klangen verängstigt. Und über den verzweifelt geschrienen Kommandos hörte sie ...

»Wind«, sagte Sophie und runzelte die Stirn. »*Im Wald?*«

Um sie herum herrschte vollkommene Windstille, aber aus Richtung der Bäume war deutlich das Geräusch von Wind zu vernehmen. Es ergab keinen Sinn. Wind konnte es nur auf freiem Feld geben. Er konnte unmöglich in einen derart dichten Wald eindringen. Er *konnte* nicht.

Der Wind wurde immer heftiger. Das leise Rauschen wurde von kräftigeren Böen unterbrochen. Es klang wie Jammern.

Ein Mann schrie auf.

Die Pferde traten unruhig auf der Stelle und starrten zum Wald. Sie rollten mit den Augen und legten die Ohren an. Was auch immer dort vor sich ging, es beunruhigte auch die Tiere. Ein schlechtes Zeichen.

»Ich denke, wir sollten uns auf den Weg machen«, sagte Jay.

Sophie stimmte zu ... aber dann fiel ihr Blick auf einen Schwarm Glühwürmchen, der sich durch den Wald bewegte. Sie flogen ungefähr in Kopfhöhe. Es war eine regelrechte *Schicht* aus Glühwürmchen – wie ein fliegender Teppich, wunderschön ... leuchtendes Gold und blasses Grün, das durch die Dunkelheit glitt. Sie funkelten wie Sterne, die vom Himmel gefallen und auf der Erde wiederbelebt worden waren. Sophie wollte, wollte, *wollte* zu ihnen laufen, sie sehen, berühren, mit ihnen verschmelzen ...

Plötzlich packte eine Hand wie eine Adlerklaue nach ihrem Arm, und Sophie schreckte aus ihren Träumen hoch. »Wir müssen los ... *jetzt!*« drängte Jay.

Sophie nickte traurig. Sie fühlte sich noch immer von diesem zauberhaften Licht angezogen. Ihr war elend zumute, nachdem ihre Freundin sie wieder in die Realität zurückgeholt hatte. Jay führte die Pferde in das niedrige Wasser des kleinen Flusses, und Sophie folgte ihr.

Einen Augenblick später wurde das Schreien zu einem fürchterlichen Jaulen. Inzwischen schrie nicht mehr nur ein einzelner Mann, sondern Dutzende. Sie heulten und kreischten ... und manche lachten. Sie lachten – ein verrücktes, verwirrtes, glückliches Lachen. Sophie wußte, daß sie Zeugin eines Todeskampfes wurde. Diese Männer würden niemals mehr irgendwohin gehen. Sie waren dem Untergang geweiht.

Das Licht – Licht so lieblich wie die magische Schleppe Cinderellas in ihrem märchenhaften Gewand – das Licht, das Sophie verzaubert und verführt hatte, hätte auch sie getötet, wenn sie sich ihm genähert hätte. Davon war sie fest überzeugt.

Die beiden Frauen ritten durch das steinige Flußbett, so schnell sie konnten, und als das Schreien endlich verstummt war, hielten sie an.

Sophie ritt neben ihre Freundin und blickte ihr in die Augen. Sie sah ein Spiegelbild ihrer eigenen panischen Angst. Keine der Frauen sprach ein Wort. Dann ritten sie weiter – immer stromaufwärts. Jay und Sophie verhielten sich so still wie möglich und warteten ängstlich auf das leise Geräusch des Windes. Ihre Augen suchten die baumbestandenen Ufer nach dem Licht ab – dem Licht, das sie töten würde.

Werde auch ich von diesem ... *Ding* getötet werden? fragte sich Sophie. Sie erschauerte. Der Gedanke an das Ende ihrer irdischen Existenz war ihr in den letzten Tagen gar nicht mehr so schlecht vorgekommen. Aber Sophie hatte den Tod nie wirklich akzeptiert. Sie hatte ihn einfach nur als eine Gelegenheit gesehen, ihren Problemen zu entfliehen. Sie hatte gehört, wie die Männer gestorben waren. Ihr wurde übel, wenn sie nur daran dachte. Sophie empfand zwar noch immer keine Freude am Leben, aber sie war auch nicht mehr bereit, ihren eigenen Tod mit derselben Gleichgültigkeit wie früher zu akzeptieren.

Kapitel Sechsundzwanzig

Yemus zählte die Männer, die den Rückzug überlebt hatten – zweiunddreißig. Von 178 Männern, die er wegen ihrer Fähigkeiten, ihrem Kampfgeist, ihrer Furchtlosigkeit und ihrem Gehorsam ausgewählt hatte, waren zweiunddreißig übriggeblieben. Er konnte nicht an die Freunde denken, die er verloren hatte. Verschlungen von ...

Er konnte überhaupt nicht mehr denken. Sein Verstand kehrte immer wieder zu dem zurück, was er gesehen hatte. Zu *den Wächtern*. Yemus' Gehirn weigerte sich, diesen Alptraum zu akzeptieren, weigerte sich, an das grausame Schicksal zu denken, das seine Männer ereilt hatte. Er war erst bis zum Waldrand vorgedrungen, als seine Männer ihre Furcht verloren und wie verrückt zu lachen begonnen hatten. Anstatt vor der formlosen Höllenbrut zu fliehen, waren sie genau darauf zugeritten. Nur zweiunddreißig Männer waren seinem Befehl gefolgt. Sie hatten ihren Pferden die Sporen gegeben und waren geflohen ...

... wie Feiglinge. Wir alle sind Feiglinge, dachte Yemus. Wir haben unsere Freunde einfach im Stich gelassen, unsere Brüder. Haben sie diesem ... diesem ...

... aber dann wären auch sie gestorben, jeder einzelne von ihnen. Außerhalb des Waldes drehten Yemus und seine Männer um und warteten. Sie beteten, daß einige von denen, die ihnen nicht sofort gefolgt waren, doch noch entkommen konnten. Es kam niemand. Die Männer warteten eine Stunde und riefen immer wieder in den Wald hinein. Und noch eine weitere Stunde ... betend.

Dann ritten sie zurück nach Zearn.

Yemus mußte seinen erneuten Fehlschlag Torrin melden.

»Sie sind zu den Kin übergelaufen«, fauchte Torrin. »Deine *Helden* sind zu den Kin gegangen. Sie haben sich mit *ihr* und ihren verfluchten Wächtern verbündet. Wir gaben dir unsere Seelen, jeder von uns ... jeder Mann, jede Frau und jedes Kind in Glenraven. Wir gaben dir all unsere Magie, und du hast uns Verräter gebracht.«

»Wir wissen nicht, ob die Helden nicht ebenfalls getötet wurden. Immerhin befanden auch sie sich im Wald, und noch dazu ein ganzes Stück vor uns. Vielleicht waren sie die ersten Opfer.«

»Dann befinden sich unsere Seelen, unsere Magie und unser Talisman in den Händen der Kin? In *ihren* Händen? Sollen wir niederknien und demütig auf unseren Untergang warten?« Torrin warf seinen Bruder zornig hinaus.

Yemus stieg die Stufen zur Zauberkammer auf der Spitze der Aptogurria hinauf.

Ich wollte sie hier hinauf führen, dachte er. Ich wollte ihnen erklären, wie sehr wir sie brauchen, wie sie uns dabei helfen sollten, die Schutzherrin und ihre Wächter zu besiegen. Ich wollte ihnen alles erklären ... alles.

Und was, wenn sie sich wirklich mit den Kin verbündet haben?

Sein Verstand ermahnte ihn, logisch zu denken. Wie konnten sie Verbündete Faan Akalans sein? Jayjay Bennington und Sophie Cortiss hatten nur eine Nacht in Glenraven verbracht, bevor er sie gefunden hatte. Natürlich wußte Yemus nicht, *wo* sie diese Nacht verbracht hatten, aber es schien mehr als unwahrscheinlich, daß Faan und ihre Wächter die beiden aufgegriffen hatten, nachdem sie von ihrer geplanten Reiseroute abgewichen waren. Faan konnte nicht bemerkt haben, daß sie Fremde waren ... daß die beiden Frauen *die* Fremden waren, die ihren Untergang herbeiführen sollten. Faan hätte die beiden Frauen *und* den Talisman unmöglich in so kurzer Zeit ihrem Willen unterwerfen können, bevor sie sie wieder auf den Weg schickte, damit sie am nächsten Tag in Zearn sein konnten.

Der Teil von ihm, der seine besten Männer verloren hatte – Männer, die in der letzten großen Schlacht hatten kämpfen sollen –, war anderer Meinung.

Yemus erreichte das Ende der langen Treppe und betrat die Zauberkammer. Die Nachmittagssonne schien auf die Blattgoldauflage der Kuppel, und Spiegel, die extra aus diesem Grund vor den Fenstern angebracht waren, warfen das goldene Licht auf den Zauberkreis, der im Ebenholzfußboden eingelassen war.

Yemus begab sich in die Mitte des Kreises und legte die Hände auf das Symbol des Suchens. Die Oberfläche des Symbols war von den Händen all derer blankpoliert worden, die vor ihm hier gewesen waren – Kin-Zauberer, die die Aptogurria erbaut hatten, und Machnaan-Magier, die die Stadt von den Alfkindaar erobert hatten. Unendlich viele Geisterfinger griffen durch die Zeit und verbanden Yemus mit diesen anderen Magiern.

Wir waren immer nur auf der Suche, dachte Yemus. Auf der Suche nach Dingen, von denen wir fürchteten, sie niemals zu finden. Wir suchten nach Mut, nach Hoffnung und nach dem Versprechen auf ein besseres Leben. Jeder von uns war auf der Suche. Wir suchten, bis wir selbst die Knochen der Erde abgenutzt hatten ... und trotz all unserem Suchen haben wir verdammt wenig gefunden.

Yemus fragte sich, ob er und seine Vorgänger nicht vielleicht nach Antworten auf die falschen Fragen gesucht hatten.

Er versuchte, Jayjay und Sophie mit seinem geistigen Auge zu sehen, und verbannte Zweifel und Furcht aus seinem Kopf. Jayjay und Sophie. Jayjay und Sophie.

Nach wenigen Sekunden zeichnete sich eine Vision ab. Die beiden Frauen ritten durch einen flachen Fluß zwischen buschbewachsenen, leicht ansteigenden Ufern. Zu beiden Seiten erblickte er Wald – endlosen, unberührten Wald. Yemus kannte den Fluß. Die beiden Frauen mußten darauf gestoßen sein, als sie ihren Verfolgern zu entgehen versucht hatten.

Das waren alle Beweise, die Yemus benötigte. Verdammt, sein Bruder hatte recht gehabt. Jay und Sophie lebten noch – das hätte er ihnen verzeihen können, wenn sie irgendwie bewiesen hätten, daß sie immer noch seine Helden waren. Aber daß sie lebten und außerdem vollkommen unbehelligt mitten durch *ihr* Gebiet ritten, durch die Jagdgründe ihrer Wächter ... jeder Mann, der *das* sah und nicht die Schwere ihres Verrats und die darausfolgenden Konsequenzen erkannte, verdiente genau den Tod, der mit Sicherheit auf Yemus zukam.

Yemus mußte das Buch zurückholen. Koste es, was es wolle. Er hoffte, bei dieser Gelegenheit auch Jayjay und

Sophie in die Finger zu bekommen, um sie wegen Verrats an den Machnaan hinrichten zu können. Aber wenn die beiden Frauen das Artefakt Faan gaben, könnte sie – nein, *würde* sie (warum sich mit Worten selbst betrügen?) – die Machnaan bis auf den letzten Mann ausrotten.

Kapitel Siebenundzwanzig

Sophie und Jay ritten immer weiter. Zuerst nach Osten, dann nach Südosten, wieder nach Osten und schließlich nach Norden. Sie hielten nicht an und machten keine Pause, und obwohl das Tor im Südwesten lag, kamen sie ihm langsam näher.

Sie ritten einfach weiter.

Die Schatten wurden bereits länger. Wir stecken in ernsthaften Schwierigkeiten, dachte Sophie. Wir hätten schon längst eine Straße, eine Brücke, ein Haus oder zumindest einen Acker sehen müssen ... irgend etwas. Aber während der ganzen Reise entlang des Flusses hatten die beiden Frauen kein Zeichen entdeckt, daß außer ihnen noch jemand auf diesem Planeten lebte, nicht einmal die freundlichen, weißen Kondensstreifen eines Jets am Himmel.

Langsam wurde es dunkel. Die Nacht war nicht mehr weit, und nachts verbarrikadierten sich die Einwohner Glenravens in ihren befestigten Städten und verschlossen die Türen, weil ein namenloser Schrecken in der Nacht lauerte.

Jayjay hielt an.

»Was ist los?« Sophie ritt neben ihre Freundin und zügelte ihr Pferd.

»Die Zeit läuft uns davon. Wir haben immer noch keinen Platz gefunden, wo wir die Nacht verbringen können.«

Sophie hatte eigentlich gehofft, Glenraven bereits vor Einbruch der Dunkelheit zu verlassen, aber inzwischen hatte sie diese Hoffnung aufgegeben. Vielleicht würden sie ein Gasthaus finden. Sophie wünschte sich nichts sehnlicher als ein Einzelzimmer mit einem Riegel vor der Tür und massiven Fensterläden. Sie war nicht mehr wählerisch. Ihr war egal, ob sie ihr Bett mit allem möglichen Viehzeug teilen mußte.

Jayjay sah schlecht aus. »Wir können wohl nicht mehr damit rechnen, einen Platz zum Übernachten zu finden. Außerdem wird es rasch dunkel. Wenn wir so weitermachen, dann müssen wir unser Lager in der Finsternis aufschlagen und unsere Vorbereitungen treffen, ohne zu sehen, was wir eigentlich tun.«

»Vorbereitungen?« fragte Sophie.

»Ich weiß nicht«, erwiderte Jayjay. »Es wäre natürlich toll, wenn wir noch genug Zeit hätten, um ein paar Fallen aufzustellen; aber wahrscheinlich bleibt uns nichts anderes übrig, als genug trockenes Holz zu sammeln, damit das Feuer nicht ausgeht.«

Sophie nickte. Jayjay war rational und praktisch. Sie steckten in großen Schwierigkeiten, und keine von ihnen hatte Anlaß zu der Hoffnung, daß sich ihre Lage in absehbarer Zeit bessern würde. Sie mußten alles Menschenmögliche tun, um sich zu schützen, solange sie Gelegenheit dazu hatten.

Wo Leben ist, da ist auch Hoffnung, dachte Sophie und erinnerte sich daran, daß sie seit Karens Tod nicht mehr gehofft hatte.

Na ja, vielleicht doch ein klein wenig, dachte sie.

Mit zunehmender Dunkelheit fühlten sich die beiden Frauen wieder beobachtet. Sie fanden einen geeigneten Lagerplatz am Ufer. Es war zwar keine richtige Lichtung, aber die Bäume waren hoch und alt, und der Schatten ihrer dichten Wipfel hatte den Waldboden vor jedem Bewuchs bewahrt. Jay und Sophie begannen sofort, ihr Lager vorzubereiten. Sie warfen ihre Taschen an die Stelle, wo sie das Zelt aufschlagen wollten, und banden die Pferde fest. Als die beiden Frauen begannen, Feuerholz zu sammeln, war die Furcht wieder zu einem physischen Druck geworden.

Die Pferde waren erschöpft. Sie mußten abgerieben, gestriegelt und gefüttert werden, damit sie sich ausruhen konnten. Unter normalen Umständen hätte sich Sophie zuerst um die Tiere gekümmert. Unter *normalen* Umständen. Aber jetzt fühlte sie sich von den unsichtbaren Augen des Waldes beobachtet. Die Pferde mußten warten.

Jayjay und Sophie blieben dicht beieinander, während sie in der näheren Umgebung ihres Lagerplatzes trockenes Holz aufsammelten. Keine von beiden sprach ... bereits der Klang ihrer eigenen Stimme erschreckte Sophie.

Sie stapelten das Feuerholz neben ihrem Zeltplatz. Sophie schlug vor, noch einmal in den Wald zu gehen, damit sie wirklich genug Holz beisammen hätten. Jayjay stimmte zu.

Als sie erneut durch den Wald stapften, blies ein sanfter Wind gegen Sophies Wange. Sie erstarrte, und das Herz schlug ihr bis zum Hals.

»Wind, Jay«, flüsterte sie.

Jay hob den Kopf. Sie suchte die gesamte Umgebung ab – den Wald, das Ufer, einfach alles. Der Tag neigte sich endgültig seinem Ende zu, und die letzten Sonnenstrahlen wurden von der Finsternis des Waldes verschluckt. Jay war leichenblaß, und ihre Augen wirkten wie die schwarzen Höhlen eines Totenschädels. Sie räusperte sich – es klang mehr wie ein nervöses Husten, irgendwie ... erstickt. »Vielleicht war es wirklich nur eine leichte Brise«, sagte sie. »Vielleicht haben wir abgeschüttelt, was auch immer die Soldaten getötet hat.«

»Vielleicht«, erwiderte Sophie mißtrauisch.

»Trotzdem glaube ich nicht, daß wir noch mehr Holz brauchen. Laß uns Feuer machen.«

»Ja«, stimmte Sophie zu. Sie rannten beladen mit Holz zurück zum Lager.

Sophie hob eine kleine Grube aus und füllte sie mit

Holz, während Jayjay ihr Gepäck nach Streichhölzern durchsuchte. Sophie fand einen der kleinen Grillanzünder, die sie mitgenommen hatte. Sie haßte es, wenn sie hungrig war und das Feuer nicht in Gang kam. Deshalb hatte sie einem solchen Fall vorgebeugt. Noch nie in ihrem Leben war sie so froh gewesen, alles bis ins letzte Detail geplant zu haben. Innerhalb von zehn Minuten flackerte ein munteres Feuer in der kleinen Grube. Die rötliche Flamme wurde rasch größer und verbannte die Dunkelheit hinter einen Kreis aus Licht.

Sophie atmete tief durch. Der angstvolle Druck wurde ein wenig schwächer, als sie in das warme, vertrauenerweckende Licht blickte.

»Sollen wir weitermachen?« fragte Jay.

»Ich kümmere mich um die Pferde, während du das Zelt aufschlägst«, erklärte Sophie.

Jay nickte. »Wir könnten etwas Wasser zum Kochen gebrauchen.«

»Wir können kalt essen.« Der Fluß war zwar nicht sonderlich weit und nach dem einzelnen kurzen Luftstoß hatte der Wind sich wieder gelegt, doch selbst die Aussicht auf ein warmes Essen konnte Sophie nicht dazu bewegen, daß sie sich aus dem ungewissen Schutz des kleinen Feuers entfernte. Sophie befreite die Pferde von ihrem Zaumzeug und legte es auf einen Stapel neben dem Zelt. Dann rieb sie die Tiere ab, striegelte sie und kratzte die Hufe aus. Die Pferde hatten in den letzten Stunden ausreichend Gelegenheit gehabt, aus dem Fluß zu trinken, so daß sie die Nacht ohne Wasser verbringen konnten. Schließlich gab Sophie noch Hafer in die Futterkörbe und befestigte sie an den Halftern.

Während Sophie die letzten Handgriffe erledigte, hatte Jay das Zelt aufgebaut und das Gepäck verstaut. Jetzt saß sie am Feuer, hielt ihre Campingpfanne auf dem Schoß und schnitt kleine Streifen Frühstücksfleisch hinein.

»Willst du was?« fragte sie.

»Mit Vergnügen. Die Konserven wiegen bestimmt eine Tonne.«

»Ich hab' nur eine einzige mitgenommen ... und noch eine mit geräuchertem Lachs. Ich hab' damit gerechnet, daß eine Zeit kommt, in der ich mich nach den Annehmlichkeiten der Heimat sehnen würde – und da ich nicht wußte, wie man einen kompletten Supermarkt transportiert ...«

»Aber ausgerechnet *Frühstücksfleisch*?«

Jay zuckte mit den Achseln. »Mir schmeckt's. Verklag mich doch.«

Sophie und Jay saßen vor dem Zelt, starrten ins Feuer, und der Geruch des schmorenden Fleisches, das in der kleinen Pfanne brutzelte, ließ ihnen das Wasser im Mund zusammenlaufen. Sophie besaß einen großen Vorrat an getrockneten Früchten und Keksen, die sie zu dem Mahl beisteuerte. Jede hatte ihr eigenes Campinggeschirr. Die beiden Frauen aßen schweigend und starrten in die tanzenden Flammen. Sie warteten auf ein Zeichen ... und warteten.

Am westlichen Horizont glitzerten die Sterne. Im Osten wurde die Nacht vom bleichen Licht des aufgehenden Mondes erhellt. Sophie hörte den Ruf einer Eule, das Summen der Insekten und das Rauschen des kleinen Flusses. Kein Windhauch bewegte die süßlich riechende Luft. Nirgendwo war das Flackern der seltsamen Glühwürmchen zu erkennen.

Die Pferde verhielten sich ruhig. Sie standen mit gesenkten Köpfen da und wedelten sich gegenseitig mit den Schweifen die Insekten aus dem Gesicht.

»Wenigstens eine von uns sollte schlafen«, sagte Jay.

Sophie hatte sich so sehr auf die Geräusche außerhalb des Lagers konzentriert, daß Jays Stimme sie ebenso erschreckte, als hätte jemand direkt neben ihrem Ohr einen Schuß abgefeuert. Sie sprang hoch und blickte entsetzt zu ihrer Freundin. »Mein Gott, Jay, du hast mich fast zu Tode erschreckt.«

»'tschuldigung. Ich hab' nur laut gedacht.«

Sophie spürte, wie ihr Herzschlag sich beruhigte. Sie atmete tief durch. »Ich weiß. Eine von uns muß auf das Feuer aufpassen und sich um die Pferde kümmern ... und so weiter.«

»Wenn du willst, übernehme ich die erste Wache«, erklärte Jay.

Sophie schnaubte. »Nach diesem Adrenalinschub glaube ich nicht, daß ich jetzt schlafen könnte. Also kann ich genausogut die erste Wache übernehmen. Du kannst dich hinlegen.«

Jay lächelte dankbar – und es war ehrlich gemeint. Sophie beobachtete ihre Freundin, während sie ins Zelt kroch. Sie hörte das Rascheln, als Jay in ihren Schlafsack krabbelte. Jayjay – der ultimative Morgenmensch – benötigte ihre acht Stunden Schlaf mehr als jeder andere, den Sophie kannte. Trotzdem würde sie fähig sein, ihre Wache zu übernehmen ... vielleicht. Sophie hielt es für das Beste, sie gegen zwei oder drei Uhr zu wecken. Dann war es schließlich schon Morgen, und Jay konnte den typischen Morgenmenschen spielen.

Sophie zog ihren eigenen Schlafsack aus dem Zelt und legte ihn hinter sich. Sie hockte mit angezogenen Beinen auf dem Boden und hatte die Arme um die Knie geschlungen. Sie legte das Kinn auf die Knie und starrte ins Feuer.

Sophie wollte nicht mehr über die Geräusche des Waldes und das immer wiederkehrende Gefühl des Beobachtetwerdens nachdenken. Solange die Pferde sich ruhig verhielten, gab es keinen Grund, nervös zu werden. Die Tiere würden eine Gefahr lange vor ihr bemerken. Nachtvögel glitten geräuschlos über das Lager hinweg. Ihre tiefen Schatten zeichneten sich gegen das Licht des Mondes ab. Fledermäuse flatterten vorbei, die Pferde dösten, und das Feuer knisterte beruhigend.

Sophie legte trockenes Holz nach. Es fing sofort Feuer, und nach kurzer Zeit brannte es in gleichmäßig rotgoldenem Licht. Einen Augenblick lang stellte Sophie sich vor, wie Mitch und Karen ihr gegenübersaßen – wie sie lachten und redeten, während sie Marshmallows über dem Feuer rösteten und lustige Lieder sangen. Sie lächelte. Sophie hatte schon eine Ewigkeit nicht mehr an diesen Ausflug zurückgedacht. Sie sah Karen, wie sie ihren Eltern auf einem umgestürzten Baumstamm gegenübergesessen hatte ... zehn Jahre alt und mit vorstehenden Zähnen, bevor sie ihre erste Zahnspange bekommen hatte. Ihre Augen hatten geleuchtet, als sie aus voller Kehle eines der lustigen Lieder angestimmt hatte. Es war ein fürchterliches Gegröle gewesen. Karen ... und Mitch ... und Sophie.

Sophie und Mitch hatten ihre Marshmallows geröstet, bis sie eine sanfte, goldbraune Farbe bekommen hatten. Karen hatte ihre ins Feuer geworfen und beobachtet, wie sie außen verkohlten. Dann hatte sie sie herausgefischt und das flüssig gewordene Innere getrunken. Karen war fest davon überzeugt gewesen, daß sie auf diese Weise besser schmeckten als auf jede andere. Mitch hatte einfach nur dagesessen, während seine Tochter ihn mit dem ekelhaften Zeug gefüttert hatte. Sein Gesicht war schwarz vor Holzkohle gewesen. Sophie hatte ihn ausgelacht, und weil sie gelacht hatte, hatte er sie in den Arm genommen und geküßt und das schwarze Zeug auch auf ihrem Gesicht verteilt. Karen hatte danebengesessen und gelacht.

Die Ohren der Pferde zuckten im Schlaf. Ihre Schweife wedelten träge hin und her. Sophie legte erneut Holz nach.

Es war ein guter Abend gewesen. Am nächsten Morgen waren sie aufgestanden und zum Fischen gegangen. Karen hatte ihre Würmer selbst befestigt und auch die Fische selbst vom Haken genommen. Dabei hatte sie darauf geachtet, den Haken möglichst vorsichtig aus dem knorpeligen Maul zu entfernen, damit kein Schleim an ihre Kleidung kam. Karen hatte die kleineren Exemplare wieder freigelassen und nur einen der beiden größeren behalten – als Frühstück. Als die Sonne den Morgennebel vertrieben hatte, hatten sie glücklich am Feuer gesessen und den Fisch verspeist.

Sie war so stolz auf sich gewesen ... und erst zehn Jahre alt.

Wenigstens hat Karen immer gewußt, wieviel sie uns bedeutet, dachte Sophie.

Eines der Pferde schnaufte, hob den Kopf und sah sich mit geblähten Nüstern um. Seine Ohren bewegten sich unruhig. Sophie beugte sich vor und lauschte, doch es war nichts zu hören. Die Nacht war vollkommen still. Das Pferd schien trotz seiner Wachsamkeit in keiner Weise beunruhigt zu sein, nur ... neugierig. Sie lehnte sich wieder entspannt zurück.

Sophie legte noch etwas Holz nach. Das Feuer brannte wieder etwas heller, und das freundliche Glühen beruhigte ihre Nerven.

Das Pferd verlor sein Interesse an was auch immer es gehört haben mochte. Es wieherte leise und senkte langsam den Kopf. Sophie schaute sich noch einmal um. Sie war dankbar für die Anwesenheit der Pferde. Sie waren gute Wachhunde. Im Falle eines Angriffs wären sie zwar wertlos, aber der Umstand, daß sie normalerweise die Beute anderer Tiere waren, machte sie sehr vorsichtig. Wenn sich irgend etwas Gefährliches dem Lager näherte, würden sie rechtzeitig Alarm schlagen.

Sophie lehnte sich wieder zurück und starrte ins flackernde Licht des Feuers ... und sah Karens Gesicht, Mitchs Gesicht. Karen. Mitch. Karen ...

Sophie wurde von einem verängstigten Wiehern geweckt. Sie war eingenickt. Nacken und Rücken taten ihr weh. Sie hatte im Sitzen geschlafen ... und zwar verdammt lange. Das Feuer, das vorhin noch so hell und freundlich geleuchtet hatte, war fast ausgebrannt. Hier und da züngelten noch ein paar Flammen, doch der größte Teil der Feuerstelle war nur noch von einer Schicht weißer Asche bedeckt. Selbst die dicksten Äste waren mittlerweile zu feinem Staub verbrannt.

Die Pferde zerrten unruhig an ihren Halftern, bäumten sich auf und schlugen mit den Köpfen. Der Wald ringsum bewegte sich auf das Lager zu – immer enger um den kleinen, verblassenden Lichtkreis – und starrte Sophie aus glühenden Augen an. Sie hörte, wie Wind durch die Wipfel rauschte und an den Ästen rüttelte. Durch die kleinen Öffnungen im Dach des Waldes konnte Sophie erkennen, daß der Himmel noch immer klar war – doch um sie herum erwachte ein Sturm.

Sophie erschauerte, und die Nackenhaare richteten sich auf. Als der Wind sie berührte, wußte Sophie, daß es kein richtiger Wind war. Es war das Ding, daß sie und Jay beobachtet hatte, als sie die Straße hinuntergekommen waren. Es hatte sie beobachtet, als sie in den Wald geritten waren. Beobachtet ... und gewartet. Es war purer Haß. Das Böse.

Und es hatte Hunger.

Das Feuer, dachte Sophie. Ich muß das Feuer wieder in Gang bekommen.

»Jay!« kreischte sie und griff nach den kleinsten Ästen, die sie finden konnte, warf sie in die Mitte der Feuerstelle und versuchte, sie mit den wenigen noch glühenden Holzstücken zu entfachen.

»Jay!« Sophie durchwühlte ihr Gepäck und zog einen weiteren Anzünder hervor.

»*JAYYY!* Wach auf!« Sie schob die Zweige zu einem Haufen zusammen und sah erleichtert, wie sie Feuer fingen.

»Um Himmels willen, Jayjay, wach auf! *Sie kommen!*« Sophie vernahm das Knistern von Zweigen und legte einige größere Holzstücke nach. Das Feuer brannte noch immer klein und matt.

Jayjay kroch mit geschwollenen Augen aus dem Zelt. »Was?« murmelte sie, immer noch im Halbschlaf.

Der Wind wuchs zu einem Heulen an. Die Pferde gerieten in Panik. Sie bäumten sich auf, rissen an den Stricken, mit denen sie festgebunden waren, und drohten durchzugehen. Wenn sie sich nicht bald wieder beruhigten, würden sie sich losreißen.

»*O mein Gott!*« schrie Jayjay. Sophie sah zu ihrer Freundin, um sich zu vergewissern, daß sie wach war.

»Komm! Hilf mir bei den Pferden!«

Die Pferde waren mehr als nur verängstigt. Sie waren hysterisch. Im selben Augenblick, als Jay und Sophie die Tiere erreichten, riß sich eines los und galoppierte in die Dunkelheit. Die anderen drei wieherten und schnaubten wie von Sinnen und rissen heftig an ihren Halftern.

Sophie kümmerte sich um die beiden, die ihr am nächsten standen, und versuchte sie zu beruhigen. Sie trat langsam näher und redete mit leiser Stimme auf die Tiere ein. Beide Pferde bleckten die Zähne und legten die Ohren an. Eines bäumte sich auf, um mit den Vorderhufen nach Sophie zu schlagen.

»Sophie ...« Jay zog sich von den Pferden zurück. »Soph! Zum Feuer. *Schnell!*« Jayjay war in Panik.

Sophie wandte sich um und rannte zurück in die fragwürdige Sicherheit am Rand des Feuers. Wieder einmal mußten die Pferde hinter ihren eigenen Interessen zurückstehen.

Jayjay deutete in die Dunkelheit. Funkelnde Lichter umkreisten den Rand des Lagers. Es war kein ›Teppich‹, wie sie ihn tags zuvor gesehen hatten.

Jayjay funktionierte zwei der dickeren Äste zu Fackeln um und gab ihrer Freundin eine davon. »Besser als nichts«, sagte sie.

»Stimmt.« Sophie hielt den brennenden Ast vor sich und versuchte nicht zu zittern. Das Heulen des Windes wurde ständig lauter – gemischt mit einem unheimlichen, klagenden Gesang. In jeder Böe hörte Sophie hundert mißtönende Stimmen ... oder tausend. Welchen Nutzen hatte die kleine Fackel gegen den Tod aus dem Wind? Was sollte das alles noch?

Ein weiteres Pferd riß sich los und raste in die Finsternis.

Sophie sah, wie ein Tentakel aus wunderschönem Licht dem Pferd folgte. Was immer auch da draußen sein mochte, es wollte nicht nur Menschen ... sondern auch Pferde. Die Tiere hatten keine Chance. Sophie biß sich auf die Lippe. Die beiden Frauen würden wahrscheinlich das gleiche Schicksal erleiden wie die Pferde.

Sophie blieb keine Zeit, sich darüber Gedanken zu machen. Der Wind wurde immer lauter. Aus dem Donnergetöse eines Gewitters wurde das schrille Kreischen eines Tornados. Ein heulender Wirbel krachte durch die Baumkronen. Unzählige Lichter tanzten in seinem Innern. Der ganze Sternenhimmel schien sich wild drehend durch den Trichter hinabzustürzen.

Die Spitze des Wirbels schlug in das kleine Feuer und riß Holz, Asche und Glut hinauf. Die wahnsinnige Kakophonie der Stimmen wurde immer lauter ... lauter sogar als der Tornado ... und sanfter. Sophie bemerkte, daß die Stimmen direkt in ihrem Kopf zu sein schienen. Sie hämmerten gegen das Innere ihres Schädels, so daß Sophie das

Gefühl hatte, ihr Kopf müsse jeden Augenblick in einer ungeheuren Explosion vergehen, die sogar die Macht des Tornados übertreffen würde. Sie konnte die Stimmen *fühlen*. Es waren die Stimmen von Gier, Wut und allumfassendem Haß ... *das Böse*.

Jayjay ließ die Fackel fallen und preßte die Hände gegen die Schläfen. Sie hatte die Augen geschlossen und schrie. Sophie konnte nur für einen Augenblick zu ihrer Freundin sehen, bevor ihr eigener Schmerz so groß wurde, daß auch sie die Fackel fallen ließ – ein stechender Schmerz, hart wie Diamant, der sich seinen Weg wie ein Messer ... wie tausend Messer ... durch ihren Schädel bahnte. Sophie brach zusammen und übergab sich auf den weichen Waldboden.

Irgend jemand ... helft uns, dachte sie. *Bitte, helft uns!* Ich will noch nicht sterben!

Kapitel Achtundzwanzig

Metthwyll schritt durch die mondhelle Nacht. Hinter ihm folgten die Kin und Kin-hera, die das Miststück persönlich ausgewählt hatte. Sein schlimmster Feind – außer *Ihr* –, der Bastard Bewul, ging am Ende der ›Jagdgruppe‹ und sprach mit seinen Freunden.

Metthwyll rechnete damit, daß Bewul und seine Leute ihm noch Schwierigkeiten bereiten würden. Sie hatten

energisch protestiert, als die Schutzherrin Metthwyll den
Auftrag gegeben hatte, die Suche nach den beiden Ein-
dringlingen zu leiten, die die Zerstörung der Kin planten.
Als sie Bewul seinem Kommando unterstellt hatte, hatten sich Bewuls Anhänger noch mehr aufgeregt. Metthwyll hätte am liebsten abgelehnt. Er hatte nie ein Geheimnis aus seinem Haß auf die Schutzherrin und ihre
Politik gemacht – aber er hoffte, daß Faan überrascht genug wäre, um unfreiwillig einige Informationen preiszu-
geben, wenn er die ›Beförderung‹ ohne Murren entgegen-
nahm.

Sein Plan war nicht aufgegangen. Metthwyll schlich
durch die Dunkelheit und wartete darauf, daß etwas geschah. Er hatte keine Ahnung, was Faan von ihm erwartete, und das machte ihm Sorgen. Bis jetzt war es ihm immer gelungen, in ihren Intrigen ein System zu erkennen.

Vielleicht hoffte die Schutzherrin, daß Bewul ihn auf
dieser Mission töten würde. Die restlichen Mitglieder der
Jagdgruppe würde ihm entweder dabei helfen ... oder sich
zumindest nicht einmischen. Je mehr Metthwyll darüber
nachdachte, desto wahrscheinlicher erschien es ihm. Wie
konnte die Schutzherrin glauben, daß er ihr die Geschichte von den beiden Machnaan auf dem Weg nach
Cuthp Maest abnahm, die angeblich eine ernsthafte Bedrohung für ihre Herrschaft darstellten – mitten durch
den Wald der Alfkindaar und vorbei an ihren widerwär-
tigen Wächtern? Wie konnte Faan denken, daß er ihr
abnahm, *sie selbst* würde es glauben?

Einer der Späher stieß einen trillernden Pfiff aus. Die Eindringlinge waren entdeckt worden. Als Metthwyll den Pfiff vernahm, zuckte er unwillkürlich zusammen. Er war der festen Überzeugung, daß nun der Zeitpunkt gekommen war, an dem Bewul und seine Anhänger ihn umbringen würden.

Plötzlich bemerkte Metthwyll zu seiner Linken ein flackerndes Licht. Er rannte auf das Licht zu. Die Wächter – sie hatten irgend etwas gefunden. Wenn Faan Akalan ausnahmsweise die Wahrheit gesagt hatte, dann würde er dort die beiden Machnaan-Magier finden, die die Kin vernichten wollten.

Kapitel Neunundzwanzig

Jayjay hatte von einer unterirdischen Welt geträumt, von einem versteinerten Wald, von Flüssen aus Diamant und von unzähligen phantastischen, geflügelten Kreaturen mit Reißzähnen und wölfischem Blick. Der Traum war so intensiv gewesen, daß sie kaum in die Wirklichkeit zurückfand, als sie von Sophies Rufen geweckt wurde. Selbst in diesem Augenblick, als Jay in den letzten Minuten ihres Lebens gegen die kreischenden Stimmen in ihrem Kopf ankämpfte, konnte sie den Traum nicht vergessen.

Irgend etwas kommt, dachte sie.

Was für ein dummer Gedanke – irgend etwas war bereits *hier*! Was auch immer noch kommen mochte – es wäre überflüssig ... und sowieso zu spät.

Während das Heulen des Windes immer weiter anstieg, rissen sich die letzten beiden Pferde los – das eine brach den Ast einfach ab, an dem es angebunden war, und das andere schaffte es irgendwie, das Halfter über den Kopf zu streifen. Die Tiere flohen gemeinsam, während sie nach Wesen traten und bissen, die im Licht der Fackeln nicht zu sehen waren. Das angstvolle Wiehern der Pferde verschwand in der Ferne ... und wich einem schrecklichen Laut, der Sophie den Magen umdrehte. Plötzlich herrschte Stille.

Der Wind erstarb schlagartig, als hätte er niemals existiert. Ein schimmernder Katarakt aus unzähligen Lichtern ergoß sich aus der leuchtenden Säule, die das Herz des Tornados gebildet hatte. Die beiden Frauen betrachteten das Schauspiel mit einer Mischung aus Faszination und panischer Angst.

Sophie richtete sich langsam auf und legte eine Hand auf Jays Arm. »Jetzt sind wir dran.«

»Wir könnten ein Wunder gebrauchen«, erwiderte Jay.

Sophie stieß ein unsicheres Lachen hervor. Sie trat näher und fragte: »Hast du eine Idee, wie wir hier wieder rauskommen?«

»Klar. Die Ideen sprudeln nur so aus mir heraus.«

»Wir haben keine Chance, oder?« Sophie wirkte resigniert.

»Äh … nein.« Jayjay hatte einen Kloß im Hals. »Ich glaube, wir haben das Ende der Straße erreicht.« Sie hob trotzig das Kinn und straffte die Schultern. Wenn es mir im Leben auch an Würde gefehlt hat, dann will ich wenigstens aufrecht sterben.

Neben ihr wischte Sophie mit der Hand über ihre Wange, schniefte und nickte zustimmend.

»Du warst eine tolle Freundin«, sagte Jayjay. Vielleicht blieb noch Zeit genug, um alles loszuwerden, was ihr auf der Seele lag. »Ich hatte gehofft, diese Reise würde dir helfen … und mir auch. Es tut mir leid, wenn es nicht geklappt hat.«

»Ich rede mir die ganze Zeit über ein, daß ich jetzt vielleicht Karen wiedersehen werde …« Sophie wischte sich energisch über die Augen.

»Ich weiß.«

»Aber … Was, wenn es nichts … anderes gibt?« fragte Sophie.

»Keine Ahnung.«

Jay und Sophie standen inmitten der schrecklichen Stille und warteten. Vor ihren Augen bewegten sich die Lichter immer mehr aufeinander zu, bis sie schließlich eine erkennbare Form annahmen – Arme und Beine, Hüften und Brust und ein Gesicht, das immer schöner wurde, je mehr Konturen es bekam. Vor den beiden Frauen entstand eine Frau aus Licht, die so groß war wie ein dreistöckiges Gebäude.

Die Lichtfrau bedachte ihre beiden Opfer mit einem

Lächeln, wie es eine Mutter gegenüber ihren Kindern gezeigt hätte. Sie ließ sich auf ein Knie nieder und streckte die Arme aus. Jay nahm die Stimme dieses ... *Dings* ... nur als ein Flüstern in ihrem Kopf wahr.

Komm
    komm zu mir uns
wir wollen
    Liebe wünschen
wollen *wollen* euch
    Liebe wir euch geben können
        geben euch Frieden
    Frieden Ruhe
Stille
Liebe Komm

Nein, dachte Jay – das glaube ich kaum. Heute jedenfalls nicht.

»Ist es das, was die Soldaten gesehen haben?« fragte Sophie.

»Wahrscheinlich. Deshalb hörten sie sich am Anfang wohl so glücklich an.« Jay wich einen Schritt zurück ... und noch einen. Vorsichtig entfernte sie sich von dem Ding.

Ihr wir ihr
    brauchen uns
brauchen

ich
  wir geben können
      was ihr wollt
          alles
  Alles!

Jay verlangte es weder nach Ruhe und Frieden noch nach Erlösung von den Problemen, die sie in der Außenwelt erwarteten. Statt dessen freute sie sich sogar beinahe darauf. *Verlangen.* Sie hatte einfach kein Verlangen nach dem, was das Ding ihr anbot, trotzdem ... ein verräterischer Teil in ihrem Unterbewußtsein tat, als gefiele es ihm.

Sophie war Jayjay zwei Schritte gefolgt; als ihre Freundin noch einen dritten machte, blieb sie stehen. Sophie legte den Kopf auf die Seite, als lausche sie auf irgend etwas. Einen Augenblick verhielt sie sich vollkommen ruhig. »Oh«, flüsterte sie. »Ja ...« und ging auf das Ding zu.

Jayjay packte Sophies Arm. »Nein, Sophie. Das ist eine schlechte Idee – eine *verdammt* schlechte Idee, Soph. Ich weiß nicht, was es dir erzählt, aber hör nicht hin.«

»Karen«, sagte Sophie leise. »Sie kann mich zu Karen bringen.«

»Kann sie nicht.« Jay ging auf ihre Freundin zu, legte ihr die Arme um die Hüften und zog sie wieder zurück. »Sie lügt.«

»Das weißt du nicht.«

Das war zwar richtig, aber trotzdem zerrte Jay weiter

an Sophie. Sie wußte es wirklich nicht. Allerdings war die Wahrscheinlichkeit nicht sonderlich groß, daß die Lichtfrau die Wahrheit sagte.

Sophie versuchte sich loszureißen. Obwohl Jay dagegen ankämpfte, bewegten sie sich immer weiter vorwärts. Sophie *wollte* der Lichtfrau glauben, und deshalb war sie wesentlich stärker als Jay.

Jay verdoppelte ihre Anstrengungen.

Die Frau lächelte noch immer.

Sophie gelang es, einen weiteren Schritt nach vorne zu machen und Jay mitzuziehen.

Scheiße! dachte Jay.

Wie konnte sie Sophie aufhalten? Die Taschenlampe an ihrem Gürtel? Wäre einen Versuch wert. *Alles* wäre einen Versuch wert. Jay klammerte sich mit einem Arm weiter an ihre Freundin und wurde ein weiteres Stück nach vorne gezogen. Während sie mit der anderen Hand die Taschenlampe losmachte, betete sie zu Gott, daß sie lange genug aushalten würde, so daß es noch Sinn machte. Hoffentlich verursache ich keinen permanenten Schaden, dachte Jay. Mit einem eleganten Schwung schlug sie Sophie die Lampe über den Schädel.

Sophie stöhnte auf und erschlaffte wie ein nasser Sack – direkt in Jays Arme.

Das schöne Gesicht fauchte. Die Lichtfrau richtete sich auf und stieß einen unmenschlichen Schrei aus.

»O Gott«, flüsterte Jay. Sie griff Sophie unter die Arme und begann, sie von der Lichtgestalt wegzuschleppen.

Die Frau machte einen langen Schritt auf sie zu.

Ich werde sterben – sterben, sterben, sterben – werde sterben …

Jays Verstand hatte den Kampf bereits aufgegeben, doch ihr Körper ging weiter. Es war hoffnungslos. Zurück, zurück, immer weiter zurück. Das Ding machte einen weiteren Schritt nach vorn, und sein Gesicht verwandelte sich in etwas abgrundtief Böses. Das Licht formte sich zu der Fratze eines Drachens. Es hatte Hörner auf dem Kopf, eine gespaltene Zunge und Zähne, so lang wie Jays Arm.

Bleib bloß nicht stehen. Immer weiter …

Plötzlich durchfuhr Jay ein unglaublicher Schmerz, der sie wie ein unsichtbares, kaltes Feuer von innen heraus zerfraß. Sie wurde in die Luft gehoben, weg von der Lichtfrau, und in die Dunkelheit geschleudert. Jay hörte einen Schrei und dachte im ersten Moment, Sophie wäre wieder wachgeworden, bis sie bemerkte, daß der Schrei aus ihrem eigenen Mund gekommen war.

Jay schwebte eine Ewigkeit in der Luft. Stunden, Tage, während die Zeit in der Welt unter ihr stehenblieb. Dann schlug ihr Körper gegen einen Baum und krachte zu Boden. Hinter ihren geschlossenen Augenlidern tanzten Lichter, und der Schmerz schien ihr die Brust zu zerquetschen. Jay versuchte zu atmen und stellte fest, daß sie nicht mehr wußte, wie das ging. Sie lag ausgestreckt auf dem Boden, und ihr Körper brannte wie Feuer. Jay war sicher, daß sie sterben würde – oder wenn nicht, dann wünschte sie sich zumindest, daß der Tod sie erlösen würde.

Jayjay hörte den Schrei der Lichtfrau – und dann noch etwas, das ihre sämtlichen Urängste auf einmal weckte. Von überall her erklang plötzlich ein leises Klagen. Das Geräusch begann kaum hörbar irgendwo in ihrem Kopf und steigerte sich schnell zu einer Kakophonie – die Stimme des Wahnsinns, und der Wahnsinn besaß *viele* Stimmen. Jay bekam eine Gänsehaut, und ihr Mund war wie ausgetrocknet.

Irgendwo in der Nähe bewegte sich etwas schnell über die vertrockneten Blätter. Plötzlich sprang ein gigantischer Schatten über Jay hinweg, der nur kurz im blassen Licht des Mondes zu sehen war. Vier Beine ... dieses Biest besaß vier Beine und ein dunkles Fell. Was auch immer das gewesen sein mochte, es hielt nicht an. Jay fragte sich, ob die Kreatur sie vielleicht für tot gehalten hatte und zurückkehren würde, nachdem sie Sophie verschlungen hatte.

Ein schmerzhafter Augenblick verging, bis ihr bewußt wurde, daß sie noch immer lebte. Der Schmerz ließ nach, und Jay konnte wieder atmen. Gierig sog sie die kühle Nachtluft ein.

Das Heulen kam näher und wurde lauter. Jetzt waren auch die Stimmen von Männern zu hören. Für einen Augenblick war der gesamte Wald von Licht erfüllt; aber es war ein grünliches Licht ohne Donner, Blitz und den Gestank von Ozon – ein kurzer, blendender Blitz, dann Dunkelheit. Jay drehte den Kopf und sah zu dem Ort, wo die Lichtfrau gestanden hatte ... und sah, wie die tödlichen Lichter sich auflösten und davonstoben wie die Funken eines Feuers.

Heulen, Klagen, Schreien; das verworrene und irre Geflüster der Lichtgestalt; das unverständliche Gewirr von tausend Stimmen.

Dann ... Stille.

Die Geräusche verstummten so plötzlich, daß es unheimlich war – in einem Moment noch Lärm, im nächsten Stille, und in die Stille krochen die Geräusche des nächtlichen Waldes. Das Wasser des Flusses rauschte, die Vögel sangen und die Insekten summten.

Ich lebe, dachte Jay. Sie blickte in den Himmel, grinste wie ein Idiot und fühlte den Schmerz in jedem einzelnen Knochen ... und sie war dankbar dafür.

»Ich lebe«, flüsterte Jay. »Ich lebe.«

Plötzlich kam ihr ein schrecklicher Gedanke. Was war mit Sophie geschehen?

Jayjay versuchte aufzustehen. Der Schmerz war erträglich gewesen, solange sie sich nicht bewegt hatte. Jetzt aber fuhr er mit aller Wucht durch ihren Körper. Jay konnte sich nicht mehr daran erinnern, mit welchem Körperteil sie gegen den Baum geprallt war – sie spürte jeden einzelnen Knochen. Vielleicht hatte sie sich etwas gebrochen. Jay versuchte den Kopf zu heben, doch der Schmerz war so stark, daß sie befürchtete, ohnmächtig zu werden. Dann wäre sie eine leichte Beute für ... was auch immer sie durch die Gegend geworfen hatte.

Jayjay blieb mit schmerzverzerrtem Gesicht liegen und versuchte kein Geräusch zu machen. Sie wartete auf den vierbeinigen Alptraum, der mit Sicherheit zurückkommen würde, um sie zu zerreißen.

Plötzlich hörte sie Sophie jammern: »Jay?«

Das kam ganz aus der Nähe. Sophie lebte also noch. Aber wenn sie weiterhin derartigen Lärm machte, hätte das Biest mit Sicherheit bald seine Beute. Normalerweise wäre Sophie vernünftig genug gewesen, kein lautes Geräusch zu verursachen und dadurch ihren Standort zu verraten – wenn Jayjay ihr nicht auf den Kopf geschlagen hätte. Jetzt war es vielleicht zu spät.

Jay rollte herum. Ein stechender, glühendheißer Schmerz durchfuhr sie vom Rücken bis in Arme und Beine. Sie biß die Zähne zusammen und versuchte erneut aufzustehen.

Ich muß sie retten. Verdammt noch mal, ich muß irgend etwas unternehmen. Irgend etwas ... aber was?

»Jay ... Jay?« Sophie würde sich noch selbst umbringen.

Halt's Maul, du Idiotin, dachte Jay ... aber wütende Gedanken würden Sophie auch nicht helfen. *Verdammt!*

Schneller. Ich muß zu ihr. Ich muß. *Sofort!*

Jay grub ihre Finger in die Rinde des Baumes und versuchte, sich daran hochzuziehen.

Kleine rote Flecken tanzten vor ihren Augen, und einen Augenblick lang war sie fest überzeugt, ohnmächtig zu werden. Jay senkte den Kopf und atmete tief durch. Der Schmerz ließ nach, so daß sie gehen konnte. Vielleicht war doch nichts gebrochen ... jedenfalls nichts Wichtiges ... hoffte sie.

Jay glaubte, daß Sophies leiser Ruf aus ihrem Lager gekommen war.

Sie ging in die entsprechende Richtung, doch dann verharrte sie regungslos und hielt die Luft an. Irgend etwas huschte vorbei. Es war ein wenig größer als eine Fledermaus. Jay konnte es im silbrigen Licht des Mondes nicht genau erkennen. Die fledermausartigen Flügel des Wesens waren hauchdünn und durchsichtig. Es besaß einen langen Schwanz, der am Ende gespalten war. Nachdem es sich wieder entfernt hatte – offensichtlich ohne zu bemerken, daß es beobachtet worden war –, sackte Jay gegen einen Baum und atmete tief durch. Sie hatte immer noch eine Chance. Schnell machte sie sich wieder auf den Weg in Richtung Sophie.

Dann vernahm sie hinter sich ein leises Knurren. Ihr Herz raste.

Sie blieb stehen und unterdrückte das Verlangen zu schreien. Sie fürchtete, beim geringsten Laut angegriffen zu werden. Jay drehte sich um. Langsam ... ganz langsam. Sie versuchte ihre Gedanken zu ordnen, doch es war unmöglich. Am liebsten wäre sie voller Panik einfach nur davongerannt, noch bevor sie gesehen hatte, was hinter ihr war. Bevor sie sah ... was zum Teufel *war das*?

Das Wesen war mannshoch und besaß vier Beine. Im blassen Licht des Mondes konnte Jayjay keine Einzelheiten erkennen. Sie war nicht sicher, *was* ihr gegenüber

stand. Ein Wolf, schoß es ihr durch den Kopf ... aber ...
nein, kein Wolf. Es war so groß wie ein Bär. Das Tier trat
einen Schritt auf sie zu und stieß ein leises, tiefes Knurren aus.

Jays Puls raste. Sie fühlte sich wie ein eingesperrter
Vogel, der hilflos mit den Flügeln schlug, während eine
Katze sich an seinem Käfig zu schaffen machte. Jay
konnte den Atem des Tieres riechen, den Gestank von
verfaultem Fleisch ... und von Tod.

Das ist wohl nicht meine Nacht, dachte sie. Ihr Verstand amüsierte sich auf Kosten ihres Körpers.

Das Biest hatte noch nicht angegriffen. Es starrte Jayjay nur mit seinen grünen Augen an. Sie wagte nicht los-
zulaufen. Im selben Augenblick würde das Wesen sich auf
sie stürzen. O Gott, dachte sie, macht es denn einen
Unterschied, wenn ich stehenbleibe? Was ist das? Was ist
so groß wie ein Mensch und läuft auf vier Beinen? *Was!*

Das Monster stieß ein schreckliches Jaulen aus, und in
diesem Augenblick versagten Jays Nerven. Sie wirbelte
herum und rannte los.

Mit einem einzigen Sprung hatte es sie erwischt ...
hatte sie auf den Boden geworfen und hielt sie mit einer
klauenbewehrten Pfote fest. Es besaß ungeheure Kräfte.
Das Tier senkte seine Schnauze neben Jays Kopf ... dieser
Gestank! Jay preßte ihr Gesicht in den feuchten Waldboden. Dreck und Blätter drangen in ihren Mund.

Sie schloß die Augen und wartete darauf, daß die
dolchartigen Zähne ihren Schädel zerquetschten oder

den Rücken aufreißen würden ... Jay wartete auf den Tod. Sie fühlte sich wie eine Maus in den Fängen einer Katze. Dreck und Laub klebten an ihrer Zunge. Bald würde auch sie hier liegen und verrotten, und niemand würde je eine Spur von ihr finden. Niemand würde es je erfahren.

Das Wesen lachte leise.

Jays Gedanken überschlugen sich. Ein *Lachen?* Nein, das war kein Lachen ... das war eine Art Knurren, ein Tierruf. Aber sie wußte genau, was sie gehört hatte.

Plötzlich drang eine kühle, amüsierte Stimme durch die Dunkelheit, die irgendwie zivilisiert wirkte. »Du hast sie also gefunden.«

Das vierbeinige Monster lachte erneut und knurrte: »Natürlich ... das kleine Häschen. Ich mag sie. Sie schmeckt bestimmt sehr gut.«

»Ich schmecke fürchterlich.«

Das Biest lachte laut auf. »Sollen wir das überprüfen? Ich genehmige mir einen kleinen Happen und sage dir, was ich davon halte. Wenn ich recht habe, fresse ich dich. Wenn du recht hast, kannst du gehen.«

Die zivilisierte Stimme seufzte. »Ein tolles Experiment. Aber du kannst sie nicht haben, Grah. Das ist *unmöglich!*«

»Faan Akalan wird das kleine Häschen nicht vermissen. Sie will einen mächtigen Magier.«

»Ja, aber wir müssen sie und ihre Freundin zu Metthwyll bringen« – er sprach den Namen voller Verachtung aus – »damit er sie der Schutzherrin übergeben kann.

Vielleicht darfst du alle beide fressen, wenn sie herausfindet, daß sie nicht diejenigen sind, nach denen sie sucht.«

Jay fand es fürchterlich, dem heiteren Geplänkel zuhören zu müssen. Nicht nur, weil sie die Zielscheibe dieses Spottes war, sondern aus irgendeinem Grund, der ihr noch nicht ganz klar war.

Sie dachte angestrengt nach. *Englisch* ... das war's! Das Biest sprach *Englisch*, und der oder das andere auch. Die beiden hatten kein Wort Galti gesprochen.

Das lockende Licht, die fledermausartige Kreatur, das englischsprechende Monster auf ihrem Rücken. Jay empfand mit einem Mal große Sympathie für Dorothy auf ihrer Reise durch Oz.

»Ich weiß, daß sie für die Schutzherrin bestimmt sind«, sagte Grah. In seiner knurrenden Stimme schwang noch immer ein Hauch von Spott. »Aber es amüsiert mich, mir vorzustellen, daß es anders wäre.«

»Amüsier dich später. Laß sie aufstehen, damit wir uns auf den Weg machen können.«

Der Druck auf Jayjays Rücken verschwand. Sie lag noch immer reglos da und versuchte, einen Sinn in all den Geschehnissen der letzten Zeit zu erkennen.

»Steh auf!« Die Stimme, die vorhin noch so sanft und zivilisiert geklungen hatte, wurde auf einmal schroff. »Sofort. Es ist bald Tag.«

Jayjay richtete sich langsam auf. Alle Knochen taten ihr weh. Wenn sie am Leben blieb, könnte sie daheim mit einigen interessanten Narben angeben. Jay spuckte den Dreck aus und wartete. Sie hatte zwar keine Möglichkeit zu entkommen, aber wenigstens lebte sie noch.

»Folge mir«, sagte die zivilisierte Stimme.

Sie gehörte einem Mann. Er stand im Schatten der Bäume, so daß Jay sein Gesicht nicht erkennen konnte. Aber er war ein Mann ... Arme und Beine an ganz normalen Stellen, ein Kopf, Hände und Füße. Allerdings jagte er ihr ebensoviel Angst ein wie der sprechende Hund. Jay gewann den Eindruck, daß er ohne mit der Wimper zu zucken zugeschaut hätte, wenn Grah sie verspeisen würde – vielleicht hätte er die Bestie sogar dazu ermutigt, wenn er nicht auf der Suche nach diesen beiden Magiern gewesen wäre. »Euch folgen?« fragte Jayjay. »Wohin? Wohin gehen wir?«

»Bewegung«, drängte Grah.

»Aber was ist hier gerade geschehen?«

Grah stieß ihr den Kopf in den Rücken, und Jay stolperte einen Schritt nach vorn. »Folge Bewul.«

Jay hielt den Mund und hinkte hinter dem Mann her. In den nächsten zwei bis drei Tagen werden die Schmerzen wohl nicht besser werden, dachte sie.

Bewul führte sie zu ihrem Lager zurück. Als erstes bemerkte Jayjay, daß das Zelt verschwunden war ... im Gegensatz zu Sophie. Jay humpelte zu ihrer Freundin, und die beiden Frauen fielen sich freudestrahlend in die Arme.

»Du lebst noch«, sagte Sophie mit tränenerstickter Stimme.

»Zumindest im Augenblick. Weißt du, was hier los ist?« fragte Jayjay.

»So ziemlich. Einige unserer Retter halfen mir, unsere Sachen zusammenzupacken, während ich auf die anderen wartete, die dich gesucht haben, nachdem sie die Wächter verjagt hatten.«

»Unsere ›Retter‹?« Jayjay verstand gar nichts mehr.

Sophie blickte sich vorsichtig um, um sicherzugehen, daß niemand sie belauschte.

»Hör zu. Die Jungs hier waren auf der Jagd, als sie die Wächter bemerkten, die uns angriffen. Einige von ihnen und ihre Hunde jagten sie fort ... die Pferde waren bereits tot, aber uns haben sie das Leben gerettet. Jedenfalls haben sie mir das so erzählt.«

»Was denkst du?«

»Ich denke, sie haben etwas gejagt, über das sie nicht sprechen wollen. Vielleicht uns ... oder die Männer, die uns gestern in den Wald verfolgt haben.«

Jay nickte. »Ich hörte, wie einer sagte, sie hätten den Auftrag, uns zu ihrer ... ihrer ...«, sie grübelte einen Augenblick, »... ihrer ›Schutzherrin‹ bringen. Er scheint zwar nicht zu glauben, daß wir die Richtigen sind, aber sie haben definitiv nach jemandem gesucht.«

»Meinst du, sie lassen uns gehen, wenn sie herausfinden, daß wir die Falschen sind?«

Jay dachte an Grahs Pranke, die ihr Gesicht in den Dreck gedrückt hatte, und an seine Spekulationen über ihren Geschmack. »Nein«, antwortete sie.

»Ich auch nicht. Wenn wir eine Gelegenheit zur Flucht bekommen, dann sollten wir sie nutzen.«

Einer der Jäger näherte sich den Frauen. »Holt bitte eure Sachen. Wir müssen uns beeilen.« Seine Stimme war einfach hinreißend ... tief und wohlklingend ... sexy. Jay war einen Augenblick lang derart verwirrt, daß sie die Schwierigkeiten vergaß, in denen sie sich befand. Sie spürte auf einmal das Bedürfnis, dem Mann mit ihrer Taschenlampe ins Gesicht zu leuchten.

»Wohin bringt ihr uns?« Stimme hin, Stimme her, Jayjay blieb mißtrauisch.

»Nach Hause. Aber jetzt keine Fragen mehr.« Er klang beleidigt. »Wir müssen uns beeilen. Ihre Wächter könnten entscheiden, daß sie euch mehr wollen, als ihrer Herrin zu gehorchen.«

Jay hatte nicht die Absicht, den Lichtern noch einmal zu begegnen. Sie griff nach ihrem Rucksack und warf ihn über die Schulter. Es widerstrebte ihr, das Sattel- und Zaumzeug im Wald zurückzulassen, aber sie konnten es auch nicht mitnehmen.

Die Frauen gesellten sich zu den Männern, die mit gezogenen Waffen warteten, und sie marschierten los. Die Jäger sprachen kaum ein Wort, und wenn, dann war es Englisch. Was hatten englischsprechende Jäger und ihre englischsprechenden Hunde in den Wäldern Glenravens zu suchen? Und was hatten sie mit ihnen vor?

Jay und Sophie marschierten durch die Dunkelheit, die nur sporadisch vom Mond erhellt wurde, und hielten nach einer Fluchtmöglichkeit Ausschau. Bald mußten sie erkennen, daß sich keine entsprechende Gelegenheit ergeben würde. Jay fragte sich, was diese Schutzherrin eigentlich von ihnen wollte. Sie fragte sich, was sie überhaupt in Glenraven verloren hatte; aber sie dachte nicht lange darüber nach. Einige Fragen blieben besser unbeantwortet.

Kapitel Dreißig

Yemus saß neben seinem Bruder Torrin. Sie wohnten einem geheimen Treffen der Machnaan-Führer bei. Fast einhundert der mächtigsten Frauen und Männer Glenravens hatten sich versammelt, wechselten besorgte Blicke und warteten. Sie trugen einfache Kleidung. Die Kapuzen, die ihre Gesichter auf dem Weg hierher verborgen hatten, lagen jetzt zurückgeschlagen auf den Schultern.

Ein stämmiger Mann mit rotem Bart stürmte durch die Tür, warf seine Kapuze zurück und verbeugte sich vor Torrin. »Lord Wythquerin«, murmelte er und begab sich zu einem freien Platz auf einer der Bänke.

»Lord Smeachwykke.« Torrin nickte ihm zu.

Haddis Falin, Lord von Smeachwykke, war eigentlich ein jovialer Mann, aber Yemus meinte eine unterdrückte Wut an ihm zu erkennen. Bestimmt waren Falin

Gerüchte über den Sinn dieser eiligen Zusammenkunft zu Ohren gekommen. Vielleicht besaß er auch nur einen natürlichen Hang zum Pessimismus, der Yemus noch nie aufgefallen war.

Der Lord der nördlichen Festungen von Smeachwykke blickte in die Gesichter der Anwesenden und räusperte sich. »Ich habe ein Pferd zu Tode geritten, um so schnell wie möglich herzukommen«, sagte er. »Eines meiner besten. Was ist passiert, und warum diese Geheimniskrämerei?«

Torrin blickte verächtlich auf seinen Bruder. »Eine Katastrophe ist über uns hereingebrochen«, erklärte er verbittert. »Aber wärt Ihr in aller Öffentlichkeit hierhergekommen, dann wüßten die Alfkindaar, daß wir von ihrem Coup erfahren haben. Wir glauben, daß es keine Hoffnung mehr auf Rettung gibt, aber vielleicht – wenn es uns gelingt, sie zu überraschen – können wir einige von ihnen mitnehmen, bevor wir untergehen.«

Yemus spürte das Gewicht von hundert feindseligen Blicken.

Torrin wandte sich an seinen Bruder. »Erzähl ihnen, was geschehen ist. Erzähl ihnen, was aus deinem genialen Plan geworden ist, diesem ... *Plan*, für den wir alle unser Leben riskiert haben.«

Yemus schluckte. »Die Helden kamen, aber die Kin haben davon Wind bekommen und sie umgedreht. Sie sind gestern morgen von hier geflohen, nachdem sie erfahren hatten, was auch immer sie wissen wollten. Obwohl ich sie mit den besten Kriegern der Wythquerin-Garde verfolgt habe, sind sie entwischt ... in den Wald von Maest.« Bei der Erwähnung des Namens ›Maest‹ ging ein Raunen durch die Reihen der Anwesenden. Yemus nickte grimmig. Er war verzweifelt. »Wir folgten ihnen in den Wald, doch die Wächter griffen uns an und töteten viele von uns. Die wenigen Überlebenden zogen sich zurück und formierten sich neu. Dann zeigten mir meine Orakel, daß unsere ›Helden‹ immer weiter in den Wald vordrangen. Kurz vor Eurer Ankunft trafen sie sich mit einigen Kin. Das Artefakt befindet sich jetzt in den Händen der Alfkindaar.«

Yemus' Erklärung folgte ein eisiges Schweigen.

Yemus blickte sich um. Viele der anwesenden Männer und Frauen waren mit ihm befreundet. Die meisten kannte er seit seiner Kindheit. Sie hatten ihr Leben und das der Menschen, die sie liebten, in seine Hände gegeben. Sie hatten gehofft, Yemus würde sie von Faan Akalan, ihren Wächtern und den Alfkindaar befreien, die das Blut aus ihren Machnaan-Untertanen saugten.

Eisiges Schweigen. Yemus sah, wie Männer sich mit Tränen in den Augen von ihm abwandten, und wie Frauen händeringend auf den Boden oder an die Decke starrten. Er sah, wie sich zwei verfeindete Führer von benachbarten Dörfern die Hände auf die Schultern legten und gemeinsam weinten.

Smeachwykke erhob sich und blickte ihm in die Augen. »Dann ist es vorbei.«

»Wann immer es ihnen gefällt ... ja.« Yemus legte die Hände zusammen und nickte langsam.

Lord Smeachwykke kaute auf seiner Unterlippe, bis Blut zwischen seinen Zähnen hindurchfloß. »Also ist die einzige Frage, die wir noch zu klären haben, ob wir Euch auf der Stelle hinrichten sollen, damit jeder sehen kann, wie Ihr sterbt, oder ob wir Euch leben lassen, bis die Kin das Artefakt und uns mit ihm zerstört haben und nur noch Ihr alleine übrig seid.«

Yemus nickte. Er hatte mit der Frage gerechnet – sein Bruder hatte ihn dasselbe gefragt.

»Mauert ihn in den Turm«, schlug Bekka Saa vor, die Lady von Dinnos. »Bringt ihm Nahrung und Wasser ... und laßt ihn darüber nachdenken, was er angerichtet hat. Und wenn wir nicht mehr sind, wird er es wissen, denn niemand wird mehr zu seinem Fenster kommen. Auf diese Weise werden wir in dem Bewußtsein sterben, daß derjenige, der unseren Tod zu verantworten hat, auch sterben wird ... aber vorher wird er angemessen leiden.«

Yemus sah, wie Torrins Blick durch den Saal schweifte, um die zustimmenden Äußerungen zu zählen. Schließlich sagte er: »So sei es. Es ist der Wille der Mehrheit.«

»Ich will sehen, wie er von einem Schwert durchbohrt wird – ich will sehen, wie sein Blut über den Boden fließt«, rief einer der unbedeutenderen Lords von Zearn. Yemus erinnerte sich, daß der Mann drei Töchter und zwei Söhne besaß, die alle noch sehr jung waren. Ihm war klar, wie er sich fühlen mußte.

Torrin schüttelte den Kopf. »Wir werden ihn in der Apto-gurria einmauern. Auf diese Weise kann er weiter an einem Weg arbeiten, uns vor den Kin zu retten. Wenn es ihm gelingt, leben wir alle. Wenn nicht ... stirbt er mit uns.«

Torrin nickte den Wachen zu, die neben dem Eingang der Versammlungshalle standen. »Packt ihn. Weckt zwei Maurer, und laßt sie sofort mit ihrer Arbeit beginnen. Tötet jeden, der sich seiner Zelle nähert, egal ob er ihn umbringen oder trösten will. Ich werde einen Krieger abstellen, der ihm das Essen bringt – dieser Mann darf weder mit dem Gefangenen sprechen noch irgendein Zeichen als Antwort auf seine Worte geben.«

Torrin blickte seinem Bruder in die Augen. »Die Apto-gurria hat ihre eigene Wasserversorgung – und das ist gut so. Besser, er stirbt langsam ... vor Hunger ... Hunger nach Essen, Hunger nach Freunden.«

Besser, er stirbt langsam.

Yemus setzte sich nicht zur Wehr, als man ihn ab-führte, obwohl es ihm nicht schwergefallen wäre zu ent-kommen. Er war schließlich der einzige Mensch, der noch Magie anzuwenden imstande war. Doch er wollte gar nicht fliehen. Er wollte sterben.

Yemus wünschte sich, man hätte ihn auf der Stelle um-gebracht; aber er sah die Gerechtigkeit ihrer Entschei-dung. Er hatte sie alle – ihre Familien und ihre Freunde – zu einem baldigen und fürchterlichen Tod verdammt. Sie hatten das Recht zu entscheiden, auf welche Art und Weise er sterben sollte.

Während Yemus in seinem kleinen Zimmer auf der Spitze der Aptogurria saß und dem sanften *Klick-Klick* der Maurer zuhörte, dachte er immer wieder über die letzten Worte seines Bruders nach.

Besser, er stirbt langsam.

Besser, er stirbt langsam.

Besser, ich wäre niemals geboren worden, dachte Yemus.

Kapitel Einunddreißig

Der Boden bewegte sich unter Sophies Füßen. Es war das dritte oder vierte Mal, daß sie dieses Phänomen bemerkte. Einen Augenblick lang glaubte sie zu fallen ... aber dann, kurz bevor sie stürzen konnte, hörte es auf. Das Gefühl erinnerte Sophie an irgend etwas ... sie dachte nach, und dann erinnerte sie sich. Im Tunnel auf dem Weg nach Glenraven hatte sie ein ähnliches Beben bemerkt.

»Was *war* das?« fragte sie die schattenhafte Gestalt neben ihr.

»Was war was?«

»Der Boden hat sich bewegt ... hast du das nicht gespürt?«

»Der Boden hat sich nicht bewegt.« Die Stimme gehörte zu Metthwyll. »Vielleicht bist du krank.«

»Das werde ich bald sein.« Sophie wandte sich zu Jay. »Hast *du* es gespürt?«

»Du meinst, wie die Erde sich unter meinen Füßen bewegt hat?« Jayjay stöhnte. »Ja.«

»Was glaubst du war das?«

»Ein leichtes Erdbeben.«

Im ersten Augenblick war Sophie dankbar gewesen, als man sie gefangengenommen hatte – schließlich waren sie und Jay nur Minuten, vielleicht nur Sekunden vom Tod entfernt gewesen, als die Jäger erschienen waren. Aber je länger sie zwischen ihren gezogenen Schwertern wanderte und ihrer Konversation folgte, desto verängstigter wurde sie. Sophie gewann nach und nach den Eindruck, daß ihre Retter gar keine richtigen Menschen waren. Die Existenz der riesigen sprechenden Hunde sprach eindeutig für diese Vermutung.

Sophie hatte noch keine Gelegenheit gehabt, einem der Männer ins Gesicht zu blicken. Ihre Silhouetten wirkten menschlich, und die wenigen Male, als der Weg durch Mondlicht erhellt wurde, sahen sie einfach wie Männer aus. Auch an ihren Stimmen war nichts Absonderliches. Trotzdem ... irgend etwas stimmte nicht. Vielleicht war es die Musikalität ihrer Stimmen, die Sophie noch nie gehört hatte. Oder vielleicht war es die kleine Alarmglocke in ihrem Hinterkopf, die jedesmal läutete, wenn einer von ihnen sprach.

Sophie wollte sie endlich deutlich sehen ... und die Gelegenheit dazu würde nicht mehr lange auf sich warten lassen. Sie bemerkte einen leichten Grauschleier am Horizont zu ihrer Rechten. Der Morgen war nicht mehr weit entfernt.

Die Bäume standen immer weiter auseinander, und Sophie konnte die Umrisse gewaltiger Türme und mächtiger Zinnen erkennen. Die kleine Gruppe hatte eine mächtige Burg inmitten des Waldes erreicht.

»Der Tag ist nicht mehr fern«, murmelte einer der Jäger. »Schnell!« Ein anderer hob ein gebogenes Horn an die Lippen und stieß hinein.

Der Kerl würde Winton Marsalis verdammt alt aussehen lassen, dachte Sophie. Offensichtlich hatte er die Aufmerksamkeit der Torwachen erregt, denn einige Sekunden später hörte sie das Rasseln von Ketten, als eine Zugbrücke heruntergelassen wurde.

»Rein da!« befahl einer der Jäger.

Alle gehorchten – einschließlich Jay und Sophie, denen nichts anderes übrigblieb, als den Männern zu folgen. Die ganze erschöpfte Gruppe trottete über die Brücke. Sophie schätzte, daß außer den Jägern und ihren Hunden ungefähr zwanzig weitere Lebewesen über die hölzernen Planken huschten – allerdings waren die beiden Frauen die einzigen, deren Schritte man hören konnte.

Dann traten sie durch das Tor und befanden sich innerhalb der Festungsmauern. Sophie blickte nach oben in der Erwartung, den Himmel zu sehen. Aber statt dessen sah sie eine niedrige Steindecke und einen Korridor, der von rechts nach links führte. Kleine Lichtkugeln, die den

Gang in ein mattes Zwielicht tauchten, waren in unregelmäßigen Abständen an den Wänden befestigt. Sophie kannte keinen Ort, der so miserabel beleuchtet war. Auch hatte sie noch keine Festung gesehen, die weder einen inneren noch einen äußeren Zwinger besaß, um die Hauptburg zu verteidigen.

Die Männer hielten sich vom Licht fern.

»Wirst du die beiden jetzt zu ihr bringen? Und ihr sagen, daß sie keine Magier sind?« Sophie erkannte die spöttische Stimme als eine der drei, die sie mit einem Namen verbinden konnte ... Bewul. Jay hatte ihr von ihm erzählt.

Auch die zweite Stimme konnte sie erkennen – Metthwyll. »Nein. Ich will mir erst sicher sein. Ich glaube zwar, daß ich recht habe, aber deine Bemerkung hat mir einiges zu denken gegeben. Ich werde sie erst zu ihr bringen, wenn ich absolut sicher bin.«

Bewul lachte. »Dann wird sie verdammt lange warten müssen. Warum verfütterst du sie nicht einfach an deinen Freund Grah? Erspar dir die Schande, wenn du sie zu ihr bringst.« Bewul lachte noch immer, als er sich mit den meisten Männern zurückzog.

Metthwyll seufzte. Einer der riesigen Hunde stieß ein leises Knurren aus. »Er wird sofort zu ihr laufen, um über dein Versagen zu berichten, Metthwyll.«

»Ich weiß, Grah.«

»Warum gehst du nicht zu ihr und erklärst, daß du *nicht* versagt hast ... daß sie die Richtigen sind?«

»Glaubst du, daß sie die Richtigen sind?« Metthwyll klang überrascht.

Grah dachte kurz darüber nach und erwiderte: »Ich weiß es nicht, aber ich nehme an, es wäre in deinem Interesse, da du sie hergebracht hast.«

»Sie hat mir gesagt, ich würde zwei Leute im Wald finden, und daß sie zwei mächtige Machnaan-Magier wären. Aber, alter Freund, je länger ich neben ihnen herging, desto sicherer war ich mir, daß sie keine Zauberer sind.«

»Und was hast du jetzt mit ihnen vor?«

»Keine Ahnung. Ich glaube, ich werde sie einfach eine Weile wegsperren.«

Grah kicherte – Sophie mochte den Klang dieses Geräusches überhaupt nicht. »Soll ich mitkommen? Vielleicht kann ich dir behilflich sein.«

»Wenn ich mich entschieden habe, was zu tun ist, dann kannst du mir helfen. Aber jetzt werde ich mich erst mal allein um sie kümmern.«

»Und wenn sie dir entkommen?«

Metthwyll lachte leise. »Hier kommen sie nicht raus. Sie würden nur hilflos durch das Labyrinth irren. Falls sie so dumm sein sollten, es trotzdem zu versuchen, könnt ihr Warrags sie fressen. Du hast schon lange keinen Machnaan mehr gehabt, oder?«

»*Viel* zu lange.«

»Nun … wenn sie weglaufen, ist das Warten vorbei.«

»Ich werde mich mit diesem appetitlichen Gedanken trösten«, sagte der Warrag und trottete weg.

Soweit Sophie sehen konnte, war sie jetzt allein mit Jay und Metthwyll.

»Habt ihr gehört, was ich Grah gesagt habe?« fragte Metthwyll.

»Ja«, antworteten die beiden Frauen.

»Ich habe nicht übertrieben. Wenn ihr versucht zu fliehen, dann ist der freundlichste Tod, auf den ihr hoffen könnt, der durch die Zähne und Klauen der Warrags.« Er seufzte. »Kommt mit.«

Im Gegensatz zu Bewul klang Metthwyll überhaupt nicht grausam. »Wo sind wir?« fragte Sophie.

»Am Haupttor.«

»Am Haupttor von *was*?«

»Oh ... das hier ist Cuthp Maest.«

»Und wo *liegt* Cuthp Maest?« fragte Jayjay. »Ich habe noch nie davon gehört.«

Metthwyll sog zischend die Luft ein. »Keine Fragen mehr«, sagte er. »Kein Wort mehr, bis ich euch sage, daß ihr wieder sprechen dürft.« Sophie hatte eigentlich erwartet, daß er sich über die Frage ärgern würde, doch statt dessen klang Metthwylls Stimme irgendwie verängstigt.

Metthwyll führte sie an leeren, dämmrigen Räumen vorbei und durch lange, verwinkelte Hallen. Es ging immer weiter nach unten, tief unter die Erdoberfläche. Schimmerndes Silber bedeckte die steinernen Wände wie ein gefrorener Wasserfall. Schließlich, als der Weg wieder geradeaus führte, hörten die beiden Frauen in der Ferne

Gesang und Lachen. Die Stimmen klangen hoch und angenehm. Auch die steinernen Korridore sahen jetzt anders aus. Während sie weiter oben noch rauh und grob bearbeitet waren, schienen sie sich hier unten in eleganten Verzierungen aufzulösen. Der Stein war so wunderbar bearbeitet, daß er beinahe lebendig wirkte. Sophie berührte neugierig eine der Säulen. Ihre Finger sagten ihr, daß es sich noch immer um Stein handelte ... hart, kalt und feucht ... aber die flüchtige Berührung erregte sie so sehr, daß sie glaubte, er hätte sich bewegt.

Die drei gingen weiter, und der Boden unter ihren Füßen wurde mit einem Mal weich. Sophie bückte sich und berührte die Erde mit den Fingerspitzen ... und entdeckte verblüfft, daß sie über *Gras* ging. Eine leichte Brise strich durch die Halle. Sophie richtete sich wieder auf und sah, daß Metthwyll angehalten hatte. Sie konnte sein Gesicht nicht erkennen, doch sie nahm an, daß er sie musterte.

»Ich habe so etwas seit undenklichen Zeiten nicht mehr gespürt«, flüsterte er. »Du weckst das Leben in diesen alten Steinen, holder Gast.«

Sophie schwieg. Metthwyll hatte ihnen noch nicht die Erlaubnis gegeben zu sprechen.

Hinter einer weiteren Biegung betraten sie eine gigantische Kuppel. Tausende kleiner Lichter schwebten unter der Decke und imitierten den Sternenhimmel. Sie erhellten den Raum mit ihrem warmen, gelben Licht. Sophie spürte einen Kloß im Hals, als sie das tiefe Blau des Zwielichts erblickte, das dem nächtlichen Himmel an der Oberfläche so ähnlich sah. Der Gesang von Vögeln und das muntere Quaken kleiner Frösche trieben ihr Tränen in die Augen. Für einen Augenblick fühlte sich Sophie wie ein kleines Mädchen, das an einem lauen Sommerabend auf der Wiese ihres elterlichen Hauses lag.

Ich könnte barfuß und mit einem Eimerchen bewaffnet durch die Gegend laufen, dachte sie ... als würde ich immer noch 65 Pfund wiegen und spitze Knie haben ... als würde der Sommer ewig dauern und Mom und Dad für immer bei mir bleiben.

Eine Träne lief über ihre Wange. Sophie schluckte, zog ein Taschentuch hervor und schneuzte.

»Mein Gott«, sagte Jay langsam. »Weißt du, wie sehr mich das an den Park hinter unseren Häusern erinnert, als wir noch Kinder waren?«

»Ja.« Sophie wischte sich die Träne von der Wange. Sie war dankbar, daß man ihr Gesicht in der Dunkelheit nicht erkennen konnte. »Irgend etwas an den Gerüchen und Klängen.«

»O ja.« Jay seufzte. »Ich habe seit Jahren nicht mehr daran gedacht.«

»Ich gehe manchmal noch dorthin«, sagte Sophie. »Es ist so wunderschön ... aber ich bin kein kleines Mädchen mehr.«

»Als ich sechzehn war, hatte ich dort mein erstes Rendezvous ... angeblich war ich angeln.« Jayjay lachte. »Statt dessen sind wir Hand in Hand über die Wege geschlendert, und der kleine Satan hat mir meinen ersten Kuß verpaßt ... direkt mit der Zunge. Ich hätte vor Schreck beinahe das Küssen für alle Zeit aufgegeben.«

Sophie lächelte. Sie erinnerte sich daran, wie sie Glühwürmchen gejagt hatte ... und Jay erinnerte sich an einen Jungen – typisch. Sie runzelte die Stirn. »Du hast erst mit *Sechzehn* deinen ersten Kuß bekommen?«

»Ich war ein Spätzünder.«

Metthwyll hatte sie nicht unterbrochen, statt dessen hörte er aufmerksam zu.

Ein Stück weiter weg sprudelte ein Springbrunnen fröhlich vor sich hin. Sophie fühlte sich müde und verdreckt. Sie wollte sich die Tränen aus dem Gesicht waschen und einen Schluck klaren, kalten Wassers trinken, bis die Gedanken an ihre glückliche Kindheit verflogen waren. Sophie ging auf das Geräusch zu. Als Metthwyll sah, wie sie sich abwandte, packte er sie am Ellbogen.

»Bleib hier. Dort drüben wirst du dich nur verlaufen.«

Sophie stieß einen Seufzer aus. Ganz in der Nähe hörte sie ausgelassenes Gelächter und fröhlichen Gesang, der von Kindern zu stammen schien ... aber sie sah keine.

Dann erregte eine Bewegung Sophies Aufmerksamkeit. Sie sah genauer hin ... und erkannte die Umrisse einer großen dunklen Masse, die vor einer der wunderschönen Säulen lag. Sophie glaubte zuerst, daß jemand dort einfach ein paar Felsen, einen Sack Kartoffeln oder etwas Ähnliches deponiert hatte. Sie konnte nicht erkennen, *was* sich bewegt hatte ... bis sich plötzlich die Felsen selbst bewegten ... langsam, ganz langsam. Jetzt erkannte Sophie, daß die Masse lebendig war. Die Kreatur schnüffelte, als die kleine Gruppe näherkam. Der riesige unförmige Felsbrocken, der in Wahrheit der Kopf des Wesens war, wandte sich zu ihnen um, und zwei winzige rote Augen blickten aufmerksam in Richtung der beiden Frauen. Das Ding stieß ein Knurren wie das Donnern eines Erdrutsches aus ... ein ehrfurchtgebietender Klang. Sophie verschlug es den Atem.

»Geht weiter«, befahl Metthwyll. »Er ist langsam und dumm, aber wenn ihr stehenbleibt und ihn in Versuchung führt, wird er angreifen.«

»Was um Gottes willen ist das?« fragte Jayjay. Sie klang verunsichert.

»Die Götter haben nichts mit ihm zu tun ... nur die Aregen«, erklärte Metthwyll und ging rasch weiter. »Wenn ihr ihm aus dem Weg geht, dann tut er euch nichts.«

»Aber ich will es wissen«, beharrte Jay.

Metthwyll blieb stehen und wandte sich um. Seine hinreißende Stimme wurde zu einem tiefen, unheimlichen Grollen. »Wenn du es unbedingt wissen willst, warum gehst du nicht hin und fragst ihn selbst?«

Jayjay gesellte sich wieder zu Sophie und sagte kein Wort mehr, während sie durch das Gras liefen. Sie gingen durch hohe Torbögen, die wie lebende Bäume geformt waren. Ein Fluß lief mitten durch die gigantische Kuppel.

Schließlich erreichten sie einen weiteren Gang, der zu einer Reihe kleiner höhlenartiger Räume führte.

»Ihr werdet hierbleiben, bis ich entschieden habe, was ich mit euch mache.«

»Wenn wir nicht die sind, die du gesucht hast, warum läßt du uns dann nicht einfach gehen?« fragte Jay.

»Ihr *seid* die, die wir gesucht haben«, erwiderte Metthwyll in einem unangenehmen Tonfall. »Ich weiß nur noch nicht, ob das gut für mich ist oder nicht. Ich komme zurück, sobald ich es herausgefunden habe.« Er murmelte irgend etwas, das Jay nicht verstehen konnte, und fügte laut hinzu: »In der Zwischenzeit seid ihr hier gut aufgehoben. Niemand wird euch finden.« Nach dieser Bemerkung ließ er sie allein zurück.

Eine Weile standen die beiden Frauen regungslos in der fast lichtlosen Höhle. »Wir sind vom Regen in die Traufe gekommen«, sagte Jay plötzlich. »Wir müssen von hier verschwinden.«

»Auf demselben Weg«, ergänzte Sophie. »Ich habe immer noch etwas Kreide, so daß wir uns nicht verlaufen. Hast du noch deine Taschenlampe?«

»Ja. Hier.« Sophie hörte ein leises *Klick*, und ein kleiner Lichtfleck erschien auf dem Gras. »Na toll«, ärgerte sich Jay. »Ich muß die Batterien austauschen ... ich hab' hier doch irgendwo ...«

Sophie hörte, wie ihre Freundin in ihrem Rucksack wühlte.

Während sie auf Jay wartete, machte Sophie einen Schritt nach vorn, um einen Blick in den Gang vor der Grotte zu werfen. Wenn sie schon wegliefen, dann wollte sie wenigstens keinem der Warrags, dem rotäugigen Steinmonster oder irgendeinem anderen unterirdischen Horror in die Arme rennen. Ihr rechter Fuß näherte sich der unsichtbaren Linie, die die kleine Höhle vom Korridor trennte ... und hielt an. Sophie stolperte, ruderte mit den Armen und wurde von irgend etwas zurückgeschleudert. Sie landete mit dem Rücken im Gras und starrte auf die Türöffnung.

»Was um alles in der Welt ...?«

Sophie kroch erneut nach vorn und streckte eine Hand aus. Nichts hielt sie auf. Sie kroch noch ein wenig weiter und steckte ihren Kopf in den Korridor. Kein Widerstand. Sie kroch wieder weiter ... beide Schultern kamen durch. Hatte sie sich die Barriere nur eingebildet? War sie über ihre eigenen Füße gestolpert oder auf dem feuchten Gras ausgerutscht?

Sie steckte bis zur Hüfte im Gang ... und plötzlich ging es nicht mehr weiter. Sophie bewegte die Beine. Sie funktionierten. Sie bewegte die Arme – auch in Ordnung. Aber wenn sie versuchte, sich durch die Tür zu schieben ... *ging es nicht.*

Noch mehr Magie. Sophie spürte Kälte, die von der unsichtbaren Barriere ausging und ihr bis ins Mark kroch. Das war nichts Natürliches – nichts, das in die reale Welt gehörte. Es fühlte sich nach Unendlichkeit an, nach einer längst vergangenen, bösen Zeit, die man irgendwann vergessen und jetzt wiederbelebt hatte ... die man aus ihrem dunklen Gefängnis befreit und in eine Welt gebracht hatte, in der sie eigentlich nicht existieren durfte.

Sophie wich zurück und setzte sich zitternd ins Gras. *Falschheit.* Als der Wald sie beobachtet und der Boden sich unter ihren Füßen bewegt hatte, da hatte sie das gleiche Gefühl übermannt. Aber jetzt war es noch viel schlimmer. Während Sophie ihre Empfindung bezüglich des Waldes und der bebenden Erde noch einigermaßen rational erklären konnte, handelte es sich hier eindeutig um Zauberei. Als sie in dem Reiseführer gelesen hatte, war ihr natürlich auch die Magie darin aufgefallen – aber diese Magie wirkte klein, menschlich und war irgendwie verständlich. Bei dem Versuch, durch die Tür zu gehen, war Sophie mit einer anderen Form von Magie in Berührung gekommen. Es war eine kalte Magie, die ihr bewußt machte, daß sie nicht mehr als eine Ameise im Konzept des Universums war.

»Na bitte!« sagte Jay, und weißes Licht erhellte die Höhle. »Schon besser.«

Sophie wandte sich zu ihrer Freundin. »Wir können hier nicht weg. Sie dir das hier an.« Sie demonstrierte die magischen Fähigkeiten der Barriere und zog sich rasch wieder zurück. Dieses magische Ding war kalt und ruhig wie eine Schlange, die auf Beute lauert. Es war wachsam und bösartig. Es hatte irgend etwas, das an der Seele nagte und Hoffnung in Verzweiflung verwandeln konnte. Sophie ertrug die Kälte nicht länger. Nach dem zweiten Kontakt dauerte es bereits wesentlich länger, bis das Eis in ihrem Blut wieder getaut war.

»Das erklärt, warum Metthwyll keine Angst hatte, daß wir weglaufen.« Jay leuchtete mit ihrer Taschenlampe in die Öffnung und bewegte sich darauf zu. Ihr rechtes Bein schwang nach vorne, verfing sich in irgendwas und wurde zurückgeschleudert. Jay steckte die Hände durch die Barriere und zog sie wieder zurück, als hätte sie sich verbrannt. Dann steckte sie einen einzelnen Finger hinein, konzentrierte sich ... und riß auch diesmal die Hand wieder zurück. »O Mann«, sagte sie zitternd. »Das Ding ist *böse*.«

»Also warten wir?«

»Ja ... nur auf *was*?«

Kapitel Zweiunddreißig

Hyultifs schwarzer Spiegel zeigte die Gesichter der beiden Gefangenen. Sie waren überhaupt nicht das, was er sich vorgestellt hatte. Sie waren *Frauen* – groß, schlank und älter als sie aussahen, doch im Gegensatz zu den meisten Machnaan-Frauen über dreißig waren sie nicht von harter körperlicher Arbeit und ständigem Kinderkriegen gezeichnet.

Metthwyll hatte sie in dem uralten Labyrinth ver-

steckt, das weit unterhalb der eigentlichen Festung lag.
Dieser Teil von Cuthp Maest war selbst in der Blütezeit
der Stadt nur spärlich bevölkert gewesen. Hyultif wußte,
daß der Erfolg seines Plans im Augenblick ausschließlich
von Metthwyll abhing. Er hatte keine Möglichkeit, das zu
beeinflussen. Aber wenn Hyultif seine Arbeit gut gemacht hatte, dann würde diese unwissende Marionette
schon bald die Wiedergeburt der Aregen herbeiführen.
Alfkindaar und Machnaan wären dann nichts weiter als
Staub unter ihren Füßen ... und Hyultif wäre ein freier
Mann.

Hyultif lächelte. Er hatte *gute* Arbeit geleistet. Das
wußte er. Sein Spiel würde Faan Akalan vernichten –
Rache für seine Familie und sein Volk.

»Erhebt euch, Aregen, und besetzt den Thron, der euch
gebührt«, flüsterte er. »Trinkt das Blut eurer Feinde. Zer-
malmt sie. Zerstört und triumphiert.«

Hyultif lächelte. Er hoffte, derjenige zu sein, der Faan
Akalan töten würde. »Mutter«, murmelte er, und sein
Grinsen wurde breiter. »Ich komme, *Mutter*.«

Kapitel Dreiunddreißig

Jayjay lief durch den dunklen Raum und starrte auf das
schwächer werdende Licht ihrer Taschenlampe. Acht
Stunden und zwanzig Minuten. Sie hatte sich ausgeruht,

war herumgelaufen und hatte sich wieder ausgeruht. Jayjay hatte es vermieden, einzuschlafen. Seit sie Glenraven betreten hatte, war sie immer wieder von Alpträumen heimgesucht worden; deshalb zog sie es vor, wach zu bleiben. Jay war die Dunkelheit leid. Sie konnte das fahle, unnatürliche Licht der künstlichen Sterne nicht mehr ertragen, das in den Raum drang. Sie ärgerte sich über ihre Gefangenschaft und über die Tatsache, daß sie nicht wußte, was als nächstes geschehen würde.

Im Wald hatte Jay sich besser gefühlt – zwar immer noch nicht gut, aber besser. Dort hatte sie wenigstens die Möglichkeit gehabt, etwas zu unternehmen. Jetzt war sie vollkommen hilflos ... sie konnte nur warten.

Wenn Metthwyll irgend etwas geschieht, werden wir hier unten elend verrecken, dachte Jay. Ein schrecklicher Gedanke.

Sophie lag neben dem kleinen Bach, der mitten durch die Grotte floß. Das Wasser war kühl und süß. Ein wenig abseits befand sich eine heiße Quelle, deren Wasser durch ein kleines Loch in der Wand abfloß. Dieselbe Barriere, die die Tür blockierte, versperrte auch den Zu- und Abfluß des kleinen Baches und der Quelle. Für eine Gefängniszelle war der Raum allerdings recht komfortabel. Es gab frisches Wasser und eine selbstreinigende, offensichtlich magische Toilette, die hinter einem kleinen Busch mannshohen Grases verborgen war. Außerdem war das Gras weich genug, um angenehm darauf zu liegen. Trotzdem ... menschliche Wesen waren nicht dafür geschaffen, ihr Leben in ewigem Zwielicht zu verbringen. Sie brauchten Sonnenschein.

»Ich wünschte, es wäre etwas heller«, murmelte Jay.

Zunächst bemerkte sie keinerlei Veränderung, aber dann konnte sie auf einmal die Feinheiten von Sophies Gesicht erkennen, obwohl ihre Freundin auf der anderen Seite der Höhle lag. Die künstlichen Sterne an der Decke wurden immer heller ... und heller ... und heller. Schatten bildeten sich auf dem Boden und wurden zu scharfen Konturen. Der gesamte Raum wurde von einem sonnigen, warmen Licht überflutet, und das Gras bewegte sich in einer leichten Brise. Als das Licht intensiver wurde, schlossen sich kleine weiße Blüten mit der Langsamkeit einer sich räkelnden Katze. Einige Augenblicke später erblühten andere Blumen im Gras ... kleine gelbe und rote Blüten wiegten sich auf schmalen Stengeln.

»Der Raum ist zu hell«, sagte Jay und wartete auf eine Reaktion ...

... und die Sterne trübten sich.

»Irgendwo zwischen dieser Helligkeit und der davor wäre perfekt.«

Die Sterne strahlten wieder mehr.

Nun. *Das* war beeindruckend.

Sophie setzte sich auf, als der Raum in Licht getaucht wurde, und blickte sich um. »Glaubst du, die Tür würde sich öffnen, wenn wir sie darum bitten?« fragte sie ihre Freundin.

»Vielleicht.«

»Wir müssen raus«, sagte Sophie und schritt auf die Tür zu. Sie versuchte hindurchzugehen, stieß auf die unsichtbare Wand und wurde zurückgeschleudert. »Wir müssen nach Hause«, korrigierte sie sich.

Die Barriere blieb undurchdringlich.

»Sesam öffne dich.«

Nichts.

»Verdammt«, fluchte Sophie.

»Es war einen Versuch wert«, erwiderte Jay.

»Wir haben keine Ahnung, was der Raum sonst noch kann. Wir müssen es irgendwie herausfinden.«

Jayjay nickte. »Schade, daß es keine Gebrauchsanweisung gibt.«

Sophie zog ein nachdenkliches Gesicht. »Wir benötigen eine Gebrauchsanweisung für diesen Raum.«

Nichts geschah.

»Vielleicht läßt sich nur die Helligkeit verändern, sonst nichts«, vermutete Jayjay. Die Idee mit der Gebrauchsanweisung hatte sie zum Grübeln gebracht. Jay zog den Fodor's hervor – Cuthp Maest stand nicht auf ihrer Reiseroute, also hatte sie sich nicht sonderlich damit beschäftigt. Jetzt wollte Jay allerdings mehr über ihre Feinde erfahren – welche Absichten sie hatten, und warum sie die beiden Frauen gefangenhielten.

Jayjay blätterte zu dem Abschnitt über Cuthp Maest.

... seit ihrer Erbauung eine Festung der Alfkindaar, die bis zum Beginn ihrer Herrschaft zurückdatiert. Es ist der

Hauptsitz von Faan Akalan, durch Erbrecht Schutzherrin der Alfkindaar. Bis zum heutigen Tag nicht von Menschen erkundet ...

Nanu, dachte Jay. Nicht von *Menschen* erkundet? Was soll denn das? Und was ist mit denen, die uns hergebracht haben?

... kursieren Gerüchte, daß Cuthp Maest auf magischem Wege sowohl mit anderen Festungen der Alfkindaar als auch mit Gebieten jenseits des Zeitlosen Reiches verbunden ist ...

Jayjay war absolut sicher, daß nichts über Magie in ihrem Reiseführer gestanden hatte, als sie ihn zum ersten Mal gelesen hatte. Der Text hatte sich also wieder verändert – *toll!* Jay runzelte die Stirn und las weiter.

Die Geschichte dieses Ortes wird euch jetzt wenig helfen. Wenn ihr das hier überleben solltet, dann ist es ein Wunder. Faan Akalan wird herausfinden, daß ihr hier seid, um sie zu stürzen ... und sobald sie das weiß, wird sie euch umbringen.

Hier hockt ihr also – ihr, die ihr Glenravens Helden sein solltet – ihr, die ihr Freiheit für die versklavten Menschen des Zeitlosen Reiches bringen solltet ... und ihr, unsere ›Retter‹, müßt nun selbst gerettet werden.

Idioten!

Jay schloß das Buch, markierte die Seite mit dem Daumen und atmete tief durch. Sie wußte nicht, worüber sie sich mehr ärgerte – die schlechten Neuigkeiten oder die unverschämte Art und Weise, in der das Buch sie verkündete.

»Soph. Lies das und sag mir, was du davon hältst.«

Sophie nahm das Buch und begann auf der Seite zu lesen, die Jay ihr zeigte. Als sie fertig war, blickte sie auf und schnitt eine Grimasse. »Charmant.« Sophie gab ihr den Reiseführer zurück. »Laß uns eine Seite aus dem Kapitel über alte Geschichte reißen und den ›Unglücksboten‹ umbringen.«

Jay lachte, obwohl ihr nicht danach war. »Was hast du vor?« fragte sie.

»Wirf das Buch ins Wasser. Steck es in Brand. Reiß es in Stücke.«

»Deine Vorschläge haben zwar einen gewissen Reiz, aber wir könnten es irgendwann noch brauchen.« Jay legte die Hand auf die Stirn. »Im Moment habe ich wahnsinnige Kopfschmerzen. Warum legen wir uns nicht einfach hin? Vielleicht sieht alles besser aus, wenn wir wieder aufwachen.«

Sophie nickte. »Klingt gut. Wenn ich aufwache, war vielleicht alles nur ein böser Traum.«

Jayjay seufzte. »Ein Traum … das wäre toll. Wenn ich in Peters aufwachen würde, wieder zwanzig Jahre alt wäre und meine drei Ehen nur geträumt hätte … hmmm, ja, ich glaube, damit könnte ich leben.« Sie legte sich auf den Bauch und benutzte ihren Arm als Kissen. Auf wundersame Weise gab der Boden unter ihr nach, umfing sie und machte es ihr so bequem wie möglich. Das ist ja noch viel besser als ein Wasserbett, dachte Jay.

Jay wanderte umher. Ich träume, dachte sie. Ich träume, daß ich umherwandere. Ich werde nicht viel Schlaf finden ...
Wandern.
Am Anfang konnte sie keine Einzelheiten erkennen ... nur ihre Beine, die sich bewegten ... und bewegten ... und bewegten. Jay rechnete jeden Augenblick damit, über irgend etwas zu stolpern und aufzuwachen. Sie haßte dieses Gefühl. Aber statt dessen wanderte sie immer weiter, und plötzlich wurde ihr bewußt, daß sie ein Ziel hatte. Geräusche. Wasser ... ja, das Geräusch eines Wasserfalls – irgendwie leicht und fröhlich. Lachen ... das Lachen von Kindern – aber nicht ganz. Jay spürte, daß sie zu einem Ort ging, an dem sie eigentlich nichts zu suchen hatte. Sie gehörte nicht in diese Welt ... plötzlich verspürte sie das Bedürfnis, vorsichtig zu sein und sich in den Schatten zu verstecken.
Jayjay fröstelte, und im gleichen Augenblick konnte sie Einzelheiten erkennen. Schimmernde kleine Lichter in allen Farben des Regenbogens flackerten überall und drehten sich in einem verwirrenden Tanz. Jay folgte ihnen, da die Lichter in die gleiche Richtung zogen wie sie. Sie näherte sich dem Lachen, ohne daß ihre Füße den Boden berührten.

Ein Teil ihres Verstandes amüsierte sich köstlich über dieses Phänomen, da es auf diese Art und Weise wohl wesentlich schwieriger sein würde zu stolpern; der Rest allerdings konzentrierte sich ganz darauf, keinen Lärm zu verursachen. Jay *wußte* – ohne sagen zu können warum – daß sie sich einer schrecklichen Gefahr näherte ... *dem Tod*. Trotzdem konnte sie nicht umkehren. Sie mußte einfach weitergehen.

Die Lichter tanzten weiter vor ihr her, bis sie plötzlich wie eine explodierende Feuerwerksrakete auseinanderstoben. Jay ging weiter ... zu einem Ort an der Schwelle von Licht und Dunkelheit.

Alles scheint in dieses verdammte Zwielicht gehüllt zu sein, dachte sie verärgert, selbst in meinen Träumen. Eigentlich sollte ich wenigstens im Schlaf dazu fähig sein, für mehr Licht zu sorgen. Wie wäre es zum Beispiel mit einer kleinen strahlenden Sonne und einer erfrischenden Sommerbrise? Wenn ich schon in weitere Schwierigkeiten renne, dann könnte wenigstens die Sonne scheinen.

Jay stand inmitten einer wunderschönen Grotte. Die Stämme der steinernen Bäume waren von einem wahren Genie gearbeitet worden. An ihren Ästen hingen Blätter aus Gold und Silber, die bei jedem Windzug ein fröhliches Lied spielten. Ein Stück weiter vorn bewegten sich dunkle Gestalten auf ein mattes, gelbes Licht zu. Jay folgte ihnen, wobei sie darauf achtete, immer im Schatten der Bäume zu bleiben. Vor lauter Angst vergaß sie fast das Atmen.

Ihre Furcht wuchs immer mehr, je näher sie dem Licht kam. Es hatte seinen Ursprung in einer klaren Kristallkugel, die auf einem kleinen Sockel aus dunklem Holz ruhte. Eigentlich hätte sie der Anblick nicht beeindrucken dürfen – was war an einer Glühbirne schon Besonderes? –, aber Jay konnte die *Macht* spüren, die von der Kugel ausging. Sie wußte, daß das Licht, das der Kristall ausstrahlte, ein unbedeutendes Nebenprodukt einer uralten, mächtigen Magie war. Jay konnte das enorme Alter der Kugel beinahe *sehen*.

Im Licht des Kristalls konnte Jay die Wesen erkennen, die sich in der Halle versammelt hatten ... Kreaturen, die aus einem Alptraum zu stammen schienen. Kleine Geschöpfe mit Fledermausflügeln, den Reißzähnen eines Wolfes und dem Körper einer Frau flatterten lachend umher. Sie waren in teure Seide gehüllt, die im krassen Gegensatz zu ihren schwarzen Flügeln und leichenblassen Gesichtern stand ... das Lachen, das Jayjay als kindlich empfunden hatte, stammte von ihnen. *Sie flogen mit den Jägern*, erkannte sie. *Und ich hab' sie für eine Art gabelschwänzige Fledermaus gehalten.* Wesen mit langen Schnauzen, stehenden Ohren und beinahe menschlich wirkenden Augen sprachen miteinander. Ihre Stimmen klangen tief und hart. Auch sie trugen eine Art Kleidung – Lederharnische, an denen allerhand Waffen und Werkzeuge hingen. Jay erkannte auch sie ... das waren die Biester, deren Köpfe sie an den Wänden des Wythquerin Zearn gesehen hatte ... das waren die ›sprechenden

Hunde‹, die mit ihren ›Rettern‹ zusammengearbeitet hatten. *Warrags* ... wie Grah. Weder Hund noch Wolf, sondern irgend etwas ... *anderes.* Jay starrte auf die langen, krallenbewehrten Hände der Kreaturen ... die verhornten Handflächen, auf denen sie liefen. Die Beine der Warrags besaßen zwei Gelenke, so daß sie wie die Gliedmaßen einer riesenhaften Spinne wirkten.

»Laß uns losziehen und noch ein paar Machnaan ›vor Unheil bewahren‹«, sagte einer der Warrags und lachte.

»Vor *Unheil* bewahren, Grah? Ich werde meine fürs Mittagessen *bewahren*, wenn du deine fürs Abendessen *bewahrst*«, erwiderte der andere mit einer Grabesstimme. Beide kicherten boshaft.

Jay hatte unheimliche Angst. Das *war* Grah ... der, der sie gefunden und gefangengenommen ... und mit ihr Katz und Maus gespielt hatte. Sie konnte Grah nicht ausstehen!

Jay bekam eine Gänsehaut, und sie wandte ihre Aufmerksamkeit in eine andere Richtung. Das gigantische, plumpe Monster, das Jay zunächst für einen Haufen Steine gehalten hatte, lehnte außerhalb des Lichtkreises an einem der steinernen Bäume. Seine kleinen hungrigen Augen leuchteten rot. Seine Haut war faltig wie die eines Rhinozerosses, und die Zähne waren die eines Hais. Absurderweise trug die Bestie ein mit Gold und Edelsteinen besetztes samtenes Gewand.

Weitere, noch entsetzlichere Kreaturen lauerten in den Schatten und flüsterten. Sie besaßen Schuppenpanzer, trugen Felle oder waren über und über mit Schleim bedeckt. Auch sie waren in prächtige Gewänder gehüllt, wie Höflinge an einem mittelalterlichen Königshof. Diese Wesen schienen dem Kopf eines irren Psychopathen entsprungen zu sein. Ihr Flüstern erinnerte Jay an das Geräusch von Fingernägeln, die über eine Tafel kratzen, oder an nächtliche Schritte auf einem Friedhof ... einfach an alles, was sie jemals aus dem Augenwinkel gesehen hatte und das sofort verschwunden war, sobald sie sich umgedreht hatte. Diese Kreaturen machten ihr mehr Angst als alles, wovor sie sich als Kind gefürchtet hatte.

Ein Mann schritt mitten durch die Schrecklichsten unter ihnen und betrat den Lichtkreis. Das Flüstern und Lachen verstummte schlagartig. Aber ... das war gar kein Mensch! Das Wesen besaß blasse, goldene Augen und eine scharfe, gerade Nase über einem perfekten Mund, dessen Lippen sich leicht nach oben wölbten. Das goldblonde Haar war kurzgeschnitten und leuchtete wie Metall. Das Wesen besaß eine derartige sexuelle Anziehungskraft, daß Jay sich auf dem Weg zu ihm befand, bevor sie es bemerkte. Hastig versteckte sie sich wieder hinter einem der Bäume. Sie wollte ihn ... ohne zu wissen warum. Sie wollte ihn berühren, ihn schmecken und seine Hand auf ihrer Haut spüren.

Der Mann lächelte, und Jay erblickte die langen Reißzähne eines Raubtiers ... und als er die Hand ausstreckte und auf die leuchtende Kristallkugel legte, bemerkte sie einziehbare Krallen an seinen Fingern. Trotzdem brannte heißes Verlangen in ihr, das nur durch ihre Furcht gedämpft wurde.

»Metthwyll«, fragte Grah, »warum durften wir sie nicht verschlingen?«

Metthwyll? Jay war verwirrt. Spielte ihr Verstand ihr einen Streich? Sie war stundenlang neben ihm durch die Dunkelheit marschiert. Neben ihm ... *ihm!* Sie hatte ihn für einen Menschen gehalten ... aber was für ein Ding das auch immer sein mochte, es war ganz bestimmt nicht menschlich. Das ist alles nur ein Traum, sagte sie sich. Oh ... ich bin ja so blöd ... ich träume nur ... aber einen verdammt realistischen Traum.

Metthwylls Anblick verschlug Jay die Sprache. Er ... Mann ... männliches, magisches Goldgeschöpf ... wandte sich zu dem Warrag, und seine Ohren bewegten sich ein wenig. Es waren kleine, perfekt geformte Ohren. »Es ist seltsam«, sagte Metthwyll mit einer samtenen Stimme, bei deren Klang Jay ein wohliger Schauer über den Rücken lief. »Sie gehören eigentlich nicht hierher ... und dann wieder doch. Ich spüre etwas an ihnen, das mit einer sehr alten Magie in Verbindung steht. Wie kann das sein?«

Grah fletschte die Zähne und knurrte. »Ich dachte, du wärst zu dem Schluß gekommen, daß sie nicht die Magier sind, die Faan Akalan haben wollte. Hast du nicht selbst gesagt, daß die beiden noch frei herumlaufen?« Er kicherte – derselbe rauhe Klang, den Jay bereits im Wald gehört hatte.

Metthwyll zuckte die Schultern. »Das habe ich nur gesagt, weil Bewul in der Nähe war, Grah. Ich weiß nicht, wer oder was sie sind, aber sie sind wichtig. Sie sind irgend etwas ... Unmögliches.« Er seufzte, runzelte die Stirn und blickte in Jays Richtung ... und durch sie hindurch. »Ich weiß einfach nicht, was ich von ihnen halten soll.«

»Wenn sie tot sind, stellen sie keine Bedrohung mehr dar«, flüsterte das rotäugige Monster am Rand des Lichtkreises. »Du könntest ihren Tod Bewul in die Schuhe schieben. Erzähl Faan Akalan, er habe sie getötet, obwohl sie die gesuchten Magier waren. Dann könnten die richtigen Magier sie ungehindert angreifen, und wir hätten kein Problem mehr mit diesen Wesen, die du gefunden hast.«

»Ich denke, sie sind diejenigen, die Faan Akalan gesucht hat. Ich glaube aber nicht, daß sie das weiß«, erwiderte Metthwyll.

Das rotäugige Steinwesen schüttelte den Kopf. Die Bewegung wurde von einem Geräusch wie von Mühlsteinen begleitet. »Also willst du sie vor ihr verstecken. Und was ist, wenn Bewul dir einen Strick daraus dreht?«

Metthwyll wandte sich um und blickte der Kreatur in die Augen. »Was wir auch mit ihnen tun, Bewul wird sich auf jeden Fall über uns beschweren. Er leckt ihr die Stiefel wie ein Schoßhund. Wenn sie ihm befehlen würde, auf dem Bauch herumzurutschen und ihre Zehen zu küssen, würde er es tun, und er wäre auch noch dankbar dafür.«

Der goldhaarige ›Nicht-Mann‹ blickte mit wütenden Augen in die Ferne. »Ich bin niemandes Schoßhund, Hgrall.« Seine Stimme wurde zu einem tiefen Grollen. »Und ganz bestimmt nicht der *ihre*.«

Grah verzog die Mundwinkel zu einem häßlichen Grinsen und lachte laut. »Und wenn Bewul ihr morgen erzählt, daß du zwei Gefangene hast, die nicht hierher gehören, und daß du sie vor ihr versteckst, dann serviert sie dir deine Eier in einer Schale. Was wird dann aus unserer Revolution, alter Freund?«

»Genau deshalb wird Bewul ihr nichts erzählen.« Metthwyll legte nun auch die andere Hand auf die glühende Kugel. Jayjay bemerkte, daß er sorgfältig darauf achtete, mit der einen Hand über den Kristall zu gleiten, während er mit der anderen den oberen Teil immer bedeckt hielt.

Eine der scheußlichen Fledermausfrauen flatterte vor Metthwylls Gesicht und schwebte regungslos in der Luft. »Und wie willst du ihn davon abhalten? Glaubst du, du könntest uns einfach hier zusammenrufen und erklären, daß du zwei Machnaan behalten willst ... und dann sollen wir zu Bewul gehen und ihn davon überzeugen, *sie* anzulügen? Er ist keiner von uns. Er würde uns im gleichen Moment verraten, in dem er von unserer Existenz erfährt.«

Metthwylls Gesicht wurde hart. »Nein. Ich will, daß ihr mir zwei weibliche Machnaan-Körper bringt ... ich brauche frische Knochen. Schickt die Wühler. Sie sollen zwei Leichen aus ihren Gräbern ziehen, die gerade beerdigt worden sind. Dann sollen die Fledderer das Fleisch von den Knochen nagen, so daß sie nicht mehr zu erkennen sind. Wenn sie keine jungen Frauen finden, die gerade erst gestorben sind …«, er ließ den Kopf hängen und seufzte, »… dann schickt sie bei Einbruch der Nacht zu den Mauern von Sinon, wo sie zwei holen sollen, die noch nicht ganz tot sind … und bringt mir *ihre* Knochen.«

Überall ruckten Köpfe herum und alle Blicke waren auf Metthwyll gerichtet.

Jayjay war übel. Metthwyll wollte eiskalt zwei unschuldige Frauen umbringen, um die Tatsache zu verschleiern, daß sie und Sophie seine Gefangenen und noch am Leben waren?

»Wir sollen den Pakt brechen? Wegen dieser beiden? *Warum*?« Es war Hgrall, der gesprochen hatte.

Metthwylls Gesicht verfinsterte sich. »Ich weiß es nicht. Ich weiß nur, daß wir sie brauchen.«

Grah legte die Ohren an. »Soll das heißen, wenn sie sterben, dann stirbt unsere Hoffnung auf Revolution mit ihnen? Ich habe nicht gewußt, daß sie so wertvoll sind.«

»Ich glaube, sie sind der Schlüssel, auf den wir gewartet haben. Mach dir keine Sorgen. Sie sind gut versteckt … selbst vor Bewul. Wenn wir ihm die Knochen geben, damit er sie zu Faan bringt, wird er zufrieden sein; und wenn Faan die Knochen untersucht und nichts Außergewöhnliches entdeckt, wird sie mir glauben, daß die

Fremden nichts Besonderes waren und ich sie deshalb an euch verfüttert habe.«

Metthwyll starrte mit einem kalten Blick auf die Hand, die auf der leuchtenden Kugel lag. »In der Zwischenzeit«, murmelte er, »werde ich vielleicht eine Lösung für das Rätsel finden, das die Fremden bedeuten.«

Grah beratschlagte sich flüsternd mit den anderen Warrags. Nach einigen Augenblicken wandte er sich an Metthwyll. »Wir wußten nicht, daß unsere Zukunft von diesen Kreaturen abhängt. Wir wollen Wachen aufstellen, um sie vor Schaden zu bewahren, bis sie ihr Schicksal erfüllt haben.«

Metthwyll bleckte die Zähne und lächelte. »Gut gesprochen, Grah. Hnarl bewacht sie bereits.«

Grah nickte. »Gut. Unsere Zukunft ist bei Hnarl in guten Händen. Wenn du mir sagst, wo er wartet, werde ich ihn am Ende seiner Schicht ablösen. Nichts wird unbemerkt an mir vorbeikommen.«

»Danke. Wenn du wachst, können wir ruhiger schlafen.«

Jayjay spürte, wie sie sich zurückzog ... oder besser: wie sie zurückgezogen *wurde*. Einer der Warrags fragte etwas, das sie nur zu gerne gehört hätte. Jay sah, wie sich Metthwylls Lippen zu einer Antwort formten. Sein Lachen war nur noch ein leises Wispern. Sie bewegte sich immer weiter weg ... immer schneller und schneller, zurück durch die dunklen Gänge und gewundenen Korridore, zurück durch die Stille ... zurück, zurück und immer weiter zurück.

Jay wachte erschreckt auf. Ihr Körper schüttelte sich – entweder das, oder *jemand* schüttelte sie ...

»Du warst so unruhig«, sagte Sophie. »Du hast mit den Armen um dich geschlagen und gestöhnt. Ich dachte, du hättest einen Alptraum. Bist du okay?«

Jayjay setzte sich auf. Sie fühlte sich noch erschöpfter als vorher. »Schon wieder so ein verrückter Traum.« Jay erzählte Sophie, was sie erlebt hatte, einschließlich der unerklärlichen Anziehungskraft, die Metthwyll auf sie ausgeübt hatte.

Sophie nickte. »Ich verstehe das mit Metthwyll. Dein Unterbewußtsein sucht nach einem Ersatz für Steven, nach irgend jemandem, der machtvoll und unwiderstehlich ist. Allerdings war der Rest deines Traums ziemlich ... wild.«

»Es hat sich nicht so angefühlt ... wie ein Traum, meine ich. Es war irgendwie *real*.«

»Hattest du früher schon einmal Wahnvorstellungen?«

»*Nein!*«

Sophies Schulterzucken deutete an, daß sie den Traum für unbedeutend hielt. »Konzentrieren wir uns lieber darauf, wie hier wieder rauskommen«, erklärte sie.

Jay stieß einen Seufzer aus. »Okay. Laß uns den großen Ausbruch planen.« Sie sprach nicht mehr über den Traum. Trotzdem mußte sie ständig daran denken. Jay wollte ihn auch gar nicht vergessen; statt dessen betrachtete sie ihn als eine Botschaft Glenravens. Es war ein Versprechen auf Veränderung. Jay hatte in dieser Welt der Magie eine wichtige Aufgabe zu erfüllen. Sie – eine Frau, die ihr bisheriges Leben damit verbracht hatte, anderen dabei zuzusehen, wie sie Risiken eingingen und Chancen wahrnahmen, während sie nur darüber geschrieben hatte – *sie* hatte jetzt die Gelegenheit, etwas Bedeutendes zu vollbringen.

Kapitel Vierunddreißig

Hyultif wartete hinter dem Vorhang, bis Faan Akalan Bewul entlassen hatte. Erst als der Kin den Raum verlassen und die Tür hinter sich geschlossen hatte, wandte sie sich in Richtung des Vorhanges.

»Hast du gehört, was er gesagt hat?«

Hyultif, der seine Zauberutensilien bei sich trug, kam hinter dem Vorhang hervor und verbeugte sich vor der Schutzherrin. »Ich habe alles gehört.«

»Hat er recht? Hat Metthwyll die falschen Leute geschnappt, und wenn ja ... warum hast du mir geraten, daß *er* den Suchtrupp anführen soll?«

Das war typisch Faan – immer bereit, jedem die Schuld für einen Fehler zu geben, der in der Nähe war. Aber die Lorbeeren kassierte nur sie allein, egal, wer dafür verantwortlich war.

»Metthwyll hat die falschen Leute gebracht«, erklärte Hyultif. »Aber trotzdem kommt uns das zugute. Schaut – studiert die Omen.«

Hyultif reichte Faan die Schüssel. Sie nahm sie, glitt elegant zu Boden und kreuzte die Beine. Die Schutzherrin starrte lange auf ihr eigenes Spiegelbild. Ihr langes, blasses Haar fiel nach vorn und schirmte ihr Gesicht wie ein Vorhang ab. Dann blickte sie wieder hoch und lächelte – ihre weißen Reißzähne leuchteten wie Perlen im tiefen Kupfer ihrer Haut. Ihre honigfarbenen Augen verengten sich und waren erfüllt von einem unheimlichen Glühen. »Ja, Hyultif. Das ist schon *viel* besser. Ich werde die Machnaan nicht einfach nur besiegen; ich werde sie *vernichten*. Die Vorzeichen sind wunderbar.«

Hyultif hatte diese Reaktion erwartet. Er hatte lange genug an der Vision gefeilt, hatte sie so mysteriös und komplex gestaltet wie jede, die das Orakel auch sonst gezeigt hätte. Hyultif hatte jedes Bild so bearbeitet, daß es von Macht und Eroberung erzählte. Was Faan sah, bestärkte sie in dem Glauben, daß Metthwyll durch seinen Fehler genau in ihre Hände arbeitete. Es gab keine *wirkliche* Bedrohung. Faan stand kurz davor, die völlige Kontrolle über Glenraven und seine Bewohner zu erlangen ... und das alles, ohne auch nur einen einzigen Krieger in den Kampf zu schicken.

Es war von enormem Vorteil, immer nur die Wahrheit zu sagen, dachte Hyultif. Man konnte eine gigantische Lüge verbreiten, ohne daß jemand Verdacht schöpfte.

Kapitel Fünfunddreißig

Sophie schloß die Augen, als das Wasser des kleinen Wasserfalls in der Grotte über ihren Nacken lief. Es war eine phantastische Massage, die allerdings nur auf ihren Körper wirkte. Ihr Verstand ließ sich nicht so leicht beruhigen.

Sophie betrachtete ihre Finger, die wie eine Dörrpflaume geschrumpelt waren. Seufzend zog sie ihr Glenraven-Kostüm aus dem Bach und legte es auf einen Stein neben Jayjays. Dann kletterte sie aus dem Wasser, trocknete sich ab und zog sich frische Unterwäsche, Jeans und ein Polohemd über. Die beiden Frauen hatten beschlossen, daß die verdreckten Kostüme eine gründliche Reinigung vertragen konnten. Ihre eigene, bequeme Baumwollkleidung fühlte sich wunderbar an – Sophie würde sie vermissen, wenn sie wieder in die einfachen Trachten schlüpfen mußte. Nachdem sie fertig war, gesellte sie sich zu ihrer Freundin am anderen Ende der Höhle. »Hast du dir schon einen Weg ausgedacht, um uns hier rauszubringen?«

Jayjay, die als erste gebadet hatte, trug ihre Lieblingsklamotten – Khakihose, Khakihemd und ihre berühmte Fotografenweste. Sie starrte ins Leere. Als sie Sophies Stimme hörte, schreckte Jay hoch. »Was?«

»Hast du dir einen Weg ausgedacht, um uns hier rauszubringen?« wiederholte Sophie geduldig. »Ist dir was eingefallen? ›Die fünf besten Arten, wie man durch eine unsichtbare Wand geht‹ oder ›Die drei einfachsten Techniken, eine Wache zu überrumpeln‹ ... irgendwas in der Art?«

»Oh, nichts, was erwähnenswert wäre.«

Das Gras fühlte sich unter Sophies nackten Füßen an wie Seide. Sie haßte den Gedanken an Socken und Schuhe, aber wenn der Moment zur Flucht gekommen war, wollte sie bereit sein. Sophie hockte sich neben Jay und zog ein Paar Strümpfe an. »Okay. Du hattest also keinen Geistesblitz. Warst du denn wenigstens intelligent?«

»Würdest du dich auch mit ›nicht ganz blöd‹ zufriedengeben?«

»Wenn es uns hier rausbringt, dann nehme ich auch ›dumm wie Scheiße‹. Was hast du vor?«

Jay deutete auf das hohe Gras, hinter dem die Toilette verborgen war. »Wir können ein paar Steine aus der Wand da drüben brechen, dann verstecken wir sie im Gras und lärmen so lange herum, bis jemand kommt. Dann ziehen wir ihm eins über und machen, daß wir wegkommen.«

Sophie starrte ihre Freundin verdutzt an. »Klar, du hast recht. Das hat so ziemlich *gar nichts*, was einen guten Plan auszeichnet. Wie können wir sicher sein, daß wirklich nur *einer* kommt? Und wenn nur einer kommt, wie können wir sehen, *wie* er das macht? Wenn Rein und Raus auf demselben Weg geschieht – und angenommen, wir überwältigen die Wache und kommen raus –, wie fin-

den wir dann durch dieses Labyrinth? Und selbst wenn
wir auch *das* schaffen, wie kommen wir über die Zugbrücke?«

Jay rümpfte die Nase. »Ich weiß, daß es kein toller Plan
ist. Hast du einen besseren Vorschlag?«

»Mir ist überhaupt nichts eingefallen.«

»Nichts?«

»Nichts.« Sophie erwähnte nichts von der hypnoti-
schen Kraft des Wasserfalls. Sie fühlte sich besser, nachdem sie ein Bad genommen hatte, doch die Freude über
die eigene Sauberkeit wies ihnen wohl kaum den Weg in
die Freiheit.

»Aber du willst meinen glorreichen Plan trotzdem ausprobieren?« fragte Jayjay.

Sophie steckte die Hände in die Hosentaschen und
lehnte sich gegen die steinerne Wand, die – ebenso wie
der Boden – so lange nachgab, bis sie sich ihr angepaßt
hatte. »Nun ... sagen wir mal, ich hätte gerne vorher noch
einige Fehler ausgebügelt.«

»Fluchtpläne sind nicht notwendig«, knurrte eine
Stimme von der Tür.

Die beiden Frauen sprangen auf und wandten sich dem
Eindringling zu. Ein behaartes, wölfisches Wesen von der
Größe eines Shetland-Ponys trottete in den Raum und
wedelte mit seinem Schwanz wie mit einer Peitsche. Aufgrund der ungewöhnlichen Form seiner Schultern und
seiner Hüften glaubte Sophie, daß es für kurze Zeit aufrecht gehen konnte. Die Kreatur besaß zudem richtige

Hände, die allerdings deutliche Merkmale von Pfoten aufwiesen.

Gesicht und Fell waren über und über mit Blut bedeckt, und das Wesen atmete schwer.

Jay flüsterte: »Einer der Warrags.«

Sophie erkannte, daß es eine der Kreaturen war, die sie gestern als ›sprechende Hunde‹ charakterisiert hatte, obwohl dieses Alptraumwesen in Wahrheit wenig Ähnlichkeit mit einem Hund besaß. Es war schlank und irgendwie faszinierend. Sophie hatte den Eindruck, daß es prüfte, ob die beiden Frauen als Mahlzeit geeignet seien. Sie fragte sich, warum das Tier so blutverschmiert war, und in ihrem Hals bildete sich ein Kloß.

Das Wesen verbeugte sich. »Ich bin in der Tat ein Warrag«, erklärte es. Offensichtlich besaß es ein gutes Gehör. »Ihr könnt mich Grah nennen.«

Jayjay nickte mißtrauisch. »Du bist derjenige, der mich gefunden hat ... und Metthwylls Mitverschwörer, nicht wahr?«

Grah schnaufte und legte den Kopf auf die Seite. Irgendwie schaffte er es, sowohl verwirrt als auch gefährlich zu wirken. »Ihr seid außerordentlich gut informiert. Hat Metthwyll über mich gesprochen, als er euch herbrachte?«

»Nein«, erwiderte Jayjay. »Aber ich habe meine eigenen Quellen.«

»Sehr gute Quellen«, sagte Grah. Er blickte von einer Frau zur anderen. »Und wer seid ihr?«

Jay senkte den Kopf in dem Versuch, seine Verbeugung zu imitieren. »Julie Bennington.«

»Und ich bin Sophie.« Sophies Stimme versagte. Sie klang wie ein Junge im Stimmbruch.

»Sophie ... Juliebennington. Ihr ehrt uns mit eurer Anwesenheit.«

Sophie war nicht sicher, was der Warrag als höflich ansehen würde und was als unverzeihlichen Fauxpas, aber sie konnte die Unwissenheit nicht länger ertragen. »Warum bist du so blutverschmiert?« fragte sie. »Hat dich jemand angegriffen? Hat jemand versucht, deine Wache zu umgehen, um *uns* anzugreifen?«

»Von einem gewissen Standpunkt aus.« Der Warrag grinste. »Jemand hat eure Wache angegriffen, meinen lieben Freund Hnarl ... und ihn getötet. Armer Hnarl. Er ist bei dem Versuch gestorben, euch zu beschützen.« Grah lachte – ein schreckliches Geräusch. »Schade, daß er versagt hat.«

Jay wurde bleich. »Was soll das heißen? Bist du nicht hier, um uns zu beschützen?«

Grah legte erneut den Kopf zur Seite, und ein glückliches, hündisches Lächeln erschien auf seinem Gesicht. »Ich bin hier, um euch zu töten. Ich halte nichts von den Idealen der Rebellen. Ihr seid eine Bedrohung für die gegenwärtige Ordnung ... das glauben zumindest Faan Akalan und dieser Verräter Metthwyll.«

»Aber Metthwyll hat dir vertraut«, erwiderte Jay.

»Jeder macht mal einen Fehler.«

»Wie sind nicht von Bedeutung. Wir können dich nicht verletzen.«

Der Warrag seufzte entnervt. »Ich bin geneigt, euch zu glauben ... für mich seht ihr wertlos aus. Aber wenn sowohl meine Herrin als auch der Verräter darin übereinstimmen, daß ihr von Bedeutung seid, dann gehe ich lieber kein Risiko ein. Ich mag keine Veränderungen.«

Jay wich einen Schritt zurück und kauerte sich nieder. Sophie konnte im Gegensatz zu Grah nicht sehen, was ihre Freundin tat.

»Arme, dumme Juliebennington. Ich habe dich gefressen, bevor du mich mit deinem Steinchen verletzen kannst«, knurrte er.

Sophie wandte sich gerade noch rechtzeitig um, um zu sehen, wie Jay zu einem ihrer gefürchteten Fast-Balls ansetzte – ihrer Spezialität beim Softball. Jay schaffte zwar nicht mehr diesen Neunzig-Meilen-Wurf, der sie beinahe zu einem Star gemacht hätte, aber siebzig Meilen waren es noch immer ... und das mit einer unglaublichen Präzision.

Auch diesmal erzielte sie einen Strike ... und erwischte Grah am linken Auge. Der Warrag taumelte, fiel aber nicht. Statt dessen machte er knurrend einen Schritt nach vorn.

Jay warf einen weiteren Stein, während Sophie sich umdrehte und nach Munition suchte. Der Warrag blickte hin und her und entschied sich für Jay. Mit gefletschten Zähnen und gespreizten Klauen griff er an.

Sophie reagierte instinktiv ... sie warf sich auf den Rücken des Monsters und drosch mit dem Stein auf seinen Schädel ein. Grah heulte, buckelte und versuchte, Sophie von seinem Rücken zu werfen. Ihre Reitkenntnisse retteten ihr in diesem Augenblick das Leben. Sophie klammerte sich fest an den Rücken des Wesens und verlagerte ständig ihr Gewicht ... genau wie sie es bei einem Pferd machen würde, das sie abzuwerfen versuchte. Gleichzeitig hieb sie immer wieder mit aller Kraft auf dieselbe Stelle an Grahs Kopf.

Jay rappelte sich auf und schlug nun ebenfalls zu. Sie konnte keinen Wurf mehr landen, da Sophie im Weg war. Grah heulte immer lauter. Plötzlich hörte Sophie jemanden rufen: »*Ich bin gleich da!*« Der Warrag knurrte leise und wirbelte herum. Sophie konnte beinahe verstehen, was er gesagt hatte. Beinahe. Vielleicht war es ein Versprechen oder eine Drohung, aber auf jeden Fall bedeutete es nichts Gutes. Sie saß noch immer auf dem Rücken des Warrag, als er auf die Tür zusprang.

Der Mann, der gerufen hatte, stürmte im gleichen Augenblick aus dem Korridor, als Grah die Tür erreichte. Die Beiden stießen zusammen und gingen zu Boden. Sophie wurde vom Rücken des Monsters und gegen die Wand geschleudert. Der Fels hatte nicht genügend Zeit, um sich ihr anzupassen. Sophie sah Sterne. Der Schmerz war so intensiv, daß er sich durch ihren ganzen Körper fortpflanzte. Sie fiel benommen in das Gras. In ihrem Kopf hämmerte es. Ihre Nase fühlte sich an, als hätte jemand glühende Nadeln hineingesteckt. Sophie leckte mit der Zunge über ihre Zähne. Einige waren locker, aber nicht abgebrochen. Sophie hatte panische Angst davor, ihre Zähne zu verlieren.

Der Warrag war als erster wieder auf den Beinen ... und verschwand in der Dunkelheit, während Sophie auf allen vieren nach ihrem Stein suchte. Sie bereitete sich auf einen weiteren Angriff durch den Neuankömmling vor.

Jayjay wischte das Blut mit einem Zipfel ihres Hemdes aus dem Gesicht und blickte zu dem Mann. Sophie war nicht sicher, ob das Blut von Jay oder Grah stammte. Jayjay neigte den Kopf zur Seite und fragte: »Metthwyll?«

Sophie blieb nur ein kurzer Augenblick, um den Fremden genauer zu betrachten. Er besaß Reißzähne, Krallen und spitze Ohren. Jayjay hatte ihn treffend beschrieben. Er stand auf und wandte den beiden Frauen den Rücken zu. »Ja«, erwiderte er. »Metthwyll.« Offensichtlich betrachtete er Sophie und Jay nicht als Feinde. Allerdings war sich Sophie nicht darüber im klaren, ob *er* ein Feind war und sie ihm – schon aus Prinzip – eins mit dem Stein überziehen sollte, damit die Frauen sich aus dem Staub machen konnten. Sie entschied sich dagegen. Im Augenblick brauchten sie unbedingt einen Verbündeten. Sie waren verzweifelt genug, um einem Feind zu vertrauen. Da Jay ebenfalls nichts unternahm, ging Sophie davon aus, daß sie derselben Meinung war.

Metthwyll starrte in den dunklen Korridor, durch den

Grah verschwunden war. »Grah hat euch angegriffen, nicht wahr?« fragte er, ohne sich umzudrehen.

Jayjay wischte sich weiteres Blut aus dem Gesicht. Sophie bemerkte, daß es aus einer Fleischwunde am Haaransatz kam. »Er wollte uns töten«, erklärte Jay.

Sophie blickte wieder zu dem Fremden. Sie studierte sein Profil. Seine spitzen Ohren machten sie nervös. Die langen Zähne, die jedesmal zu sehen waren, wenn er sprach, machten ihr Angst. *Zähne*, sagte sie sich. Das sind nur *Zähne*. Katzen und Hunde haben die gleiche Art von Zähnen. Aber Jahre des ungehemmten Fernsehkonsums hatte ihre Spuren bei Sophie hinterlassen. Der Vergleich zwischen Metthwylls Zähnen und denen von Werwölfen und Vampiren drängte sich geradezu auf. Sophies Verstand wollte sich einfach nicht beruhigen.

Metthwyll sagte: »Ich wußte, daß einer meiner ... Mitarbeiter ...« Seine Miene verfinsterte sich. »... einer meiner Mitverschwörer ... auch für Faan Akalan arbeitete. Ich dachte immer, ich wüßte, wer es ist.« Metthwyll starrte unverwandt in die Dunkelheit des Korridors. »Ich habe nicht geglaubt, daß es Grah sein könnte. Wir waren Freunde ... seit unserer Kindheit.« Er wandte sich zu den Frauen um und schüttelte den Kopf. »Er wird bald wieder zurück sein und Bewul, Faan Akalan und einen Haufen mordlustiger Kin mitbringen. Wenn sie uns hier finden, bekommen sie, was sie wollen.«

»Bist du auf unserer Seite?« fragte Jay.

Metthwyll hob eine Augenbraue und sah sie mit einem

ironischem Lächeln an. »Die wichtigere Frage ist, seid ihr auf *meiner*?« Er zuckte die Schultern. »Das werden wir herausfinden müssen, während wir uns auf den Weg machen. Irgendwie seid ihr für irgend jemanden von Bedeutung. Aber ich habe nicht die Zeit, herauszufinden, für wen ... und warum. Und ich wage nicht, euch zurückzulassen. Faan wird euch töten, sobald sie euch findet, und wenn ihr wirklich potentielle Verbündete seid, dann darf ich das nicht zulassen.«

»Und wenn wir Feinde sind?« fragte Jay.

Metthwyll nickte anerkennend – entweder ein freundliches Akzeptieren der Frage oder des Mutes, den sie erforderte. »Dann werdet ihr entweder mich töten oder ich euch. Aber jetzt schlage ich vor, daß wir fliehen ... und leben.«

»Genau das hatten wir vor«, erklärte Sophie.

Metthwyll blickte zu Sophie und dann zu Jay. Sophie bemerkte erstaunt, wie Jay und Metthwyll sich versteiften, als ihre Blicke sich trafen. Zwischen den beiden herrschte eine beinahe körperlich fühlbare Spannung. Für einen Augenblick schienen sie das Atmen zu vergessen. Sophie kam sich plötzlich überflüssig vor. Sie erinnerte sich daran, was Jay von ihrem ›Traum‹ berichtet hatte ... aber es war offensichtlich kein Traum gewesen. Es war die *Wirklichkeit*. Wie war das möglich?

»Wohin gehen wir?« fragte Jay schließlich.

»Ich habe noch einen Verbündeten«, antwortete Metthwyll, »jemanden, den Faan Akalan für tot hält. Ich habe noch einige Waffen für diesen Tag zurückgelegt. Wir werden sie mitnehmen, und anschließend zu seinem Versteck aufbrechen.« Er schüttelte den Kopf. »Wenn das Schicksal uns wohlgesonnen ist, werden wir diese Reise überleben. Allerdings muß ich gestehen, daß ich in letzter Zeit nicht gerade vom Glück verfolgt wurde.«

Die beiden Frauen warfen die Rucksäcke über die Schultern. »Licht aus«, sagte Metthwyll. Der Raum gehorchte, und sie standen im Dunkeln. »Sagt mir Bescheid, wenn ihr wieder etwas sehen könnt.«

Es dauerte einige Minuten, bis die Frauen sich an die Dunkelheit gewöhnt hatten. »Jetzt«, sagten sie beinahe zugleich.

»Haltet euch dicht hinter mir. Los geht's!«

Kapitel Sechsunddreißig

Metthwyll eilte mit Jayjay und Sophie durch die gewundenen Gänge bis zu der Stelle, an der er seinen magischen Kristall versteckt hatte. Mit seiner Hilfe wollte er sowohl den magischen Suchern als auch den verschiedenen Wesen entkommen, die Faan Akalan ihm auf die Fersen hetzen würde. Während Metthwyll die beiden Frauen auf dem schnellsten Weg in die Freiheit führte, betete er zu den Göttern, daß Grah noch keinen Bericht erstattet hatte.

Trotz seiner Furcht war Metthwyll nicht imstande, sich ausschließlich auf seine Flucht zu konzentrieren.

Diese Jayjay faszinierte ihn. Sie zog ihn beinahe magisch an. Als er ihr zum ersten Mal in die Augen geblickt hatte, da war es ihm beinahe so vorgekommen, als würde er sie kennen – obwohl das natürlich unmöglich war. Er hatte nur selten Kontakt zu Machnaan gehabt, und zu Jayjay ganz bestimmt nicht. Doch sie brachte eine Saite in ihm zum Schwingen. Ihre lebhafte Stimme, ihre aufrechte Haltung, als sie mit dem Stein in der Hand überlegt hatte, ob er Freund oder Feind war, ihre leuchtenden Augen ... Metthwyll kannte ... *kannte* ... jedes dieser Merkmale, als wäre es ein Teil von ihm.

Obwohl er Jay im Augenblick nicht ansah, spürte Metthwyll ihre Anwesenheit ... wie die Berührung einer Geliebten.

Wer war sie? Wie war sie zu ihm gekommen?

Und was bedeutete ihr Erscheinen?

Kapitel Siebenunddreißig

Eine Welle magischer Energie durchflutete Yemus. Er lag auf seiner kleinen Pritsche und beobachtete die letzten Sonnenstrahlen durch das kleine Fenster, das die Maurer für ihn offengelassen hatten. Yemus setzte sich auf, während die Energie immer stärker wurde – sie drang durch ihn hindurch, ließ sein Herz schneller schlagen und seinen Mund austrocknen. Irgend etwas war geschehen. Irgend etwas hatte sich verändert ... zum *Guten* hin. Yemus konnte sich nicht mehr daran erinnern, wann er das letzte Mal gespürt hatte, wie Glenravens Magie zunahm, statt zu schwinden.

»Was geschieht hier?« flüsterte er und trat an das kleine Fenster. Yemus stellte sich auf die Zehenspitzen und blickte hinaus. Vielleicht konnte er einen Grund für diese Veränderung erkennen.

Die Vorderseite der Aptogurria lag an einer ruhigen Straße, weit weg vom Zentrum der Stadt. Seit den Zeiten, als Zearn noch in den Händen der Kin war, hatten alle Zauberer die ruhige Umgebung als inspirierend empfunden. Yemus verfluchte die Ruhe. Sie hielt ihn davon ab, am Leben teilzunehmen. Yemus konnte nicht einmal anderen dabei zusehen ... und er hatte keine Möglichkeit mehr, Neuigkeiten aus der Welt zu erfahren, die ihn hier eingesperrt hatte.

Die Straße war menschenleer. Ein hagerer Gassenköter lag mitten auf den Pflastersteinen. Ein ganzes Stück weiter saß ein Kind auf der steinernen Treppe seines Elternhauses und bastelte an einer Holzpuppe.

Nichts – nichts, nichts, nichts, nichts. Von Yemus' Standpunkt aus betrachtet hätten er und das Kind die letzten lebenden Machnaan sein können. Trotzdem verzweifelte er nicht. Yemus konnte zwar nichts *sehen*, aber er konnte noch immer *fühlen* – und er hatte gefühlt, wie sich Glenravens todkrankes Herz wieder gerührt hatte. Das war zwar noch kein Beweis dafür, daß seine Welt überleben würde, aber Yemus schöpfte neue Hoffnung.

Es gibt Zeiten, dachte er, da ist die Hoffnung mehr wert als Wasser, Nahrung oder der beste Freund. Dies hier war so eine Zeit.

Kapitel Achtunddreißig

Jayjay bildete die Nachhut der kleinen Karawane, die von Metthwyll angeführt wurde. Der Kin führte die beiden Frauen durch längst vergessene Tunnel, wo das Gras weder lebte noch starb. Eine dicke Staubschicht lag auf den Felsen, und die künstlichen Sterne waren schon seit Ewigkeiten erloschen, weil sich niemand mehr um sie gekümmert hatte. Jayjay ging etwas langsamer und nahm ihre Taschenlampe aus dem Rucksack. Der Korridor, durch den sie gerade eilten, wurde von wunderbar gearbeiteten Wänden und Torbögen eingerahmt. Jay *fühlte* beinahe, wie der Ort unter der Verwahrlosung litt. Der Geruch von Staub und Dreck stieg ihr in die Nase, und das schwankende Licht der Taschenlampe warf tanzende Schatten an die Wand, die auf beängstigende Weise lebendig wirkten.

Sie rannten; und nur hin und wieder, wenn die Stimmen ihrer Verfolger durch die langen Korridore hallten,

legten sie eine kurze Pause ein. Schließlich blieb Metthwyll bei einem der steinernen Büsche stehen. »Hier entlang.« Er steckte die Hand in einen der steinernen Bäume,
und Jay hörte ein leises Klicken. Ein schmaler, dunkler
Riß erschien in der Wand. Die kleine Öffnung verbreitete
sich schnell, als die Steinwand zur Seite glitt und einen
Durchgang freigab – alles geschah vollkommen lautlos.
Jayjay fragte sich, welche Handwerkskunst imstande war,
ein solches Wunder zu vollbringen. Man hatte hier eine
unsichtbare Tür gebaut, die noch nach Jahrhunderten der
Verwahrlosung leise und fehlerlos funktionierte. Aber
vielleicht war es gar nicht so ungewöhnlich. Vielleicht
hatte Metthwyll sich die ganze Zeit über um die Ge-
heimtür gekümmert und sie für diesen Tag in Ordnung
gehalten.

Nachdem alle drei durch die Öffnung gegangen waren,
trat Metthwyll erneut zu einem der steinernen Bäume. Er
berührte einen verborgenen Schalter, und die Tür schloß
sich wieder.

Sie befanden sich in einer riesigen Kammer, deren Zentrum von einer Reihe künstlicher Sterne erleuchtet
wurde. Jay schaltete ihre Lampe aus. »Wir werden nicht
lange hierbleiben«, erklärte Metthwyll, während er in die
Äste eines der steinernen Bäume griff und einen Leder-
sack zum Vorschein brachte. »Ich habe diesen Tag gefürchtet und mich entsprechend vorbereitet.« Er warf den
Sack über die Schulter. »Ich habe Trockenrationen für
zwei Wochen und meinen Kristall … er wird für uns

wichtiger sein als alles andere. Allerdings habe ich keine Gesellschaft erwartet, deshalb wird unser Proviant wohl kaum so lange reichen, wie ich gedacht habe. Ich habe auch noch einige Waffen. Jede von euch erhält einen Dolch und ein Schwert. Im Augenblick befinden wir uns in Sicherheit, also ruht euch ein wenig aus.«

Während Jay und Sophie einfach nur dastanden und um Atem rangen, ordnete Metthwyll seine Ausrüstung. Dann reichte er den beiden Frauen die versprochenen Waffen. Metthwyll zeigte Jay, wie man einen Waffengurt am besten anlegte, um das Schwert schneller ziehen zu können.

Jay spürte seinen Blick wie eine Berührung, eine Liebkosung – genau wie in ihrem Traum. Sie trat einen Schritt zurück und wandte das Gesicht ab, damit Metthwyll ihre Reaktion nicht als Abneigung deuten würde. Ihr Puls raste, und die Röte schoß ihr ins Gesicht. Ihr Körper verriet ihre Gedanken – *typisch*.

Metthwyll lächelte verlegen und begann zu zittern. Er wirkte so unsicher ... entwaffnend ... *bezaubernd*. Jayjay blickte ihm in die Augen, obwohl sie es gar nicht wollte, und wieder spürte sie diese Elektrizität. Sie stellte sich vor, wie er sie küßte, wie seine Hände über ihren Körper glitten und wie sein warmer Atem ihre Haut berührte ... sie spürte, wie sie von ihm angezogen wurde, wie seine Finger über ihre Brust strichen und seine Hüften zwischen die ihren drängten ... der ekstatische Augenblick, wenn sie miteinander verschmolzen ...

»Nein«, flüsterte Jay.

»Nein?« fragte Metthwyll.

Jay bemerkte überrascht, daß Metthwyll mit großen Augen und blassem Gesicht vor ihr stand. Sein Atem ging rasselnd. Sie sah wieder weg ... jeder Blick war eine Berührung, und wenn er so hilflos dastand, konnte sie ihn nicht ansehen und gleichzeitig widerstehen.

»Nein.« Es sollte eigentlich selbstbewußt und zornig klingen, aber das Zittern in ihrer Stimme verriet deutlich ihren inneren Aufruhr.

»Wie hast du das gemacht?« fragte Metthwyll verwirrt.

»Was gemacht?« Jay fühlte sich schwach und hilflos – nur wenige Zentimeter von ihm entfernt und mit glühendem Körper. Sie wehrte sich, kämpfte gegen das Gefühl an ... Jay fürchtete die Macht, die Metthwyll durch ein Eingeständnis über sie erlangen würde.

»Du hast es auch gefühlt ... ich sehe es in deinen Augen. Was hast du mit mir gemacht, kleine Machnaan?«

»Ich bin keine Machnaan, und ich habe nichts gemacht«, erwiderte Jay trotzig.

Metthwyll schüttelte den Kopf. »Nein. Ich kann mich nicht von dir angezogen fühlen und du nicht von mir, außer ... du bist etwas, was nicht sein kann. *Machnaan*.« Er sprach das letzte Wort mit einer Bitterkeit aus, die Jay an ihren eigenen Gemütszustand erinnerte. »Ich *kann nicht* begehren; ich kann nach niemandem verlangen. Ich bin der Letzte und Einzige meiner *Straaba* ... der einzige Überlebende. Ich bin und werde immer allein sein.«

Metthwyll zog sich von Jay zurück, brachte eine physische Distanz zwischen sich und die Frau, die ihn so verwirrte. Jayjay beobachtete ihn. Sie ärgerte sich über ihre eigenen Gefühle. Es waren überwältigende Gefühle, die einfach aus dem Nichts aufgetaucht waren – vollkommen ohne Grund.

Jayjay starrte auf ihre zitternden Hände. Irgend etwas regte sich in ihr – etwas, daß sie nie zuvor gekannt hatte. Sie fand keinen Namen dafür. Eine schwere, brennende Leere drückte sie nieder, und das Gewicht auf ihren Schultern preßte ihr die Luft aus den Lungen.

Das ist reine Einbildung, dachte Jay. Irgendein perverser Wunsch nach Selbstzerstörung. Ich bin fünfunddreißig Jahre alt und habe dreimal Pech gehabt. Irgendein verrückter Teil von mir möchte dieses Drama zu Ende führen und mich endgültig zerbrechen.

Metthwyll ging zu Sophie und half ihr beim Umschnallen von Schwert und Dolch.

»Ich weiß überhaupt nicht, was ich mit dem Zeug soll«, sagte Sophie. »Ich habe keine Ahnung, wie man damit umgeht.«

»Wenn jemand euch angreifen und ich nicht schnell genug zur Stelle sein sollte ... und du nicht sterben willst ... dann schlage ich vor, du kämpfst.«

Jayjay mußte trotz ihrer Verwirrung lachen. Metthwyll war ein kleiner Klugscheißer; sie hatte das immer an einem Mann gemocht. Nicht *einer* ihrer drei Ehemänner hatte auch nur den kleinsten Sinn für Humor besessen.

Metthwyll blickte sie mürrisch an und wandte sich wieder zu Sophie um. »Du darfst keine Angst haben, irgend jemanden zu verletzen. Zögere nicht zu töten, wenn du die Gelegenheit dazu erhältst. Wahrscheinlich wirst du keine besonders gute Figur machen, aber wer weiß? Die Verzweiflung gebiert merkwürdige Helden.«

Ach ja? Jayjay schüttelte amüsiert den Kopf. Plötzlich vernahm sie ein Geräusch auf der rechten Seite der gewaltigen Kammer.

Das Licht der künstlichen Sterne war zu schwach, um etwas zu erkennen. Jay zog ihre Taschenlampe hervor und leuchtete in die Richtung, aus der das Geräusch gekommen war, doch außer den tanzenden Schatten der unheimlichen Bäume war nichts zu erkennen. Ein Schauer lief ihr über den Rücken. Die bedrohliche Dunkelheit und die unheilschwangere Stille zerrten an Jays Nerven. Jay mußte hier raus, raus ans Sonnenlicht ... oder zumindest an die ehrliche Dunkelheit einer Nacht unter freiem Himmel.

»Wäre es zuviel verlangt, wenn wir uns sofort auf den Weg machen?« fragte sie.

Sophie und Metthwyll starrten sie verwirrt an.

»Dieser Raum ist gut versteckt. Wir werden hier eine ganze Weile sicher sein.« Metthwyll ordnete seinen Rucksack und steckte das Schwert in die Scheide.

Jay kam sich wie ein Idiot vor. Trotzdem beharrte sie: »Vielleicht. Aber ich glaube, ich habe etwas gehört, und aus dem Augenwinkel habe ich es auch *gesehen* ... Ich weiß, das klingt lächerlich, aber ...«

Irgendwo ertönte ein kratzendes Geräusch wie von Fingernägeln, die man über eine Tafel zieht – ein falsches, schreckliches Geräusch.

Metthwyll hob den Kopf, und seine Lippen zogen sich zu einem Fauchen zurück. »Zu mir, *schnell*!« befahl er und zog sein Schwert.

»O Scheiße«, fluchte Sophie und machte sich kampfbereit.

»Das ist doch alles nur ein Scherz, oder?« murmelte Jay. Sie wollte ebenfalls ihr Schwert ziehen, während sie auf die anderen zurannte, und wäre fast dabei gestürzt. Sie blieb stehen, riß die Waffe aus ihrer Halterung und lief so schnell sie konnte weiter.

Erneut bemerkte sie aus dem Augenwinkel eine rasche Bewegung – allerdings kam sie diesmal direkt auf Jay zu. Sie wollte stehenbleiben und sich der Gefahr stellen, doch Metthwyll rief: »Nicht anhalten! Zu mir! *Hierher*!« Jay lief weiter.

»Hier lang«, rief er und deutete mit dem Finger auf einen langen Gang. »Tötet alles, was euch in die Quere kommt. Sie dürfen euch nicht berühren!«

Metthwyll ließ sich ein Stück zurückfallen, als die beiden Frauen losspurteten. »Ich halte uns den Rücken frei!« Sophie übernahm die linke und Jay die rechte Seite. Schwarze Gestalten stürmten von allen Seiten auf sie zu.

»Scheiße!« brüllte Jay. »Ich will sofort mein Tränengas!«

Eine der Kreaturen sprang Sophie mit gefletschten Zähnen an. Sie schwang das Schwert wie einen Baseballschläger und traf den Hals der Kreatur – der Kopf wurde sauber abgetrennt und fiel zu Boden, während der Mund sich zu einem lautlosen Schrei öffnete. Sophie knurrte wie ein Tier. »*Ich* will ein Maschinengewehr!«

Jay konnte die Angreifer in der Dunkelheit nicht deutlich erkennen. Sie waren nicht viel größer als ein Terrier, aber sie waren schnell ... sie stürzten aus der Finsternis hervor und zielten genau auf ihre Kehle. Jay versuchte, Sophies Baseballschlag zu imitieren, und rief sich ihre Softball-Erfahrungen ins Gedächtnis. Das schwere Schwert fühlte sich merkwürdig an ... es war nicht so sorgfältig ausbalanciert wie ein Schläger. Wenn Jay mit der Waffe ein Ziel traf, spürte sie nicht diesen sauberen, harten Schock, den ein Softball verursachte, sondern das weiche Nachgeben zerschnittenen Fleisches, begleitet von einem kurzen Ruck, wenn sie auf Knochen traf. Ihre Klinge verfing sich im Körper eines Angreifers. Blut spritzte Jay ins Gesicht, als die Kreatur zu Boden stürzte. Jay riß die Klinge aus dem Körper ihres Gegners und hob die Waffe erneut, bereit, den nächsten Angreifer zu töten ... und die ganze Zeit über hörte sie nicht auf zu rennen.

Eine weitere Kreatur sprang Jay an. In der Dunkelheit erkannte sie nur ein großes Maul voller Zähne, die sie an den ›Weißen Hai‹ erinnerten. Jay schlug zu und im gleichen Augenblick wurde sie von einem weiteren Gegner angegriffen. Sie wehrte ihn mit der flachen Seite ihrer Klinge ab und spürte einen brennenden, stechenden Schmerz – ihr Hemd wurde zerrissen, und ihr Schwertarm erlitt eine tiefe Fleischwunde. Mit der Linken griff Jay nach dem Dolch. Schmerz ... brennender, stechender Schmerz ... und dann war alles vorbei. Sie fühlte nichts mehr. Jay fuchtelte hilflos mit dem Schwert in der Luft und verlor die Kontrolle über die Waffe. Das Schwert entfiel ihrer kraftlosen Hand. Der gesamte rechte Arm war schlagartig taub. Das Wesen sprang sie erneut an und verbiß sich in ihrem Arm ... sein Gewicht zerrte an ihr, doch Jay spürte keinen Schmerz. Sie schaffte es, den Dolch zum Einsatz zu bringen ... und spürte schleimige Innereien warm auf ihrer Hand. Es roch nach Aas.

Das Monster ließ von ihr ab, und Jays Fuß verfing sich in dem schlüpfrigen Gewirr der Gedärme. Sie schrie entsetzt auf. Ihr Bein knickte ein. Sie versuchte, den Sturz mit ihrem rechten Arm abzufangen, doch er gab nach, als wäre er gar nicht vorhanden. Jay schwankte und brach auf dem steinernen Boden inmitten der Tierkadaver zusammen. Schmerz und Übelkeit überwältigten sie. Metthwyll, der beinahe über sie gestolpert wäre, kämpfte gegen immer mehr der schrecklichen Kreaturen, die wie in einem Alptraum von allen Seiten zugleich auf ihn eindrangen. Eine nach der anderen fiel seinem Schwert zum Opfer. Jay stieß einem der Wesen den Dolch ins Maul und durchbohrte den Schädel von innen, als sich die fürchterlichen Zähne um ihr Handgelenk schlossen. Metthwyll riß sie auf die Beine.

Jay stolperte benommen voran. Dieses taube Gefühl ... es schien sich auf ihren gesamten Körper auszubreiten. Sie hörte Metthwylls Stimme wie durch eine Wand. »Du darfst nicht aufgeben. Nicht jetzt. Wir sind fast da.«

Irgendwie fand Jay noch genügend Kraft, um die Beine zu bewegen. Sie stolperte voran, gestützt von Sophie und Metthwyll, die gleichzeitig mit ihren Schwertern die Angreifer zurückschlugen. Sophie schafft einen neuen Rekord, dachte Jay – aber *ich* hatte in der Liga immer den besten Schnitt. Wieso ist Sophie auf einmal besser?

Ich bin müde, so müde. Laßt mich schlafen ... schlafen ... Ihre Beine waren nur überflüssiges Gewicht. Trotzdem ging Jay immer weiter.

Der Kin blieb einen Augenblick stehen und berührte eine Stelle an der Wand. Jay brach zusammen. Im Fallen hatte sie das merkwürdige Gefühl, daß die gesamte Höhle plötzlich in Feuer gehüllt war. Der Boden verwandelte sich in ein flammendes Inferno und verbrannte die Angreifer – sie schrien und kreischten. Jay wollte lachen und tanzen.

Dann war alles vorbei.

Kapitel Neununddreißig

Mir war egal, ob ich sterbe oder nicht, dachte Sophie. Aber ich lebe. Jay *wollte* leben, und was ist daraus geworden?

Sophie wünschte, sie könnte ihre Augen für einen Augenblick von ihrer Freundin abwenden. Jayjay lag im hohen Gras, wo Metthwyll sie hingelegt hatte. Sie war leichenblaß, bewußtlos und über und über mit Blut besudelt. Ihr Atmen rasselte wie der eines sterbenden Tieres. Sophie preßte ihren Finger weiter auf die große Bißwunde im Handgelenk ihrer Freundin und betete, daß Jay nicht verbluten würde, bevor Metthwyll die Wunden versorgt hatte.

Metthwyll – das Wesen, das sie zuerst gefangen und dann gerettet hatte – blinzelte im Licht der Nachmittagssonne und war gerade damit fertig, das Blut von Jays linker Hand abzuwaschen. Darunter kamen zahlreiche kleine Bißwunden zum Vorschein.

»Das sieht doch gar nicht so schlimm aus«, sagte Sophie hoffnungsvoll.

»Die kleinen Wunden sind am schlimmsten – wenn sie ordentlich bluten würden, wären sie wenigstens sauber. Die Voraagel sind giftig«, erklärte Metthwyll. »Ein einziger kleiner Biß kann großen Schaden anrichten, und Jay hat eine ganze Menge abbekommen ... sie ist voller Gift.«

Sophie war benommen. »Wird sie überleben?«

Metthwyll blickte Sophie ausdruckslos in die Augen. »Wahrscheinlich nicht«, sagte er und richtete seine Aufmerksamkeit wieder auf Jay.

Sophie verstärkte ihren Druck auf die offene Arterie. Lebe, verdammt noch mal, dachte sie. *Du mußt!* Du kannst mich nicht einfach hier allein lassen!

Schweiß rann über ihr Gesicht. Ihre Finger glitten in Jays Blut ab, das sich zu golfballgroßen Klumpen formte und auf der khakifarbenen Kleidung ihrer Freundin fast schwarze Flecken hinterließ. Sophie versuchte nicht an das Blut zu denken ... oder an Jays Ehemann Steven und seinen Freund Lee.

Metthwyll durchsuchte sein Gepäck nach weiteren Hilfsmitteln. Zunächst schien er nicht zu finden, was er suchte; aber als er schließlich einige schmutzigbraune Päckchen hervorzog, erschauerte Sophie.

»Die Kompressen in unserem Verbandkasten sind steril«, sagte sie. »Damit können wir einen Druckverband anfertigen.«

»Das wird nicht reichen«, erwiderte Metthwyll. »Ein Verband hält die Blutung nicht auf, sondern verlangsamt sie nur. Wir müssen die Wunde schließen.« Er öffnete die kleinen Pakete und brachte eine gebogene Silbernadel und einen braunen Faden zum Vorschein. Der Faden sah aus, als habe man ihn durch den Dreck gezogen.

»Mein Gott«, rief Sophie. »Du willst sie doch nicht etwa *damit* nähen? Das verfault ihr in der Wunde!«

Metthwyll blickte Sophie fest in die Augen. »Das hier ist allerfeinster Darm. Hast du etwas Besseres?«

Sophie schüttelte den Kopf.

»Ich habe das schon öfters gemacht. Oft genug jedenfalls, um zu wissen, was ich tue. Wenn sie überlebt, dann haben wir das der Gnade der Götter zu verdanken ... und wenn sie stirbt, dann bestimmt nicht wegen meines Garns.«

Sophie dachte an das Gift und biß sich auf die Unterlippe. »Wann werden wir wissen, ob sie überlebt?« fragte sie.

Metthwyll machte ein entschlossenes Gesicht. »Bald.«

Sophie reinigte die Umgebung der Wunde mit Alkoholtupfern und träufelte Peroxid hinein. Dann zog sie eine Rolle weißer Gaze aus dem Verbandkasten.

Metthwyll nickte anerkennend. »Sehr gut. Du weißt, wie man eine Wunde säubern muß, bevor man sie behandelt. Das gehört bei den Machnaan nicht eben zum Allgemeinwissen.«

»Aber bei uns in *North Carolina*.« Sophie mochte den überheblichen Ton des Kin nicht.

Metthwyll blickte sie verstohlen an und hob die Augenbrauen. »Verzeih mir«, sagte er und wandte sich erneut Jay zu.

Sophie wischte neues Blut mit einer frischen Kompresse ab. Sie versuchte den Druck sowohl ober- und unterhalb der gerissenen Arterie gleichmäßig zu halten. Es durfte kein Blut in die frisch gesäuberte Wunde strömen, bevor Metthwyll mit seiner Arbeit fertig war. Der Kin fand den Riß in der Arterie, stach die gebogene Nadel durch die zerfetzte Ader und begann vorsichtig zu nähen.

Metthwyll nahm sich Zeit. Er machte kleine, saubere Stiche und wischte jedesmal vorher die Wunde sauber. Die Blutung wurde immer schwächer, bis sie schließlich ganz versiegte. Schließlich war er fertig und Jays Wunde geschlossen.

Sophie hatte trotz ihres Mißtrauens fasziniert zugesehen. Sie hätte nicht im Traum gedacht, daß Metthwylls krallenbewehrte Finger zu solcher Feinarbeit fähig sein könnten.

Während Sophie die Wunde verband, untersuchte Metthwyll Jays kleinere Verletzungen. Doch sie hatten bereits zu bluten aufgehört, und er benötigte Sophies Hilfe nicht mehr.

Unvermittelt fragte Metthwyll: »Kennst du sie schon lange?« Er sah Sophie nicht in die Augen, sondern konzentrierte sich weiter auf seine Aufgabe. Seine Hände bewegten sich langsam, ruhig und sorgfältig. Sophie glaubte, in seiner Stimme ein Beben zu erkennen, das die Ruhe seiner Hände Lügen strafte.

»Den größten Teil meines Lebens«, erwiderte sie.

»Was für eine Frau ist sie?«

»Warum fragst du?«

»Ich weiß nicht. Aber es bedeutet mir viel.«

Sophie blickte zu Metthwyll. Schweiß stand auf seiner Stirn und lief in schimmernden Bächen an den Schläfen hinab. Er wirkte sehr angespannt. Metthwyll machte sich offensichtlich Sorgen um Jay. Sophie ahnte den Grund mehr, als sie es wußte.

»Sie ist eine gute Freundin. Treu. Tapfer. Sie macht stets das, von dem sie denkt, es sei richtig ... ohne Rücksicht auf die Folgen. Sie nimmt nicht gerne Ratschläge an, aber sie gibt auch selten welche. Soweit ich weiß, hat sie niemals ein Geheimnis weitererzählt, das jemand ihr anvertraut hat.« Sophie hielt Jays schlaffe, heiße Hand und wünschte, sie könnte Leben in ihr fühlen.

Metthwyll nickte. »Hat sie einen Liebhaber ... einen Lebensgefährten? Kinder?«

Sophie versuchte in Metthwylls ausdruckslosem Gesicht zu lesen – ohne Erfolg. Sie dachte an Steven und seufzte. »Nein. Niemanden ... nicht mehr.«

»Aber sie hatte?«

Sophie fragte sich, wieviel sie diesem Wesen, das sich so sehr um Jays Leben bemühte, über ihre beste Freundin erzählen sollte. Sie kam zu dem Schluß, daß sie kein Geheimnis daraus machen mußte. Schließlich war Jay auch nie zurückhaltend gewesen, wenn es um ihr Privatleben ging. »Sie hatte drei Ehemänner. Keiner von ihnen war das Pulver wert, um sie in die Luft zu jagen.«

Metthwyll runzelte verwirrt die Stirn. »Pulver? Zum ... *in die Luft jagen?*«

»Alle drei waren üble Kerle«, erklärte Sophie. »Sie haben Jay ausgenutzt und ihr Ärger eingebrockt.«

»Aha.«

Metthwyll unterbrach seine Arbeit für einen Augenblick. Seine Schultern verspannten sich, und er ballte die Fäuste. »Drei Männer und alle drei schlecht«, murmelte er mit gefletschten Zähnen. Dann blickte er zu Sophie und seufzte, und der bösartige Ausdruck verschwand von seinem Gesicht. »Ich sehe etwas in ihr, das ich nicht verstehe. Etwas, von dem ich glaubte, daß es unmöglich sei ... und trotzdem sehe ich es.«

»Was?«

Metthwyll seufzte erneut und begann wieder mit seiner Arbeit. »Es ist nur ein Traum. Nichts als ein Traum – und über unmögliche Träume redet man besser nicht.«

Sophie beobachtete ihn. Metthwyll hielt seine Hand neben die von Jay. Er saß einfach nur da und starrte geistesabwesend auf die beiden Hände.

Er zieht einen Vergleich, dachte Sophie. Aber warum? Was geht in seinem Kopf vor, wenn er ihre Hände betrachtet?

Metthwyll legte Jays Hand auf ihre Brust und packte sein Nähzeug zusammen. Während er seine Sachen wieder verstaute, verband Sophie die beiden anderen Wunden.

Als sie fertig war, hatte Metthwyll seinen Rucksack bereits wieder über den Schultern. Er hockte sich neben Jayjay und schob die Arme unter ihren Körper. Ohne größere Mühen hob er sie hoch, wandte sich zu Sophie und sagte: »Wir müssen so weit wie möglich weg von hier, bevor die Sonne wieder untergeht. Während des Tages werden meine Leute uns nicht verfolgen, aber sie werden uns finden, wenn wir bei Einbruch der Dunkelheit noch kein Versteck haben. Wir müssen einen sicheren Lagerplatz suchen, solange es noch Tag ist.«

Sophie stand auf und nahm ihren und Jays Rucksack. Metthwyll führte sie über ein Feld zu einem kleinen Wäldchen. »Warum verfolgen deine Leute uns nur bei Nacht?« fragte Sophie.

»Das Sonnenlicht verbrennt die Kin und ihre Verbündeten ... auf verschiedene Arten. Keiner von uns mag es sonderlich, und für die meisten ist es tödlich.«

»Warum nicht für dich?« Sophie erkannte, wie unhöflich die Frage war, und räusperte sich. »Natürlich will ich das nicht, verstehst du? Ich habe mich nur gefragt ... ich war halt neugierig.«

»Zunächst einmal bin ich ein Kintaari – ein Zauberer. Das schützt mich zu einem gewissen Grad. Und zweitens bin ich sehr alt. Je älter wir werden, desto stärker sind wir.«

Sophie lachte. »Ja, ja, du bist *uralt*. Laß mich raten ... fünfundzwanzig? Höchstens achtundzwanzig?«

»Zweihundertzehn.«

»*In Hundejahren?*« platzte Sophie heraus.

»Hundejahre?«

Sie seufzte. »Ist ja egal. Ich habe mich nur gefragt, wie ihr ein Jahr meßt.«

Metthwyll blickte sie von der Seite her an und lächelte spöttisch. »Genau wie ihr, nehme ich an. Eine Umdrehung der Erde um die Sonne – oder sind die Leute aus

North Carolina wie die Machnaan? Glaubt ihr etwa, daß die Sonne sich um die Erde dreht?«

Sophie lachte. »Nein. Du bist wirklich sehr direkt.«

Metthwyll lächelte zurück, doch als sein Blick auf Jay fiel, die regungslos in seinen Armen lag, wurde sein Gesicht wieder ernst.

Metthwyll blickte zur Sonne, die inzwischen dicht über dem Horizont stand, und verschärfte das Tempo. Der Grund seiner Eile war Sophie nur allzu bewußt. Obwohl im Augenblick weit und breit keine Gefahr zu sehen war, war ihnen etwas Schreckliches auf den Fersen – etwas Tödliches, das sogar *ihm* Angst machte.

Kapitel Vierzig

Faan Akalan saß allein in der großen Empfangshalle und musterte den Kommandeur ihrer Garde, Terth. Er stand vor ihr. Seine Haut war bleich, und Schweiß bildete sich auf seiner Stirn. Immer wieder ballte er die Fäuste. Trotzdem hielt Terth den Kopf erhoben und blickte der Schutzherrin in die Augen.

»Warum ist Hyultif nicht bei dir?« fragte Faan.

»Sein Bau war verlassen«, erwiderte der Krieger. »Seine Kleidung, die Instrumente, die er für seine Magie braucht, seine Bücher und Notizen – alles verschwunden. Er ist nicht mehr hier.«

Faan trommelte mit dem Finger auf der Stuhllehne. »Das ist keine Antwort auf das, was ich dich gefragt habe, Terth. Was habe ich dich gefragt?«

Terth schluckte. Er blickte mit düsterem Gesicht zuerst nach oben und dann nach rechts, bevor er ihr wieder in die Augen sah. »Ihr habt gefragt, warum er nicht bei mir ist.«

»Und?«

»Er ist weg, Schutzherrin. Verschwunden.«

Faan lächelte, und die restliche Farbe wich aus Terths Gesicht. »Ich habe nicht gefragt, wo Hyultif *ist* – ich habe gefragt, warum er nicht *bei dir* ist. Dies ist deine letzte Gelegenheit zu einer annehmbaren Antwort ... und wenn nicht, wird dir gar nicht gefallen, was als nächstes geschieht.«

Terth nickte und starrte auf seine Füße. Sein Atem ging schneller, und seine Hautfarbe war ein blutleeres Grau – er fürchtete sich so sehr, wie ein Alfkindaar sich nur fürchten konnte. Schließlich sagte er: »Hyultif ist nicht bei mir, weil ich ihn nicht finden konnte.«

»Hast du nach ihm gesucht?«

Terth nickte.

»Aber du konntest ihn nicht finden?«

Terth nickte erneut.

»Ich verstehe.« Faan lächelte wieder, und der Kommandeur ihrer Garde entspannte sich. »Das war die falsche Antwort, Terth. Weißt du, wie die richtige Antwort gelautet hätte?« Terth antwortete nicht, doch das hatte Faan auch gar nicht erwartet. Sie fuhr fort. »Die richtige Antwort hätte gelautet: ›Er ist nicht bei mir, weil ich ihn getötet habe ... aber ich kann Euch seinen Kopf bringen, wenn Ihr es wünscht.‹ Wäre das nicht eine gute Antwort gewesen?«

Terth nickte langsam und leckte sich die Lippen. Seine weiß umrandeten Augen wirkten, als wollten sie jeden Augenblick aus ihren Höhlen springen und eigenmächtig die Flucht antreten.

»*Gut*«, sagte Faan. »Ich hasse es, jemanden zu bestrafen, ohne daß er weiß warum. Das wäre ziemlich unvernünftig, findest du nicht?«

Diesmal nickte Terth nicht einmal – er wagte es nicht.

Faans Lächeln wurde breiter. »Ich will aber nicht unvernünftig sein, Terth. Niemand hat mir je vorgeworfen, daß ich unvernünftig wäre, oder doch?«

Terth schüttelte den Kopf. »Nein ... Schutzherrin.«

»Gut.« Faan legte den Zeigefinger an den Mund und studierte den Krieger. Ihr Gesichtsausdruck wandelte sich von freundlich zu nachdenklich. »Ich denke, eine kleine Strafe reicht völlig aus.« Sie erhob sich, neigte den Kopf zur Seite und legte ein fürsorgliches Lächeln auf. »Habe ich nicht recht?«

Faan bemerkte Mißtrauen in Terths Augen – und Hoffnung. Hoffnung, daß sie ihn nicht allzusehr für sein Versagen leiden ließ, und daß er nicht die volle Wucht ihres schrecklichen Zorns zu spüren bekam. Er nickte kaum merklich.

»Du stimmst also zu? *Wie wunderbar!*« Faan starrte ihm in die Augen. »Komm her«, befahl sie.

Terth erstarrte, als hätte sie ihn ins Gesicht geschlagen. Er versuchte den Blick abzuwenden, aber Faan ließ es nicht zu. Verzweifelt kämpfte er um die Kontrolle über seine Muskeln, doch sie erlaubte es nicht. Sie hielt ihn mit ihrem Blick – ihrer *Macht* – fest wie ein Dutzend ihrer besten Krieger. Ohne ihre ausdrückliche Erlaubnis konnte er noch nicht einmal mehr atmen. Er trat einen Schritt nach vorn. Es sah ungeheuer komisch aus, wie er sein linkes Bein hob, um diesen einen einzigen Schritt zu machen, während sich sein ganzer Körper dagegen zur Wehr setzte. Faan benötigte ein wenig Abwechslung ... etwas zum Lachen. Sie hatte ein ungeheuer großes Problem, das sie vor eine gewaltige Aufgabe stellte – aber Terth hatte damit nichts zu tun. Das hier war leicht wieder in Ordnung zu bringen.

Terth trat einen weiteren unfreiwilligen Schritt nach vorn und stieß einen erstickten Schrei aus. Faan spürte, wie er sich zu widersetzen versuchte – und mußte lachen.

Noch ein Schritt.

Und noch einer.

»Knie nieder«, befahl Faan.

Terths Muskeln verkrampften sich. Sein Rücken wurde steif. Er ballte die Fäuste vor Anstrengung. Terth schrie – es war der schrille, pfeifende Schrei eines sterbenden Kaninchens. *Wunderbar*. Faan hörte das Brechen von Knochen, als seine Knie nachgaben. Terth fiel zu

Boden. Er würgte und schluchzte, doch seine Augen starrten noch immer nach vorn.

»Eine kleine Strafe«, sagte Faan mit sanfter, freundlicher Stimme. »Etwas Einfaches, das du dir selbst antun kannst, um zu beweisen, wie sehr du deinen Fehler bereust. Das wäre das Beste, glaubst du nicht auch?«

Terth antwortete nicht. Natürlich.

»Irgend etwas *Vernünftiges*. Es muß fair sein. Laß mich überlegen – du hast nicht ernsthaft genug nach Hyultif Ausschau gehalten. Er versteckt sich immer noch irgendwo da draußen. Wenn du gründlicher nachgesehen hättest, dann wäre er jetzt in deiner Gewalt. Niemand kann sich so gut verstecken, daß man ihn nicht findet ... aber das weißt du selbst, nicht wahr?«

»*Bitte*«, flüsterte Terth. »O bitte ...«

»Du hast nicht ernsthaft genug Ausschau gehalten ...« Faan lächelte ihm zu. »Natürlich ... das wäre gerecht, einfach und passend.«

»Nein«, bettelte Terth.

»Würdest du dir bitte die Augen für mich herausreißen?«

»Nein ... bitte ... *o nein!*« Während Terth noch um Gnade flehte, bewegten sich seine Hände zu den Augen. »Nein ... Schutzherrin ... nicht die Augen ...«

Faan lächelte, als sich seine Finger an die Ecken der Augen legten, und sie lachte fröhlich, als sein Schreien immer lauter wurde, während seine Daumen sich in die Augenhöhlen bohrten. Terths Flehen wurde zu einem

Schrei der Verzweiflung ... doch seine Hände gehorchten *ihren* Befehlen. Als es vorbei war, reichten sie Faan die Augäpfel, die sie aus Terths blutigen Augenhöhlen gerissen hatten.

»Mein lieber Terth. Wie rücksichtsvoll von dir; aber du kannst deine Augen ruhig behalten«, sagte sie. »Ich will ja schließlich nicht gemein sein. Außerdem habe ich wirklich keine Verwendung dafür.«

In diesem Augenblick ließ Faan ihn gehen. Er brach zusammen wie eine Marionette, der man die Fäden durchgeschnitten hat.

Faan rief nach Terths Stellvertreter. Er hatte im Vorraum gewartet, während sie über Terth Schicksal entschieden hatte. Der Mann kam herein. Er war ebenso bleich wie sein Vorgesetzter.

Faan lehnte sich in ihrem Stuhl zurück und schlug die Beine übereinander. Dann legte sie den feinen Seidenrock so zurecht, daß er ihre feinen Knöchel besser zur Geltung brachte. »Dein Name lautet Dallue, nicht wahr?« fragte Faan.

Der Mann versuchte krampfhaft, nicht auf den sich am Boden windenden Terth zu starren. »Ja, Schutzherrin.«

»Sehr gut, Dallue. Das ist ein glücklicher Tag für dich. Du wirst Terth als Kommandeur meiner Garde ablösen. Bitte entferne ihn aus meiner Kammer, und dann suchst du Hyultif und bringst ihn zu mir – lebend, wenn du kannst. Tot, wenn es nicht anders geht. Sieh zu, daß du mich nicht so enttäuschst wie dein Vorgänger.«

»Ja, Schutzherrin.« Dallues Blick glitt immer wieder zu Terth. Faan sah, wie der neue Kommandeur der Wache zitterte. Sie ließ ihn eine ganze Weile stehen und betrachtete ihn aufmerksam, während sie ununterbrochen lächelte und sich über die Lippen leckte.

Schließlich sagte Faan mit einem Seufzer: »Du kannst gehen, Dallue.«

Dallue packte Terth, hob ihn über die Schulter und eilte aus der Halle wie ein Kakerlak, der vom Sonnenlicht überrascht wurde. Er hatte Angst, und das war gut. Vielleicht war seine Angst groß genug, daß er effektiv sein würde.

Das war's dann fürs erste mit dem Vergnügen, dachte Faan. Ihre Jäger hatten bis jetzt weder Metthwyll noch die beiden Machnaan-Magier aufgespürt. Faan mußte damit rechnen, daß sie ebenso versagen würden wie Terth.

Metthwyll *mußte* sterben und die beiden Zauberer mit ihm. Er war sehr stark – ein mächtiger Kintaari –, aber nicht so stark wie Faan. Wenn ihre Jäger keinen Erfolg hatten, dann konnte sie immer noch die Wächter loslassen. Sie mußte allerdings zuerst wissen, wo sich die drei aufhielten, und anschließend Metthwyll ausschalten. Er war stark genug, um ihren Wächtern zu widerstehen. Wenn Faan die äußeren Umstände nach ihren eigenen Vorstellungen gestalten konnte, dann würde sie ihn aus sicherer Entfernung persönlich töten. Aber wenn die Machnaan wirklich mächtige Magier waren, dann würden derart perfekte Umstände wohl kaum eintreten.

… oder sie brachte sie aus der Nähe um.

Faan hatte unzählige Möglichkeiten ... aber keine *Zeit*. Sie wagte nicht, Hyultifs Vorhersagen zu ignorieren.

Kapitel Einundvierzig

Jayjay wog nicht sonderlich viel. Ihre Haut fühlte sich an wie heiße Seide. Metthwyll versuchte die von ihr ausgehende Anziehungskraft zu ignorieren – vergebens. Jays Körper schmiegte sich an ihn, als wäre er dafür geschaffen. Metthwyll spürte, wie sein Herz schneller schlug, als das Marschtempo rechtfertigte.

Das ist unmöglich, dachte er. Ich mache mir vor lauter Einsamkeit und Verzweiflung etwas vor. Ich werde immer allein bleiben – sie ist keine Kin, und selbst wenn, wäre es auch nicht von Bedeutung. Faan Akalan hat meine *Straaba* getötet ... alle außer mir.

Ich werde einsam und allein bleiben, bis ich sterbe.

Sein Körper nannte seinen Verstand einen Lügner. Wenn Metthwyll Jay berührte, strömte das Blut mit der Hitze des Sonnenlichts durch seine Adern ... und sie war eine Sonne, die ihn nicht verletzte. Wenn Metthwyll sie ansah, öffnete sich etwas in seinem Inneren. In diesen Augenblicken fühlte er sich wie neugeboren.

Und wenn Jay wirklich das war, was sie zu sein schien?

Dann hätte er noch mehr Grund, mit seinem Schicksal zu hadern, weil er sie nur gefunden hatte, um sie wieder zu verlieren. Jay starb in seinen Armen, und sie starb langsam – viel langsamer, als er erwartet hatte, aber sie starb.

Metthwyll schloß die Augen. Wenn Jay wirklich die war, auf die er sein ganzes Leben lang gewartet hatte, dann konnte er sie retten. Wenn Jay als seine *Eyra* geboren worden war, seine andere Hälfte, dann konnte Metthwyll ihr einen Teil seiner Stärke geben, seiner Kraft – er konnte sich mit ihr verbinden. Wenn Jay sterben mußte, dann würde auch er sterben, und wenn sie überlebte, dann würde auch er leben.

Metthwyll beobachtete Sophie, die ein Zelt am Waldrand aufschlug, weit genug weg von den tödlichen Schatten der Bäume.

Er spielte mit dem Gedanken, daß Jay seine Lebensgefährtin, seine Seele, *sein Leben* sein könnte. Machnaan und Alfkindaar vermischen sich nicht – doch sie war keine richtige Machnaan. Sie sah zwar aus wie eine Machnaan, aber sie kam von außerhalb. *Außerhalb* ... allein die Vorstellung, daß es Leben außerhalb Glenravens gab, verschlug Metthwyll den Atem. Außerhalb der streng bewachten Grenzen Glenravens existierte keine Faan Akalan, keine sterbende Magie, keine zerbrochene Welt. Außerhalb Glenravens war das Leben anders.

Der Preis war ungeheuer hoch, den Metthwyll für den Versuch zahlen müßte, Jayjays Leben zu retten. Wenn sie war, was er hoffte und erträumte, dann würde es jedes Opfer rechtfertigen.

Und wenn sie es *nicht* ist, du Idiot? dachte er. Wenn sie nicht deine *Eyra* ist und das Lied deiner *Straaba* nicht in ihren Adern singt, sondern nur in deiner Phantasie? Willst du dann immer noch dein Leben an das ihre binden? Wenn sie stirbt, hast du dein Leben vergeudet, und deine Revolution wird sich in Nichts auflösen. Dann wird sich niemand mehr zwischen Faan Akalan und die Zerstörung Glenravens stellen.

Metthwyll hielt die bewußtlose Jay in den Armen und schloß die Augen. Er fühlte ihren Puls in seinen Adern.

Wie teuer ist meine Seele? Wieviel kostet meine Welt?

Kapitel Zweiundvierzig

Sophie blickte auf, als Metthwyll Jayjay neben ihr in das Gras legte.

»Was ist?« fragte sie. Als ihr Blick auf Jay fiel, benötigte sie keine Antwort mehr. »O Gott, Jayjay«, flüsterte Sophie und legte die Hand auf die Stirn ihrer Freundin. »Jay, du mußt leben! Du kannst jetzt nicht einfach sterben!«

Jay atmete flach und schnell – Sophie zählte fünfzig Atemzüge pro Minute. Ihre Haut war beinahe durchsichtig und mit einer feinen Schweißschicht bedeckt, die Lippen ausgetrocknet und gesprungen, die Zunge geschwollen und die halb geöffneten Augen reagierten nicht mehr. Ein fiebriger, sterbender Körper war alles, was von Jay übrig geblieben war ... nicht mehr lange, und auch der letzte Funken Leben würde verschwunden sein.

Sophie konnte ihre Tränen nicht zurückhalten. Sie versuchte es gar nicht. Statt dessen griff sie nach der Hand ihrer Freundin und flüsterte: »Du kannst hier nicht sterben, Jay. Ich vielleicht, aber nicht *du*. Du darfst die Bastarde nicht gewinnen lassen, Jay ... und wenn du hier stirbst, dann *haben* sie gewonnen. Du darfst nicht aufgeben. Hör nicht auf zu kämpfen. Du mußt weitermachen ... immer weiter.« Sophie schluchzte und wischte die Tränen mit dem Ärmel aus dem Gesicht. Dann atmete sie tief durch und sagte: »Das Leben ist eine ständige Vorwärtsbewegung, Jay. Egal wie schlecht es auch stehen mag, das Leben geht immer weiter ... du mußt durchhalten.«

Sophie bemerkte, daß Metthwyll irgend etwas sagte ... er rief immer wieder ihren Namen.

»*Sophie*!«

Sie blickte hoch. »Was?«

»Ich glaube, ich kann sie retten. Aber dazu gibt es einiges für dich zu tun. Ich habe mit Hilfe meines magischen Kristalls einen Zauber gesprochen, der es Faan Akalan unmöglich machen sollte, uns hier zu finden. Außerdem habe ich rings um unser Lager Zauberzeichen ausgelegt, die uns vor den Blicken und Zaubern meiner Leute schützen werden. Wir sind weit genug weg von den Städten, und da es bald Nacht wird, ziehen sich die Machnaan gerade in die Sicherheit ihrer Behausungen zurück. Niemand wird sich weit von der Straße entfernen. Trotzdem wirst du Wache halten müssen.«

»Was hast du vor?«

»Ich kann es nicht erklären ... wir haben nicht genügend Zeit. Du mußt mir einfach vertrauen, Sophie. Du mußt mir vertrauen, wenn ich Jay mit ins Zelt nehme und die Nacht bei ihr verbringe. Du wirst weder mit ihr noch mir sprechen können. Auch wirst du nicht zu uns hereinkommen oder uns unterbrechen. Das ist lebensnotwendig. *Lebensnotwendig.* Entweder werden wir beide leben oder sterben.« Metthwyll zitterte während seiner Worte und blickte Sophie so tief in die Augen, als wollte er ihre Gedanken lesen. Sophie starrte ihn verunsichert an. »Du mußt mir vertrauen, Sophie. Wenn du mir nicht versprechen kannst, daß du mir vertraust und tun wirst, was ich dir sage, dann werde ich nicht versuchen, Jay zu retten ... wenn du nicht genau das tust, was ich dir sage, werde *ich* sterben.«

»Warum?«

»So funktioniert die Magie. Ich kann Jays Leben nur retten, wenn ich meines dafür gebe ...«

Sophie schüttelte den Kopf. »Das habe ich nicht gemeint. Warum willst du dein Leben für Jay riskieren? Weil wir diese ›Helden‹ sind, auf die das Buch und all die anderen gewartet haben?«

»Nein.«

»Nein?« Sophie ballte die Fäuste. Alles war außer Kontrolle geraten, und dieses nichtmenschliche Wesen verlangte von ihr, daß sie ihm ihre beste Freundin anvertraute ... ihre hilflose, bewußtlose, sterbende beste Freundin. »*Warum, verdammt!*«

»Frag mich morgen, wenn ich bei Sonnenaufgang noch lebe. Es ist eine lange Geschichte.«

Jay hatte nicht mehr viel Zeit. Sophie mußte eine Entscheidung für ihre Freundin treffen. Sie hatte keine Wahl. Entweder sie vertraute Metthwyll, oder sie ließ Jay sterben. »Geh«, sagte sie schließlich. »Wer auch immer zu dir will, muß zuerst an mir vorbei.« Sophie zog ihr Schwert. Die Klinge schimmerte golden im Licht der untergehenden Sonne.

Metthwyll nickte. »Versuch die Barriere zu finden, die von den Zauberzeichen gebildet wird ... das sollte nicht allzu schwer sein. Unternimm nichts, solange nicht irgend jemand in diesen Kreis eindringt. Wenn das geschieht, dann kämpfe um dein Leben. Ich bete, daß ich dich morgen gesund wiedersehen werde.« Metthwyll hob Jayjay auf und ging zum Zelt. Sophie blickte ihm hinterher.

Kurz bevor er hineinschlüpfte, hielt er an. »Wenn Jay und ich sterben sollten ... die Straße befindet sich dort drüben.« Metthwyll deutete nach Westen. »Geh nicht in den Wald und finde so schnell wie möglich eine Stadt.«

Bevor Sophie antworten konnte, war er im Zelt verschwunden. Sie hörte, wie Metthwyll mit dem Reißverschluß des Moskitonetzes kämpfte. Entschlossen wandte sie sich ab und blickte in die untergehende Sonne.

Wieder auf Wache, dachte Sophie. *Meine* Wache – das letzte Mal habe ich tolle Arbeit geleistet. Ich weiß nicht, ob man es noch schlechter machen kann. Ich habe uns unseren Feinden ausgeliefert, als ich eingeschlafen bin ... und jetzt bekomme ich wieder eine Chance. *Na toll.*

Sophie wanderte umher. Metthwyll hatte von Zauberzeichen gesprochen. Sophie nahm nicht an, daß sie einfach zu finden sein würden. Sie beschrieb einen engen Kreis um das Zelt, den Blick nach außen gerichtet. Im Zelt war es ruhig bis auf das Rasseln von Jays Atem und Metthwylls leises Murmeln.

»*Vorwärts*«, flüsterte Sophie. »Das Leben ist ein ständiges *Vorwärts*. Das Leben gibt niemals auf.«

Sie lief weiter. Inzwischen zog sie den zweiten Kreis um das Zelt. Sophie hatte noch immer nichts Ungewöhnliches entdeckt. Der dritte Kreis lag wieder ein Stück weiter außen.

Kein Feuerholz, dachte sie. Aber Sophie hatte nicht die Absicht, im Wald danach zu suchen.

»Ich hatte recht, als ich ihr das gesagt habe. *Ich hatte recht!* Es war ein guter Rat, und wenn sie ihn nicht gehört hat ... Das sind die Regeln des Lebens: Laß die Bastarde nicht gewinnen; zieh dich nie zurück, und gib niemals auf.«

Ein weiterer, noch größerer Kreis. Sophie kletterte über ihr Gepäck. Metthwyll hatte seinen Rucksack offenbar mit ins Zelt genommen, obwohl sie nichts davon bemerkt hatte. Sophie marschierte weiter im Kreis – langsam, vor-

sichtig – und hielt nach Ungewöhnlichem Ausschau …
nach Amuletten oder Runen. Sophie wußte nicht, wie
die Symbole aussahen, also rechnete sie mit allem.

»Ich habe mich zurückgezogen. Ich habe meinen eigenen Rat ignoriert. Ich war nur zu bereit, mich einfach
hinzulegen und zu sterben. Ich war bereit, den Tod als
Antwort auf all meine Probleme zu akzeptieren, obwohl
das Leben die einzige Lösung ist. *Vorwärts.*«

Das Gras richtete sich nicht wieder auf, nachdem Sophie darüber gelaufen war. Zu trocken, dachte sie und
blickte in die Richtung, aus der ihre kleine Gruppe gekommen war. Sehr, sehr trocken – Sophie konnte deutlich
den Pfad erkennen, den sie getreten hatten. Diesen Spuren konnte selbst der größte Idiot folgen, und sie war
sicher, daß die Kin keine Trottel hinter ihnen herhetzen
würden.

»Hier laufe ich also und trample Kreise in die Gegend.
O Mann!«

Vorwärts. Unternimm etwas. Unternimm *irgend etwas.* Laß dich nicht von deinen Ängsten einschüchtern.

Sophie ging weiter – sie wollte auf jeden Fall die Zauberzeichen finden. Sie würde zwar kaum verstehen, wie
sie funktionierten, doch wenn Sophie sie entdeckt hatte,
würde sie sich zumindest besser fühlen.

Ein weiterer Kreis.

Noch einer.

Als sie gegen die Barriere prallte, hätte Sophie beinahe
laut geschrien. Ihre Haut kribbelte, und sie verspürte den

unheimlichen Drang zu fliehen – einfach weg und über die Felder, bis sie nicht mehr weiter konnte. Statt dessen setzte sie sich zitternd hin. Das war es also, wovon Metthwyll gesprochen hatte. Es war nichts zu sehen. Sophie streckte einen Finger aus und spürte gar nichts ... bis er die Barriere berührte. Sie zuckte zurück und wurde wieder von dieser unerklärlichen Furcht übermannt.

Verdammt! Das hat wehgetan! Zumindest kleineren Ärger würden die Barriere fernhalten. Sophie mußte also keine Angst mehr vor marodierenden Erdhörnchen haben ... aber würde die Barriere auch die Alfkindaar aufhalten?

Sophie betrachtete die kreisförmigen Spuren, die sie markiert hatte, und sagte zu sich selbst: »So ist das Leben. Zauberzeichen aufstellen, im Kreis laufen, und dann mußt du nur noch wie ein Berserker kämpfen, um den Kopf auf den Schultern zu behalten. Leg dich niemals hin und gib niemals auf. Laß die Bastarde nie – *nie!* – gewinnen.«

Sophie schritt noch einmal die Barriere ab und streckte die Hand nach der unsichtbaren Schranke aus. Sobald sie etwas spürte, zog sie sie schnell wieder zurück. Das erinnerte Sophie daran, wie sie als Kind ihren Finger in einen glühenden Ofen gesteckt hatte ... mit jedem Mal hatte es weniger Spaß gemacht.

Dann näherte sie sich wieder dem Zelt. Sophie hörte Jays Atem ... er rasselte noch immer. Wenigstens atmete sie noch ... Sie wandte sich wieder ab.

Laß sie in Ruhe, dachte Sophie. Laß sie einfach in Ruhe. Du darfst dich nicht davor fürchten, ihm zu vertrauen – manchmal ist Vertrauen die einzige Hoffnung, die man hat. Halt Wache, bete ... und warte.

Kapitel Dreiundvierzig

Blut«, flüsterte Faan Akalan den tanzenden Lichtern zu. »Bringt mir die schlagenden Herzen der beiden Magier, und ihr könnt ihr Blut haben. Aber bringt mir Metthwyll unversehrt – ihn will ich persönlich vernichten.« Sie blickte in die funkelnde Wand des Todes und lächelte. »Wenn ich mit ihm fertig bin, könnt ihr auch sein Blut haben.«

Blut, Blut
 wir wollen ...
versprichst du
 ... sein Blut all sein Blut
 wir wollen ihn aussaugen
  schwörst du
ich will ihm weh tun
 du, du, du, schwörst du
schwöre du gibst uns sein Blut?
 wird sie nicht wird sie nicht wird sie nicht ...

»Es reicht«, fauchte Faan. »Ihr werdet sein Blut bekommen. Ich schwöre es. Das habe ich doch gesagt, oder? Habe ich jemals ein Versprechen gebrochen? Geht, und bringt ihn so schnell wie möglich her. Und vergeßt nicht die Herzen der Magier, die er von mir gestohlen hat.«

Die Wächter formten sich zu einem Gesicht, das fast so hoch war wie der Raum, in dem sie sich befanden. Sie glühten immer heller und intensiver. Faan hatte noch nie erlebt, daß sich ihre Wächter zu einer einzigen Gestalt zusammenschlossen. Sie hatte nicht gewußt, daß sie überhaupt zu einer einheitlichen Handlung fähig waren. Es war ein wunderschönes Gesicht. Wenn man die schrecklichen, hungrigen Augen nicht beachtete, war es das Gesicht einer Göttin.

»Wir werden unser Blut bekommen«, sagte das Gesicht. Es sprach mit einer einzigen Stimme – *ihrer* Stimme. In diesem Augenblick bemerkte Faan, daß es ihr eigenes Gesicht war, dessen Form die Wächter angenommen hatten.

Sie lächelte angesichts dieser Demonstration von Ergebenheit. »Ja«, sagte Faan. »Wir werden unser Blut bekommen.«

Ihr leuchtendes Spiegelbild lächelte zurück. Sein Lächeln war hart und grausam. Dann zerflossen die Wächter wieder zu einer diffusen Wolke und verließen die Zauberkammer.

Faan hoffte, die Wächter würden ihr Gesicht annehmen, wenn sie Metthwyll gefangennahmen und die beiden Machnaan-Magier töteten. Sie wollte, daß er wußte, wer ihm den Tod geschickt hatte. Metthwyll sollte verzweifeln.

Nachdem die Wächter verschwunden waren, wandte Faan sich dem Artefakt zu, das sie dem letzten Lord der Aregen vor seinem Tod gestohlen hatte. Es handelte sich um eine Seherglocke. Da sie keine Aregen war, hätte Faan sie eigentlich gar nicht benutzen können; aber sie hatte herausgefunden, daß die Glocke ihren Befehlen gehorchte, wenn sie ihre Hände in das Blut eines Aregen tauchte, bevor sie den magischen Gegenstand berührte. Faan hatte das Blut aller Aregen gesammelt, die sie seitdem getötet hatte. Ihre Machnaan-Lakaien hatten es getrocknet und zu Pulver verarbeitet. Inzwischen zierten Hunderte von Phiolen mit braunem Pulver die Regale ihres Arbeitsraumes.

Faan nahm etwas von dem Pulver, streute es in einen Mörser und befeuchtete es mit ihrem Speichel. Bei ihren Versuchen hatte sie herausgefunden, daß Speichel die beste Verbindung mit der Substanz einging. Auf diese Art bekam sie die besten Ergebnisse, und nur das Ergebnis war entscheidend.

Faan verteilte die braune, stinkende Flüssigkeit auf ihren Handflächen und berührte den Rand der silbernen Glocke. Sie gab einen leisen Ton von sich, und Licht schimmerte in ihrem Zentrum. Mit großer Konzentration lenkte Faan die Vision zu ihren Jagdtrupps. Sie bewegte sich in immer größeren Kreisen weg von Cuthp Maest. Faan sah, wie riesige Bäume an ihr vorüberzogen und wie das Licht des Mondes sich im klaren Wasser spiegelte. Dann war sie bei ihren Dienern. Faan beobachtete Kin und Kin-hera und vergewisserte sich, daß sie ihre Aufgabe ernst nahmen. Sie konnte sich keine Fehler mehr leisten. Diesmal würde es keine Gnade geben und keine Bestechungsgelder, die man vor ihr versteckte. Faan würde sich nicht mit weniger als der totalen Vernichtung ihrer Feinde zufriedengeben. Sie würde kein unnötiges Risiko mehr eingehen.

Nachdem Faan sich vergewissert hatte, daß die Jagdtrupps ihre Aufgabe gewissenhaft erfüllten, versuchte sie ihre Wächter zu finden. Sie vergrößerte ihren Radius und suchte nach der verräterischen magischen Aura, die ihre Höllenbrut ausstrahlte. Doch Faan konnte sie nicht finden. Sie runzelte verwirrt die Stirn. Selbst wenn Faan sie nicht sehen konnte, so war sie bisher doch immer fündig geworden, indem sie einfach ihrer magischen Spur gefolgt war. Das hatte sie häufig getan. Faan machte es Spaß, ihren Wächtern bei der Jagd zuzusehen ... und jetzt waren sie spurlos verschwunden.

Die Wächter verfolgten Metthwyll, einen Kintaari, der stark genug war, um sie zu bekämpfen. Wenn die Wächter eine Möglichkeit besaßen, ihre Gegenwart zu verheimlichen, dann würden sie es wohl auch tun.

Faan dachte eine Weile nach und kam zu dem Schluß, daß ihre Wächter wahrscheinlich einfach vorsichtig waren. Auf diese Weise würde auch sie ihr Ziel schneller erreichen.

Faan war zufrieden.

Sie reinigte die Glocke und wusch sich die Hände. Faan wollte ausgeruht sein, wenn man Metthwyll brachte. Niemand hatte bisher gewagt, sie derart zu hintergehen. Niemandem war es je gelungen, sie ernsthaft in Gefahr zu bringen. Sie wollte seine ›Reue‹ in vollen Zügen genießen. Oh, wie er vor ihr im Staub kriechen und um Gnade winseln würde ... und wenn er sich genug erniedrigt hatte, würde Faan sich an seinem Tod erfreuen.

Kapitel Vierundvierzig

Metthwyll legte Jayjay vorsichtig auf den Boden des Zeltes und bettete ihren Kopf auf den Schlafsack, den ihre Freundin dorthin gelegt hatte. Er zog zuerst sein eigenes Hemd aus und dann das ihre. Das bizarre Kleidungsstück, das Jay darunter trug, ließ er unangetastet. Metthwyll wußte sowieso nicht, welchen Zweck es erfüllte oder wie man es entfernte. Er kniete neben Jay nieder, ohne sie zu berühren. Sie war dem Tode nah.

War Jay seine *Eyra*? Ein Kin konnte nur *eine* Lebensgefährtin in seinem Leben haben – *eine Eyra*, eine Seele. Jede Seele sang ein Lied, das sie nur mit *einer* anderen Seele teilte. Seit dem Augenblick, als er Jayjay im Wald gefunden hatte, während sie von den Wächtern angegriffen worden war, hatte Metthwyll dieses Lied gehört.

Eigentlich war es unmöglich, denn er war Kin, und Jay ...
wenn auch nicht Machnaan, so doch etwas Ähnliches ...
trotzdem schien sie seine andere Hälfte zu sein.

War sie es? War sie es *wirklich*?

In ihrem augenblicklichen Zustand konnte sie Metthwylls Frage wohl kaum beantworten. Jay konnte ihm
nicht in die Augen blicken und ewige Liebe versprechen
oder die notwendigen Eide ablegen; sie konnte nicht
schweigend dasitzen und ihre Seele für sich sprechen lassen. Trotzdem vernahm Metthwyll noch immer deutlich
den schwachen, magischen Gesang ihrer Seele.

Wenn Jay nicht seine *Eyra* war und Metthwyll sie dennoch für sich beanspruchte, würde er sterben. Das war der
Preis, den er zu zahlen hatte. Metthwyll wollte nicht sterben – aber für die Chance, seine *Eyra* zu finden, würde er
alles riskieren.

Metthwyll zog den Dolch aus seinem Gürtel und
preßte die flache Seite der Klinge an seine Stirn.

Er zog die Schultern zurück und atmete tief durch.
Metthwyll hielt den Dolch in seiner rechten Hand und
sprach mit sanfter Stimme. »Höre mich. Ich rufe zu den
Mächten der Erde und des Himmels, des Windes und der
Wasser, des heißen, weißen Feuers des Tages und des
dunklen Feuers der Nacht. Ich rufe die Geister meiner
Straaba, die vor mir gegangen sind, als Zeugen, die Versprechen zu bestätigen, die mich an dich binden.« Metthwyll machte eine kurze Pause und atmete tief durch. Entschlossen fuhr er fort: »Ich gebe mein Leben an diese

Frau. Ich gebe mein Blut.« Mit der Spitze des Dolches stach sich Metthwyll in den Finger. Ein dunkler Blutstropfen zeigte sich, und er preßte den Finger auf Jays Stirn. »Ich gebe meinen Atem.« Er atmete langsam ein, legte seinen Mund auf den ihren und atmete genauso langsam wieder aus.

»Ich gebe mein Herz.« Metthwyll saß mit gekreuzten Beinen neben Jay. Jetzt hob er sie hoch und hielt sie mit einigen Schwierigkeiten so, daß ihre Beine seine Taille umklammerten und ihre Hüften sich aneinander drückten. Er spürte das Rasen ihres Herzens und die Schwäche ihres Pulses. Ihre Arme hingen schlaff an der Seite herab und ihr Kopf baumelte leblos auf den Schultern.

Einen Augenblick überlegte Metthwyll, ob er Jay genauso an sich binden sollte, wie er sich an sie gebunden hatte. Das wäre das Beste, dachte er. Wenn er ihr schon seine Gesundheit, seine Stärke und sein halbes Leben gab, um das Gift aus ihrem Körper zu ziehen und es in seinem eigenen zu bekämpfen, dann hatte er auch das Recht, die Eide für sie abzulegen, die sie nicht selber schwören konnte. Wenn Metthwyll sein Leben gab, um das ihre zu retten, dann sollte er sichergehen, daß Jay ihn nicht abweisen konnte, wenn sie wieder erwachte.

Aber er wollte, daß ihre Liebe von Herzen kam. Metthwyll wollte weder Pflichtgefühl noch Magie oder Mitleid. Vielleicht wäre der Unterschied nicht einmal zu erkennen ... aber er würde stets *wissen*, daß es einen Unterschied gab.

Metthwyll wollte, daß Jay ihn genauso freiwillig erwählte, wie er sie erwählt hatte.

Was für Idioten die Liebe aus uns macht, dachte er.

Wenn Jay ihn abwies, wenn sie sich weigerte, die Eide abzulegen, oder ihn verließ, dann würde Metthwyll genauso sicher sterben, als wäre sie nicht seine *Eyra* gewesen. Er wollte nicht sterben ... aber er wollte auch nicht mehr ohne sie leben.

Trotzdem würde Metthwyll ihre Liebe nicht erzwingen.

»Weil sie ihre Versprechen nicht aus eigenem, freiem Willen ablegen kann«, flüsterte er, »entbinde ich sie davon und trage die Verantwortung allein. Ich erkläre uns zu *Eyra*, und meine Seele ist untrennbar mit der ihren verbunden. Ich bin ihre andere Hälfte.«

Metthwyll verhielt sich vollkommen ruhig und konzentrierte sich auf den Rhythmus von Jays Atem. Sanft folgte er dem Pfad, der zwischen ihnen entstanden war, bis zu ihrer Lunge. Langsam versank er in einer tiefen Trance ... und fühlte, wie Jays Herz in seiner Brust schlug und ihr Blut in seinen Adern floß ... langsam, ganz langsam wurden ihre Körper eins. Metthwyll folgte dem Pfad weiter und drang tiefer in sie ein.

Er wußte von Jays Schmerz, von dem Feuer, das das Gift in ihrem Körper entfacht hatte, und von den Visionen, die ihren Geist quälten – Metthwyll kannte ihren Wunsch, vom Schmerz befreit zu werden und den Qualen des Körpers zu entkommen. Er fühlte Jays Sehnsucht nach dem Tod, nach Ruhe und Frieden.

Der Teil von ihm, der eins mit ihr war, teilte ihr Verlangen, während ihr Atem durch seine Lungen strömte und ihr Blut durch seine Adern floß. Metthwyll wollte Jays Wunsch erfüllen – ihr Ruhe und Frieden schenken. Aber sein eigener Atem und sein eigenes Blut wollten leben, forderten ihn auf, den Tod als Feind zu bekämpfen und sich an dem Blut, dem Atem und dem Schlag seines Herzens, das auch *ihr* Herz war, zu erfreuen.

Durch die Verbindung, die zwischen ihnen bestand, rief Metthwyll: *Ich habe dich gefunden! Ich habe dich gefunden! Ich bin du, und du bist ich!* Meine Seele, erwache und erkenne mich. Ich werde deinen Schmerz teilen. Ich werde deine Wunden nehmen. Teile, meine Geliebte, und werde eins mit mir.

Metthwyll atmete ihren Atem und Jay den seinen – die Luft war wie Feuer, das alles verschlang, was sich ihm in den Weg stellte. Ihr Herz raste, donnerte, und der Schmerz schrie, peitschte und heulte durch ihre Venen – *ja*, betete Metthwyll, *ja*, laß mich deinen Schmerz teilen. Gib ihn mir.

Das Gift brannte in seinen Adern, und Metthwylls Sinne vernebelten sich; seine Glieder wurden taub. Er kämpfte gegen die Taubheit an, aber das Gift der Voraagel war nicht Jays einziger Schmerz. Erinnerungen drangen auf ihn ein – Bilder, die er nicht verstand. Ein schlanker, gutaussehender Mann mit blassen Augen lag im Bett mit einer Frau, die nicht dorthin gehörte. Metthwyll fühlte, wie Jay zurückzuckte. Er fühlte, wie der Schmerz sie mit-

ten ins Herz traf, und er rannte mit ihr, als sie sich umdrehte und floh. Alles verschwamm; es gab einen kurzen
Blitz, und ein neues Bild erschien. Ein dunkelhaariger
Mann, der seine Faust im Zorn erhoben hatte – und diese
Faust schlug ihr ins Gesicht. Metthwyll fühlte, wie er
sich versteifte und den Mann zu zerreißen versuchte;
doch er konnte die Erinnerung nicht verändern. Jay lag
zusammengekauert auf dem Boden und schrie, während
ein Fuß in ihren Bauch trat ... immer und immer wieder.
Überall war Blut ... so viel Blut, und sie weinte. Jay war
schwanger gewesen und hatte in diesem Augenblick das
Kind verloren. Metthwyll spürte ihren Zorn und ihren
Verlust wie seinen eigenen. Es wurde dunkel, und Metthwyll kämpfte dagegen an, bis das Bild eines weiteren
Mannes und eines weiteren Bettes erschien. Wieder lag
ein Fremder in dem Bett. Aber als der Mann, den Jay
liebte, diesmal aufstand, um sie zu begrüßen, war der
fremde Körper unter ihm ... *ein Mann*. Die Männer lachten und zuckten mit den Schultern. Einer von ihnen breitete die Arme aus und rief Jay zu sich. Wieder drehte sie
sich um und rannte weg. Ihre Seele war zerrissen von Verlust, Betrug, Verwirrung und Scham. Und es gab weitere
Bilder; die meisten erschienen nur als kurze Aus-
schnitte – Gesichter auf der Straße und in einer Unmenge
von Räumen, Gesichter, die sie mit kalten, feindseligen
Blicken beobachteten – Jay fühlte ihre Vorwürfe, und
Metthwyll fühlte sie durch Jay.

So viel Schmerz.

Metthwyll nahm soviel von dem Schmerz, wie er konnte. Dunkle, häßliche Erinnerungen brachen über ihn herein, bis er endlich den Gesang des Giftes hörte. Es rief nach ihm, lockte ihn mit Versprechen von Ruhe und Frieden, von Orten, wo es keinen Schmerz mehr gab – aber auch keine Freude.

Er atmete mit ihr.

Lebe, sagte Metthwyll. Der Schmerz läßt nach. Er wird immer schwächer. Wir können den Schmerz ertragen. Wir können ihn überwinden und hinter uns lassen. Ich bin du, und du bist ich. Wir sind nicht allein – du bist bei mir, und ich liebe dich. Du wirst nie wieder allein sein.

Was du für mich bist, werde ich für dich sein.

Meine Seele, meine Liebe.

Sein Atem, ihr Atem – alles eins.

Jay atmete allmählich ruhiger.

Ich gehöre dir, sagte Metthwyll. Ich bin dein. Ich gehöre dir.

In diesem Moment spürte er, wie sich Jays Bewußtsein wieder regte. Metthwyll triumphierte. Atme meinen Atem, drängte er. Laß mein Herz für dich schlagen. Laß mein Blut dich ernähren.

Metthwyll spürte ihre Verwirrung. Jays Seele kam auf ihn zu und umarmte ihn. Das Feuer ihres Lebens brannte in ihm – Jay strömte durch ihn hindurch, und Metthwyll fühlte sich heil. Ein Teil ihres Ichs griff endlich wieder nach dem Leben. Jay erlaubte ihm, die Kontrolle über ihre

Atmung zu übernehmen, und Metthwyll ließ sie sanft ab-
flachen. Er machte ihren Atem tiefer und reicher. Mit
jedem Atemzug sog Jay kühle, klare Luft ein. Mit jedem
Atemzug erlosch das Feuer immer mehr.

Das quälende Koma war besiegt, und Jay fiel ohne aufzuwachen in das gesündere Reich von tiefem, erschöpf-
tem Schlaf.

Sie lebten. Jay war seine *Eyra* und Metthwyll der ihre.

Meine Liebe, flüsterte seine Seele in ihren Träumen.
Wo warst du nur so lange? Oh, du meine Seele ...

Kapitel Fünfundvierzig

Sophie reckte sich und lief umher, um wach zu bleiben. Die Stille der Nacht wirkte eher entspannend
als bedrohlich. Vor ungefähr einer halben Stunde war
Metthwylls tiefe, verzweifelte Stimme verstummt. Seitdem war das einzige, was Sophie bemerkt hatte, die Geräusche von Tieren und das Rauschen des Windes gewesen. Das letzte, was sie von Metthwyll gehört hatte, war
ein leises Murmeln – vielleicht hatte er auch gebetet.
Auf jeden Fall hatte seine Stimme erfreut geklungen.
Das war wohl ein gutes Zeichen für Jayjays Entwick-
lung.

Werde gesund, Jay, dachte Sophie. Bitte, werde wieder
gesund.

Sophie ging ihre übliche Streife entlang der äußeren Begrenzungen des Lagers. Sie war voller Hoffnung, daß Jay überleben, daß diese Nacht friedlich und ruhig verlaufen und daß sie und Jay lebend aus Glenraven herauskommen würden.

Als sie am Eingang des Zeltes vorbeikam, bemerkte Sophie, daß Jays Rucksack zu glühen begonnen hatte. Sophie runzelte die Stirn. Dieses Glühen war vorhin noch nicht dagewesen. Sie zog ihr Schwert und trat vorsichtig näher. Es war ein warmes, einladendes Glühen wie das Licht aus den heimatlichen Fenstern in einer kalten und regnerischen Nacht. Es leuchtete gleichmäßig vor sich hin – kein Farb- oder Formwechsel, kein Geräusch, keine Bewegung. Es war einfach nur Licht, sonst nichts, und es leuchtete durch das Nylon des Rucksacks wie durch farbige Kirchenfenster – aber es *rief* nach Sophie!

Sophie öffnete den Rucksack mit der Spitze ihres Schwertes. Das Licht strömte wie ein Leuchtfeuer in den Himmel, und Sophie befürchtete, daß irgend jemand es entdecken würde. Aber niemand griff sie an, und nichts bewegte sich.

Sophie hielt den Atem an und stocherte mit dem Schwert in Jays Rucksack.

Nichts passierte.

Nun, dachte sie, ich kann die Sachen wohl kaum mit dem Schwert herausfischen. Das würde die ganze Nacht in Anspruch nehmen. Aber ich kann das hier auch nicht einfach vor sich hin glühen lassen, ohne zu wissen, was es ist.

Sophie blieb also nichts anderes übrig, als die Hand hineinzustecken.

Sie haßte Glenraven. Solche Dinge würden daheim einfach nicht geschehen.

Sophies Mund trocknete aus, und das Blut pochte in ihren Ohren. Sie wühlte so lange herum, bis sie den Gegenstand entdeckt hatte, von dem das Licht ausging. Als ihre Hand ihn berührte, wurde das Licht zu einem sanften, gelben Schimmern. Das Ding glühte zwar immer noch, aber lange nicht mehr so stark, als daß sie fürchtete, es könnte irgendwelche Schwierigkeiten anlocken. Sophie zog es heraus.

Es war das Buch – *Fodor's Glenraven*.

Das hätte sie sich eigentlich denken können. Immerhin hatten alle Schwierigkeiten mit dem Buch begonnen. Als Sophie es aufschlug, stellte sie überrascht fest, daß die Seiten leer waren. Sie glühten ... und waren leer.

Was soll denn *das* bedeuten? fragte sie sich.

Wörter erschienen auf der leeren Seite. Sie wurden nicht geschrieben, sondern erschienen einfach aus dem Nichts.

Die erste Bedingung wurde erfüllt.

»Was für eine Bedingung?« platzte Sophie heraus.

Die Wörter verschwanden und wurden durch einen neuen Text ersetzt.

Ihr, die erwählten Helden Glenravens, habt einen weiteren Schritt getan, um euer Schicksal zu erfüllen und das Land von Unterdrückung und drohender Vernichtung zu befreien. Zwei Bedingungen müssen noch erfüllt werden. Habt Mut.

»*Falsch!* Ich habe keinen Mut, und ich erfülle kein verdammtes Schicksal. Glenraven ist bis jetzt ohne mich blendend zurechtgekommen, und es wird auch weiterhin ohne mich zurechtkommen. Ich schnappe mir Jayjay, und dann werden wir beide machen, daß wir von hier wegkommen.«

Die ermutigenden Worte verschwanden. Die Seite blieb einen Augenblick leer, und dann las Sophie:

Die erste Bedingung wurde erfüllt.

Sophie starrte auf die Buchstaben und sagte: »Okay – wie lauten die beiden anderen Bedingungen, von denen du glaubst, daß Jay und ich sie erfüllen müssen? Wenn die erste nicht ist, daß wir dieses Dreckloch so schnell wie möglich verlassen sollen, dann wirst du schwer enttäuscht sein.«

Die Seite leerte sich erneut. Sophie mußte diesmal wesentlich länger auf eine Antwort warten.

Ihr wißt, was ihr wissen müßt. Die erste Bedingung wurde erfüllt.

Sophie haßte Orakel, die mit Absicht unverständlich waren. »Was wird geschehen? Antworte, oder du wanderst ins Lagerfeuer.«

Die Seite blieb so lange leer, daß Sophie schon glaubte, das Buch würde nicht mehr antworten. Aber schließlich sandte es doch eine Botschaft.

Du wirst eine Heldin. Warte es ab.

Das Glühen verschwand ... Ende der Unterhaltung, ganz offensichtlich – und Sophie hatte nicht die geringste Ahnung, wovon das verdammte Buch gesprochen hatte. Sie zog ein finsteres Gesicht, steckte den Reiseführer zurück in Jays Rucksack und verschloß ihn. Falls das Buch sich wieder dazu entschließen sollte zu glühen, dann würde es wenigstens nicht schon von weitem erkennbar sein.

Sophie steckte ihr Schwert in die Scheide, als sie ein fernes, grollendes Geräusch wie ein weit entferntes Donnern vernahm. Mittlerweile hatte sich der Himmel bewölkt. Sie blieb regungslos stehen und lauschte. Nachdem Sophie den Ursprung des Geräusches ausgemacht hatte, wandte sie sich in die entsprechende Richtung.

Im blassen Licht des halb verdeckten Mondes erkannte sie einige unförmige Gestalten, die langsam näherkamen ... die Kreaturen der Alfkindaar. Sophie beobachtete, wie sie heranschlichen. Sie hörte das unnatürliche Grollen ihrer Stimmen und das Rascheln schleppender

Schritte im Gras. Als die Wesen noch näher gekommen waren, glaubte Sophie sogar das Stampfen ihrer Füße durch den Boden zu spüren.

Sophie zog das Schwert wieder heraus und blickte ihrem sicheren Untergang entgegen. Sie spürte den Geschmack von Galle und Adrenalin in ihrem Mund. Einige der Kreaturen identifizierte sie dank Metthwylls Erklärungen als Kin-hera – Warrags und Flieger; aber sie konnte weder erkennen, wie viele es waren, noch den anderen Wesen einen Namen geben, die die Gruppe begleiteten. Durch das Mondlicht wirkten die Kin-hera riesig. Sie schienen perfekt in die Nacht zu passen. Die Kreaturen folgten der deutlichen Spur, die sie und Metthwyll am Tag zuvor hinterlassen hatten. Die Flieger flogen vor der Gruppe her – geflügelte Jagdhunde der Hölle. Die Kin-hera waren noch immer zu weit entfernt, als daß Sophie ihre Worte hätte verstehen können, aber sie näherten sich unaufhaltsam.

Sophie wollte Metthwyll rufen, da sie nicht die Absicht hatte, sich diesem Schrecken allein zu stellen. Aber wenn Jay die Chance bekommen sollte zu überleben, dann mußte sie allein mit dem Problem fertigwerden.

Metthwyll hatte großes Vertrauen in seinen magischen Kristall ... aber Sophie sah, daß er die deutliche Spur nicht verwischt hatte, die sie hinterlassen hatten. Ganz egal, wie gut das Artefakt darin war, Verwirrung zu stiften – Sophie konnte sich nicht vorstellen, daß die Wesen, die ihnen auf den Fersen waren, sich von einer unsichtbaren Mauer aus Furcht in die Irre führen ließen. Konnten die Kin-hera sie sehen? Vermutlich nicht. Der Gedanke beruhigte sie ein wenig. Sie wären sonst längst schon auf Sophie losgestürmt. Dieser magische Kristall und Metthwylls Zauberzeichen boten zumindest in dieser Hinsicht Schutz.

Aber war das genug?

Sophies Hände umklammerten das Heft ihres Schwertes. Sie kauerte sich hin und wartete.

Dann drangen die ersten verständlichen Worte an ihre Ohren. »Die Spur zeigt zwei Leute. Ein Kin und eine Machnaan. Ich sage euch noch einmal, sie haben uns bestimmt in eine Falle gelockt. Die andere Machnaan hat einen Haken geschlagen und wartet auf einen günstigen Zeitpunkt, um uns in den Rücken zu fallen.« Die Stimme klang irgendwie kindlich. Das muß einer der Flieger sein, dachte Sophie.

»Dann kehr doch um und sieh nach, wenn du deiner Sache so sicher bist.« Das war eine einigermaßen normale Stimme – männlich und offensichtlich verärgert.

»Ich gehe aber nicht alleine.«

»Wir werden uns nicht trennen. Wenn sie uns verfolgen, dann haben wir bessere Chancen, wenn wir zusammenbleiben. Einzeln können sie uns fertigmachen.«

Irgend etwas rumpelte wie ein Erdbeben. Es dauerte einen Augenblick, ehe Sophie bemerkte, daß auch dieses Geräusch die Stimme eines Kin-hera war ... oder besser: seines Lachens.

»Metthwyll ist auf der Flucht mit zwei Machnaan-Frauen ... oder vielleicht auch nur einer. Es sind keine Kin bei ihm. Die Machnaan-Frauen sind ein Nichts. Wovor habt ihr eigentlich Angst?«

»Faan Akalan hat gesagt, sie seien Zauberer.«

»Ich war bei Metthwyll und Bewul, als wir sie nach Cuthp Maest gebracht haben. Sie sind keine Zauberer. Sie sind *Nichts*.«

Inzwischen waren die Kin-hera nahe genug herangekommen, daß Sophie Einzelheiten erkennen konnte. Das Wesen mit der tiefen Stimme war genauso übertrieben gekleidet wie alle Kin-Wesen, die Sophie bis jetzt gesehen hatte – mit Ausnahme der Warrags. Es besaß entfernte Ähnlichkeit mit einem Bären, ging auf vier Beinen und war unbehaart wie ein Mensch. Einige Warrags trotteten grinsend neben ihm her. Ungefähr ein Dutzend Flieger umkreisten die Gruppe und erkundeten die nähere Umgebung.

Sophie zählte insgesamt fünfzehn, doch sie war nicht sicher, ob das wirklich alle waren. Sophie hatte jedenfalls keine Chance, sich gegen eine so große Übermacht zu verteidigen.

Sie blickte zum Zelt. Es war nur ein dunkler Schatten, der sich hinter ihr wie eine Wand erhob.

Ich könnte kämpfen und sterben, ohne jemals zu erfahren, ob es zu etwas nütze war, dachte Sophie. Vielleicht sind Jay und Metthwyll schon tot.

Vielleicht aber auch nicht.

Sophie drehte sich wieder um und konzentrierte sich auf die herannahenden Kreaturen. Das drahtumwickelte Heft des Schwertes wog schwer in ihrer Hand, und ihre Unterarmmuskeln schmerzten bereits. Sie versuchte, sich ein wenig zu entspannen.

Der erste Flieger näherte sich der Barriere auf ungefähr drei Meter. Das Wesen zischte und drehte nach rechts ab, als die beiden nächsten hinterherkamen.

»Ihre Spuren führen nicht nach dort drüben«, knurrte einer der Warrags.

»Ich habe einen gesperrten Bereich entdeckt«, rief der vorderste Flieger. »Geht außen herum und nehmt die Fährte auf der anderen Seite wieder auf.«

»Einen *gesperrten* Bereich – ha!« spottete der Warrag und ging weiter auf Sophie zu.

Sophie schluckte – ihr Mund war so trocken, als hätte man ihn mit Kreide eingerieben. Sie hob die Spitze ihres Schwertes. Es würde den Warrag in dem Moment durchbohren, in dem er die Barriere durchdrang. Doch mit einem Mal winselte das Monster und wich einen Schritt zurück. Es fiel auf die Hinterbeine und knurrte. Die gesamte Gruppe hielt sofort an.

»Was ist los?« Der bärenähnliche Schrecken trottete vor und drang in die Barriere ein … und wich so schnell zurück, daß seine Klauen kleine Brocken Erde aufwirbelten. Das Wesen zog sich bis zu dem Warrag zurück, schüttelte den Kopf und setzte sich verwirrt neben seinen kleineren Gefährten.

Die beiden waren nicht weiter als drei oder vier Meter entfernt ... Sophie konnte sie sogar riechen. Sie blickten ihr genau in die Augen, genau *durch sie hindurch* ... die Kin-hera sahen sie nicht, aber sie zogen auch nicht weiter. Die Flieger umkreisten Metthwylls Barriere und kehrten zu ihren Kameraden zurück.

»Merkwürdig«, sagte das Bärenwesen.

»Böse«, fügte der Warrag hinzu.

»Was denkst du, Hmarrg? Für mich ist das eine Warnung der Wächter.« Der riesige Kin-hera lehnte sich zurück und hob eine seiner mächtigen Pranken, um sich den Bauch zu kratzen.

Ein weiterer Warrag steckte seine Nase in die Barriere, zog sie wieder zurück und schüttelte sich. »Ich glaube nicht. Sie hat befohlen, daß die Wächter uns in Ruhe lassen – sie sollen uns freien Durchgang gewähren.«

Der bärenhafte Kin-hera keuchte und schnaufte – Sophie bemerkte, daß das seine Art zu lachen war. »Wenn sie eine Abmachung mit ihnen getroffen hat, dann heißt das noch lange nicht, daß die Wächter sich auch daran halten. Jedenfalls nicht, wenn sie Hunger haben. Sie werden uns aussaugen und unsere leblosen Körper auf einem Haufen zusammenwerfen – und *sie* würde die Wächter bestimmt nicht davon abhalten.«

»Du *glaubst*, daß es ihre Wächter sind. Der abgesperrte Bezirk könnte genausogut Metthwylls Werk sein.« Hmarrg erhob sich und starrte auf Sophie. Seine Augen waren für einen Augenblick wirklich *genau auf sie* fixiert. In Sophie keimte das schreckliche Gefühl, daß er durch Metthwylls magische Barriere hindurchsehen konnte und sie entdecken würde. Aber dann wanderte sein Blick weiter, und er verzog die Lippen zu einem Knurren.

»Geduld, Hmarrg. Wenn wir Metthwyll das nächste Mal finden, bringen wir ihn um«, brummte der riesige Kin-hera. »Das werden wir sowieso. Aber ich glaube *immer noch*, das hier stinkt nach den Wächtern.«

»Ist ja auch egal. Wir müssen auf jeden Fall hindurch.« Hmarrg wandte sich um und blickte jeden der anderen Kin-hera mit kalten Augen an. »Wenn wir einen Bogen um den Bezirk schlagen, zeigen wir wem auch immer wir dieses Hindernis zu verdanken haben, daß er uns Angst einjagen kann.«

»Wenn es das Werk der Wächter ist, dann *habe* ich Angst«, sagte einer der kleinen Flieger. Er flatterte um die Warrags herum und landete schließlich auf dem Rücken einer der größten Kreaturen.

Der bärenhafte Kin-hera erhob sich.

Hmarrg folgte seinem Beispiel und knurrte: »Wem gebührt die Ehre, an vorderster Front zu sein?«

Scheiße, dachte Sophie. Scheiße, Scheiße, *Scheiße!*

Für einen Augenblick war der Mond nicht mehr von den treibenden Wolken verdeckt. Fahles, silbriges Licht erhellte mehr von der Umgebung, als es eigentlich sollte. Das Bärenwesen stellte sich auf die Hinterbeine und schnüffelte. »Ich rieche keine Machnaan und auch keine

Kin oder Kin-hera außer uns ... aber ich rieche auch keine Wächter. Heute nacht ist nichts in der Luft außer den Vorboten des Regens.«

Hmarrg neigte den Kopf zur Seite und grinste. »Was heißen soll, daß du zuerst gehen willst. Oder überläßt du mir die Ehre? Mach schon, Tethger. Was hast du vor?«

»Ich rieche keine Gefahr, die zu einer Ehre reichen würde.« Tethger lachte leise. »Wenn du glaubst, daß es dir Ruhm und Ehre einbringt, Hmarrg, dann tu dir keinen Zwang an. Geh voran.«

»Nett gesagt«, erwiderte der Warrag.

Sophie sah, wie sich das Monster zu der Barriere umwandte. Sie erstarrte. Dann machte der Warrag mit gesträubtem Fell einen langsamen Schritt nach vorn. Und noch einen ... und noch einen ... Sophie richtete das Schwert auf sein geöffnetes, keuchendes Maul und bereitete sich darauf vor, die Kreatur in dem Augenblick anzugreifen, in dem sie Sophie sehen konnte. Hmarrg begann zu knurren. Sein Kopf senkte sich, und sein Schwanz sah aus wie eine Haarbürste. Ein weiterer Schritt.

Dreh um, dachte Sophie. Dreh um, dreh um.

Und noch einer.

Der nächste Schritt würde ihn durch die Barriere bringen. Sophie hielt den Atem an, packte das Schwert mit beiden Händen und duckte sich. Im diesem Augenblick entdeckte der Warrag die Frau und sprang sie an. Sophie hatte gut gezielt ... die Waffe drang in das geöffnete Maul der Kreatur ein, durchschnitt ihren Rachen und trat am

Rücken wieder aus. Sophies eigene Kraft zusammen mit dem Schwung des Warrag hatten die Klinge so tief getrieben.

Die Kiefer des Warrag schnappten noch immer nach Sophie, während sein Kopf an der Klinge entlangrutschte. Sein Gewicht drückte sie zu Boden, und seine beinahe menschliche Hand schloß sich mit ungeheurer Kraft um Sophies Kehle. Ihr blieb die Luft weg, und das Blut rauschte in ihren Ohren. Sophie lag auf dem Boden, der Warrag über ihr. Sie zog ihre Beine an und rammte sie mit aller Wucht in seine weiche Unterseite.

Hmarrg hustete, würgte und spuckte Sophie Blut, Galle und ekelhaften Speichel ins Gesicht. Sophie trat erneut zu, und sein Griff lockerte sich. Seine Augen wurden glasig. Auch Sophie verschwamm die Sicht. Der Warrag erneuerte seinen Griff um ihren Hals; noch war er nicht tot ... jedenfalls nicht tot genug.

Sophie rang nach Luft, rammte das Schwert noch tiefer in den Körper des Warrag und spürte die spitzen Zähne an ihrer Hand. Der Druck verstärkte sich an ihrem linken Handgelenk, als er hineinzubeißen versuchte. Sophie wollte kein unnötiges Geräusch verursachen ... vielleicht konnte man sie außerhalb der Barriere hören, wenn sie schon nicht zu sehen war. Erneut stieß sie dem Warrag die Beine in den Unterleib.

Hmarrg brach über Sophie zusammen und begrub sie unter sich. Er stieß einen gurgelnden Schrei aus und verstummte.

Er war entschieden zu schwer.

Sophie blieb einen Augenblick liegen und rang nach Luft. Hmarrgs Finger lagen noch immer um ihren Hals, doch sie drückten ihre Kehle nicht mehr zu. Trotzdem fiel ihr das Atmen schwer. Sein toter Körper erdrückte sie fast. Heißes Blut floß über ihre Haut, und Gedärme übergossen sie mit stinkenden Exkrementen. Sophie schob sich zur Seite und rollte den schweren Körper von sich herunter. Das trockne Gras stach durch ihr Hemd und kratzte auf ihrer Haut. Ihr schweißgebadeter Nacken war überall mit Spreu verklebt. Sophie legte eine kurze Pause ein und atmete tief durch.

Sophie zog ihr Hemd aus der Hose und wollte damit das Blut aus dem Gesicht wischen. Aber sie erreichte nur, daß alles noch mehr verschmierte und der Gestank der Innereien verstärkt in ihre Nase stieg. Es war zuviel. Sie brach zusammen und übergab sich, noch immer bemüht, so wenig Lärm wie möglich zu machen und außerdem nicht in Ohnmacht zu fallen. Als ihr Magen sich geleert hatte, wischte Sophie mit einer Handvoll Gras über Hände und Gesicht, bevor sie zu den anderen Kin-hera sah, die außerhalb der Barriere auf den Warrag warteten.

Einer der Flieger umkreiste ein weiteres Mal die magische Wand und kehrte zurück. »Er ist noch nicht wieder herausgekommen«, zirpte er.

Ein zweiter Warrag witterte und begann zu heulen. »Todesgeruch! Todesgeruch! Sie haben Hmarrg getötet!«

»Wächter«, sagte Tethger. »Niemand sonst könnte einen Warrag lautlos töten.«

»Wir müssen ihn rächen«, sagte der Warrag und lief aufgeregt an der Barriere entlang.

Der bärenhafte Kin-hera wandte sich zu ihm um und schnaufte. »Wenn du unbedingt in ihr Gebiet eindringen willst, dann bitte ...«

Nein, dachte Sophie. Das willst du nicht. Wirklich – du willst viel lieber wieder zurück nach Hause.

Sie war derart erschöpft, daß sie kaum noch stehen konnte. Wenn sie auch noch gegen die übrigen Warrags, den gewaltigen Tethger und die vielen kleinen Flieger kämpfen sollte, würde sie den Morgen nicht mehr erleben. Einer von ihnen würde sie töten, und das war dann das Ende ... für sie, für Jay und für Metthwyll.

Der Warrag starrte mit finsterer Miene auf die unsichtbare Wand vor ihm. »Wir hätten einen Kintaari mitnehmen sollen. Er hätte einen Zauber gewußt, mit dem wir die Wand der Wächter überwunden hätten.«

Tethger ließ sich auf alle viere nieder und schnaufte. »Vielleicht. Aber die Barriere könnte genausogut das Werk eines Kintaari sein ... und Metthwyll *ist* ein Kintaari. Er könnte sie geschaffen haben.«

Die Warrags diskutierten untereinander, bis schließlich einer von ihnen sagte: »Wenn wir das als Möglichkeit ansehen, dann müssen wir hinein.« Er machte eine Pause, während Tethger sich schnaufend aufsetzte und zustimmend nickte. »Aber ich denke, du bist genau wie wir der

Meinung, daß diese Barriere nicht nach Kintaari-Magie aussieht. Sie scheint das Werk der Wächter zu sein, und nur die mächtigsten Kintaari legen sich mit den Wächtern an. Wir müssen jemanden losschicken, der mit der Schutzherrin redet.«

Tethger seufzte. »Ja. Einen Boten. Irgend jemanden ... der entbehrlich ist.«

Die Nackenhaare der Warrags richteten sich auf, und ihre Schwänze peitschten wütend den Boden.

»Keiner von euch«, beruhigte Tethger sie. »Auch keiner von euch.« Er deutete auf die Flieger. »Ich werde jemand anderen finden.«

»Dann kehren wir um?« fragte einer der Flieger.

Ja, dachte Sophie. Ihr kehrt um. Ihr *wollt* umkehren. Wirklich.

Tethger stieß erneut einen Seufzer aus. »Wir müssen zwar mit Faan Akalans Unmut rechnen, aber ... wir kehren trotzdem um.«

Sophie lächelte und sank erleichtert zu Boden. In Sicherheit, dachte sie. O Gott, wir sind in Sicherheit – jedenfalls im Augenblick! Sie blickte zu dem toten Warrag.

Ich habe gewonnen, dachte sie. Ich habe überlebt.

Sophie legte das Schwert über die Oberschenkel und betete, daß dieses Abenteuer das letzte war, das die Nacht für sie bereithielt.

Kapitel Sechsundvierzig

Die winzigen Figuren auf dem Tisch, die seinen abwesenden Helden Jayjay Bennington und Sophie Cortiss so ähnlich sahen, bewegten sich erneut durch das Szenario. Yemus betrachtete sie mit geballten Fäusten und vergaß sogar zu atmen. »Dieses Mal müßt ihr gewinnen«, drängte er, aber in ihrem Kampf mit Faan Akalan stürzten sie zu Boden und blieben bewegungslos liegen. Tot. Geschlagen.

Yemus hatte das Szenario jetzt dreimal hintereinander durchgespielt, ohne etwas zu verändern, immer in der Hoffnung, daß irgend etwas anderes als das Eingreifen der Machnaan den Ausgang zugunsten Glenravens verändern würde. Aber jedes Mal hatte Faan Akalan seine beiden Helden vernichtet – und nach dem Tod der Helden war die Schutzherrin ungehindert gegen die Machnaan marschiert und hatte auch sie vernichtet.

Diese Methode, den Ausgang bestimmter Ereignisse zu erfahren, war natürlich nicht fehlerfrei, aber sie war schon sehr gut. Yemus vertraute ihr. Er hatte ihr auch vertraut, als er den Plan formuliert hatte, die Helden nach Glenraven zu bringen. Obwohl sich das als vollkommener Fehlschlag erwiesen hatte, sagte jedes Omen, das er bisher befragt hatte, daß Jayjay und Sophie zumindest die *Möglichkeit* besaßen, ihre Aufgabe zu erfüllen.

Wenn die Machnaan an ihrer Seite kämpften – und *nur* dann.

Yemus mußte sich mit der Realität abfinden. Die Machnaan hatten bereits einmal alles auf eine Karte gesetzt und ihm vertraut. Alles wegen seines Versprechens, daß er ihnen den endgültigen Sieg über Faan Akalan schenken könnte, ohne Glenraven als Folge davon zu zerstören. Sie hatten ihm ihre Magie anvertraut ... und damit verbunden ihre Zukunft, ihr Leben und ihre Hoffnung. Der Preis für ihre magielose Existenz waren einfache Krankheiten, Seuchen, ein früher Tod und harte Knochenarbeit anstelle des angenehmen Lebens, das sie gewohnt waren. Die Machnaan hatten ihr Elend schweigend ertragen – in der Hoffnung auf jenen einen Tag, an dem ihre Helden erscheinen und sie zum endgültigen Sieg über ihre Unterdrücker führen würden. Als die Helden endlich kamen, waren nicht Tage, nicht Monate, sondern Jahre vergangen. Ihre Ankunft hatte sich wie ein Lauffeuer unter den wartenden Machnaan verbreitet, und sie hatten sich auf den Kampf vorbereitet. Sie waren bereit gewesen, das letzte Opfer zu bringen, damit ihre Kinder in einer freien Welt aufwachsen konnten ... und dann hatte Yemus die Helden einfach so verloren. Sie waren den Alfkindaar in die Arme gerannt und für einige Zeit in Faan Akalans Festung Cuthp Maest verschwunden.

Als Yemus seinen Leuten erklärt hatte, daß er versagt hätte und daß die Machnaan wehrlos der Schutzherrin und ihren verhaßten Wächtern ausgeliefert waren, hatte er all ihre Hoffnungen zerstört. Sie würden ihm niemals wieder vertrauen.

Aber er mußte es versuchen.

Yemus ging zu dem kleinen ummauerten Fenster und rief nach der Wache. »Heee! Drastu! Ruf meinen Bruder. Bitte ... es ist sehr dringend.« Der Wachposten, der einmal einer seiner besten Freunde gewesen war, ignorierte ihn völlig.

»Drastu! Ich habe gute Nachrichten, aber ich muß mit Torrin sprechen.« Yemus steckte den Arm durch den schmalen Schlitz und winkte. »Drastu ... bitte. Ich habe mich geirrt – die Helden sind nicht mit Faan verbündet. Sie arbeiten gegen die Schutzherrin ... aber wir müssen ihnen helfen, wenn sie eine Chance haben sollen. Ich muß mit meinem Bruder reden.«

Der Krieger bewegte sich nicht. Er blickte weder hoch noch zeigte er irgendeine andere Reaktion.

Yemus ging zu seinem Tisch zurück und starrte auf die Figuren, die eine erneute Niederlage durchspielten. Wenn er seinen Mund gehalten und erklärt hätte, Jayjay und Sophie würden das machen, wozu sie hergekommen waren – nämlich in die Festung der Alfkindaar eindringen –, wäre alles in bester Ordnung gewesen. Die Machnaan würden auf das Zeichen zum Angriff warten, die Helden wären in Sicherheit und die Zukunft Glenravens gerettet.

Ich habe mir das selbst eingebrockt, dachte Yemus. Ich allein habe uns in diese verzweifelte Lage gebracht.

Jetzt stehen wir der Vernichtung gegenüber, nur weil ich die Nerven verloren habe. Ich muß irgend etwas unternehmen.

Aber was?

Kapitel Siebenundvierzig

Jayjay wurde durch das entfernte Grollen des Donners geweckt. Sie schmiegte sich in Arme, die sie zärtlich umschlangen. Regen trommelte auf das Nylon über ihrem Kopf. Das trübe Licht des regnerischen Tages verwandelte sich durch das Gelb des Zeltdaches zu einer angenehmen Imitation von Sonnenschein. Einen Augenblick lang war Jay verwirrt und dachte, sie hätte alles nur geträumt und läge neben Steven ... aber erstens waren sie und Steven niemals zelten gegangen, und zweitens hatte sie sich in seinen Armen niemals so geborgen gefühlt.

Jay öffnete die Augen und blickte auf die Hand, die auf ihrem Bauch lag – eine kräftige Hand, muskulös, aber elegant, mit starken Fingern, die in feine Krallen mündeten. Metthwyll!

Ja, das ergab Sinn ... es paßte zu dem Traum, den sie gehabt hatte – ein schrecklicher und zugleich wunderbarer Traum, der immer noch Teile ihres Verstandes beanspruchte. Irgend etwas war geschehen. Verschwommene, phantastische Erinnerungen ...

Irgend etwas *war* geschehen. Aber was?

Jayjay zog sich von Metthwyll zurück, obwohl sie fühlte, daß sie eigentlich bei ihm bleiben wollte, daß sie ihn wecken und berühren wollte und ... daß sie ihn lieben wollte? *Ja.* Jay fühlte, daß sie Metthwyll einfach lieben mußte, und ihr Herz bestand darauf, daß sie es bereits tat. Aber ihr Verstand erinnerte sie daran, daß sie eine ziemliche Verliererin war, was die Liebe betraf. Was sie auch fühlte, es war wohl das Beste, wenn sie so schnell wie möglich aus dem Zelt verschwand, bevor sie eine Dummheit beging ... das hieß, wenn es dazu nicht bereits zu spät war.

O Gott, er sieht einfach wunderbar aus, wie er so daliegt, dachte Jay. Metthwylls Gesicht, das im Schlaf so gelassen wirkte, zog sie unwiderstehlich an.

Jay sehnte sich danach, ihrem Gefühl zu folgen, aber sie durfte nicht. Jay durfte ihn nicht lieben, ganz gleich, wie sie sich fühlte. Sie durfte *niemanden* lieben – und ganz bestimmt nicht jemanden, der nicht menschlich war.

Wie war sie mit ihm in das Zelt gekommen? Warum war sie überhaupt hier ... und wo steckte Sophie? Welche Rolle hatte Sophie in der Nacht gespielt, die sie hier mit Metthwyll verbracht hatte?

Verworrene Erinnerungen schwirrten durch Jays Kopf. Ein wunderbares Versprechen; doch darunter lagen Alpträume und fürchterlicher Schmerz. Sie erinnerte sich an Bilder von angreifenden Tieren und trieb durch einen dunklen, kalten Ort in der Nähe des Todes. Ihre Ehemänner und all die Brutalitäten und Betrügereien, die sie in ihrem Leben ertragen hatte, tauchten wieder auf ... und Metthwyll bewegte sich durch das Minenfeld ihrer Träume, ergriff ihre Hand und führte sie aus dem Schrecken.

Ich liebe ihn, insistierte die Stimme ihres Herzens. Jay verdrängte den Gedanken, bevor er ihr noch mehr Schwierigkeiten bereiten konnte.

Jay setzte sich auf und streckte sich. Die kalte Morgenluft drang in das Zelt und umschlang sie wie die feuchten Tentakel eines Oktopus. Jay zitterte und rieb sich die Arme. Dabei bemerkte sie eine Reihe alter, silbriger Narben an ihren Handgelenken – eine davon war besonders lang und verlief über ihren gesamten Unterarm. Jay runzelte die Stirn. Die Narben waren früher nicht dagewesen. Auf ihrem Rücken hatte sie einige Brandnarben von Zigaretten aus ihrer zweiten Ehe übrig behalten, und an der Ferse besaß sie eine kleine Erinnerung an einen Zusammenstoß mit einer Glasscherbe, als sie neun gewesen war. Aber sie hatte *nie* Narben an den Handgelenken gehabt. Woher kamen diese Narben?

Und warum war sie so sicher, daß sie letzte Nacht mit dem Tod gerungen hatte?

Jay blickte zu Metthwyll. Sein stolzes Gesicht strahlte eine Sanftheit aus, die ihr den Atem verschlug. Jay streckte die Hand aus, um seine Lippen zu berühren ... und hielt plötzlich inne. Sie zog die Hand rasch wieder zurück, starrte ihn einen Augenblick mit großen Augen an und rüttelte an seiner Schulter. »Wach auf.«

Metthwylls Augen öffneten sich. Er sah hoch und lächelte sie an – ein Lächeln voll unfaßbarer Schönheit und ungebundener Freude.

»O meine Seele«, flüsterte Metthwyll.

Niemand hatte sie je so angesehen. *Niemand.* Jay hatte immer davon geträumt, daß es einmal geschehen würde – aber als es jetzt soweit war, machte sie einen Rückzieher. Er war kein Mensch … *kein Mensch.* Jay starrte ihn an, und ihr Puls begann zu rasen. Sie leckte sich über die Lippen und schüttelte verunsichert den Kopf. »Nein. Nicht. Ich weiß nicht, was letzte Nacht passiert ist, aber ich kann nicht deine … Seele sein.« Sie schluckte. Ihre Augen füllten sich langsam mit Tränen, und sie mußte blinzeln. »Ich bin niemandes Seele.«

Metthwyll beobachtete sie schweigend. Jay spürte seinen Schmerz wegen ihrer Zurückweisung und versuchte, ihn durch Worte zu lindern. »Ich habe letzte Nacht von schrecklichen Dingen geträumt … und ich kann mich nicht mehr daran erinnern, wie ich hergekommen bin … Ich bin sicher, daß es für alles eine logische Erklärung gibt, aber du mußt wissen, ich bin nicht die Art von Frau, die gleich mit jedem Fremden in ein Zelt geht …« Jay kam sich wie ein Idiot vor – aus ihrem Mund sprudelten Worte, die ihr eigenes Herz nicht glaubte. Sie gehörte zu Metthwyll, verdammt noch mal, aber statt dessen saß sie seelenruhig da und tat, als wäre das alles nicht wahr. Jay konnte sich ihre Gefühle nicht eingestehen. Angst ... das also bewirkte Angst. »Ich meine, schließlich bist du ein vollkommen Fremder ...«

»Wir waren uns niemals fremd, aber ich will nicht darauf bestehen. Letzte Nacht wärst du beinahe gestorben, und ich kannte einen Weg, um dir zu helfen; also habe ich es getan.«

Jay nickte und schluckte erneut. »Und ich danke dir dafür – und bevor ich wieder in die Staaten fahre, werde ich schon einen Weg finden ... mein Gott, ich werde es dir vergelten ... aber ... nun ja ... das ist nicht, wo ich hingehöre. Ich bin sicher, du verstehst das. Es ist alles so ... wie soll ich sagen ... keiner meiner Freunde würde es verstehen.«

Metthwyll sah Jay aus wissenden, traurigen Augen an, und als ihr schließlich nichts Dummes mehr einfiel, das sie noch loswerden konnte, nickte er langsam und lächelte wie ein Mann, der ehrenvoll seine Niederlage eingesteht. »Ich verstehe, Jay.« Metthwyll streckte die Hände aus, und die Spitzen der kleinen Krallen waren deutlich zu erkennen. »Ich verstehe.« Er seufzte, und Jay glaubte ein Glänzen in seinen Augen zu bemerken. Dann blinzelte er kurz, und als er wieder aufsah, kam sie zu dem Schluß, daß sie sich alles nur eingebildet hatte. »Was du auch von mir verlangst, ich werde es tun. Wenn du meine Hilfe willst, um nach Hause zu kommen, dann werde ich helfen.« Er versuchte wieder zu lächeln, aber es gelang ihm nicht sonderlich gut.

»Das weiß ich zu schätzen«, erklärte Jay und bewegte sich zum Ausgang. »Das tue ich wirklich. Mein Gott, du warst großartig, als du uns vor den Wächtern gerettet hast. Und anschließend hast du uns auch noch aus Cuthp Maest befreit und dann hier schon wieder mein Leben gerettet. Ich wünschte nur, ich hätte dich getroffen, bevor ich mein Leben versaut habe ...« Sie begann zu weinen und hatte das Zelt verlassen, bevor Metthwyll ihr in die Augen sehen konnte.

Kapitel Achtundvierzig

Sophie hockte unter ihrem Regenponcho, als sie hörte, wie das Zelt geöffnet wurde. Sie drehte den Kopf und sah, wie Jay herauskroch. Jay blinzelte, als ihr ein Regentropfen in die Augen fiel. Sie wirkte noch immer erschöpft und blaß, aber sie war am Leben. Sophie streckte sich, steckte das Schwert in die Scheide und rannte auf ihre Freundin zu.

»Du lebst.« Sophie schloß sie in die Arme.

Jay nickte, biß sich auf die Lippen und schwieg. Sophie fragte sich, ob ihre Freundin vielleicht geweint hatte, aber im trüben Licht des Regentages konnte sie das nicht genau erkennen. Als Jay ihrer Freundin in die Augen blickte, zog sie ein entsetztes Gesicht. »O mein Gott, Sophie ... was ist denn mit dir passiert?«

Sophie hatte es dem Regen überlassen, das Blut des Warrag wegzuwaschen; doch er hatte offensichtlich keine gute Arbeit geleistet. Ihre Haut war zwar nicht mehr so verschmutzt wie vorher, und auch der Geruch von Blut und Exkrementen hatte erheblich nachgelassen, aber sie hatte noch immer Blut an den Händen und wahrscheinlich noch mehr im Gesicht. Die nasse Kleidung klebte an ihrem Körper – ein widerliches Gefühl. Sophie hätte nur allzugerne warme, trockene Sachen angezogen, aber sie hatte keine Zeit zum Wechseln gefunden. Sie hatte die letzte Nacht in der ständigen Angst verbracht, daß auch nur die kleinste Nachlässigkeit ihrerseits eine Gelegenheit für die Jäger der Alfkindaar bedeutet hätte. Sophie deutete auf den Warrag. »Wir hatten Gesellschaft ... aber ich bin okay. Wie fühlst du dich?«

»Müde«, erwiderte Jay, während sie beeindruckt auf das tote Monster starrte. »Irgendwie verwirrt. Ich kann mich an nichts mehr erinnern, seit wir in dieser Höhle herumgelaufen sind.«

»Du willst dich auch gar nicht daran erinnern, glaub mir – es war fürchterlich.« Sophie schüttelte den Kopf und blickte zu dem toten Warrag. »Ich war fest davon überzeugt, daß wir diese Nacht nicht überleben würden.«

Jay näherte sich kopfschüttelnd dem Kadaver. »Ich bin überrascht, daß du dieses Ding töten konntest. Schließlich haben wir den ersten nicht einmal zu dritt geschafft.«

»Wir haben damals nicht damit gerechnet, daß Grah uns angreifen würde. Von dem hier wußte ich, daß er uns an den Kragen wollte. Zum Glück war er der Einzige. Seine Freunde haben außerhalb der Barriere gewartet, die die Zauberzeichen geschaffen haben. Als er nicht mehr zurückkam, sind sie aufgebrochen, um Verstärkung zu holen.«

Jays Verwirrung stand ihr deutlich ins Gesicht geschrieben. »Zauberzeichen? Barriere? Was bedeutet das?«

»Das ist irgendwas, das Metthwyll rings um das Lager aufgebaut hat. Man kann zwar nichts sehen, aber man kann es spüren.« Sophie hob die Schultern. »Es ist Magie.« Sie blickte auf Jayjays Arm und riß erstaunt den Mund auf. Von den Bissen der Voraagel waren nur noch ein paar kleine Narben übriggeblieben – ein weiterer Beweis für Metthwylls magische Fähigkeiten. Sophie berührte vorsichtig Jays rechtes Handgelenk. »Mein Gott, wie hat er das gemacht?«

In diesem Augenblick trat Metthwyll aus dem Zelt, und die Frauen wandten sich zu ihm um. In seinen Augen standen deutliche Anzeichen von Erschöpfung. Sie lagen tief in den Höhlen und wirkten irgendwie leer. »Ich habe ihren Schmerz und ihre Wunden auf mich genommen.« Metthwylls Stimme klang so ausgelaugt wie die eines Marathonläufers kurz vor der Ziellinie. »Ich habe ihr meine Kraft gegeben. Das Gift, das für sie tödlich war, hat mich nur geschwächt. Nun werden wir beide leben.«

»Wie hast du das gemacht?« fragte Sophie.

Der Kin blickte zu Jayjay, und Sophie sah Verlangen in seinen Augen – Verlangen und Schmerz, nur mühsam im Zaum gehalten. »Ich … habe entdeckt, daß wir beide …

einiges gemeinsam haben. Das hat es mir ermöglicht, eine Art ... Opfer zu bringen.« Metthwyll deutete auf den toten Warrag. »Sie haben uns letzte Nacht entdeckt?«

»Ja. Eine größere Gruppe. Sie sind auf die Barriere gestoßen und haben draußen gewartet. Einige von ihnen erwähnten immer wieder die Wächter «, berichtete Sophie. »Nur der hier ist durchgekommen. Ich habe ihn so schnell wie möglich getötet.« Ihr wurde übel, als sie sich den Kampf in Erinnerung rief. Sophie faßte sich so kurz wie möglich. »Sie sagten, sie wollten heute wiederkommen mit einem ...« Sie versuchte, sich an die Unterhaltung zu erinnern, die sie gestern Nacht mit angehört hatte. »... einem *Kindari. Kindeli.* Irgendwas in der Art.«

»Kintaari?« schlug Metthwyll vor.

»Ja, genau. Das war das Wort.«

»Dann müssen wir uns sofort auf den Weg machen. Wenn sie einen Kintaari mitbringen, der alt und mächtig ist, dann müssen sie nicht bis zum Anbruch der Dunkelheit warten. Dann können sie ohne Probleme bei Tageslicht reisen. Die Kin-hera könnten den Zauberer zwar nicht begleiten, aber sie könnten ihm den richtigen Weg zeigen.« Metthwyll seufzte. »Vielleicht macht sich Faan Akalan auch selbst auf den Weg hierher, wenn sie den Bericht der Kin-hera hört. Wenn das geschieht und sie uns erwischt, bevor wir die Domäne meines Freundes erreicht haben, dann sind wir so gut wie tot.«

Die drei Wanderer brachen das Lager ab und kämpften gegen den widerlichen Sturm, während sie ihre Sachen so schnell wie möglich verstauten und die Spuren ihrer Anwesenheit verwischten, so gut es ging. Sophie erinnerte sich an das Buch, an die Botschaften und das glühende Licht. Sie überlegte kurz, ob sie jetzt darüber sprechen sollte, da sie fürchtete, dadurch eine unnötige Verzögerung zu verursachen, die ihren Tod bedeuten konnte. Wenn sie sicher im Haus von Metthwylls Freund waren – oder seiner *Domäne*, wie Metthwyll es genannt hatte –, konnte sie immer noch von ihrem magischen Reiseführer und seinen heroischen Weissagungen berichten.

Nachdem alles zum Aufbruch bereit war, trat Metthwyll neben den toten Warrag. Er hob die Hände und begann leise zu singen. Einige Augenblicke später erschienen Lichter an seinen Fingerspitzen und sprangen auf das Fell der toten Kreatur.

»Staub warst du, und Staub wirst du sein«, murmelte Metthwyll. Die Lichter wurden immer heller und begannen den Warrag zu verzehren. Es war eine vollkommen unblutige Angelegenheit, kein Rauch, kein spritzendes Blut. Nach wenigen Minuten wies nichts mehr darauf hin, daß an dieser Stelle ein toter Warrag gelegen hatte.

Metthwyll blickte hoch und bemerkte, daß die Frauen ihn beobachteten. »Ich will nicht, daß sie wissen, *wie* er gestorben ist. Die Wächter lösen ihre Opfer meistens auf, wenn sie bekommen haben, was sie wollten. Außerdem habe ich eine kleine magische Überraschung für unsere Verfolger hinterlassen. Wer immer unser Lager findet – er wird wünschen, daß er zu Hause geblieben wäre.«

Sophie fragte sich, um was für eine Art von Überraschung es sich wohl handelte. Sie hatte genug von Glenraven gesehen, um zu glauben, daß tödliche magische Überraschungen nicht nur möglich, sondern sogar wahrscheinlich waren.

Kapitel Neunundvierzig

Faan lauschte mit wachsendem Unmut dem Bericht des unfähigen Idioten. »Ihr habt sie entdeckt, aber nur Hmarrg allein hat angegriffen? *Nur Hmarrg?*« Sie blickte von dem Warrag zu dem kleinen fliegenden Tesbit und schließlich zu dem gigantischen Dagreth. Diese drei Trottel waren die Sprecher der großen Gruppe, die Metthwyll und seine beiden Magier gefunden hatte.

»Wir wissen immer noch nicht, ob sie es wirklich gewesen sind. Wir glauben, daß die Zeichen von Euren Wächtern gesetzt worden sind, Herrin.« Der Dagreth rutschte nervös herum und wagte nicht, Faan in die Augen zu blicken. »Wir wollten Eure Wächter nicht stören.«

»Die Magie des Ortes war so stark, daß wir einen Kintaari gebraucht hätten, um hineinzugelangen«, fügte das Tesbit kreischend hinzu, das über dem Kopf des Dagreth flatterte.

»Also habt ihr Hmarrg ganz alleine durch die Barriere gehen lassen, um eure Theorie zu überprüfen, daß sich irgend etwas Gefährliches im Inneren aufhalten könnte. Als er nicht mehr herauskam, wolltet ihr lieber Verstärkung holen.«

Sie nickten.

»*Aber* ...«, fuhr Faan fort, »... wenn ihr alle zugleich hindurchgestürmt wärt, hättet ihr wahrscheinlich alles besiegt, was sich euch in den Weg gestellt hätte ... und mit Sicherheit einen Kin und zwei schwächliche Machnaan.«

Der Warrag räusperte sich. »So habt Ihr unsere Beute nicht beschrieben, Herrin«, sagte er und brachte es irgendwie fertig, zurückhaltend zu klingen, als er Faan korrigierte. »Ihr habt gesagt, die beiden Machnaan-Frauen seien mächtige und tödliche Zauberer – von Metthwyll brauchten wir keine Beschreibung. Wir wissen, wie gefährlich er ist. Wenn wir alle auf einmal hineingestürmt wären, dann wären wir jetzt vielleicht alle tot und niemand hätte Euch Bescheid geben können.«

»Das habt ihr zumindest geglaubt.« Faan hatte das Bedürfnis, alle drei auf der Stelle umzubringen. Diese verlogenen Feiglinge! Anschließend würde sie die restlichen Mitglieder der Jagdgruppe zusammentreiben und kurzen Prozeß mit ihnen machen.

Aber die Zeit war noch nicht reif. Faan brauchte sie noch, damit sie die Stelle fand, wo die Barriere war. Sie würde ihre Wächter mitnehmen. Und wenn Faan die Magier gefunden hatte, dann würde sie die beiden Frauen an die Wächter verfüttern – und die Jäger gleich mit.

»Bringt mich dorthin, wo ihr sie gesehen habt«, befahl sie.

»Tageslicht ...« widersprach der Warrag, aber Faan brachte ihn mit einer Handbewegung zum Schweigen. »Ich werde Dunkelheit herbeirufen, so daß ihr gefahrlos reisen könnt. Der Tag nähert sich bereits seinem Ende. Das Herbeirufen der Finsternis wird mich nicht übermäßig anstrengen.«

Die Jäger blickten sich nervös an. Faan lachte leise in sich hinein. Es war klug von ihnen, sie zu fürchten. Aber sie hatten ihre Herrin nicht genug gefürchtet, als es sie noch hätte retten können.

Faan überlegte, ob sie die Wächter sofort herbeirufen sollte, aber sie entschied sich dagegen. Sie wurden immer so unruhig und unberechenbar, wenn man sie zwang, sich längere Zeit in der Nähe von Nahrung aufzuhalten. Sie könnten der Reise überdrüssig werden und Faans Jagdgruppe verschlingen, bevor sie am Ziel angelangt war. Faan entschied sich zu warten, bis sie Metthwylls Versteck gefunden hatte. Dann würde sie die Wächter rufen, und sie könnten ihren Spaß haben.

»Wartet hier«, befahl Faan und ging aus dem fensterlosen Raum hinauf in die Zauberkammer. Sie sah hinaus in den heftigen Regen, der mit hämmerndem Geräusch auf das metallene Dach des Turmes prasselte.

Faan hob eine Hand, griff in den Himmel und zog die Wolken zusammen. Reine Macht durchströmte sie. Zwischen den einzelnen Wassertropfen spannte sie ein Netz aus Dunkelheit. Es kostete Faan eine Menge Energie, die unnatürliche Finsternis aufrechtzuerhalten. Faan verband sich mit der Dunkelheit. Sie würde ihr jetzt folgen, und diejenigen, die mit ihr gingen, würden nicht mehr durch die Berührung des Tageslichts verbrennen.

Faan lächelte, als sie daran dachte, *wie* sie sterben würden.

Am besten würde sie mit ihrer gesamten Armee reisen. Es war zwar unwahrscheinlich, daß Metthwyll und seine beiden Machnaan-Magier Faan und ihren Wächtern gewachsen waren, aber Selbstüberschätzung hatte schon so manches mächtige Reich zerstört. Faan würde nicht zulassen, das irgend etwas auch nur die kleinste Gelegenheit bekam, *sie* zu zerstören.

Sie schloß die Augen und atmete tief durch, als eine weitere Welle magischer Energie über sie hereinbrach. Faan sandte eine Nachricht an ihre Truppen – einen unwiderstehlichen Drang, sich sofort mit ihr am Tor von Cuthp Maest zu treffen. Während Faan sich bereit machte, würden ihre Krieger sich unten versammeln. Mit ihrer Armee, den Wächtern und ihrer Macht im Rücken hatten Metthwyll und die beiden Machnaan keine Chance gegen sie. Mit ihnen würde der letzte Widerstand gegen Faans ewige Herrschaft sterben.

Kapitel Fünfzig

Sie wollten einfach nicht zuhören. Yemus schlug mit der Faust auf das Spielbrett. Die kleinen, sich bewegenden Bilder zersprangen in tausende regenbogenfarbene Splitter, die gegen die Wand geschleudert wurden und dann verschwanden. Nicht einmal Torrin, sein eigener Bruder, wollte ihm zuhören. Yemus hatte ein Bild von sich geschaffen, war vor seinem Bruder auf die Knie gefallen und hatte ihn angefleht zuzuhören. Aber Torrin hatte nur erwidert, er solle für alle Ewigkeit in Scham versinken.

Sie glaubten, die Einsamkeit der Gefangenschaft hätte Yemus zerbrochen, und er wäre wahnsinnig geworden – sie verstanden ihn nicht ... und wollten es auch gar nicht.

Yemus blickte aus dem schmalen Sehschlitz auf seine Heimat – sein Volk, Glenraven. Er konnte sie retten, sie erlösen; doch niemand hörte ihm zu.

Fünfzig Mann wären genug, um alles zum Guten zu wenden. Nur fünfzig Mann – genug, um ... irgend etwas zu unternehmen. Yemus wußte zwar nicht, *was* sie gegen Faan Akalan ausrichten konnten, aber sie würden Erfolg haben.

Yemus griff wütend nach dem Wandteppich, der in seiner Zelle hing, und versuchte ihn mit bloßen Händen zu zerreißen. Der Stoff widerstand, und Yemus war noch frustrierter als zuvor. Er war weder besonders stark noch besonders schnell. Er konnte der allernächsten Zukunft ein paar Geheimnisse entlocken ... wenn sie mit ihm zusammenarbeiten wollte; aber er konnte weder kämpfen noch zerstörerische Zaubersprüche wirken. Er konnte einige interessante Artefakte schaffen, aber keine tödlichen. Außerdem beherrschte Yemus ein paar unterhaltsame Tricks, mit denen er Torrins Gäste amüsiert hatte. Und er war klug.

Aber Klugheit allein würde Faan Akalan nicht aufhalten, und Yemus konnte keine fünfzig Männer herbeizaubern.

Yemus dachte nach. Artefakte. Taschenspielertricks. Klugheit.

Nein, dachte er. Ich brauche fünfzig Männer. Ich brauche jemanden, der mir zuhört ...

Klugheit.

Taschenspielertricks.

Ja.

Das funktioniert nicht, dachte Yemus ... oder vielleicht doch?

Ein wenig Licht, ein bißchen Magie und eine kleine Illusion. Yemus lächelte. Vielleicht konnte er diese fünfzig Männer doch auftreiben. Vielleicht war Glenraven doch nicht verloren. Es war schon komisch mit der Hoffnung. Plötzlich war er wieder voller Energie. Yemus mußte sich beeilen. Er hatte tausend Dinge zu erledigen und tausend Einzelheiten zu überdenken, aber nur Minuten, um sein Täuschungsmanöver in die Tat umzusetzen.

Kapitel Einundfünfzig

Andu, der für die nächsten beiden Stunden Yemus be-
wachen mußte, fuhr erschrocken hoch, als er das
Geräusch der Explosion hörte. Er starrte auf den Rauch,
der aus der dunklen Wand quoll, und entdeckte die Gestalt, die sich von der Aptogurria entfernte. Der Gefangene floh!

»Halt!« brüllte Andu, obwohl er nicht erwartete, daß
der Bastard Yemus auf ihn hören würde ... »Halt! Verräter!«

Die Aptogurria soll doch jede Art von Magie abhalten,
dachte Andu, während er der fliehenden Gestalt hinter-
herlief. Der verfluchte Turm sollte doch zaubersicher
sein. Schließlich war das der Grund, aus dem Magier dort
arbeiteten. Nichts, was sie dort drinnen anstellten, würde
nach außen dringen – und umgekehrt. Trotzdem ... die
Mauer war einfach verschwunden und der Verräter
Yemus auf der Flucht.

Wir haben die ganzen Jahre über in trügerischer Sicherheit gelebt, dachte Andu. Nicht auszudenken, was der
Hundesohn mit seinen Experimenten hätte anrichten
können. Vielleicht war das die Ursache für die Pocken ...
oder sogar die Pest. Und vielleicht wurden die alten Menschen deshalb im Winter so krank und begannen fürchterlich zu husten, bevor sie langsam aber sicher starben.
Lügen, immer mehr Lügen ... Lügen der Magier: ›Dieser

Turm wird das Volk schützen und mir einen Platz zum Arbeiten geben.‹

Ein Lügner *und* ein Verräter – Torrins Bruder war weit aus der Art geschlagen. Egal – wenn sie ihn schnappten, würden sie ihn am nächsten Baum aufknüpfen und der Sache ein Ende bereiten.

Yemus rannte auf die äußeren Stadtbezirke zu. Andu rief nach Verstärkung, während er den Flüchtenden verfolgte. Krieger, die ihn erkannten und die qualmenden Ruinen der Aptogurria sahen, schlossen sich ihm an. Die Alarmglocken wurden geläutet, und bewaffnete Männer strömten auf die Straße, sprangen auf ihre Pferde, riefen weitere Hilfe herbei und nahmen die Verfolgung auf.

Irgendwie war es Yemus gelungen, an ein Pferd zu kommen. In gestrecktem Galopp ritt er über die gepflasterten Straßen und verschwand außer Sichtweite. Inzwischen hatte sich eine große Verfolgergruppe gebildet, und auch Andu fand sich auf einem Pferderücken wieder und stürmte hinter Torrins Bruder her. Er wollte dabei sein, wenn sie den Verräter erwischten.

Kapitel Zweiundfünfzig

Yemus blickte aus seinem Sehschlitz auf die zerbrochene Glaskugel vor dem Fenster. Die Wirkung der Illusion, die er geschaffen hatte, würde einen ganzen Tag anhalten, aber Yemus rechnete damit, daß bereits vorher jemand kommen würde, um die Ruinen zu untersuchen. Dabei würde er feststellen, daß die Wand vollkommen intakt war. Wenn Yemus Glück hatte, waren die Männer, die seine Illusion verfolgten, bis zu diesem Zeitpunkt so weit weg, daß sie nicht mehr zurückgerufen werden konnten.

Yemus konzentrierte sich auf seinen Doppelgänger. Er war nichts weiter als ein einfacher Lichttrick, der seinen Verfolgern ohne Schwierigkeiten entkommen konnte. Allerdings warf er keinen Schatten, und das Pferd hinterließ keine Hufspuren. Aber solange das Wetter regnerisch und trüb war und die Illusion innerhalb der Sichtweite ihrer Verfolger blieb, hatten sie keinen Grund, auf dem Boden nach Spuren zu suchen. Yemus war zufrieden. Er konzentrierte sich auf den Ort, wo die Katastrophe geschehen würde, die er gesehen hatte, und führte sein Ebenbild auf dem schnellsten Weg dorthin.

Kapitel Dreiundfünfzig

Jayjay war vollkommen durchnäßt, und ihre Zähne klapperten, während sie lief. Der Weg, dem sie zusammen mit Sophie und Metthwyll folgte, führte über eine weitere Wiese und wieder in einen Wald. Obwohl es erst kurz nach Mittag war, wurde es dunkler und dunkler.

»Wir müssen uns beeilen. Sie kommt«, sagte Metthwyll und blickte nach hinten.

Jay sah ihn fragend an. »Wer?«

»Faan Akalan. Es bedeutet unseren Tod, wenn sie uns findet.«

»Wie kannst du dir so sicher sein, daß es Faan Akalan ist und nicht einer der Kintaari?«

»Die Kintaari besitzen nicht genug Magie, um eine Nacht zu erzeugen. Das kann nur die Schutzherrin.«

»*Sie* ist für diese Dunkelheit verantwortlich?« Sophie starrte in den Himmel und zog ihren Poncho enger. Jay wünschte, sie könnte die Gedanken ihrer Freundin lesen.

Metthwyll nickte. »Dadurch kann sie auch tagsüber die Jäger mitnehmen. Eine komplette Armee ist hinter uns her.«

»Sie ist nicht allein?«

»Nein. Wenn sie soviel Energie aufwendet, um eine künstliche Nacht zu schaffen, dann ist sie mit ihrer gesamten Streitmacht unterwegs.«

»Wie nah ist sie?« fragte Jay. Die Dunkelheit hatte sich inzwischen über ihre Köpfe erstreckt und dehnte sich immer weiter aus … und das sehr schnell.

»Ich habe keine Ahnung«, erwiderte Metthwyll. »Je mehr Fläche Faan mit Dunkelheit überzieht, desto mehr Energie muß sie dafür aufwenden, und desto schneller ist sie erschöpft. Wenn sie also einigermaßen vernünftig ist, dann müssen wir davon ausgehen, daß sie nicht mehr sehr weit entfernt ist.«

»Wie weit müssen wir noch?«

»Ungefähr eine halbe Stunde – wenn wir uns beeilen.«

Jay nickte. Sie wünschte, sie hätten noch ihre Pferde.

Metthwyll fiel in einen langsamen Trab. Jay hatte Mühe, mit Metthwyll mitzuhalten und gleichzeitig den verschiedenen Hindernissen auszuweichen, die sie in der Finsternis nicht mehr sehen konnte.

Plötzlich fiel ihr etwas ein. »Wer ist Callion?« fragte Jay.

»Ein alter Freund und Mitverschwörer. Jemand, der das gleiche will wie ich.« Metthwyll seufzte erneut ... oder vielleicht atmete er auch nur schwerer, nachdem er schneller rannte. »Aber ich glaube nicht, daß wir unser Ziel erreichen werden.«

Nach dieser Bemerkung fiel er in Schweigen, und Jay, die sich irgendwie für seine Traurigkeit verantwortlich fühlte, stellte keine weiteren Fragen.

Sie rannten, beschleunigten, wann immer es der Untergrund zuließ, und wurden langsamer, wenn sie keine andere Wahl hatten. Die Zeit verging langsam ... aber sie verging.

Metthwyll hielt am Rande eines schwarzen Waldes an und sagte zunächst gar nichts. Jay glaubte Stimmen zu hören, die sich von hinten näherten – entfernte Rufe, aber das Geräusch des Regens verunsicherte sie. Vielleicht bildete sie sich alles nur ein. Sie beobachtete Metthwyll, der zwischen den Bäumen nach etwas Bestimmtem suchte. Jay nahm an, daß dieser Callion sein Versteck mit unauffälligen Zeichen markiert hatte – zum Beispiel abgeknickte Zweige oder Kerben in den Ästen. Was auch immer Metthwyll suchte, er fand es schnell. Er deutete nach vorn und wandte sich zu den beiden Frauen. »Dort entlang«, sagte er und führte sie in den Wald. Der Regen wurde zu einem leichten Tröpfeln.

Sie gingen langsam weiter. Jayjay wäre am liebsten weitergerannt. Trotz des ständigen Lärms durch den Sturm war sie sicher, in der Ferne einen Schrei gehört zu haben. Aber weder Sophie noch Metthwyll zeigten eine Reaktion. Meine Ohren haben mir schon wieder einen Streich gespielt, dachte Jay.

Metthwyll führte die beiden Frauen durch das Unterholz. Jay konnte inzwischen ganz deutlich eine Stimme hören – »Hier lang!« rief die Stimme, und obwohl sie noch weit weg war, war es nicht weit genug. Wieder zeigten die beiden anderen keine Reaktion, aber Jay war diesmal fest davon überzeugt, daß sie die Worte auch gehört hatten.

Sie gingen weiter ... und weiter ... während die Stimmen ihrer Verfolger immer näherkamen. ... weiter ... und weiter ... sie folgten noch immer dem merkwürdigen Weg, über den Metthwyll sie führte. Er verlief in einer Art Spirale, die im Uhrzeigersinn auf einen bestimmten Punkt in der Mitte hinzielte. Sie gingen weiter ... Jay wollte losrennen, wollte schreien und wollte heulen, aber sie tat nichts dergleichen. Statt dessen folgte sie schweigend ihrem Führer.

Metthwyll wurde immer langsamer und strich murmelnd über die Bäume, an denen sie vorbeikamen. »Nein ... nein ... nicht der ... nein ...«

Jay wollte ihn anschreien – »Mach was! Irgendwas!« Sie wußte, daß er *irgendwas* tat, aber es sah nicht sehr wirksam aus. Die Warrags begannen zu heulen.

»Ja. Hier«, murmelte Metthwyll plötzlich. Er blieb vor einem riesigen alten Baum stehen und legte die Hände an den Stamm. Er preßte die Stirn auf die Rinde, flüsterte leise Worte und trat einen Schritt zurück.

Zunächst geschah gar nichts. Dann begann die Oberfläche des Baumes zu glitzern, und eine trockene, eisige Brise kam aus dem Nichts. Der Baum verschwamm, und der Stamm teilte sich in zwei Hälften, die sich immer weiter auseinanderbewegten, bis schließlich zwei riesige Bäume an der Stelle standen, wo vorher nur einer gewesen war. Ein schimmerndes Licht leuchtete zwischen den Stämmen. Der Rest des Waldes blieb weiterhin in Dunkelheit gehüllt. Jayjay konnte die komischen Bäume undeutlich erkennen. Der eine wirkte blaß und besaß eine glatte Rinde, während der andere dunkel und rauh aussah. Am Fuß der Stämme war das Holz zusammengewachsen. Die jahrhundertelange Nähe der beiden Riesen hatte sie zu einem einzigen Baum werden lassen, der sich wenige Zentimeter über dem Boden in zwei eigenständige Stämme teilte. Erst ungefähr sieben Meter über der Erde vereinigten sie sich wieder und wanden sich noch ein ganzes Stück weiter spiralförmig in die Höhe, bevor die ersten Äste zu sehen waren, deren Blätter sich zu einem einzigartigen Schauspiel vermischten. Die Luft in der ovalen Öffnung zwischen den Bäumen schimmerte leicht, als würde sie von einer weit entfernten Quelle erhitzt. Sowohl die unnatürliche Finsternis Faan Akalans als auch der ständig fallende Regen endeten an der Grenze dieser Welt. Jenseits des Tores schien die Sonne. Unzählige Blüten erstrahlten in allen Farben des Regenbogens. Saftige grüne Wiesen und klare Bäche lockten hinter der Öffnung. Das ist das Paradies vor dem Sündenfall, dachte Jayjay.

Sie wollte durch die Öffnung treten, doch Metthwyll legte ihr die Hand auf die Schulter und schüttelte den Kopf. »Wir können nicht hindurch, solange er uns nicht eingeladen hat.«

»Aber sie sind gleich da«, erwiderte Jayjay.

»Das ist egal. Dies hier ist Callions Reich, und soviel ich weiß, ist es die letzte der Verborgenen Welten. Niemand kommt hinein, wenn Callion ihn nicht darum bittet.«

Sophie gesellte sich zu Jay und Metthwyll. Die Stimmen der Jäger kamen immer näher. »Kannst du deinem Freund nicht erklären, daß es sich um einen Notfall handelt?«

»Das soll nicht heißen, daß ich nicht hineingehen *will*«, erklärte Metthwyll geduldig. »Ich *kann* nicht. Die Verborgene Welt wird sich so lange gegen unsere Anwesenheit wehren, bis er sie für uns öffnet.«

Jay trippelte nervös herum und lauschte auf die Stimmen ihrer Verfolger. »Wie lange wird es dauern, bis er hier ist?«

»Ich weiß nicht. Er kommt, wenn er will.«

»Weiß er wenigstens, daß wir hier sind?«

»Ich habe mein Bestes getan, um es ihm zu sagen.« Metthwyll lehnte sich gegen den Stamm eines der beiden Bäume und schloß die Augen.

Jay blickte zurück in den Wald und dann wieder nach vorn. Sie sah keine Möglichkeit, sich zu verstecken, falls Callion nicht rechtzeitig eintreffen sollte. Auch wegzurennen machte wenig Sinn. Sie konnten nur warten.

»Ich kann sie riechen«, knurrte irgendwas, das wesentlich näher war, als Jay geglaubt hatte.

»Schnell! Durch das Tor«, ertönte eine rauhe Stimme aus dem Inneren der Verborgenen Welt.

Metthwyll handelte sofort – in einer einzigen Bewegung hatte er Jay gepackt und durch das Tor geschoben, dann stieß er Sophie hindurch und kam schließlich selbst hinterher. Jayjay hörte ganz in der Nähe eine Art Bellen. Als sie sich umwandte, erblickte sie die Gesichter einiger Warrags, die zwischen den Bäumen des Waldes hervorkamen. Die Kreaturen blieben unvermittelt stehen, starrten verwirrt auf den Durchgang und begannen zu heulen.

»Ich habe das Tor geschlossen – ihr Pech, daß sie vorher noch einen Blick auf mein Reich werfen konnten.« Ein Blitz schoß aus den beiden Bäumen und traf die Warrags. Sie schrien auf und zerfielen zu Staub. »Sie werden der alten Hexe nicht berichten, was sie gesehen haben.«

Jay schauderte – sowohl wegen der tödlichen Blitze als auch wegen der Kälte der Stimme, die sie herbeigerufen hatte.

»Callion. Ich habe nicht mehr geglaubt, daß du noch rechtzeitig kommen würdest«, sagte Metthwyll. Jay wandte sich von der Tür ab und betrachtete den Mann, mit dem ihr Führer gesprochen hatte.

Aber es war gar kein Mann, sondern ein … *Tier*! Das Tier blickte von Metthwyll zu Sophie und von Sophie zu Jay. Jay versuchte, das Wesen nicht allzu offensichtlich anzustarren. Callions kleine Knopfaugen funkelten. Seine breite schwarze Nase zuckte, und als er grinste, erkannte Jay eine Reihe nadelspitzer Zähne. Er war nicht größer als einen Meter. Seine nackten Füße, doppelt so lang wie die von Menschen, hatten vier Zehen mit scharfen Krallen an den Enden. Zwei schwarze Streifen liefen von seinen Zehen über die Füße und verschwanden unter den Hosenbeinen. Die grobe, handgearbeitete Hose wurde unterhalb des rundlichen Bauches von einem Hanfseil gehalten. Callion trug kein Hemd – wahrscheinlich benötigte er keins wegen seines dichten Fells. Der gesamte Oberkörper war von einem kurzen, cremigweißen Pelz bedeckt, der an den Seiten goldbraun wurde. Auf dem Rücken wurde das Fell gröber und länger. Vier breite schwarze Streifen zogen sich vom Nacken aus über den Rücken. Callion sah aus, als wäre er eben erst aufgestanden. Insgesamt wirkte er wie ein übergroßer bekleideter Dachs.

Der Dachs wandte sich an Metthwyll und sagte: »Nun, diesmal hast du wirklich Schwierigkeiten mitgebracht. Jetzt hockt sie da draußen, und wenn ich sie richtig einschätze, dann tüftelt sie gerade an einer Möglichkeit, wie sie hier hineinkommt.«

»Es tut mir leid«, erwiderte Metthwyll. »Wir hatten keine andere Wahl.«

»Wir hatten keine andere Wahl«, murrte das Wesen. »Nein, ich nehme an, euch blieb wirklich nichts anderes übrig. Schade nur, daß ich sie nicht alle umbringen kann. Dann wäre es ein für allemal vorbei.« Callion drehte sich um und verbeugte sich vor Jay und Sophie. »Willkommen«, sagte er. »Ihr seht aus, als hättet ihr eine lange und anstrengende Reise hinter euch. Ich werde euch etwas zu essen bringen und für ein warmes Bad sorgen. Ich würde euch auch noch frische Kleider anbieten, wenn ich welche hätte. Doch mein Neffe wird eure Kleider waschen, während ihr badet.«

»Neffe?« fragte Metthwyll.

»Ein Verwandter, den ich eigentlich längst für tot gehalten habe, ist zu Besuch gekommen.« Callion mußte den Kopf weit zurücklegen, um Metthwyll in die Augen zu sehen. »Sollen wir nicht hineingehen? Deine Freunde wirken erschöpft.«

Callion wandte sich um und deutete auf eine kleine Holztür, die den Eingang zu einem künstlichen Hügel bildete. Der Hügel war an den Seiten über und über von Wildblumen bedeckt. Callion blickte zu den beiden

Frauen und verbeugte sich erneut. »Mein Haus. Es ist weder für Alfkindaar noch für Machnaan konstruiert ... aber ihr werdet zurechtkommen, wenn ihr auf eure Köpfe achtet.«

Er führte sie zu dem kleinen Hügel, öffnete die Tür und bat sie hinein. Jayjay mußte sich ducken, als sie eintrat, und auch im Inneren konnte sie sich nicht aufrichten. Die Decke war höchstens anderthalb Meter hoch. Für Callion war das mehr als ausreichend.

Das ganze Haus schien in den Hügel hineingegraben worden zu sein. Die Wände wurden von grob behauenen Balken abgestützt. Der Besitzer schien seine Zeit nicht mit Verzierungen oder Feinarbeiten vergeudet zu haben. In der Eingangshalle füllten mehrere Regale den Raum zwischen den Balken. Sie waren mit getrocknetem Fleisch, Gewürzen und anderen Dingen gefüllt, die Jay nicht identifizieren konnte ... und auch gar nicht wollte. Die Gänge waren spärlich erleuchtet, so daß die Gäste nicht sonderlich gut sehen konnten. Der Boden bestand wie Wände und Decke aus Dreck.

»Durch die erste Tür«, sagte Callion und führte sie in einen kleinen Raum. »Ich werde gleich wieder da sein, nachdem ich Essen und Getränke besorgt habe. Ihr wollt euch sicher stärken, bevor ihr badet – und wenn ihr damit fertig seid, werdet ihr wohl Schlaf gebrauchen können.«

Einige grobe hölzerne Bänke, die für kurze Beine konstruiert waren, standen in dem Raum, in den Callion die kleine Gruppe geführt hatte. Ein schmutziges Fenster gab den Blick auf eine der saftigen Wiesen frei. Callion hatte die Baumwurzeln, die in den Raum hineinwuchsen, in seinen Haushalt mit einbezogen. Er hatte sie gesäubert und benutzte sie als Wäscheständer.

Sie setzten sich. Es wurde nicht viel geredet. Sie lebten und befanden sich vorläufig in Sicherheit. Jay befürchtete, daß dieser Zustand nicht von Dauer sein würde. Sie hatte keine Lust zu reden. Statt dessen wollte sie sich einfach nur erholen ... und anschließend zurück nach Hause.

Callion kehrte mit einem Tablett zurück, das mit mehreren Tellern, Gläsern, einer verkorkten Flasche und einer Menge Speisen beladen war. Es gab Brot, Obst, eine Schüssel mit Oliven ... und ein Glas *Peter Pan Erdnußbutter!*

Jay und Sophie rissen gleichzeitig den Mund auf, als sie die Erdnußbutter sahen.

»Woher hast du das?« fragten Sophie und Jay beinahe gleichzeitig.

Callion grinste. »Ich habe da so meine Quellen. Ich dachte, das würde euch gefallen – es ist meine absolute Lieblingsspeise unter allen Nahrungsmitteln, die die Maschinenwelt hervorgebracht hat.«

»Die Maschinenwelt?« fragte Jay.

»Das ist doch eine ganz gute Beschreibung für eure Heimat, oder nicht?«

Jay nickte.

Callion kannte die Welt, aus der die beiden Frauen gekommen waren, und er hatte irgendwie Kontakt zu ihr! Vielleicht hatte er die Wahrheit gesagt, als er behauptet hatte, ihnen helfen zu können. Vielleicht konnte er sie aus Glenraven herausbringen ... zurück in die Welt der Erdnußbutter.

Callion verteilte das Geschirr, kämpfte eine Weile mit dem Korkenzieher und goß endlich für jeden etwas Wein ein. Dann reichte er das Tablett herum, und sie füllten ihre Teller.

»Eßt, eßt«, sagte er. »Und während ihr eßt, bereitet mein Neffe das Badewasser. Wenn ihr fertig seid, gebt Bescheid. Ich werde euch in eure Zimmer bringen ... aber es sind sehr kleine Räume, und ihr seid keine kleinen Wesen.« Callion lachte leise und schenkte jedem noch etwas Wein nach.

Jay fühlte sich schon besser. Der Wein war dunkelgrün und brannte zunächst auf der Zunge, aber er lief warm durch die Kehle. Er floß in ihren Bauch, drang in ihr Blut ... und plötzlich war ihr angenehm warm, und sie hatte keine Schmerzen mehr. Jay aß so viel, wie sie konnte – saftige, süße Früchte, salzige Oliven, Brot, Erdnußbutter, Käse ... einfach alles. Und sie trank Wein – sehr viel Wein.

Schließlich mußte Callion ihr auf die Beine helfen und sie durch die Korridore führen. »Wein?« fragte sie Callion. Er lachte und sagte irgendwas, das sie nicht verstand. Jay wollte darauf bestehen, daß Callion ihr noch mehr Wein besorgen sollte, als er sie in einen Raum führte und sie vor ein Bett stellte. Die Matratze erhob sich und schlug ihr ins Gesicht.

Ich bin besoffen, dachte Jay; aber das war unsinnig. Sie hatte nur drei kleine Gläser Wein getrunken. Niemand wurde von drei kleinen Gläsern Wein ...

Kapitel Vierundfünfzig

Alle drei schlafen tief und fest.« Hyultif traf seinen Onkel vor den Gästezimmern. »Bist du sicher, daß sie keine Überdosis bekommen haben?«

Callion blickte zu seinem Neffen. »Ich weiß es nicht. Vielleicht die, die Metthwyll Jayjay genannt hat. Wenn Jayjay zuviel getrunken hat, kann ich ihr immer noch ein Gegenmittel verabreichen.«

Hyultif runzelte die Stirn und versuchte, den Gesichtsausdruck seines Onkels zu deuten – ohne Erfolg. »Aber die Omen haben deutlich gezeigt, daß wir alle *drei* benötigen, um Faan Akalan zu stürzen«, widersprach er.

»Das stimmt. Ich habe alle Möglichkeiten durchgerechnet«, versicherte Callion. Hyultif sah, wie sein Onkel verschiedene Kräuter in einem kleinen Beutel mischte – ohne Zweifel bereitete er einen mächtigen Zauber vor. »Ich kann Metthwyll nicht einfach umbringen«, erklärte Callion. »Er ist auf irgendeine Art mit Jayjay verbunden, die ich noch nicht ganz durchschaut habe. Ich bin nicht sicher, ob sie überleben würde, wenn er stirbt – jedenfalls jetzt noch nicht. Nachdem ich mich mit ihr verbunden habe, ist sein Überleben ohne Bedeutung. Er wird im Gegenteil meine Chancen, Faan Akalan zu stürzen, dramatisch verbessern, wenn ich ihn den Machnaan zum Fraß vorwerfe.« Callion lachte leise in sich hinein. »Und wenn ich die andere Frau Faan in den Schoß lege, wird sie das lange genug ablenken, bis ich in Ruhe meine eigene Schutzherrin inthronisiert habe. Ich schmuggele sie nach Cuthp Maest und erkläre mich anschließend selbst zum Schutzherrn.«

Hyultifs Mine verfinsterte sich. Niedere Verwandte widersprachen den älteren nicht, erst recht nicht, wenn die älteren so stark und mächtig waren wie Callion. Trotzdem sagte er: »Ich kann mich nicht an etwas Derartiges in den Omen erinnern.«

»Wie auch. Sie haben erst in diese Richtung gedeutet, nachdem unsere Gäste hier angekommen waren.«

»Natürlich.« Hyultif verbeugte sich. »Brauchst du mich noch?«

»Nicht in nächster Zeit.« Callion konzentrierte sich auf seine Arbeit und kümmerte sich nicht weiter um seinen Neffen. Der Plan seines Onkels hatte Hyultif verwirrt, und er fürchtete, daß ihm seine Verwirrung deutlich anzusehen war.

»Dann entschuldige mich bitte für eine Weile. Ich muß noch einiges vorbereiten, um für die kommenden Ereignisse gerüstet zu sein.«

Callion wedelte geistesabwesend mit der Hand. »Geh nur. Geh nur. Ich rufe dich schon, wenn ich dich brauche.«

Hyultif ging hinaus. Er wollte die Omen noch einmal betrachten. Zwar mochte er seinen Onkel nicht als Lügner bezeichnen, aber Hyultif war der festen Überzeugung, daß *alle drei* Wesen von elementarer Bedeutung waren ... und das bedeutete, sie durften nicht geopfert werden.

Kapitel Fünfundfünfzig

FREI ICH BIN FREI FREI
Leichter als Luft – so leicht wie das Licht – schwebend
Niemand kann mich wieder zurückbringen – zurück in die Dunkelheit, zurück zu dem Schmerz

FREI ICH BIN FREI

MAMA?

FREI ICH BIN FREI FREI UND NICHTS KANN MICH NOCH VERLETZEN

MAMA? DU BIST HIER? JETZT SCHON?

KAREN?

Sophie war noch immer von einer seltsamen Leichtigkeit erfüllt, aber sie fühlte sich nicht mehr so ausgelassen. Schmerz und Leid waren nicht mehr ganz so weit weg. Die Stimme, die mit ihr gesprochen hatte, klang genau wie Karens ... aber Karen war tot. *Tot.*

MAMA! DU BIST ES WIRKLICH!

Plötzlich sah Sophie ihre Tochter – Karen sah zwar nicht mehr so aus, wie sie sie in Erinnerung hatte, aber es war ohne Zweifel ihre Tochter. Sophie rannte auf Karen zu und umarmte sie. Sie standen eine ganze Weile einfach nur so da – ein kurzer Augenblick oder eine Ewigkeit, wer konnte das sagen?

OH, MEIN BABY, WIE GEHT ES DIR?

MIR GEHT'S GUT, MAMA. ICH HABE AUF DICH GEWARTET ... ABER JETZT HABE ICH NOCH NICHT MIT DIR GERECHNET.

Sophie lachte fröhlich. NUN JA, JETZT BIN ICH HIER.

Karen nickte. Sie war ernst und zeigte bei weitem nicht soviel fröhliche Ausgelassenheit, wie Sophie erwartet hatte. DAS SEHE ICH. ICH WEISS NUR NICHT WARUM. ICH GLAUBE NICHT, DASS DU SCHON HIER SEIN SOLLTEST.

Sophie konnte sich keinen Grund vorstellen, warum sie nicht bei ihrer Tochter sein sollte. Sie versuchte sich daran zu erinnern, was sie getan hatte und wo sie gewesen war, bevor sie Karen gefunden hatte. Es fiel ihr nicht mehr ein.

ICH HABE DICH BEOBACHTET, MAMA. DU KAMST SCHON WIEDER GANZ GUT ZURECHT. DU WARST WIEDER BEREIT ZU LEBEN.

Sophie blickte ihrer Tochter in die Augen. DU HAST MICH BEOBACHTET?

STÄNDIG. ICH WOLLTE, DASS ES DIR WIEDER BESSER GING – UND SCHLIESSLICH SAH ES JA AUCH WIRKLICH DANACH AUS.

Sophie dachte einen Augenblick über Karens Bemerkung nach. Sie nickte. Ja. Sophie konnte sich noch dunkel erinnern. Kurz bevor sie an diesen Ort gekommen war, hatte sie ihren Lebensmut wiedergefunden. Sophie hatte mit ihrer Liebe zu Mitch gekämpft – was für ein sinnloser Kampf, dachte sie. Ihr war klar geworden, daß sie ihn noch mehr liebte als am Tag ihrer Hochzeit. Ihre Liebe war im Laufe der Jahre gereift und hatte sich gefestigt. Warum hatte ihre Freundschaft zu Lorin sie nur so verwirrt? Sophie wußte, daß sie Lorin bereits in einem früheren Leben gekannt hatte, aber jetzt waren sie einfach nur Freundinnen ... sonst nichts.

Sophie fragte sich, was der Grund für dieses Durcheinander gewesen war.

... und Karen hatte ihre Mutter die ganze Zeit über beobachtet und sich um sie gesorgt, weil Sophie nur noch in der Erinnerung gelebt hatte. Sophie hatte immer gewußt, daß sie Karen nicht auf ewig verloren hatte – der Tod konnte ihre Tochter nicht zerstören. Warum hatte sie ihrem Herzen nicht vertraut?

Weil ich Angst gehabt habe, dachte Sophie, Angst vor dem Leben ... aber diese Zeit ist jetzt vorbei.

WIE BIN ICH HIERHER GEKOMMEN? fragte Sophie.

KANNST DU DICH AN GLENRAVEN ERINNERN? AN CALLION?

Plötzlich erinnerte sich Sophie. ER HAT MICH VERGIFTET. ER HAT MICH UMGEBRACHT.

ICH WEISS. ABER SIE BRAUCHEN DICH NOCH.

SIE ...?

DU WEISST WER.

Sophie wußte es wirklich. Eine Menge Leute brauchten sie. Mitch brauchte sie. Lorin brauchte sie ... und ein ungeborenes Kind wartete darauf, daß sie endlich wieder bereit war zu leben. Sophie hatte noch soviel zu tun ...

... aber sie war tot.

Ein unüberwindliches Hindernis.

Kapitel Sechsundfünfzig

Endlich hatte Faan Akalan die verborgene Tür entdeckt. Nur mit allergrößter Konzentration hatte sie die Umrisse herausarbeiten können. Der alte Meister hatte den Eingang zu seinem Reich fast fehlerfrei getarnt. Faan stand vor einem der Torbäume der Aregen. Bis jetzt hatte sie in der Überzeugung gelebt, mit Ausnahme ihres Dieners Hyultif alle Mitglieder dieser Rasse getötet zu haben. Hyultif hatte sie jahrzehntelang getäuscht. Diese Bäume lebten. Da sie Faans Feinden Zutritt gewährt hatten und sie vor ihr beschützten, mußte die verantwortliche Aregen-Kreatur auch noch leben.

Faans Gesicht verfinsterte sich. Sie mußte einen Weg finden, um in das Reich des Aregen einzudringen – aber sie hatte ihre Armee unter dem Schutz einer magischen Finsternis hierhergeführt. Das hatte viel Energie gekostet. Als sie den Ort erreicht hatte, an dem die Flüchtlinge die letzte Nacht verbracht hatten, war sie einfach durch die Barriere gegangen – und hatte eine Falle ausgelöst. Diese Falle hatte sofort damit begonnen, Faan magische Energie zu entziehen. Faan konnte sich zwar schnell wieder befreien, aber jetzt besaß sie nicht mehr genügend Kraft, um gleichzeitg mit Metthwyll, dem Aregen und den beiden Machnaan zu kämpfen.

Die Jäger scharten sich um ihre Herrin. Faan hatte die künstliche Dunkelheit auf ein Mindestmaß reduziert, nachdem sie die Flüchtenden eingeholt hatten. Sie benötigte alle noch vorhandene Energie.

Vielleicht sollte ich die Wächter rufen, überlegte Faan.

Sie könnten sich mit Gewalt einen Weg durch die Bäume bahnen. Selbst wenn ihnen das nicht gelang, konnten die Wächter zumindest einige Jäger töten und ihre Magie auf Faan übertragen. Bei voller Kraft war sie ohne weiteres imstande, in das Reich des Aregen einzudringen und ihn zu töten – anschließend würde sie sich um Metthwyll und seine beiden Zauberer kümmern ... und dann würde sie ewig leben.

Faan lächelte und blickte zu ihren Kriegern, die gerade ein Lager aufschlugen. Kin und Kin-hera, jeder von ihnen ... Futter für die Wächter ... und für sie.

Die Entscheidung war gefallen. Faan schloß die Augen, hob den Kopf und sandte einen lautlosen Ruf durch den Wald, der sich wie Wellen in einem Teich ausbreitete, in den man einen Stein geworfen hatte. Faan folgte den Wellen und wartete auf eine Antwort. Die Wächter hatten bis jetzt immer auf ihren Ruf reagiert. Manchmal waren sie gerade bei der Jagd und erst Stunden später erschienen ... aber sie hatten immer geantwortet. Faan wußte stets, was ihre Diener machten und wann sie erscheinen würden.

Faan wartete, während ihr Ruf durch Glenraven hallte – unbeantwortet. Faan öffnete die Augen und runzelte die Stirn. Wo waren ihre Wächter? Sie rief erneut.

Die Wächter antworteten nicht. Faan spürte sie auch nicht. Sie schienen aus Glenraven verschwunden zu sein.

Unsinn. Es gab genug Nahrung und Unterhaltung in Glenraven. Die Wächter hatten ausreichend Beute. Überall fanden sie den Schmerz und das Leid, das sie so sehr liebten. Sie würden das alles wohl kaum aufgeben, um durch den Spalt in ihr eigenes Universum zurückzukehren.

Wo waren sie?

Kapitel Siebenundfünfzig

Callion umkreiste Metthwylls bewußtlosen Körper und streute einige Kräuter auf die Brust des Kin. Dann murmelte er die Worte eines uralten Zaubers, und Metthwyll begann sanft von innen zu glühen. Seine Atmung war kaum noch wahrnehmbar, und seine Haut erblaßte ... wurde beinahe durchsichtig.

»Ich wage nicht, ihn zu töten«, flüsterte Callion, »aber das hier kommt dem sehr nahe.«

Sein Zauber würde einige Stunden wirken – vielleicht auch einen Tag. Wenn die Wirkung vorbei war, konnte Metthwyll zu einem ernsten Problem werden. Bis dahin mußte Callion einen Weg gefunden haben, die Verbindung zwischen ihm und Jayjay zu zerstören. Er mußte einen Ort finden, an dem er Metthwyll einsperren konnte.

Callion dachte nach. Es mußte ein Ort sein, der Metthwylls magische Fähigkeiten neutralisieren würde ... aber es mußte auch ein Ort sein, der ihn vor äußeren Feinden schützte. Callion brauchte Jayjay, und wenn irgend jemand Metthwyll tötete und Jayjay als Folge davon starb, dann wären seine großartigen Träume von der Wiedergeburt der Aregen nur noch Schall und Rauch.

Eine Zauberkammer wäre ideal. Wenn er nur eine finden könnte, die versiegelt war ...

Plötzlich lachte Callion laut auf. Er hatte jedermann in Glenraven aus seinem Versteck heraus beobachtet, und er erinnerte sich an den Aufruhr in Zearn. Als Resultat war ein Zauberer der Sareiggien in seinem eigenen Turm eingemauert worden. Wenn Callion Metthwyll in diese Zauberkammer bringen könnte – ein schwieriger Trick, aber nicht unmöglich. Der Turm war nicht gegen die Magie der Aregen gebaut worden. Callion konnte sein Problem auf elegante Art lösen und den verdutzten Machnaan ein nettes Rätsel aufgeben.

Callion hockte sich auf den Boden und zeichnete ein kleines Dreieck in die Erde. Dann hielt er die Hand darüber und konzentrierte sich auf eine leere Stelle in der Aptogurria von Zearn. Das Dreieck drehte sich langsam, bis eine Ecke auf Metthwyll deutete. Die Erde innerhalb des Symbols nahm ein lederartiges Aussehen an und schwebte hoch, bis sie schließlich auf Augenhöhe mit Callion war. Der Aregen lachte erneut und zog mit dem Finger eine Linie durch die Luft, die von dem dreieckigen Symbol zu Metthwylls Brust führte. Das Dreieck setzte sich entlang der Linie in Bewegung und erreichte schließlich den bewußtlosen Kin.

»Geh«, flüsterte Callion.

Metthwyll verschwand.

Kapitel Achtundfünfzig

Jayjay bewegte sich am Rande eines Alptraums – irgend jemand drückte ihren Kopf unter Wasser und riß ihr das schlagende Herz aus der Brust. Er stahl das Einzige, was ihr Leben zum Guten wenden konnte.

Der Traum begann mit einem vagen Gefühl von Furcht und Verlust und wurde bald konkreter. Jay ging durch eine große Menschenmenge. Weiter ... und weiter ... durch eine Wand von Schweigen. Ihre Schritte wurden immer schwerer, während sie an Leuten vorbeiging, die sie anstarrten. Die Menschen standen zu beiden Seiten eines engen Pfades und starrten Jay aus kalten, grausamen Augen an. Sie ging weiter.

Jay betrat eine Kirche. Sie heiratete ... wieder einmal. »Niemand gratuliert einer Frau, die zum vierten Mal heiratet«, sagte eine Stimme. Es war ihre eigene, aber Jay wußte nicht, woher sie gekommen war. »Niemand freut sich für eine solche Frau. Selbst ihre Freunde sagen ›nun ja, ich hoffe, daß es diesmal klappt‹ oder ›ich hoffe, du weißt, was du tust‹. Niemand wird sagen ›wie wunderbar‹ oder ›ich freue mich ja so für dich‹. Alle anderen werden mit den Augen rollen, lachen und spöttische Bemerkungen machen – so ist das eben.«

Eine tiefe, angenehme männliche Stimme sagte: »Was bedeutet schon, was andere Leute denken?«

Jay kannte die Stimme, doch der dazugehörige Name

wollte ihr nicht einfallen. »Es bedeutet etwas«, erwiderte sie.

»Warum?«

Dumme Frage! Weil sie mit den Leuten leben mußte, die ihr den Rücken zuwenden und über ihre Dummheit lachen würden. Jede, die mehr als einmal geheiratet hatte, hatte rasch den Ruf eines Flittchens, und mehr als zweimal ... nun ja, mehr als zweimal war der gesellschaftliche Tod.

»Verdienst du denn keine Liebe?« fragte die männliche Stimme.

»Ich habe zu oft Mist gebaut.«

»Das habe ich nicht gefragt. Verdienst du nicht, geliebt zu werden?«

»Jeder verdient, geliebt zu werden.«

»Und *ich* liebe dich. Ich werde dich lieben und ehren und den Rest meines Lebens mit dir verbringen. Ich kann dir nicht versprechen, daß ich dich niemals verletzen werde, aber ich werde es niemals mit Absicht tun. Ich werde dich niemals verlassen, und ich werde dich niemals betrügen. Ich werde dich so lieben, wie du es verdienst.«

In ihrem Traum näherte sich Jay dem Altar. Die Menge strebte auseinander, und sie erkannte den Mann, der auf sie wartete. Es war Metthwyll.

Jay hatte es immer gewußt, aber sie wollte es nicht wahrhaben. Sie blickte zu Metthwyll und spürte Verlangen. Sie liebte ihn. Sophie würde sich schrecklich aufregen, wenn sie sich mit einem nichtmenschlichen Wesen einließ ... und erst ihre restlichen Freunde.

Metthwyll hatte Jays Leben gerettet, und er liebte sie. Sie kannte ihn nicht besonders gut, aber das war egal. Ihre drei früheren Ehemänner hatte sie lange vor der Hochzeit gekannt, und die Ehen waren zu Alpträumen geworden.

Alpträume.

Alpträume.

Sie befand sich *in* einem Alptraum. Die Kirche war voll mit ehemaligen Liebhabern, Freunden und Menschen, mit denen sie aufgewachsen war. Ihre gesamte Familie war anwesend. Fremde waren herbeigeströmt, die gehört hatten, daß sie wieder heiratete, und sich dieses Schauspiel nicht entgehen lassen wollten. In der hinteren Reihen saßen Leute vor einer ausgebreiteten Decken, und veranstalteten ein Picknick. Irgendwer verkaufte Hot-Dogs. Jay konnte ihn zwar nicht sehen, aber seine Rufe waren deutlich zu hören. »*Hooot-Dooogs, gudde, gudde Hooot-Dogs!*«

»Ich liebe dich«, flüsterte sie zu Metthwyll.

Jay blickte an sich hinab und bemerkte, daß sie nackt war – und jeder, den sie jemals gekannt hatte, zeigte mit dem Finger auf sie und lachte.

»Ich liebe dich ... aber das würde nie gutgehen. Ich darf mich niemals wieder binden – ich habe einfach kein Glück.«

Jay wandte sich um und rannte los. Sie flüchtete in dieselbe Richtung, aus der sie gekommen war – weg

von den spöttischen, fragenden Blicken der Menschen ...
weg von hier.

Kapitel Neununddfünfzig

Yemus beobachtete die Figuren, die sich über das Bild
des Cavitchtarinwaldes bewegten. Sein Doppelgänger näherte sich den Truppen Faan Akalans, und die Krieger auf seiner Fährte hatten noch nicht bemerkt, daß sie
einem Geist hinterherjagten. Inzwischen waren Jayjay
und Sophie aus seinem Blickfeld verschwunden. Das bereitete ihm zwar Kopfzerbrechen, doch er gab die Hoffnung nicht auf, daß sich alles zum Guten wenden würde.
Yemus hatte schon einmal das Vertrauen in seine Helden
verloren ... ohne Grund. Das würde ihm nicht noch einmal passieren.

Ein eisiger Windstoß ließ ihn aufblicken, und im selben Augenblick sah Yemus, wie sich die Luft neben der
Tür verdichtete und dunkler wurde. Vor seinen Augen öffnete sich eine Art Tunnel. Irgend etwas fiel hindurch und
landete mit lautem Geräusch auf dem Boden seiner Zelle.
Der Tunnel verschwand wieder, und Yemus blickte auf
den Körper eines Mannes. Er stand auf und trat zu dem
Fremden. Yemus überlegte, welche Art von Magie die
Mauern der Aptogurria durchbrechen konnte, und warum jemand diese Macht benutzt hatte, um einen weite-

ren Gefangenen bei ihm abzuladen. Plötzlich erkannte er,
daß der Mann ein Alfkindaar war.

»Warum ...?«

Yemus kniete nieder und fühlte den Puls des Kin. Er
runzelte die Stirn und drehte die Gestalt auf den Rücken.
Der Fremde besaß eine machtvolle Aura. Das mußte
einer der Kin-Magier sein ... merkwürdig. Wer war stark
genug, um einen Kin-Magier auf diese Art und Weise loszuwerden ... und darüber hinaus sogar in die Aptogurria
einzudringen?

Faan Akalan hat irgend etwas damit zu tun, dachte
Yemus.

Wenn Faan ihre Finger im Spiel hatte, dann machte das
diesen Kin zu ihrem Feind. Und wenn dieser Kin der
Feind der Schutzherrin war, dann sollte Yemus ihn eigentlich als Freund betrachten ... oder wenn schon nicht
als Freund, dann doch zumindest als zeitweiligen Verbündeten.

Yemus ging zu seinem Arbeitstisch und kehrte mit einem *Entdecker* zurück. Das kleine Gerät war eine Erfin-
dung seines Großvaters. Yemus legte den Entdecker auf
die Brust des bewußtlosen Kin und schaltete ihn mit
einem kleinen Stoß magischer Energie ein. Das Gerät begann zu arbeiten und löste jeden Zauber, den es an dem
Alfkindaar fand, in umgekehrter Reihenfolge auf.

Zuerst versuchte der Entdecker den Kin dorthin
zurückzuschicken, wo er hergekommen war – ohne Erfolg. Wenigstens konnte Yemus zum ersten Mal den Stil

des gegnerischen Magiers studieren. Dann löste das Gerät die Starre auf – und auch das hatte man anders gemacht, als Yemus erwartet hätte. Der Zauber war mit roher Gewalt gewirkt worden. Das bedeutete, daß der Magier, der ihn ausgeführt hatte, enorme Macht besaß. Er mußte mit seiner Energie nicht haushalten.

Der Zauber verschwand, und der Kin erwachte langsam. Yemus bemerkte, daß der Entdecker einen weiteren Zauber gefunden hatte. Er entfernte das Gerät so schnell wie möglich. Diesen Zauber schien der Kin-Magier auf sich selbst gesprochen zu haben, und Yemus wußte nicht, ob es ihm recht wäre, wenn er ihn entfernte.

Der Kin öffnete die Augen und blinzelte. Er runzelte die Stirn und rieb sich stöhnend die Schläfen.

»Wie fühlt Ihr Euch?« fragte Yemus.

Erst jetzt bemerkte der Kin den Machnaan, der neben ihm kniete. »Wer seid Ihr ... was macht Ihr hier?«

Yemus lachte. »Das sollte ich Euch fragen. Aber wie es aussieht, ist Euch etwas Schreckliches widerfahren; deshalb ... ich bin Yemus Sareiggien, Oberster Magier von Zearn ... und mittlerweile der einzige. Aber ...« er zuckte mit den Schultern, »... und ich bin hier genauso gefangen wie Ihr.«

Der Kin versuchte sich aufzusetzen, verlor das Gleichgewicht und fiel wieder hin. Yemus fing ihn auf, bevor sein Kopf auf dem Boden aufschlagen konnte, und half ihm, sich zu setzen.

»Danke.« Der Kin blickte sich in Yemus' Gefängnis

um. »Ich habe von Euch gehört«, sagte er. »Ich bin Metthwyll, Sohn von Gerlin und Elloe, Letzter der Shae Kin.« Er nickte höflich.

Yemus lächelte. »Willkommen in meiner bescheidenen Hütte.«

»Wir sind gefangen?«

»In der Tat. Ihr befindet Euch in der Aptogurria von Zearn, meinem früheren Arbeitszimmer. Jetzt ist sie mein Gefängnis ... und das Eure. Habt Ihr eine Idee, wie Ihr hergekommen seid?«

Metthwyll erhob sich und trat langsam zu dem kleinen Sehschlitz. Er konnte hinaussehen, ohne sich auf die Zehenspitzen zu stellen. Mit dem Rücken zu Yemus sagte er: »Nein ... ich bin zu einem alten Freund gegangen, weil ich Hilfe benötigte. Als ich wieder aufwachte, war ich hier.«

Yemus dachte an die merkwürdige Magie, die er noch nie zuvor gesehen hatte. »Was für ein ›alter Freund‹ war das?«

»Einer der letzten Aregen.«

»Die Meister? Mein Gott! Ich dachte, sie wären ausgerottet worden.«

»Nicht ganz.«

»Ich verstehe.« Yemus überlegte, ob er sein Wissen mit dem Kin teilen sollte ... es konnte nichts schaden. »Euer ›Freund‹ scheint nicht gut auf Euch zu sprechen zu sein. Ihr wart unter einem Zauber, der Euch für mindestens einen Tag bewußtlos gehalten hätte. Ein verdammt mächtiger Spruch, und die Magie, die Euch hergebracht hat, war auch nicht von schlechten Eltern. Die Energie und die Art waren mir vollkommen neu – eine *Magie der Macht*.«

»Dann war es also Callion, der mich hierher gesandt hat.« Metthwyll wandte sich um und blickte Yemus in die Augen. »Ich muß hier raus. Er hat Jay und Sophie in seiner Gewalt.«

Yemus lief ein Schauer über den Rücken. »Zwei Fremde? Frauen?«

Metthwyll nickte. »Ihr kennt sie. Nach allem, was ich bis jetzt gehört habe, seid Ihr irgendwie dafür verantwortlich, daß sie überhaupt in Glenraven sind.«

»Und jetzt befinden sie sich in den Händen eines Meisters?« Yemus wurde schlecht. »Habt Ihr eine Vorstellung davon, was er plant?«

»Ich dachte, er würde mir helfen«, erwiderte Metthwyll, »aber nachdem ich mich so gründlich in ihm getäuscht habe, glaube ich nicht, daß meine Informationen von irgendwelchem Wert sind.«

Yemus stand auf. »Wir haben immer noch das hier.« Er trat an den Tisch, auf dem seine Figuren wie von Geisterhand umherwanderten. Inzwischen war Sophies Figur wieder aufgetaucht. Sie lag bewegungslos am Rand von Faan Akalans Lager und war von einem undeutlichen, schwarzen Nebel umgeben.

Yemus sank auf die Knie und riß die Augen auf. »Nein«, murmelte er. »Sie ist nicht tot!«

Metthwyll kam zu ihm und warf einen Blick auf den Tisch. »Was ist geschehen?« Er hockte sich hin und betrachtete die Figuren. »Das ist Faans Armee – direkt neben Callions Torbaum. Faan hat es fast geschafft.«

»Nicht das ...« Yemus deutete auf die Stelle, an der Sophies Figur lag. Metthwyll runzelte die Stirn, sah genauer hin und blickte wieder zu seinem Mitgefangenen. »Ich habe sie nicht angefertigt, deshalb bin ich nicht sicher – aber die hier sieht aus wie Sophie.«

»Das ist Sophie.«

»Und was hat das zu bedeuten?«

»Der *Tod*«, erklärte Yemus. Eine Welt brach für ihn zusammen. »Sophie ist tot.«

»Dann ist alles vorbei«, seufzte Metthwyll. »Wir haben verloren. Meine Omen haben mir verkündet, daß wir beide Frauen benötigen.«

»Ihr habt Euch mit einer von ihnen verbunden, nicht wahr? Ich habe den Zauber bemerkt, als ich Euch weckte.«

»Mit Jay. Sie ist ... meine *Eyra*. Meine Seele. Meine andere Hälfte.«

Yemus nickte. »Ich kenne das Wort. Vielleicht könnt Ihr diese Verbindung nutzen und Eure Magie zu ihr senden – wir können den Lauf der Dinge nicht vor Ort beeinflussen, aber vielleicht können wir sie von hier aus manipulieren und Sophies Tod ausgleichen.«

»Jayjay hat mich abgewiesen«, sagte der Kin, während er die Figuren beobachtete. »Ich habe mich mit ihr verbunden, als sie im Sterben lag – ich habe ihr Leben gerettet, aber da sie in diesem Augenblick keine eigene Entscheidung treffen konnte, habe ich sie von den Eiden entbunden. Unsere Verbindung arbeitet nur in einer Richtung. Ich könnte ihr alle meine Magie schicken, und sie würde trotzdem nicht wissen, daß sie sie besitzt und was sie damit anfangen soll.«

»Verdammt. Dann besteht gar keine Hoffnung mehr.«

Der Kin starrte düster auf den Tisch und seufzte. »Keine.«

Kapitel Sechzig

Sie war tot. Callion lief aufgeregt durch Sophies Zimmer. Tot. Sie hatte zu viel von dem vergifteten Wein getrunken und war einfach gestorben. Verdammt! Er brauchte sie lebend! Sophie hätte einige Verwirrung bei Faan und ihren Lakaien gestiftet, wenn sie urplötzlich mitten in ihrem Lager erschienen wäre. Es hätte eine Weile gedauert, bis Faan herausgefunden hätte, wer sie war – und noch eine Weile länger, bis sie Sophie getötet hätten. Callion hätte die Zeit nutzen können, um einen Weg von seinem Reich in den Thronsaal von Cuthp Maest zu schaffen.

Er schloß die Augen und verschmolz mit dem Netz, das sein Reich umgab. Faan lauerte noch immer da draußen und bearbeitete das Tor. Sie hatte es fast offen.

Callion hatte Sophies Körper am Rand des Alfkindaar-Lagers abgelegt – wahrscheinlich hatte man sie bereits entdeckt. Als er Sophie aus seinem Reich verbannt hatte, war ihr magische Energie gefolgt – aber diese Kraft war kein Teil von Sophie gewesen. Es war irgend etwas anderes, das in keiner direkten Beziehung zu einer der beiden Frauen stand. Callion hatte zunächst befürchtet, versehentlich eines seiner eigenen Artefakte mitgeschickt zu haben; als er jedoch die Stelle untersuchte, an der er Sophie abgelegt hatte, fand er nur ihren leblosen Körper und ein ausländisches Buch, das sie bei sich getragen hatte.

Callion war wütend. Sophie hätte nicht so empfindlich sein dürfen ... und nicht so gierig. Jetzt mußte er seine ursprünglichen Pläne ändern – alles nur ihretwegen.

Kapitel Einundsechzig

Jayjay wollte sich die Augen reiben, doch ihre Hände bewegten sich nicht. Sie blinzelte und versuchte sich zu erinnern, wo sie war. Es ergab keinen Sinn.

Sie war gefesselt. Langsam dämmerte Jay die Bedeutung dieser Tatsache. Gefesselt zu sein war ein schlechtes Zeichen. Was hatte sie verbrochen, daß man sie gefesselt hatte? Jay wollte schreien, aber es reichte nur zu einem erstickten, unverständlichen Geräusch. Ein ekelhafter Knebel steckte in ihrem Mund.

Jay fühlte sich scheußlich. Sie fror erbärmlich, und ihr Magen rebellierte. Ihr Schädel drohte zu platzen, und ihre Muskeln waren derart verspannt, daß sie kaum atmen konnte. Außerdem schien sie Fieber zu bekommen. Vielleicht brütete sie eine Grippe aus.

Vielleicht hatte sie auch die Pest ... wenn man bedachte, wo sie sich befand.

Schließlich brachte Jay es doch noch fertig, die Augen zu öffnen.

Callion stand lächelnd über sie gebeugt. »Endlich bist du wach. Das Gegenmittel hat also gewirkt. Gut. Ich hatte schon die Befürchtung, du würdest ebenfalls sterben, obwohl ich alles Mögliche getan habe. Ich kann mir nicht leisten, dich zu verlieren.«

Ebenfalls? Wer war gestorben? »Hmmmpfff?« fragte Jay. Das klang zwar nicht nach ›wer ist gestorben?‹, aber Callion schien sie trotzdem zu verstehen.

»Deine Freundin Sophie hat zuviel von der Droge eingenommen, die ich unter euer Essen gemischt habe. Sie starb, bevor ich ihr helfen konnte. Ich habe noch nie Menschen aus der Maschinenwelt betäubt – nur Kin und Machnaan. Ich konnte nicht ahnen, wie empfindlich ihr auf meine Mixturen reagiert.« Callion zuckte die Schultern. »Ist ja auch egal. Ich hatte sowieso keine Verwendung mehr für sie.« Er wandte sich von Jayjay ab und begab sich an einen Tisch, auf dem eine Unmenge Flaschen und Schüsseln stand. Blaue Flammen leckten aus den Öffnungen langer Röhrenkonstruktionen. Ein weiteres dachsähnliches Wesen stand abseits und blickte ständig von Callion zu Jay und zurück.

Tot? Sophie war tot? Jay versuchte den Gedanken zu verarbeiten, doch ihr Verstand weigerte sich.

»Aber *dich* brauche ich«, fuhr Callion fort. »Jede der Prophezeiungen deutet darauf hin, daß du die nächste Schutzherrin Glenravens sein wirst. Und da ich nicht die Absicht habe zuzusehen, wie meine Welt von einem Ausländer wie dir zerstört wird, werde ich mich mit dir verbinden. Ich werde dich zu meiner *Eyra* machen ... genau wie es Metthwylls Absicht gewesen ist. Dann erkläre ich mich zum Schutzherrn, und die Aregen werden wieder über Glenraven herrschen, wie es ihnen gebührt.« Callion klimperte mit den Flaschen, schüttete ein Pulver in einen Mörser und fügte eine ekelhafte grüne Flüssigkeit hinzu. Nach einer Weile änderte die Masse ihre Farbe und begann sich am Rand des Gefäßes abzulagern.

Sophie war tot?

Callion nahm einen gläsernen Stab und rührte wild in dem Mörser herum. »Wenn wir beide uns erst in Cuthp Maest etabliert haben«, erklärte er, »dann werde ich mir überlegen, was ich mit dir anfange. Ich kann dich nicht umbringen ... ebensowenig wie Metthwyll, nachdem er sich mit dir verbunden hat. Es ist wirklich schade. Du besitzt nicht mehr Magie als ein Stein – und trotzdem wirst du die nächste Schutzherrin sein. Ich sehe es deutlich vor mir – du wirst auch die letzte Magie Glenravens vernichten und das Land in eine billige Kopie deiner eigenen, stinkenden Maschinenwelt verwandeln.«

Jayjay zerrte an den Seilen, die sie fesselten. Sie mußte hier weg und nach Sophie suchen. Sie mußte wissen, ob Callion die Wahrheit gesagt hatte. Jay hatte nicht die Absicht, hierzubleiben und zu warten, bis Callion mit ihr fertig war, doch ihre Fesseln waren gut gebunden. Je mehr sie an ihnen zog, desto enger wurden sie. Schließlich gab Jay auf, da sie fürchtete, die Blutzufuhr zu ihren Händen zu unterbrechen.

»Vielleicht kann ich dich zu ihm in die Aptogurria sperren«, sagte Callion. »Oder ich finde einen anderen Weg, um dich umzubringen, ohne dein Schicksal zu teilen. Ich habe schon lange darüber nachgedacht, daß es eine Methode geben muß, die bindende Wirkung der Eide des *Eyran* aufzuheben.« Callion mischte eine weitere Substanz unter die ekelhafte Masse, und sie wurde klar wie Wasser. Spritzer der Flüssigkeit verteilten sich über den Rand des Mörsers.

Callion drehte sich um und grinste Jay mit blitzenden Zähnen an. Er hielt den Mörser in der einen und einen weißglühenden Metallstab in der anderen Hand.

»Nimm ihr den Knebel ab, Hyultif«, befahl Callion dem anderen Aregen, der schweigend in der Ecke gewartet hatte. »Sie wird das hier trinken, und anschließend verbindet sie sich entweder freiwillig mit mir, oder ich werde ihr die Augen ausstechen.« Er wedelte mit dem glühenden Stab und blickte Jay in die Augen. »Ich möchte, daß du weißt, daß du für meine Zwecke weder deine Augen noch deine Ohren oder deine Zunge brauchst. Wenn du Wert darauf legst, sie zu behalten, dann trink das hier und mach keine Schwierigkeiten.«

Der zweite Aregen stand noch immer in seiner Ecke und beobachtete das Geschehen. Callion wandte sich um und starrte ihn finster an. »Hyultif, mach voran. Uns bleibt nicht mehr viel Zeit, bis Faan Akalan das Tor durchbrochen hat.«

Hyultif stieß einen Seufzer aus und nickte. »Du hast recht.« Er setzte sich in Bewegung, und Callion richtete seine Aufmerksamkeit wieder auf die Gefangene. Der glühende Metallstab war dicht genug vor Jays Gesicht, daß sie die Hitze an ihrer Wange spüren konnte. Sie schreckte zurück, und Callion lachte leise.

Aus dem Augenwinkel heraus bemerkte Jay eine rasche Bewegung und sah, wie der Aregen, den Callion Hyultif genannt hatte, ihrem Peiniger mit einer Keule auf den Kopf schlug. Callion schrie auf, und ein brennender Schmerz durchzuckte Jay. Sie kreischte durch den Knebel und riß wie wahnsinnig an den Fesseln.

Callion verschwand aus ihrem Blickfeld und schlug mit einem dumpfen Knall auf den Boden.

»Halt still«, sagte Hyultif. Er packte Jays Kopf und drehte ihn herum. »Sein Eisen hat dich getroffen – tut mir wirklich leid. Es hat ein übles Loch hinterlassen.«

Der Schmerz war so fürchterlich, daß Jay kaum noch klar sehen konnte.

»Halt nur einen Augenblick still – ich kann das Fleisch wieder zusammenwachsen lassen.« Hyultif berührte die verbrannte Stelle mit seiner Klaue, und für einige Sekunden wurde der Schmerz noch schlimmer. Tränen schossen Jay in die Augen, und sie schrie erneut. Doch dann ließ der Schmerz nach, und kurz darauf verschwand er ganz.

»Ich fürchte, du wirst eine Narbe zurückbehalten«, sagte der Aregen. »Ich konnte die Verletzung nicht ungeschehen machen, sondern nur den Heilungsprozeß beschleunigen.« Er griff hinter ihren Kopf und löste ihren Knebel.

Jay wollte ›Danke‹ sagen, doch ihr Mund war so ausgetrocknet, daß sie kein Wort herausbrachte.

Hyultif beschäftigte sich inzwischen mit ihren Fesseln. »Meine Onkel hatte recht, als er sagte, uns bliebe nicht mehr viel Zeit. Faan Akalan wird bald hier sein – wir müssen dich nach draußen bringen, wo du dich ihr stellen kannst. Jetzt, wo deine Freundin tot ist, glaube ich nicht, daß wir noch viel Hoffnung auf einen Sieg haben. Ich habe meine Orakel befragt, während mein Onkel Metthwyll und deine tote Freundin weggeschickt hat. Sie bestanden darauf, daß ihr euch der Schutzherrin zu dritt stellen müßtet – selbst dann wäre sie immer noch die Überlegene gewesen. Jetzt, wo nur du übrig bist, fürchte ich, es ist hoffnungslos.«

Jay setzte sich auf, nachdem Hyultif ihr die Fesseln abgenommen hatte, und rieb sich die tauben Hände. »Wovon

redest du eigentlich?« Ihr Mund war noch immer wie ausgetrocknet, aber wenigstens konnte sie wieder sprechen.

»Mein Onkel hatte vollkommen recht. Du wirst die
nächste Schutzherrin Glenravens sein. Glenraven wählt
seinen neuen Bewahrer selbst, wenn es für den alten an
der Zeit ist zu sterben. Die Ereignisse haben Faan Akalan
an einen Wendepunkt geführt. Sie kann besiegt werden,
und ihr Tod liegt zumindest im Bereich des Möglichen.
Aber Glenraven kann den Erfolg der Erwählten nicht ga-
rantieren. Faan Akalan hat sämtliche Mitglieder der alten
Wacht getötet und sich an ihren Platz gestellt. Sie hat
sich schon häufiger gegen Auserwählte zur Wehr gesetzt
und sie besiegt. Du hast selbst erlebt, wie auch mein Onkel versucht hat, Glenravens Magie zu umgehen und
außer Kraft zu setzen.«

»Warum hast du mir geholfen?«

»Ich arbeite nicht für die Aregen, sondern für Glenraven ... und Glenraven weiß, was es will. Wenn man seinen Wünschen nicht entspricht, stirbt es wieder ein klein
wenig mehr. Meine Welt liegt seit langem im Sterben ...
durch Faan Akalans Schuld.« Hyultif seufzte. »Wenn
Glenraven dich braucht, dann werde ich alles tun, um dir
zu helfen. Wenn es dir gelingt, Faan zu besiegen, und
wenn du anschließend den Wunsch haben solltest, dann
würde ich mich geehrt fühlen, in deiner Wacht zu die-
nen.«

Jay dachte an ihre tote Freundin. Sie versuchte zu verstehen, was Glenraven von ihnen wollte. Wie konnten

sie, Metthwyll und Sophie eine sterbende Welt vor dem inkarnierten Bösen bewahren? Jay wußte es nicht ... und sie hatte keine Vorstellung von dem, was Hyultif jetzt von ihr erwartete. Jay war keine Kämpferin. Sie besaß keine Erfahrung mit Waffen, und sie glaubte nicht, daß sie eine gute Figur gegen jemanden machen würde, der sein ganzes Leben mit dem Schwert trainiert hatte. Auch konnte sie im Gegensatz zu vielen Einwohnern Glenravens nichts mit Zauberei anfangen.

»Du besitzt keine eigene Magie«, sagte Hyultif und schüttelte den Kopf. »Es ist schon merkwürdig, daß Glenraven ausgerechnet eine Fremde als Heldin erwählt, die nicht einmal etwas von Zauberei versteht.«

Hyultif tippte mit einer langen Kralle auf die Werkbank seines Onkels. »Aber mir kommt da eine Idee, wie ich dir zu Magie verhelfen kann.«

Kapitel Zweiundsechzig

Sophie unterbrach ihre Unterhaltung mit Karen, als sie bemerkte, wie sie von einer schweigenden Menschenmenge umringt wurden. Es waren nur Schatten – Gestalt und Bewegung ohne Leben. Sie waren ein Teil der Leere, in der Sophie ihre Tochter getroffen hatte – die Bewohner des Totenreiches. Die Schatten gaben keinen Laut von sich, aber in ihrer Gegenwart wurde die Luft schwerer, und eine unheimliche Kälte breitete sich aus. Sophie zitterte.

Plötzlich tat sich eine Kluft zwischen ihr und Karen auf, und der unendliche Schmerz kehrte zurück, den Sophie nach dem Tod ihrer Tochter gefühlt hatte. »Was ist denn auf einmal?« fragte sie.

Karen blickte ihrer Mutter in die Augen. Sie schien nach etwas zu suchen, das sie nicht finden konnte. »Dir bleibt nicht mehr viel Zeit.«

»Zeit? Für was?«

»Dich zu entscheiden.«

Sophie hatte keine Ahnung, wovon ihre Tochter redete. »Entscheiden? Was denn?«

»Das darf ich dir nicht sagen.«

»Aber du weißt es, nicht wahr?«

»Ja.« Karen nickte. »Ich weiß es – aber ich darf mich nicht noch mehr einmischen, als ich es bereits getan habe.«

Sophie blickte zu den schattenhaften Gestalten, die sie anstarrten. Sie schienen auf etwas zu warten. »Haben sie etwas damit zu tun?«

»Ja.«

»Kannst du mir sagen, wer sie sind?«

Karen antwortete nicht. Sie neigte den Kopf zur Seite, als würde sie jemandem zuhören, den nur sie allein sehen konnte. Karen nickte wieder. »Das kann ich dir sagen«, erklärte sie. »Dies sind die Seelen lebender Machnaan, die sich freiwillig in Gefangenschaft begeben haben, um ihre

Kinder von dem Schrecken zu befreien, der ihr bisheriges Leben bestimmt hat.«

»Sie haben etwas mit mir zu tun«, sagte Sophie. Es war keine Frage, doch Karen nickte zustimmend.

»Das stimmt.«

Sophie betrachtete die Gestalten eingehender. Vielleicht hat Glenraven mich auserwählt, dachte sie, weil ich ihm etwas Besonderes geben konnte ... und es hat auch mir etwas Besonderes gegeben, denn ich habe meinen Lebensmut wiedergefunden. Ich habe jetzt etwas, zu dem ich zurückkehren kann. Ich habe wieder Hoffnung. Karen ist nicht für immer von mir gegangen. Der Tod ist nicht das Ende aller Dinge. Ich habe wieder die Kraft zu lieben.

Sophie dachte über das Schicksal nach. Es war keine alles bestimmende Macht, der die Menschen hilflos unterworfen waren. Das Schicksal stellte keine Forderungen. Es klopfte nur an und fragte nach. Es machte lediglich Angebote, und Sophie wußte, daß sie jederzeit ablehnen konnte. Die Seelen der Machnaan waren ein Teil *ihres* Schicksals, aber sie hatte die Freiheit, sie zurückzuweisen. Sie konnten sie nicht dazu zwingen, ihr Schicksal zu erfüllen. Sophie stellte ihre Theorie auf die Probe.

»Ich könnte doch mit dir kommen, oder?«

»Ja«, erwiderte Karen.

»Ich könnte aber auch zurückkehren, ohne irgendwem irgendwas zu versprechen?«

Karen nickte.

»Und ich habe die Möglichkeit, etwas Großartiges zu vollbringen und diesen Menschen zu helfen – ihnen und ihren Kindern?«

Karen nickte erneut und schwieg.

Die Seelen der Machnaan bewegten sich unruhig, und Sophie glaubte, in ihren leeren Augen einen Hoffnungsschimmer zu erkennen. Hoffnung ... in diesem Moment wurde ihr alles klar. Sophie konnte den Machnaan das Leben zurückgeben – wie sie ihr eigenes von Glenraven zurückbekommen hatte. Sie konnte ihnen helfen, ihre Kinder zu retten. Das war Sophies Schicksal ... und es war ein Schicksal voll leidenschaftlicher Liebe. Sophie fühlte sich auf schmerzliche Weise an die liebevollen Sorgen erinnert, die sie sich um Karen und ihre Zukunft gemacht hatte. Sie hatte immer nur das Beste für ihre Tochter gewollt, aber Karen war trotzdem gestorben. Sophie fühlte mit jenen Vätern und Müttern, die ihre Seelen zum Wohl ihrer Kinder geopfert hatten.

Sie konnte ihre Liebe spüren und ihren Schmerz ... und sie konnte ihnen helfen. Das war ihr Schicksal, und es war gut.

Karen legte eine Hand auf Sophies Schulter und beugte sich vor, um ihrer Mutter in die Augen zu sehen. »Es ist Zeit. Du mußt dich jetzt entscheiden – was wirst du tun?«

Sophie spürte die Berührung ihrer Tochter. Es war wie damals, als Karen noch ein kleines Kind gewesen war. Sie erinnerte sich an die winzigen Babyhände, die ihren Finger umklammert hatten, und an Karens erstes Lächeln, ihre ersten Schritte und ihr erstes Wort. Die verängstigten Seelen, die sie umkreisten, fühlten dasselbe.

»Ich werde einen Weg nach draußen suchen«, sagte Sophie. »Ich werde dich vermissen, aber eines Tages werden wir uns wiedersehen. Jetzt werde ich alles Menschenmögliche tun, um diesen Leuten zu helfen. Ich weiß zwar nicht was, aber wenn es in meiner Macht steht, werde ich es tun.«

Sophie hörte, wie sich die schattenhaften Gestalten bewegten. Sie kamen von allen Seiten heran. Hoffnung leuchtete in ihren Gesichtern.

»Wir wissen, was zu tun ist«, flüsterten sie. »Wir werden dir helfen.«

»Könnt ihr mich in meinen Körper zurückbringen? Mich wieder zum Leben erwecken?« fragte Sophie und blickte die Schatten an.

»Das können wir«, erwiderten sie. Die Seelen der Machnaan umringten Sophie, und Karen wich immer weiter zurück.

Sophie streckte die Hand aus und flüsterte: »Noch nicht.«

»Jetzt. Uns bleibt keine Zeit mehr.« Karen lächelte auf eine Art und Weise, die Sophie niemals vergessen würde. »Ich werde immer noch hier sein, wenn du zurückkommst.«

Die Seelen der Machnaan begannen in Sophie einzudringen, und sie spürte ein Kribbeln, als eine unglaubliche Macht durch sie floß. Es war das gleiche Gefühl, als hätte sie das Buch berührt – nur tausendmal stärker.

»Wir sind das Buch«, flüsterten die Seelen. »Jedesmal, wenn du es berührt hast, hast du auch uns berührt.« Sie drangen weiter in Sophie ein. Es waren viel mehr, als Sophie gedacht hatte. Aus Dutzenden wurden Hunderte, und aus Hunderten Tausende, bis ihre Reihen sich allmählich lichteten.

»Jetzt kehren wir zurück«, sagten sie. Sophie spürte eine große Hitze, als sie sich in Bewegung setzte, und einen plötzlichen, kalten Schock, als ihr Geist sich wieder mit ihrem Körper vereinigte.

Sie öffnete die Augen und bemerkte, daß sie auf dem feuchten Waldboden lag. Ihr Gesicht war gegen eine Wurzel gepreßt, und ihr Körper lag in einer schmerzhaft unnatürlichen Haltung da, als hätte sie jemand gegen einen Baum geschleudert und dann einfach liegengelassen.

Sophie hob den Kopf und blickte direkt in die Augen eines hageren Warrag, der sich über sie gebeugt hatte. Als das Monster sah, daß sie sich bewegte, heulte es laut auf, machte einen Satz zur Seite und rannte mit eingekniffenem Schwanz davon.

Er wollte dich als Abendessen, flüsterten die Seelen. *Wir sind gerade noch rechtzeitig gekommen.*

Sophie setzte sich auf und hörte einen weiteren Schrei direkt hinter sich. Als sie sich umwandte, erblickte sie eine große Meute Kin und Kin-hera, die unter den Bäumen lagerten. Sie hatten einer Frau zugesehen, die vor dem Torbaum stand und offensichtlich in Callions Reich einzudringen versuchte ... doch jetzt fuhren ihre Köpfe herum, und alle Blicke richteten sich auf Sophie.

»Faan«, rief einer der Kin. »Die fremde Zauberin lebt!«

Die Frau unterbrach ihre Arbeit und wandte sich um. Ein Ausdruck teuflischer Freude schlich sich auf ihr Gesicht. »Was für eine nette Überraschung«, sagte sie.

Kapitel Dreiundsechzig

Die Frau war ohne Zweifel tot gewesen. *Tot.* Sie hatte weder geschlafen noch im Koma gelegen oder war in Trance versunken. Faan hatte sich persönlich vergewissert, nachdem ihre Krieger sie zu dem leblosen Körper geführt hatten.

Sie hatte den Körper sorgfältig untersucht. Die Frau war eine Ausländerin – keine Machnaan. Sie hatte die Grenze überschritten, die Faan vor mehreren hundert Jahren errichtet hatte. Das war Beweis genug dafür, daß sie eine mächtige Zauberin war – und ihr Mörder noch weitaus gefährlicher war.

Faan hatte sich die ganze Zeit über gefragt, was der Grund für ihren Tod gewesen war. Vielleicht hatten sich Faans Gegner zerstritten. Vielleicht hatte der Aregen auf der anderen Seite auch die zweite Frau getötet ... vielleicht sogar Metthwyll.

Nachdem Faan die Leiche untersucht hatte, ließ sie sie an Ort und Stelle liegen. Früher oder später würde einer der Kin-hera Hunger bekommen und sie fressen.

Aber die Dinge hatten sich anders entwickelt, als Faan es sich vorgestellt hatte. Sie betrachtete die Zauberin, die außerordentlich lebendig schien und ihr furchtlos in die Augen blickte. Dieser Mangel an Angst beunruhigte Faan mehr als alles andere. Jeder hatte Angst vor ihr ... aber nicht diese Frau.

Nur Dummköpfe kannten keine Angst im Angesicht der Gefahr ... oder diejenigen, die mächtig genug waren, um jeder Bedrohung zu widerstehen. Faan fragte sich, zu welcher der beiden Kategorien die Frau gehörte. Sie war von den Toten auferstanden. Das konnte nicht einmal Faan. Also war die Machnaan-Magierin offensichtlich kein Dummkopf. Faan spürte zum ersten Mal in ihrem Leben so etwas wie Furcht. Die Luft brannte in ihren Lungen, und das Herz schlug ihr bis zum Hals. Die Omen hatten verkündet, daß diese Frau und ihre Freundin Faan vernichten könnten.

Ich bin erschöpft, dachte Faan. Ich habe mich zu sehr verausgabt – die künstliche Nacht, Metthwylls Falle und dann dieser verdammte Baum. Ich bin ausgelaugt. Alleine werde ich nicht mit ihr fertig.

Seit dem Tag, an dem sie die letzten Mitglieder ihrer Familie getötet hatte, hatte sie sich nicht mehr so unsicher gefühlt. Faan hatte ihren eigenen Erfolg niemals in Zweifel gestellt ... bis heute.

Ich würde alles dafür geben, sie zu zerstören, dachte Faan, wenn ich nur wüßte *wie*.

Plötzlich erhielt sie unerwartete Unterstützung. Eine Wolke aus Lichtern schwebte herbei ... die Wächter! Faan spürte ihre machtvolle Aura. Sie hatten vor kurzem gejagt und waren voll mit magischer Energie.

»Helft mir«, flüsterte Faan. »Gebt mir Kraft.«

Wir werden helfen
    wir werden viel Stärke geben *viel*
    Stärke
wenn du uns nährst
    wir wollen Nahrung jetzt
jetzt *jetzt jetzt*
hungrig wir sind immer noch
    hungrig bring uns Nahrung und
    wir werden dich nähren
dich nähren nähren nähren dich nähren

Die Wächter waren die Garantie für Faans ewige Jugend und Schönheit – und für ihre Macht. Ihr Anblick war für Faan wie Wasser für einen Verdurstenden ... ein ganzer Fluß klaren, kalten Wassers. Ihre Wächter waren übervoll. Sie konnten ihr geben, was sie wollte. Sie brauchten nicht erst zu fressen.

»Gebt mir Kraft«, befahl Faan erneut.

wer stillt unseren Hunger
Hunger Hunger
wer
wir wollen viele
sag uns zeig uns zeig zeig
zeig unser Fressen
jetzt werden wir essen *jetzt* wir müssen *essen*
jetzt zeig uns jetzt

Die Wächter waren gierig, und Faan hatte keine Gefangenen dabei; doch es gab eine Lösung für das Problem.
»Nehmt die Hexe«, sagte sie.

Sie ist *dein* Fleisch

Eine kalte, höfliche Ablehnung. Die Wächter waren nicht Faans Freunde, sondern ihre Sklaven ... oder vielleicht doch nicht? Sie brauchten Faan, um in Glenraven bleiben zu können, aber Faan brauchte sie auch. Sie waren die Quelle ihrer Magie. Faan konnte ihnen nicht befehlen, wann und wen sie zu jagen hatten. Sie wurde immer nervöser. Warum verschmähten die Wächter die Zauberin?
Verschwende deine Zeit nicht mit unnötigen Fragen, dachte Faan. Sie wollen sie nicht. Das ist alles, was zählt ... also laß dir was einfallen.
Faan brauchte dringend neue Energie. Die wiederauferstandene Magierin hatte noch nicht angegriffen. Sie schien Faan bis jetzt nicht einmal als Bedrohung wahrgenommen

zu haben. Keiner ihrer Krieger hatte die Zauberin angerührt. Sie hatten zuviel Angst. Wesen, die so machtvoll waren, das sie selbst aus dem Reich der Toten zurückkehren konnten, hatten wenig von den Lebenden zu befürchten.

Faans Leibgarde stand neben ihr, ausnahmslos Hathayg Kin-hera – große, schwerfällige Wesen, die entfernt an Bären erinnerten, intelligent, vorsichtig, ungeheuer stark und vor allem loyal. Die Hathayg hatten mehr als alle anderen von Faans Herrschaft profitiert, und das war ihnen durchaus bewußt. Sie gehorchten Faan ohne zu zögern und stellten niemals Fragen. Wenn die Hathayg ihre Arbeit gut gemacht hatten, belohnte Faan sie mit Reichtum und Land, das den Kin oder Machnaan gehört hatte, die sich ihrer Herrschaft widersetzt hatten.

Sie besaßen ungeheuer viel magische Energie ... ideale Nahrung.

Faan deutete auf ihre Leibgarde. »Nehmt sie«, befahl sie den Wächtern. Solange die Wächter bei ihr waren, brauchte Faan sowieso keine Leibwache.

Die Hathayg starrten ihre Herrin entsetzt an, als sie merkten, daß Faan sie verraten hatte. Die unzähligen Lichter bewegten sich langsam auf ihre Beute zu. Einige der Hathayg wandten sich zur Flucht.

»Nein!« schrie einer der Krieger. »Ich habe immer getan, was Ihr befohlen habt. Ich habe Euch mit Leib und Seele gedient.«

Die Lichtwolke schwebte über den Hathayg. Sie begann zu pulsieren und leuchtete immer heller.

»Dann wirst du mir jetzt einen letzten Dienst erweisen«, erwiderte Faan spöttisch.

Vom Rand des Lagers drangen Schreie und Kampflärm herüber.

»*Machnaan*«, rief jemand.

Das Lager wurde angegriffen. Das Schreien der Hathayg, die den Wächtern zum Opfer fielen, übertönte bald die weiter entfernten Geräusche der Schlacht. Faan hatte nicht mehr viel Zeit.

Die fremde Magierin hatte sich abgewandt, um nach der Quelle dieses neuen Aufruhrs Ausschau zu halten. Faan fragte sich, ob sie auf eine Armee gewartet hatte, bevor sie selbst angriff.

»Schneller«, brüllte sie zu ihren Wächtern. »Freßt schneller!«

Faans Krieger, die nicht in den Kampf mit den Machnaan verwickelt waren, zogen sich langsam von ihr und den Wächtern zurück. Inzwischen hatten sie mehr Angst vor ihrer Herrin als vor der fremden Zauberin. »Geht und kämpft«, befahl Faan. Die Krieger wichen zurück, als hätten sie sie nicht gehört.

Faan würde sich später um sie kümmern ... danach.

Ihre Wächter erhoben sich von den blutigen Überresten der Hathayg.

»Jetzt«, kreischte Faan. »Nährt mich, gebt mir Stärke ... *Maaacht!*«

Faans Krieger wandten sich um und rannten, so schnell sie konnten.

Die Wächter schwebten auf Faan herab. Sie knisterten vor Energie. Faan nahm ihre Gabe willig an. Feuer brannte in ihren Adern. Leben ... Leben, Magie, Macht ... und ein unersättlicher Hunger nach mehr Leben, mehr Magie. Faan füllte sich immer weiter, bis ihre Haut schließlich vor magischer Energie zu glühen schien ... der Kraft gestohlenen Lebens. Sie wurde jünger und jünger – einmal mehr stand sie an der Schwelle des Erwachsenseins, war ihr Körper verführerisch und schön, ihr Verstand klar und konzentriert, und einmal mehr kontrollierte sie eine ungeheure Macht.

Niemals zuvor hatte Faan sich so stark gefühlt. Niemals zuvor war sie so unbesiegbar gewesen. Das Gefühl stieg ihr zu Kopf. Mochten ihre Krieger ruhig davonlaufen. Mochten die Machnaan nur kommen. Sie rannten in ihren eigenen Untergang. Faan würde es mit dem gesamten Universum aufnehmen.

Die Wächter schwebten hinter ihr und warteten.

Faan blickte zu dem Torbaum und schüttelte den Kopf. Das konnte warten. Das Problem der fremden Magierin verlangte nach einer sofortigen Lösung. Die Frau beobachtete Faan noch immer. Sie machte noch immer einen entschlossenen Eindruck. Die Zauberin rührte sich nicht. Trotzdem strahlte sie Gefahr aus.

Faan entfernte sich von dem Baum und schritt auf die Frau zu. »Ich werde dich in das Reich der Toten zurückschicken«, sagte sie. »Und dieses Mal wirst du dort bleiben.«

Kapitel Vierundsechzig

Jayjay wartete geduldig, während Hyultif einige Geräte zusammenstellte – eine Schüssel mit Wasser, einen runden schwarzen Spiegel und einen kleinen bronzenen Gong.

»Ich habe gesehen, was du tun mußt«, erklärte er. »Glenraven hat dich zu seiner Heldin auserwählt, aber es wird nicht für dich kämpfen. Wenn du gegen Faan antreten und überleben willst, dann mußt du tun, was ich dir sage. Es wird nicht leicht sein, und es hat seinen Preis ... einen *hohen* Preis.«

»Was für einen Preis?« fragte Jay.

»Erstens wirst du nie wieder aus Glenraven herauskommen.«

Jayjay schluckte. Hyultif hatte ihr angeboten, ihr bei der Flucht aus Glenraven zu helfen, obwohl es fast unmöglich war. Und jetzt erklärte er, daß sie nie mehr nach Hause zurückkehren konnte, wenn sie sich der Gefahr stellte und für Glenraven kämpfte.

»Was noch?«

»Du wirst für den Rest deines Lebens im Guten wie im Schlechten mit Metthwyll verbunden sein. Wenn einer von euch stirbt, stirbt auch der andere. Ihr werdet Schmerz und Furcht teilen. Du wirst seine Gedanken kennen und er die deinen. Du wirst niemals wieder allein sein – ebenso wie Metthwyll. Was er weiß, wirst auch du wissen. Du wirst seine Stärke teilen und er die deine.«

Jay dachte einen Moment darüber nach und bekam eine Gänsehaut. »Das klingt ja fürchterlich.«

Hyultif nickte. »Stimmt. Aber diejenigen, die zu *Eyra* werden, scheinen trotz dieser Nachteile sehr glücklich zu sein ... oder vielleicht gerade deswegen.«

Hyultif legte die Gegenstände, die er in der Hand hielt, auf den Boden und hockte sich daneben. Dann blickte er zu Jay und bedeutete ihr, sich zu ihm zu gesellen. »Ein *Eyra* zu sein ist mit nichts auf der Welt zu vergleichen. Deine Stärke wird sich vervielfachen, und du wirst kaum noch Schwächen haben. Du wirst Metthwylls Magie und all seine Fähigkeiten einsetzen können, und er wird deine Stärken besitzen ...« Hyultif atmete tief durch und blickte sie zweifelnd an. »... was auch immer für Stärken du besitzen magst.«

»Und was geschieht, wenn er die Nase voll von mir hat? Was, wenn er sich in ein Monster verwandelt, das ...?«

»Du willst wissen, was geschieht, wenn ihr nicht miteinander auskommt?«

Jay dachte an ihre Ehemänner, die sie jahrelang vor der Hochzeit gekannt hatte ... und wie sie sich danach verändert hatten. Und dann dachte sie an Metthwyll. Er war noch nicht einmal ein Mensch. »Ja«, antwortete sie.

»Ihr könnt getrennt leben, aber ihr werdet niemals *wirklich* getrennt sein«, erklärte Hyultif. Er hatte ihr erzählt, daß Metthwyll sich bereits mit ihr verbunden hatte, um ihr Leben zu retten. Wenn Jay in jener Nacht gestorben wäre, hätte auch er das Leben verloren. Trotzdem hatte er sie nicht an sich gebunden, obwohl er die Möglichkeit dazu gehabt hätte. Jay konnte Glenraven noch immer verlassen. Wenn sie gehen würde, bedeutete das seinen Tod. Metthwyll hatte ihr alles gegeben, was er besaß – und nichts als Gegenleistung verlangt.

Jetzt konnte Jay ihm das gleiche Geschenk machen – das Versprechen lebenslanger Liebe und Hingabe. Sie mußte ihm nur vertrauen.

Es war egal, was andere dachten – über ihre Vergangenheit, ihre Ex-Ehemänner und über ihr ganzes Leben. Selbst die Meinung ihrer engsten Freunde zählte nicht mehr. Jay mußte ihr eigenes Leben leben.

Das Leben ist keine sichere Angelegenheit, dachte Jay. Wahre Liebe ist so selten, daß man ruhig ein Risiko dafür eingehen kann.

Ihr Herz sagte, daß sie Metthwyll liebte. Er brauchte Jay. Seine Welt brauchte sie ... und *sie* brauchte ihn.

Dies war ihre letzte Gelegenheit. Es würde Jay einiges kosten herauszufinden, ob es eine reelle Chance war – oder ob sie wieder Gespenstern hinterherjagte wie bereits dreimal zuvor. Wenn Jay sich diesmal irrte, dann würde sie dieser Fehler bis ans Ende ihrer Tage begleiten. Der Preis war erschreckend hoch ...

... aber nicht hoch genug, um sie davon abzuhalten.

Leben bedeutet Risiken einzugehen, sagte sie sich. Leben bedeutet Veränderung. Wenn man keine Risiken mehr eingeht, ist man tot. »Was muß ich tun?« fragte Jay.

Hyultif lächelte erleichtert. »Glenraven hat gut gewählt.« Er deutete auf den schwarzen Spiegel. »Du mußt
dich zunächst an ihn binden. Ich habe einen Weg gefunden, wie du das bewerkstelligen kannst, obwohl er nicht
hier ist. Schau so lange in den Spiegel, bis du Metthwylls
Gesicht siehst. Ich werde dir dabei helfen, ihn zu erreichen.«

Jay kreuzte die Beine, stützte ihre Hände auf den Boden
und blickte in den Spiegel, aber sie sah nur ihr eigenes
Spiegelbild. Als sie die große Narbe auf ihrer Wange bemerkte, schnappte sie nach Luft. Ein langer, harter Streifen verlief von ihrem linken Auge bis hinunter zum Kinn.
Ich bin häßlich, dachte Jay. Ich bin noch nie besonders
hübsch gewesen, aber jetzt bin ich *häßlich*.

Egal. Sie würde dieses Gesicht ihr ganzes Leben lang
behalten. Jetzt hatte sie keine Zeit, darüber nachzudenken. Jay konzentrierte sich erneut. Ein paar Sekunden
später veränderte sich das Bild. Es flackerte, dehnte sich
und zog sich wieder zusammen. In der Mitte des Spiegels
entstand ein kleiner Wirbel ...

... und dann sah sie ihn ... Metthwyll. Er starrte angestrengt auf irgend etwas, das Jay nicht sehen konnte, und
runzelte die Stirn.

»Metthwyll«, sagte sie.

Er antwortete nicht.

»Er kann dich nicht hören«, erklärte Hyultif. »Jedenfalls noch nicht. Wir müssen uns beeilen. Ich fühle, daß
sich irgend etwas in der Welt außerhalb des Tores verän-

dert. Sieh Metthwyll an, denk an ihn und schwöre, dein Leben an ihn zu binden, deine Seele und deine Liebe. Sprich laut und deutlich ... und glaube fest an das, was du sagst, Jay. Du mußt es *glauben*.«

Jayjay betrachtete Metthwyll. Er war so wunderschön. Sie hoffte, daß ihre Häßlichkeit ihn nicht erschrecken würde, während sie mit lauter Stimme sprach: »Alles, was ich habe, und alles, was ich bin, gebe ich dir. Ich gebe dir meine Seele, mein Herz und meine Liebe. Mein Leben gehört dir, Metthwyll, jetzt und für immer.«

»Gut. Gut. Ich glaube, es hat funktioniert.« Hyultif reichte ihr ein Messer. »Schneide dir in die Hand und laß das Blut auf den Spiegel tropfen.«

Jay dachte nicht lange nach. Sie haßte Schmerz. Trotzdem nahm sie die Klinge und schnitt so schnell wie möglich über ihre Handfläche. Die Haut teilte sich, und Blut floß heraus. Bald bildete es eine kleine Pfütze auf dem Spiegel.

»Das reicht«, sagte Hyultif. »Hier ... drücke das auf die Wunde.« Er gab Jay einen Stofflappen, und während sie ihn auf die Wunde preßte, betätigte er den kleinen Gong. Es blitzte, und Metthwylls Bild erschien im Zentrum des Gongs.

Hyultif fischte den Spiegel aus der Schüssel und warf ihn durch den Gong auf Metthwyll. Er traf ihn an der Schläfe, und Jays Blut rann über sein Gesicht.

Metthwyll wirbelte herum und blickte in die Richtung, aus der der Spiegel gekommen war ... und erstarrte.

Ich kann dich hören, flüsterte seine Stimme in ihrem Kopf.

Ich habe mich an dich gebunden.

Ich liebe dich, sagte er, obwohl es keiner Worte bedurft hätte. Jay konnte seine Liebe *spüren*. All ihre Seelenqualen waren auf einen Schlag verschwunden. Jay berührte Metthwyll trotz der großen Entfernung. Sie spürte seinen Herzschlag, fühlte seinen Atem und sah die Welt durch seine Augen.

Eine Stimme außerhalb seines Körpers sagte: »Mein Gott! Sie geht auf Sophie los!«

Sophie lebt? fragte Jay.

Ja, aber nicht mehr lange, wenn wir nichts unternehmen, erwiderte er.

»Sophie lebt«, erklärte Jay Hyultif.

»Sie lebt? Aber sie war tot ...«

»Ja, das war sie; aber jetzt lebt sie wieder.«

Jay hatte keine Zeit, über das ›wieso‹ nachzudenken ... über das Wunder der Wiederauferstehung ihrer Freundin. Ihr blieb kaum genug Zeit für das ›was‹ ... Was war zu tun?

Als Metthwyll die winzigen Figuren auf dem Tisch in seiner Zelle betrachtete, konnte Jay sie ebenfalls sehen, und weil er wußte, was sie bedeuteten, wußte sie es auch.

»Faan wird Sophie angreifen. Eine Gruppe Machnaan-Krieger, die Yemus geschickt hat, kämpft mit den Kin am Rande des Lagers, aber da ist noch etwas. Sophie hat sich irgendwie verändert. Ich muß sofort zu ihr. Ich muß ihr helfen.«

Ich werde bei dir sein, sagte Metthwyll. *Ich werde dir sagen, was zu tun ist, um gegen Faan zu bestehen.*

Hyultif erhob sich. »Folge mir. Ich werde dich hinbringen.«

Sie rannten los. Hyultif eilte durch die niedrigen Tunnel seines Onkels. Jay hatte Mühe, mit ihm mitzuhalten. Hyultif öffnete eine kleine Tür, und auf der anderen Seite erblickte sie den Torbaum. Jay drehte sich instinktiv um, nachdem sie zwei Schritte auf das Tor zu gemacht hatte. Die Tür, durch die sie gekommen waren, hatte sich in nichts aufgelöst.

»Der Notausgang meines Onkels«, erklärte Hyultif, während er weiterrannte.

Er sprang durch den Baum. Jay folgte ihm.

Auf der anderen Seite herrschte vollkommenes Chaos. Überall brannten Fackeln und Lagerfeuer und tauchten den Wald in ein helles Licht.

Jay erblickte eine Frau, die sich langsam ihrer Freundin Sophie näherte ... und neben dieser Frau schwebte eine Wolke aus Licht.

An vielen Stellen wurde gekämpft. Metthwyll erklärte Jay, daß die Angreifer Machnaan waren – Yemus' Leute. Es waren Verbündete, obwohl sie es selbst nicht wußten. Sie waren nicht hier, um die beiden Frauen vor den Kin zu schützen. Die Machnaan-Krieger waren ein Ablenkungsmanöver, das Yemus inszeniert hatte, um die Kin und Kin-hera zu beschäftigen, während Jay und Sophie mit der Schutzherrin kämpften.

Metthwyll deutete auf die Frau, die sich langsam auf Sophie zu bewegte. *Das ist Faan Akalan. Sie darf dich nicht sehen. Lauf außen herum und warte, bis sie angreift.*

Jay achtete darauf, daß immer Bäume zwischen ihr und Faan waren. Obwohl sie des öfteren anhalten mußte, wenn Kämpfende ihr den Weg versperrten, kam sie rasch voran ... aber nicht rasch genug.

Faan Akalan schlug zu, bevor Jay an Sophies Seite war.

Kapitel Fünfundsechzig

B*leib ganz ruhig. Es ist noch nicht an der Zeit zu handeln.*

Sophie lauschte auf die Stimmen der Machnaan in ihrem Innern und spürte, wie Magie durch ihre Adern floß. Sie starrte auf Faan Akalan, die ihre eigenen Leute an die Wächter verraten hatte und jetzt auf Sophie zukam, um sie zu vernichten.

Sophie hatte nur einmal in ihrem Leben eine Situation erlebt, die schlimmer war, als Faan Akalan gegenüberzustehen – damals, als sie ihre Tochter nach Hause getragen, den Krankenwagen gerufen und gewartet hatte, obwohl sie genau gewußt hatte, daß alles umsonst gewesen war. Aber diesmal ist es nicht sinnlos, dachte sie. Wenn ich warte und genau zuhöre, kann ich gewinnen.

Wir geben dir unsere Stärke aus freiem Willen, erklärten die Machnaan. *Und weil es ein Geschenk unserer lebenden Körper ist, wird es so lange halten, wie wir leben. Wir alle zusammen sind nicht so stark wie sie allein ... aber sie hat ihre Macht von den Toten gestohlen. Wenn sie dich angreift, wird sie sich selbst schwächen. Du brauchst nur zu warten.*

Sophie hoffte, daß die Machnaan recht behielten. Seit unzähligen Generationen hatte niemand Faan Akalan besiegen können. Es gab zwar eine Möglichkeit, aber nur eine sehr kleine. Trotzdem besaß Sophie einen gewissen Optimismus, was ihre Situation betraf. Die Geister der Machnaan wußten genau, wovon sie sprachen.

Sophie wartete und bemühte sich, nicht an die Wächter zu denken, die in einiger Entfernung in der Luft schwebten. Hoffentlich hatten sie es nicht auf Sophie abgesehen. Sie war dem Tod schon früher begegnet, aber niemals auf so schreckliche Art. Sophie wollte nicht auf diese Weise sterben, durch diese ... diese ... aber derartige Gedanken waren sinnlos. So würde sie höchstens sich selbst besiegen.

Jeder muß einmal sterben, dachte Sophie ... und der Tod ist nicht das Ende aller Dinge. Ich werde für meinen Glauben leben ... und sterben, wenn es sein muß.

Ein Licht blitzte in Faans Rücken – Licht, das weder von einer Fackel noch von den Wächtern stammte. Der Torbaum! Trotz der Dunkelheit erkannte Sophie, daß er sich kurz geöffnet hatte. Sophie war nicht sicher, aber sie meinte zwei schattenhafte Gestalten gesehen zu haben. Vielleicht waren es Jay und Metthwyll.

Hilfe ist unterwegs, flüsterten die Seelen der Machnaan. *Halt aus … gleich sind sie da.*

Mach dich bereit! zischte plötzlich einer der Geister, und Sophie spürte, wie die Macht der Seelen in ihr aufwallte. Instinktiv spannte sie die Muskeln und stemmte die Beine fest auf den Boden, während die Magie der Machnaan eine Mauer um sie herum errichtete …

Der Angriff der Schutzherrin kam nicht in Form von Blitzen, die aus ihren Fingerspitzen schossen, und aus ihren Augen strömte kein Feuer. Sophie bemerkte keinerlei äußere Veränderungen an der Frau. Der lautlose Schlag warf sie nach hinten, und ein stechender Schmerz breitete sich in ihrem Körper aus. *Halt durch*, mahnten die Stimmen. *Du bist nicht verletzt. Halt durch, und mach dich bereit.*

Sophie folgte den Anweisungen, und die Magie der Machnaan formte sich gerade rechtzeitig zu einem Schild, um den nächsten Angriff abzuwehren.

Wir sind noch da, sagten die Seelen, aber ihre Stimmen klangen schwächer. Sie waren nicht so stark wie die Schutzherrin der Kin. Sophie mußte erkennen, daß sie Faan Akalan nicht aufhalten konnten. Sie gaben alles, was sie hatten … und es war nicht genug.

Ein Schatten bewegte sich durch die Dunkelheit, und irgend etwas traf Faan von hinten. Es war kein magischer Angriff, sondern ein körperlicher Schlag. Die Schutzherrin stolperte und wandte sich um. Sophie erkannte Jayjay, die einen Ast in der Hand hielt.

»Die andere kleine Hexe«, fauchte Faan und versteifte sich. Jay stieß einen Schrei aus und stürzte zu Boden.

Jetzt! riefen die Machnaan. *Greif an ... jetzt!*

Sophie spürte, wie sie erneut von Magie durchströmt wurde. Kurze, harte Stöße magischer Energie schossen aus ihren Fingerspitzen. Ein Schlag erwischte Faan an der Schulter, und ein zweiter hämmerte ihr in die Kniekehlen.

Faan wandte sich zu Sophie um, und in diesem Augenblick schlug Jay zu – diesmal nicht mit einem Stock, sondern mit Flammen, die aus ihren Händen schossen und die Schutzherrin in Feuer hüllten.

Faan kreischte: »Du hast ihn gestohlen! Du hast Metthwyll gestohlen, du Hure! Du bist seine *Eyra*!«

Noch einmal! forderten die Seelen.

Und Sophie griff erneut an.

Kapitel Sechsundsechzig

Jayjay fühlte, wie Faans erster Angriff in ihr brannte ... aber der Schmerz verschwand so schnell, wie er gekommen war, als Faans Magie in eine andere Richtung gelenkt wurde. Durch ihre Verbindung mit Metthwyll fühlte sie, daß er den größten Teil des Angriffes auf sich genommen hatte … und bemerkte seine Überraschung, als der Schmerz auch durch ihn hindurchging und von dem Gebäude verschluckt wurde, in dem Callion ihn eingesperrt hatte.

Die Aptogurria. Jay hatte das Wort von Metthwyll aufgeschnappt. Eigentlich konnte sie mit dem Begriff nichts anfangen, aber da sie ihre Gedanken mit Metthwyll teilte, wußte sie, daß das Gebäude konstruiert worden war, um magische Katastrophen einzudämmen. Faan Akalans Angriff war in einem Raum verpufft, der sich am anderen Ende Glenravens befand.

Jay stand wieder auf.

Wir können sie besiegen, sagte Metthwyll. *Sie ahnt nichts von der Aptogurria. Solange sie dich direkt angreift, kann sie weder dich noch mich verletzen.*

Faan seufzte. Sie konnte nicht glauben, daß die fremde Machnaan sich so schnell von ihrem Angriff erholt hatte. Sie wandte sich zu den Wächtern um und schrie: »Wenn ihr sie zerstört, dann habt ihr auch Metthwyll!«

»Metthwyll« flüsterten die Lichter und begannen aufgeregt zu flackern.

ja wir wollen
    gib uns du hast versprochen
Metthwyll wir wollen *Metthwyll*
    füttere uns Metthwyll Metthwyll
    wir *wollen* ihn

Faan deutete auf Jay und kreischte: »Du hast genommen, was mir gehört! Aber du wirst es nicht behalten!«

Sie sprang aus dem Weg, und die Wächter drangen auf Jay ein wie eine riesige Tsunami.

Nein ... Furcht klang in Metthwylls Stimme. Jay fühlte seine Angst – um sie, um sich selbst und um ganz Glenraven. *Ich kann die Wächter nur für kurze Zeit aufhalten, und ich kann sie nicht zerstören ... ich habe es schon versucht.* Metthwyll benutzte seine Magie, um eine Mauer vor Jay zu errichten. Jay spürte seine Nähe und seine Gedanken. Er hatte ein schmales Vakuum geschaffen – ein Nichts.

Sie können im Nichts nicht existieren, erklärte Metthwyll. Die Barriere würde sie so lange aufhalten, wie sie existierte ... höchstens ein paar Minuten. Früher oder später würden die anstürmenden Lichter durch den künstlichen Damm sickern, und dann wäre alles vorbei.

Sie fürchten das Nichts, sagte Metthwyll, *aber sonst haben sie vor nichts Angst. Die Welt ist niemals leer.*

Ich weiß, wo du eine Menge Nichts finden kannst, erwiderte Jay.

Metthwyll war verwirrt. Er verstand nicht, was sie gesagt hatte. *Wo?* fragte er.

Der Weltraum ist ein einziges Vakuum.

Der Weltraum?

Alles jenseits unserer Atmosphäre. Es ist kein perfektes Vakuum, aber gut genug.

Einen Augenblick lang war Metthwyll mit sich selbst beschäftigt. Jay blieb nichts anderes übrig, als die Wächter zu beobachten, die gegen die dünne Wand anrannten, die sie von ihrer Beute trennte. Inzwischen hatte Faan ihren Angriff gegen Sophie wieder aufgenommen. Jays Freundin wich immer weiter zurück.

Die Wächter strömten durch ein winziges Loch in der Barriere – wie ein dünner Faden durch ein Nadelöhr ... und das Loch weitete sich immer mehr. Als die ersten von ihnen Jay berührten, wurde sie von unbändigem Schrecken ergriffen. Ihr Arm fühlte sich an, als hätte man ihn in Brand gesteckt. Wenn die Wächter erst in ihrem Körper waren, dann waren sie auch in Metthwylls.

Dann bewegte sie sich, wie er sich bewegte, und griff wie er in den Himmel. Metthwyll führte ihren Geist, als sie eine Linie zwischen sich und den unendlichen Weiten des Alls zog. Jay berührte die Leere des Weltraums und verband sie mit den Lichtern, die in sie einzudringen versuchten. Die wenigen, die bereits in ihren Körper gelangt waren, zog sie wieder heraus und packte sie mit den anderen zusammen. Metthwyll formte eine Kugel um die Wächter und füllte sie mit dem kalten Nichts des Alls. Er ließ nur eine Öffnung – genau in die Leere des Weltraums –, so daß er das Vakuum nicht selbst aufrechterhalten mußte. Metthwyll mußte sich nur um den Behälter kümmern.

Die Lichter der Wächter verloschen eins nach dem anderen.

Kapitel Siebenundsechzig

Faan spürte, wie ihre Wächter starben.
Die eine Zauberin war fast besiegt. Faan war der festen
Überzeugung gewesen, daß ihre Wächter die andere töten
würden. Aber die Machnaan-Frau hatte einen Weg gefunden, ihre Wächter zu vernichten.

Das durfte Faan nicht zulassen. Die Wächter waren die
einzigen Garanten ihres ewigen Lebens, ihrer immerwährenden Jugend und ihrer Macht. Sie wandte sich von
ihrem Opfer ab. Sophie brach bewußtlos zusammmen.

Ich werde euch nicht sterben lassen, dachte Faan und
griff mit ihrer Magie nach der Barriere, die ihre Wächter
gefangenhielt. Sie gab ein wenig nach. Faan konzentrierte
ihre Magie und formte sie zu einem Speer, der die dünne
Wand durchstoßen würde. Sie schleuderte ihn auf die Barriere, er drang ein ... und verschwand. Faan schleuderte
einen weiteren Speer ... ohne Erfolg.

Faan wußte, was die Fremde getan hatte. Sie hatte eine
Leere geschaffen, die Magie absorbieren konnte. Dagegen
konnte Faan nicht kämpfen. Sie konnte nicht mit *Etwas*
gegen ein *Nichts* kämpfen.

Die Wächter waren tot, und mit ihnen Faans Traum
von ewigem Leben und Macht.

Faan schrie und warf sich in rasender Wut auf die
Fremde. Sie konzentrierte ihre gesamte gestohlene Energie auf diesen einen Angriff, wild entschlossen, die Hexe

zu zerstören, die ihre Zukunft gestohlen hatte. Faan wollte sehen, wie sie dahinschmolz, in Flammen aufging und in Stücke gerissen wurde. Sie wollte ihren Schmerz sehen, und ihren Tod.

Der Angriff traf die fremde Zauberin mit voller Wucht, und sie wurde gegen einen Baum geschleudert. Sie schien leicht benommen ... das war alles! Sie schrie nicht vor Schmerz oder bettelte um Gnade; sie schmolz nicht dahin, sie ging nicht in Flammen auf und zerfiel nicht zu Staub. Sie schüttelte leicht den Kopf, *und das war alles!*

»*NEIIIN!*« kreischte Faan. Sie würde die Frau nicht davonkommen lassen – die Frau, die ihr Metthwyll geraubt, die ihre Wächter ermordet und die das Ende ihrer Herrschaft eingeleitet hatte. Faan würde die Hure nicht am Leben lassen, was es auch kostete. Ihr eigener Körper, ihre eigene Lebenskraft würde jetzt ihre Waffe sein.

Faan warf sich auf die Magierin. Sie versuchte, ihr die Augen auszukratzen, und biß ihr in die Kehle.

Darauf lief es also hinaus ... zwei mächtige Magier, die wie Tiere miteinander kämpften. Faan roch das süße Blut, spürte seine Wärme, als es über ihre Hände lief, und schmeckte seinen metallischen Geschmack. Sie hatte tief gebissen. Die Hexe röchelte, aber sie schrie nicht. Statt dessen schlug sie wild um sich. Noch fiel sie nicht ... *noch nicht.*

Die andere Zauberin griff Faan jetzt von hinten an. Sie schlug mit Magie und mit den Fäusten zu. Dann packte sie Faans Hals und versuchte sie zu erwürgen.

Faan formte ihre Lebensenergie zu einem Rammbock und stieß die zweite Magierin zu Boden. Die Frau versuchte, ihren Angriff abzuwehren, aber sie war lange nicht so stark wie Faan, und sie war bereits schwer verletzt.

Aber die andere Hexe weigerte sich zu sterben. Der Blutstrom an ihrer Kehle wurde zu einem Rinnsal und versiegte schließlich ganz, und dann ging sie zum Gegenangriff über ... und diesmal mit einer dämonischen Kraft! Die Fremde griff mit Magie an – mit Metthwylls Magie. Metthwyll kämpfte durch seine *Eyra*. Faan hatte die Macht der *Eyran* nicht bedacht – um sie zu töten, mußte sie beide umbringen.

Faan wußte, daß sie nicht mehr gewinnen konnte. Aber sie wollte nicht der alleinige Verlierer sein. Sie konzentrierte den gesamten Rest der Lebensenergie, die sie über Jahrhunderte gestohlen hatte, in einem einzigen Schlag, den sie sowohl auf die Frau als auch auf Metthwyll richtete, der sich hinter ihr verbarg. Faan traf die Hexe mit aller Kraft. Sie wankte – und irgend etwas hinter ihr absorbierte Faans Schlag.

Faan war leer ... LEER. Sie betrachtete ihre Hände – die Hände einer toten Frau. Nur Knochen und bleiche, fleischlose Haut. Ihre Jugend hatte sie verlassen. Das Leben floß aus ihr heraus. Nichts als eine leichte Glut, die nur darauf wartete, vom ersten Windstoß hinweggefegt zu werden, ließ sie aufrecht stehen. Faan sah ihrem eigenen Tod in die Augen und konnte sich nicht länger wehren.

Die fremde Magierin erkannte, daß Faan am Ende war. Sie stand auf und kam näher.

Faan spürte, wie die weit entfernte Kraft, die ihre Energie absorbiert hatte, zu beben begann. Faans letzter Angriff war zuviel gewesen.

Eine weit entfernte Explosion drang durch die Nacht und ließ die Erde unter ihren Füßen erbeben. Die junge Zauberin schrie, als hätte man ihr das Herz herausgerissen. Sie versuchte, den Angriff mit ihren Armen abzuwehren, während sie zu Boden stürzte. Sie blieb reglos liegen.

Faan lächelte. »Gut genug«, flüsterte sie. »Wenn *ich* das alles nicht haben kann, dann sollst *du* es auch nicht haben.«

Dann sank sie dem Tod in die Arme.

Kapitel Achtundsechzig

A tme ... bitte«, wiederholte die Stimme. »Bitte ... bitte. Atme tief durch, wenn du kannst.«

Jay hatte das Gefühl, als würde die Stimme schon eine Weile auf sie einreden und sie dazu bewegen versuchen, daß sie atmete oder die Augen öffnete. Sie wollte der Aufforderung nachkommen, aber der Schmerz war furchtbar.

»Wir haben Metthwyll gefunden«, sagte eine andere Stimme. »Er wird in diesem Moment behandelt – einer unserer besten Heiler kümmert sich um ihn.«

»Komm schon, Jay. Mach die Augen auf.« Das war eindeutig Sophies Stimme.

Jay erinnerte sich, daß Sophie gestorben war ... jedenfalls glaubte sie das. Trotz des Schmerzes schlug sie die Augen auf. Sie befand sich in einem hübschen Zimmer, das dem im Wythquerin Zearn ziemlich ähnlich sah. Vielleicht war es sogar das Zimmer. Sophie stand neben ihr und wirkte ausgesprochen lebendig, wenn auch etwas zerschlagen. Sie grinste, als sie Jay in die Augen blickte, beugte sich hinunter und schloß sie in die Arme.

»Was ist geschehen?« fragte Jay.

»Wir haben gewonnen.«

»Das habe ich mir gedacht. Schließlich sind wir noch am Leben ... jedenfalls halbwegs.« Sie lächelte schwach, um Sophie zu zeigen, daß sie einen Scherz gemacht hatte. »Ich meine, was ist am Schluß schiefgelaufen?«

»Das kann ich beantworten.« Die andere Stimme gehörte einem männlichen Machnaan. Sie kannte ihn. Es war der Mann, der mit Yemus über den Marktplatz geritten war ... damals, als die Welt noch Sinn gemacht hatte.

»Ich kenne Euch«, sagte sie.

»Ich bin Torrin Sareiggien. Der Zauber meines Bruders hat Euch hergebracht.«

»Oh.« Sie nickte, obwohl sie nicht die leiseste Ahnung hatte, wovon der Mann redete.

»Ihr habt gefragt, was schiefgelaufen ist. Die Aptogurria ist explodiert«, erklärte er. Jayjay konnte sich an die

Aptogurria erinnern. Metthwylls Gefängnis. »Offensichtlich war die Energie, die Ihr, Metthwyll und mein Bruder
Yemus in sie hineingelenkt habt, zuviel, und dann ist
sie einfach explodiert. Statt die Magie unschädlich zu
machen, wie sie eigentlich sollte, hat sie sie nur aufbe-
wahrt. Irgendwann lief das Faß über.«

»Ist jemand verletzt worden – außer Metthwyll, meine
ich?« Jay wußte, daß Metthwyll verletzt war. Ihr Körper
fühlte denselben Schmerz wie der seine.

Der Mann nickte. »Mein Bruder ist bei der Explosion
ums Leben gekommen, und mit ihm einige Stadtbewoh-
ner. Wir wissen nicht genau wie viele, solange wir die
Trümmer nicht beseitigt haben. Ein paar Machnaan-Krieger fielen im Kampf mit den Kin und Kin-hera, aber bei
weitem nicht so viele, wie ich befürchtet hatte. Schließlich waren wir ihnen zahlenmäßig hoffnungslos unter-
legen. Die meisten Kin haben sich ergeben, und einige
haben sogar an unserer Seite gegen Faans fanatischste
Anhänger gekämpft. Glenraven lebt, und die Machnaan
sind wieder ein einziges Ganzes.«

Jay blickte hilfesuchend zu Sophie. Sie hatte keine
Ahnung, was diese letzte Bemerkung bedeuten sollte.

»Das Buch, das uns hergeführt hat, war mit den Seelen
der Machnaan verbunden«, erklärte Sophie. »Wie Torrin
mir erklärte, hat Glenraven uns ausgewählt, und die Seelen der Machnaan haben nach uns gesucht und hierher
geführt. Sie gaben uns ihre Magie, so daß wir gegen Faan
Akalan antreten konnten. Nachdem wir gewonnen hat-

ten, war der Zauber, der sie an das Buch band, gebrochen, und sie konnten in ihre Körper zurückkehren.«

Jayjay erinnerte sich daran, wie das Buch auf dem Regal gestanden, sie gerufen und nach Glenraven gezogen hatte. Die Art und Weise, wie es sie durch das Land geführt hatte, war ziemlich merkwürdig gewesen.

»Und warum ausgerechnet wir?«

Sophie blickte gedankenverloren in die Ferne. »Ich glaube ... ich glaube, weil uns Glenraven genauso viel geben konnte wie wir ihm.«

Jay dachte an Metthwyll, der im Augenblick ihrer Vereinigung mehr für sie geworden war als nur ihre andere Hälfte. Sie waren eins – ein Ganzes, größer als die Summe seiner Teile. »Ich habe schließlich doch noch die Liebe meines Lebens gefunden. Und was hast du bekommen?«

»Ich habe mein Leben zurückbekommen.« Sophies Stimme klang sanft, aber ihre Augen glühten mit einem Feuer, wie es Jay seit Karens Tod nicht mehr bei ihr gesehen hatte. »Jetzt kann ich wieder nach vorn schauen.«

Ein plötzlicher Schmerz durchfuhr Jayjay, und sie schloß die Augen. Irgend jemand hatte Metthwyll auf eine Bahre gelegt, um ihn herzubringen. Ihr Herz raste, und der Schmerz kapitulierte vor der Liebe. Bald. Bald würde sie ihn berühren.

Ein Kin-hera von einer Art, die Jay noch nicht kannte, näherte sich Torrin und flüsterte ihm ins Ohr. Torrin lauschte aufmerksam und nickte schließlich. »Gut. Versichere dich, daß alles bereit ist.« Er wandte sich wieder zu Jay und sagte: »Wir bringen Metthwyll her – aber ich nehme an, das wißt Ihr bereits.«

Sie nickte.

»Sobald er hier angekommen ist, werden wir Euch zu Herren der Wacht ausrufen. Es wird nicht von Euch erwartet, daß Ihr etwas unternehmt, bis Ihr Euch besser fühlt ... aber wir wollen den Thron nicht unbesetzt lassen.« Seine Miene verfinsterte sich. »Es könnten alle möglichen Dinge geschehen, wenn wir nicht so schnell wie möglich eine neue Schutzherrin und einen neuen Schutzherrn ernennen.«

»Die Natur verabscheut das Vakuum.« Er sah sie verwirrt an, aber sie zuckte mit den Achseln und lächelte.

»Ich werde Euch jetzt allein lassen«, sagte Torrin. »Ihr habt sicherlich viel zu besprechen. Aber bitte, ruht Euch auch ein wenig aus. Die Zeremonie ist zwar einfach, aber die meisten Einwohner Glenravens werden Euch sehen wollen – ihr seid die erste neue Schutzherrin seit Hunderten von Jahren. Ihr seid unsere Hoffnung.« Seine Gefühle spielten ihm einen Streich, so daß seine Stimme versagte und er errötete. »Ich werde zurückkommen, wenn alles bereit ist«, sagte er. Dann wandte er sich um und verließ den Raum.

Sophie blickte ihm nach. Als er verschwunden war, setzte sie sich neben Jay auf das Bett. »Ich bleibe noch so lange, bis du gekrönt bist«, sagte sie. »Dann fahre ich nach Hause.«

»Heute noch?«

Sophie nickte. »Heute noch.«

»Möchtest du nicht eine Weile bleiben?«

»Ich könnte niemals lange genug bleiben, um den Abschied erträglicher zu machen«, erwiderte Sophie. »Sie haben mir gesagt, daß du Glenraven niemals wieder verlassen kannst ... und daß ich niemals wieder zurückkommen kann. Ich glaube, je länger ich bleibe, desto mehr wird es schmerzen. Also mache ich mich lieber auf den Weg, solange ich mich noch an das Gute erinnern kann, das wir hier vollbracht haben. Wenn ich fahre, möchte ich an das denken, was ich gewonnen habe, und nicht an das, was ich verliere.«

Jay dachte einen Augenblick darüber nach. Sie waren immer die besten Freundinnen gewesen – und jetzt hatte sich ihr Leben in verschiedene Richtungen entwickelt. Sie mußten sich weiter vorwärts bewegen ... auch wenn das bedeutete, daß ihre Wege sich trennten.

»Ich verstehe«, sagte Jay schließlich. »Ich werde dich vermissen.«

»Ich dich auch.« Sophie drehte sich um, aber nicht schnell genug, um zu verbergen, daß sie nur mühsam die Tränen zurückhielt.

Jay nahm ihre Hand. »Ich liebe dich, Sophie. Du wirst immer meine beste Freundin bleiben.«

Sophie nickte, schaute sie aber immer noch nicht an. Jayjay sah, wie schwer ihre Freundin kämpfen mußte, um nicht die Fassung zu verlieren. Sophie atmete ein paarmal tief durch und drehte sich wieder um. »Wir werden uns wiedersehen«, sagte sie leise. »Nicht hier … aber wir werden uns wiedersehen.«

»Ich hoffe es«, erwiderte Jayjay.

Sophies Lächeln wurde ernst. »Ich *weiß* es.«

Kapitel Neunundsechzig

Sophie radelte aus dem Tunnel und winkte ihrem Führer anzuhalten. Sie stand einen Augenblick einfach nur da und starrte auf die alte Römerstraße, auf der sie und Jay hergekommen waren. Ein kalter Luftzug blies ihr entgegen. Der Winter kam in die Berge … viel zu früh. Die kalte Luft paßte zu der Kälte in ihrem Herzen.

Der Führer hatte eine Leiche dabei. Sie war eine perfekte Kopie von Jays Körper. Sophie würde erklären, daß Jay von einem Berghang hinabgefallen war und sich das Genick gebrochen hatte. Die Verletzungen an der Leiche würden ihre Geschichte bestätigen.

Niemand würde nach Glenraven suchen. Der Führer erklärte, daß die antike Straße verschwinden würde, sobald sie sie verlassen hatte. Nicht einmal Sophie würde sie je wiederfinden.

Manchmal gibt es kein Zurück, dachte sie. Jay wird glücklich werden, und ich auch. Es tut nur im Moment so weh, aber im Lauf der Zeit wird der Schmerz immer mehr abnehmen.

Ich würde es gar nicht anders wollen.

Sie stellte ihren Fuß auf ein Pedal und wollte gerade losfahren, als irgend etwas in ihrer Tasche sie davon abhielt. Sie griff hinein und nahm das Buch hervor.

Fodor's Glenraven war dort für einige Sekunden zu lesen. Dann verschwammen die Buchstaben plötzlich, bis sie schließlich überhaupt nicht mehr zu erkennen waren, und als sie erneut darauf blickte, las sie *Fodor's Spanien*.

Das war's. Das letzte Stück von Glenravens Magie war aus ihrem Leben verschwunden.

Sie winkte ihrem Führer zum Abschied noch einmal zu und machte sich auf die letzte Etappe Richtung Heimat.

Ihre eigene Magie wartete auf sie.

Neu bei Bastei-Lübbe in der

McCarthy, Der Falkner
192 Seiten, Best.Nr. 50500-x, DM 18,90

Kindersley, Es ist zum Verrücktwerden mit Alba
336 Seiten, Best.Nr. 50501-8, DM 22,90

Perriam, Frau auf Abwegen
544 Seiten, Best.Nr. 50502-6, DM 24,90

Zimmer-Bradley/Lisle, Glenraven
480 Seiten, Best.Nr. 50503-4, DM 24,90

Wertheim, Der Kardinal des Satans
640 Seiten, Best.Nr. 50504-2, DM 24,90